音の万葉集

高岡市万葉歴史館編

笠間書院

音の万葉集　目次

音の万葉集

万葉歌と歌謡と

大久間　喜一郎

はしがき

『万葉集』から「音」を選り分けようという本書の企画からすれば、論題の意味するところは『万葉集』を対象として歌曲の要素について考察するということになろう。

総じて「音」と言えば、あらゆる自然界の音や人工の音などを考えた場合、すべての動物の中で最も発達を遂げ、現代に見るような文化を築き上げた人間が、その営みの中で造り上げてきた人工の音の組み合わせが音楽と言われるものの中核となった。今、その音楽の影を引きずっている文芸作品を歌謡と言っている。その歌謡と『万葉集』との関係を明らかにしようとする試みが、直接には本稿の主たる目的でもある。

日本で音楽と言えば、古くから歌曲が中心であった。古代にあっては器楽曲は外来音楽に限られていたと言ってよい。大歌所所管の歌曲から郢曲・声明・謡曲・平曲・浄瑠璃・三味線歌曲・箏曲、また近現代の唱歌から今日のいわゆる歌謡曲まで、殆ど歌曲を主流としたものが日本の音楽であった。團伊玖磨は『あまりに文学の影響の濃い音楽をわれわれは背負っている』『江戸時代の音楽をみてもほとんど言葉の歌であって、だから明治になっての教科書でも、「音楽」ではなく「唱歌」であった（注1）』と述べている。歌謡はまさに、文学の影響の濃い音楽から抽出され、音楽のイメージを背後に持つ文学であった。

一　記紀歌謡の方法

現存歌謡の極めて古い形として記紀歌謡を考えることに誰も異存は無かろうと思う。余り細かい点にこだわらずに言えば、記紀歌謡は万葉以前のうたである。「うた」と言っても、大雑把にわけて二種類ある。歌われるうたと歌われぬうたである。歌われるうたは歌謡と称され、歌われぬうたは和歌と称された。尤も誦詠とか朗唱とか言われる和歌の詠唱は広い意味では歌曲であるが、本稿では原則として楽器を伴奏とするものに限って歌曲として扱うことにした。

『万葉集』を構成するうたは、歌謡も混在しているがその中心は和歌である。和歌はその制作の過程にあって、あるいは何らかの意図の下に朗唱されることはあっても、歌曲のように歌われるのが本来の性格ではない。それ故に和歌は歌われぬうたと定義づけることは可能である。和歌はその成立の過程から見て、音楽の殻から脱却した文学であり、それに対して歌謡は文学の衣を身にまとった音楽であると言えば言い過ぎになるであろうか。

以上のような限定の仕方はやや比喩的な言い回しに堕したとも言える。そこで具体的に記紀歌謡の例なども挙げながら、先ず歌謡とはどの様な存在であるかということから述べて行きたい。

我々は歌曲と言えば、音楽のイメージが頭にある。ところが歌謡というと、音楽なのか文学なのか明確なイメージを描き難い。それにメロディーが伝わらない古い歌謡の場合、それは文学として理解する以外には無いということもある。したがって歌謡史は文学史であったり音楽史であったりして、視座が不明瞭である。止むを得ないことでもあるが、歌謡の立場というものを出来るだけ明確にすることによって、もう少し割り切れる部分も出てくるのではないかと思われる。歌曲の歌詞そのままが大筋で歌謡と認定される近世歌謡の作品、あるいは最初から歌謡として作られ、それが歌曲化される近現代の状況などでは説明は困難だが、古代の記紀歌謡のような場合には歌曲の歌詞と記紀に記された歌謡とは明らかに相違がある。この辺りに歌謡の定義付けの手掛かりが有りそうである。

さて、それでは歌謡とは何であろうか。それは歌曲の歌詞をある種の基準から読み物として整理したものだと言える。これが古代歌謡の実態であった。それでは、今述べた「ある種の基準」とは何かと言えば、それは凡その傾向から見て、歌曲の歌詞におけるリフレイン（繰返し、あるいは重出句）の簡略化と囃子詞の削除という二つの作業だと言って好かろうと思う。

歌曲は屢々リフレインや囃子詞を持っている。それは感情表現の効果の上から加えられるものであるが、文字を媒介とした歌謡においては不必要な場合も多い。それ故、歌曲の歌謡化に際しては、リフレインや囃子詞は省略されるのは当然のことであった。

二　志良宜歌（茲良宜歌）の分析

歌謡という言葉の意味が、和歌あるいは歌曲と対比された場合、どれほどの差があるものか、それを明白にしてくれるものは記紀歌謡の場合である。既に述べたように、中古以後の歌謡にあっては、和歌と歌謡とは形態の上からその区別は明らかだと言えるが、歌謡と歌曲の歌詞との場合は必ずしも明らかではない。今、志良宜歌《しらげうた》の分析に筆を進める前にその点に言及して置こう。

新《あら》しき　年の始めに　や　斯《か》くしこそ　はれ
斯くしこそ　仕へまつらめ　や　万代《よろづよ》までに
あはれ　そこよしや　万代までに（催馬楽・呂歌。新しき年）

この歌詞を一見すれば、歌われた歌であることは明白である。それ故、これを歌謡だと決めてしまうのは簡単だが、それはまた歌曲でもあるわけだから、そこで歌謡と歌曲の区別が必要となってくる。それを明白にしない限り、文学としての歌謡と音楽としての歌曲の歌詞とは弁別が付かなくなってくる。「歌謡史」を構成しても、文学史なのか音楽史なのか曖昧な記述も生じてくる。

新《あら》しき年の始めにかくしこそ仕へまつらめ万代までに（『続日本紀』天平十四年）

とある歌は、完全な短歌形式であるから和歌のようにも思われるが、『続日本紀』の記述によれば、これは歌謡であったことが判る。

(聖武)天皇、大安殿に御して群臣を宴す。……また宴を天下の有位の人幷びに諸司の史生に賜ふ。是に於て六位以下の人ら琴を鼓して歌ひて曰く、(『続日本紀』天平十四年正月十六日)

とあって、この歌が記されている。そうするとこの歌は和歌ではなくて、歌謡であったと考えねばならない。しかし、実際に歌われた形は、恐らく前記の催馬楽の形式とは別のものであったろうと想像されるが、楽器に幷せて歌われたというなら、リフレインとしての句も加わったろうし、囃子詞もあったかも知れない。そして恐らく、それらを削除したと思われる『続日本紀』のこの歌詞を歌謡と言うべきなのであろう。

新《あらた》しき　年のはじめに　かくしこそ　千歳をかねて　楽しきをへめ(『琴歌譜』)

これは前記『続日本紀』に見える歌の類歌である。『古今和歌集』巻第二十の「大歌所御歌」の冒頭にある「大直日《おほなほび》の歌」という詞書きのある歌の少異歌でもある。

新しき年の始めにかくしこそ千歳をかねて楽しきをつめ（『古今和歌集』巻第二十）

日本紀には、つかへまつらめ万代までに

『古今和歌集』のこの祝賀の歌が、『琴歌譜』の時代となってなんらかの理由で歌句に変化を生じたものであろうが、これが恐らく原歌で、それを天皇讃歌に歌い変えたものが『続日本紀』の類歌なのであろうと想像される。さて、『催馬楽』『続日本紀』『琴歌譜』『古今和歌集』に見えるこの歌を文献記載の上から言えば、『催馬楽』の場合は歌曲の歌詞をそのまま残した歌謡であり、『続日本紀』『琴歌譜』の場合は歌謡、『古今和歌集』は和歌でもあり、歌謡でもあると言うことであろうか。『古今和歌集』が和歌と歌謡とが未分化のままこの歌を採録した次第は、左注に『続日本紀』の歌句を挙げていることでも明らかである。これは和歌と歌謡と歌曲の歌詞との文献表記の例であった。

さて、志良宜歌（茲良宜歌）の分析ということであるが、『古事記』『日本書紀』『琴歌譜』所記の歌詞と歌唱譜の四種の表記を比較して、『古事記』及び『日本書紀』の歌謡の在り方を考えてみたい。そこでその前に、『琴歌譜』歌唱譜の解読ということであるが、歌唱譜には漢字で表記された仮名（万葉仮名表記と言って置く）に大文字・小文字の別があり、その他、歌唱譜中には諸種の記号を含んでいる。記号には、上 中 下 引 短 重 節 丁 があり、その他、レ ｜ ム ㇾ ニ 乎 り カ その他がある。これらの中で、「丁」は小西甚一博士が「はっきり息を切る符号と推定される」と言って居られる通り（注2）、『歌儛品目』にも「丁は停の略字か」とあるように、恐らくそれが正しいのであろう。また、「上」「中」「下」は音程を示したものであろうか。「引」は延音記号で、フェルマータと思われる。また、「短」「重」等は僅かに想像するのみで断定はできない。その他の記号の意味は今のところ不明である。

そこで歌唱譜を片仮名表記に改めてみたが、その際大小の文字はそのままとし、「丁」は息を切る意味で（」）で表し、「引」は延長の意味で（ー）に改め、「上・中・下」は音の高低と見て一応無視することとしたが、その他不明の記号はすべて「・」を以て示した。なお、茲良宜歌の歌唱譜には「イ」で表記した文字に「伊」「夷」「移」の三種がある。万葉仮名では共に同音であるが、本稿では仮に弁別の上から区別し、「伊・夷」はイに表記し、「移」は傍線を付したイで表記した。また、句毎に別けて表記した。

（古事記）　あしひきの　山田《やまだ》（夜麻陀）を作り　山高《やまだか》（夜麻陀加美）み

（書　紀）　あしひきの　山田《やまだ》（椰摩娜）を作り　山高《やまだか》（椰摩娜箇彌）み

（琴歌譜・歌詞）　あしひきの　山田《やまだ》を作り　山田《やまだ》から（一説に云ふ「山高み」）

（歌唱譜）　アシーヒキノ」ヤマダァァヲ　ォォォォツクリィイイイー　イ・イイイイ・」ヤ
マダァ」カラ・ア

（古事記）　下びを走《わ》しせ　下どひに　我がとふ妹を

（書　紀）　下びを走しせ　□
（琴歌譜・歌詞）　下びを走しせ　下どひに　我がとふ妻
（歌唱譜）　シイタビ」・ヲワシセ」　シタドヒニイ　ワ・アガトオ・フツマ」

（古事記）　下泣きに　我が泣く妻を
（書　紀）　下泣きに　我が泣く妻　片泣きに　我が泣く妻
（琴歌譜・歌詞）　下泣きに　我が泣く妻
（歌唱譜）　シタナキイ・ニイ｜　ワァガーナーアクツマ」　シヤ」

（古事記）　昨夜《こぞ》こそは　安く肌触れ
（書　紀）　昨夜《こぞ》こそ　安く肌触れ
（琴歌譜・歌詞）　昨夜《こぞ》こそ妹に　安く肌触れ
（琴歌譜・歌唱譜）コズウウコオソー　コズコオ・オーオオオオーソ　イモニィ｜イイ｜ー　ヤスウク
ハ・ダフウレ　アアアアアー　ヤスゥクハダフレ

さて、以上に見る通り『古事記』『日本書紀』『琴歌譜』の歌詞などに示されたものはいずれも「しらげ歌」（志良宜歌・茲良宜歌）と言われる歌謡である。同じ歌謡である筈だが、それぞれに歌句に

変化がある。これらが替え歌という意識の下に敢えて為された変化であるなら、古代の歌謡には多くのバリエーションが有るということで済ませることもできるが、どうもそうは言えないらしい。記紀における特定の人物が、特定の状況の下で歌ったものとされていて、この場合は允恭天皇の長子、木梨の軽太子が同母妹の軽大郎女と夫婦関係を結んだ時の歌だと伝えられ、しかも『古事記』によれば歌儛所所管の大歌として「しらげ歌」という歌曲名まで伝えている。それが『日本書紀』の場合は同じ状況の下で「しらげ歌」の類歌が歌われる。ここで類歌と言ったのは、少異歌というよりも歌句に大きな相違があるからである。その詳細は既に記した通りである。だが、これを以て、『古事記』と『日本書紀』のこの歌謡を、バリエーションの関係と認められるであろうか。そうではあるまい。この二歌の関係は、『古事記』の言う「しらげ歌」の誤伝と見るべきであろう。

ここで『古事記』が言う「しらげ歌」という歌曲名が『日本書紀』に存在しないことが問題となる。少なくとも『古事記』は、歌儛所所伝の「しらげ歌」を明白に意識しているのである。しかし、『日本書紀』にその歌曲名が無いということと、歌句に大きな変化が有るということは、歌謡を含む旧辞伝承が一人歩きをしている間に歌謡部分が変化していったとしか考えられない。旧辞伝承の変化は地の部分にも有るはずだが、物語の修辞は厳密でなくともよいが、歌謡はそうはいかない。伝承者の記憶の混乱が歌謡の歌句をこのように変えてしまったのであろう。

『古事記』「しらげ歌」の第五句「下どひに我がとふ妹を」は修辞上重要な歌句だと思われるが、『日本書紀』はそれを失っている。そして俄に『古事記』第六句とほぼ同じ句「下泣きに我が泣く妻」

へと続く。そしてその対句として「片泣きに我が泣く妻」の句を補っている。「片泣き」とはどう言う泣き方かはっきりしない。「かた」はやはり「片」としか考えられないが、「片」の意は不完全というのが原義である。「片泣き」という句は仁徳紀の歌謡にも見えるが、泣き声を立てずに泣くということなのであろうか。忍び泣く愛人の姿のみが強調されていて、その前提となる句が欠けた歌となっている。

ところで記紀歌謡の構成については、語り歌を除いてその構成要素を三つの柱に分けるという筆者の主張がある。それは、①叙事的提示部・②展開部・③主想部の三つである。その中で展開部にはしばしば対句を含み、その対句は前後が逆転することも許されたのではないかという提案であった。その三部構成を『古事記』「しらげ歌」に当てはめると、次のようになる。

あしひきの　山田を作り　山高み　下びを走しせ　（叙事的提示部）
下どひに　我がとふ妹を
下泣きに　我が泣く妻を　（対句）　（展開部）
昨夜こそは　安く肌触れ　（主想部）

『日本書紀』の場合もこの図式に当てはめることは出来るが、その際、展開部は次のようになる。

下泣きに　我が泣く妻
片泣きに　我が泣く妻　（対句）

これは殆ど対句の為の対句を並べた観があって、「片泣き云々」はダミー句のようなものである。また、「下泣き云々」が叙事的提示部に直ちに続くのも、唐突で納得しがたいものがある。やはり伝誦の際に「下どひ云々」を忘却した結果であろう。『日本書紀』のこの歌謡は『古事記』の「しらげ歌」のバリエーションでは無かったと言える。

次に『琴歌譜』の場合を見てゆく。この大歌所所伝の歌謡は茲良宜歌《しらげうた》と命名されているところから、『古事記』歌謡の場合と同歌句の配列でなくてはならない筈であるが、実際は多少の異動がある。

あしひきの　山田を作り　山高み　下びを走しせ　下どひに　我がとふ妹を　下泣きに　我が泣く妻を　昨夜こそは　安く肌触れ
（『古事記』志良宜歌）

あしひきの　山田を作り　山田から一説に云ふ「山高み」　下ひを走しせ一説に云ふ「ふすせ」　下どひに
我がとふ妻　下泣きに　我が泣く妻一説に云ふ「片泣きにかなく妻」　昨夜こそ妹に　安く肌触れ
（『琴歌譜』茲良宜歌の歌詞）

『琴歌譜』では「山高み」が「山田から」となっているが、一種の合理観から「山田から」という句へ転換したものであろう。しかし、「山高み」が本来の形であったとも言い切れない。「我がとふ妹を」の「を」、「我が泣く妻を」の「を」は、それぞれ間投助詞とも言えるし、また動作の対象となるものを指す格助詞だとも考えられる。それにしても、こうした用法は古代前期の末には古典的用法となってしまったらしいから、『琴歌譜』では「を」を失ったのも自然の成り行きである。今、こうした条件を考慮に入れると、『琴歌譜』の歌謡は『古事記』の歌謡とほぼ同じものであったと言える。

また、『琴歌譜』の歌詞はしばしば歌唱譜からみると、簡略化され過ぎているものがあるが、この「しらげ歌」に限っては妥当な整理が行われていると考えられる。ただ、末尾のリフレインと、「下泣きに我が泣く妻」のあとに「しや」という囃子詞が一ヵ所存在したことが判る。

また、末考の部分だが、「昨夜」を「こぞ」というのは、「きぞ」の母音交代によるものと説明されているが、歌唱譜では二度に亙って「己受（コズ）」と表記されている。これを「コゾ」と訓むのは無理である。「こぞ」は「去年」と解するのが普通であるから、「コズ」にしたものか、或いはそのように発音することで、「コゾ」と聞こえると考えたのかその点を未考とする。

三　『万葉集』中の歌謡——その一——

『万葉集』には歌曲の歌詞そのものと見られる作品から、元来記紀歌謡として知られている作品が、伝承の或る種の過程において万葉に採録されたと思われるものや、巡遊伶人の歌であろうと言われてきた「乞食者《ほかひびと》の詠《うた》」などが存在する。歌句構成の上に歌曲の俤を残している作品ならば、それを歌謡と判断することは容易であろう。しかし、長歌と混在していて、本来が歌謡であった形跡は定かではないものの、作者未詳の古態の作品が集まっている巻十三の作品などは、大方を和歌と断定して差し支え無いのであろうか。『万葉集』編者の意識としては和歌も歌謡も未分化であったと言えるのではないか。

　万葉における歌謡の検討に入る前に、歌体表記は別として楽器を伴う歌は、和歌ではなくて歌謡と決めて好かろうということを最初に述べた。それが歌曲そのものであるのか或いは歌謡と言うべきものであるかは、表記された歌体によって判別するべきである。そうした見解の上から、記紀・万葉について幾つかの事例を考えてみたい。

　先ず、『古事記』応神天皇記の吉野の国主《くず》に纏わる説話に、

　また吉野の白梼上《かしのふ》に横臼《よくす》を作りて、その横臼に大御酒《おほみき》を醸《か》みて、その大御酒を献りし時、口鼓《くちつづみ》を撃《う》ち、伎《わざ》をなして歌ひけらく、

　白梼《かし》の上《ふ》に　横臼を作り　横臼に　醸みし大御酒　うまらに　聞こしもち食《を》せ　まろが父《ち》

とうたひき。（『古事記』「応神天皇記」）

とある。また仁徳天皇記には、日女島で雁が産卵した祥瑞があって、仁徳と建内《たけうち》宿禰命との間に交わされた掛け合いの歌三首が見える。その三首目の歌は納め歌の形を取る片歌となっている。

かく白して、御琴を給はりて歌ひけらく、

　汝《な》が御子や　終に知らむと　雁は卵生《こむ》らし

とうたひき。「こは本岐歌《ほきうた》の片歌なり」　（『古事記』「仁徳天皇記」）

また、『日本書紀』「雄略天皇紀」十二年冬十月の記事によれば、木工《こだくみ》闘鶏《つげの》御田《みた》が高殿の上を自在に移動する様を、伊勢の采女が見上げていて思わず庭に倒れた。天皇は御田が采女を奸したものと疑って、物部に命じて処刑せしめようとした時、随行していた秦酒君《はだのさけのきみ》が天皇を諫めるべく琴を弾じて次の歌を歌ったとある。

　神風の　伊勢の　伊勢の野の　栄枝《さかえ》を　五百経《いほふ》る析《か》きて　其《し》が尽くるまでに　大君に　堅く　仕へ奉らむと　我が命も　長くもがと　言ひし工匠《たくみ》はや　あたら工匠はや

また、皇太子中大兄《なかのおほえ》は皇太子妃造媛《みやつこひめ》の父、蘇我倉《そがのくらの》山田麻呂大臣《おほおみ》を蘇我臣日向《ひむか》の讒言を信じて、その一族と共に死に追いやった。造媛は悲しみの余り生命を縮めた。皇太子は造媛の死を聞いて甚だしく悲しんだという。そうした皇太子の悲しみを思って、野中《のなかの》川原史満《かはらのふひとみつ》が二首の歌を奉った。『日本書紀』は次のように記している。

山川《やまがは》に　鴛鴦《をし》二つ居て　偶《たぐひ》よく　偶へる妹を　誰か率《ゐ》にけむ

本毎《もとごと》に　花は咲けども　何とかも　愛《うつく》し妹が　また咲き出来《でこ》ぬ

皇太子、慨然《なげ》き歎き褒《ほ》めて曰く、「善きかな、悲しきかな」といふ。乃ち御琴を　授けて唱はしめたまふ。（『日本書紀』「孝徳天皇紀」）

野中川原史満という人物は帰化人と考えられている。この二首の挽歌もたどたどしい表現ながら、日本の古い歌謡とは趣を異にしている。中国古詩の発想を移したもの（注3）である。それはともかくとして、琴を弾じ或いは口鼓を撃ちつつ歌われた歌謡というのは、何らかの儀礼としての意味を持つものであったことは疑いないし、それを歌曲と認定することにも多分異論は無いと思われる。総じて記紀歌謡というものは、童謡《わざうた》などを除けば、本来はすべて歌曲であった筈で、特に楽器の伴奏を伴う記事があるからといって、他の歌謡と区別する基準にはならないわけであるが、それは記紀歌謡の大方が歌儛所の歌曲であったという出典論から見た場合であって、記紀に記述されている時点では歌謡と歌曲とは二つに分かれるのである。また、これが『万葉集』などにおける場合では、歌謡と和歌とは弁別されねばならないのである。

四　『万葉集』中の歌謡——その二——

さて、『万葉集』という歌集は、後世の勅撰和歌集に見るような、和歌に対する固定観念が確立される以前の撰集故に、現今から見れば単なる和歌集ではなく詞華集と見るべき作品である。それ故、集中には和歌を中心として、歌謡有り・歌曲有り、漢詩・漢文有りといった状態であるが、今、その中から歌曲及び歌謡について考えてみたい。

先ず前項で述べた楽器の伴奏を伴う歌曲ということだが、そうした例を挙げてみよう。

イ　冬の十二月十二日に、歌儛所《うたまひどころ》の諸王・臣子等、葛井連広成が家に集ひて、宴する歌二首

比来《このごろ》、古儛《こぶ》盛りに興り、古歳《こさい》漸《やや》に晩れぬ。理《ことわり》に共に古情を尽して、同《とも》に古歌を唱《うた》ふべし。故《かれ》、此の趣に擬《なぞら》へて、輙《すなは》ち古曲二節を献る。風流意気の士の、儻《も》し此の集《つどひ》の中に在らば、争ひて念《おもひ》を発《おこ》し、心々に古体に和せよ。

わが屋戸の梅咲きたりと告げやらば来《こ》といふに似たり散りぬともよし（巻六・一〇一一）

春さればををりにををり鶯の鳴くわが山斎《しま》そやまず通はせ（巻六・一〇一二）

ロ　仏前《ぶつぜん》の唱歌《しょうが》

しぐれの雨間なくな降りそ紅ににほへる山の散らまく惜しも（巻八・一五九四）

右は、冬十月の皇后宮《きさいのみや》の維摩講《ゆいまこう》に、終日《ひねもす》大唐《もろこし》・高麗《こま》等の種々《くさぐさ》の音楽を供養し、此の歌詞を唱《うた》ふ。弾琴《ことひき》は市原王と忍坂《おさか》王と、歌子《うたびと》は田口朝臣家守《やかもり》と、河辺朝臣東人と、置始連《おきそめのむらじ》長谷《はっせ》等と十数人なり。

右に挙げたイおよびロの例は、題詞或いは左注によってこれらの歌が歌曲として演奏されたことは明らかである。ただし、この三首の短歌が歌曲として歌われた際は、囃子詞は無かったにせよ、歌句のリフレインなどは有ったかと想像される。つまりこの短歌は歌謡として万葉の中に存在しているのである。

これらイおよびロの例に準じて考えられる歌謡として、巻十六所載の河村王と小鯛《をたひ》王の愛唱歌がある。

ハ　かる臼は田廬《たぶせ》の本に我が背子はにふぶに笑みて立ちてます見ゆ（三八一七）
　朝霞鹿火屋《かひや》が下の鳴くかはづ偲《しの》ひつつありと告げむ児もがも（三八一八）
　　右の二首は、河村王の宴居《うたげ》する時に、琴を弾きてすなはちまづこの歌を誦《よ》み、以ちて常の行《わざ》となしき。

ニ　夕立の雨うち降れば春日野の草花《をばな》が末《うれ》の白露思ほゆ（三八一九）
　夕づく日さすや川辺に構《つく》る屋の形《かた》を宜《よろ》しみ諾《うべ》よそりけり（三八二〇）
　　右の歌二首は、小鯛王、宴居する日に、琴を取れば登時《すなはち》、必ずまづ此の歌を吟詠せり。
　　（下略）

右のハ・ニの歌は、宴席の余興程度の歌曲なのであろうが、イ・ロの歌の例と異なっている点は、音楽的に厳密な意味での歌曲では恐らく無かったろうと思われることである。これらの歌の左注によれば、河村王の場合は「歌を誦す」と言い、小鯛王の場合は「吟詠せり」と言っていることからも察せられるように、琴の伴奏はあしらい程度の演奏であったと想像される。もしそうであるなら歌謡の範疇には入らないものかも知れないが、何分にも断言は出来ないのでこれらも歌謡の中に加えて置く。

次に、既に歌謡として知られている作品が『万葉集』中の和歌と混在している場合もある。巻二・八五番歌の「磐姫皇后《いはのひめのおほきさき》、天皇を思《しの》ひ奉る御作歌《みうた》四首」の第一歌は、『古事記』から引用された九〇番歌にみる通り、衣通《そとほしの》王が同母兄の木梨の軽太子を流刑先の伊予国まで追って行った時の歌と伝える歌謡である。なお、軽太子の跡を追ったのは太子と近親相姦の関係に堕ちた同母妹の軽大郎女である筈だが、『古事記』では途中から衣通王という名に変わる。これは大郎女の別名ということになっているが、多少の疑点も残る。万葉九〇番歌の題詞もそれに拠っている。

ホ　君が行き日長《け》くなりぬ山たづね迎へか行かむ待ちにか待たむ（巻二・八五）

ヘ　君が行き　日長くなりぬ　山たづの　迎へを行かむ　待つには待たじ　ここに山たづと云ふは、これ今の造木《みやつこぎ》なり。（『古事記』允恭天皇記・『万葉集』九〇）

折口信夫博士の言われる「山尋ね」という民俗の存在は現在では証明されていない筈だから、「山たづね」と「山たづの」は同じ語の変形ということで処理するべきであろう。『古事記』の原注にも疑問はある。どちらの歌が古いとは簡単には決められない。(注4)磐姫皇后御製と伝える万葉歌は歌謡として伝来したものであった。

『万葉集』巻十三は、賀茂真淵が巻一・二に次ぐ古体の歌を収録した歌巻であると決めたように、この巻には古体の長歌が集められ、その大方は反歌を伴っているが、反歌を持たぬものもある。しかし、その反歌も仔細に検討すると長歌の志向するところと微妙に食い違っているものが多く、全ての反歌が後になって加えられたものと見るべきではないかと思われる。それは遺産としての古歌に新しい衣装を与えて現代化することであった。恐らく天平初年頃の物語歌への志向にも通じる作業であった。その詳細についてはかつての拙稿に譲りたい。(注5)

そのような来歴を持つと思われる『万葉集』巻十三には、同じく『古事記』「允恭天皇記」の木梨の軽太子に纏わる近親相姦物語中の歌謡として知られる作品の少異歌が長歌の中に混在している。

ト　隠口《こもりく》の　泊瀬の川の　上つ瀬に　齋杭《いくひ》を打ち　下つ瀬に　真杭《まくひ》を打ち　齋杭には　鏡を懸け
真杭には　真玉を懸け　真玉なす　わが思ふ妹も　鏡なす　わが思ふ妹も　ありと言はばこそ
国にも　家にも行かめ　誰がゆゑか行かかむ　（三二六三）
古事記を検《かむが》ふるに曰く、件の歌は、木梨《きなし》の軽太子《かるのひつぎのみこ》のみづから身まかりましし時に作るといへり。

反歌

年わたるまでにも人はありといふを何時の間にそもわが恋ひにける（三三六四）

チ　隠《こも》り国《く》の　泊瀬の川の　上つ瀬に　斎杙《いくひ》を打ち　下つ瀬に　真杙《まくひ》を打ち　斎杙には　鏡を懸け
真杙には　真玉を懸け　真玉如す　吾《あ》が思《も》ふ妹　鏡如《な》す　吾が思ふ妻　ありと言はばこそに
家にも行かめ　国をも偲《しの》はめ　（『古事記』「允恭天皇記」）

『古事記』に見えるチの歌謡は、トの万葉歌と比較すると整った格調を持っている。殊に万葉に見える末句の「誰がゆゑか行かむ」は蛇足の感がある。「国にも　家にも行かめ」で結べば不安定で締まりが無くなるところからこの句を補ったのであろう。原因は伝承中の記憶の混乱にあると言えよう。この末句の存在によって歌謡が和歌化したなどとは言えない。この万葉歌の素性は実は歌謡であったということが、『古事記』によって判ったということである。

なお、万葉歌三三六三番歌に添えられた反歌は、既に述べたように新たに加えられたものであることは明らかである。三六三番歌が『古事記』所載の歌謡であることは、左注にも示されているように、万葉の編者も気付いているのである。そうした知識は、『古事記』が和銅五年に成書化されたことを思えば、十数年後の神亀・天平の頃には知識人と言われる人々の間にかなり普及していたと思われる。それなのに、この反歌の内容は長歌のもつ意味を全く無視しているのである。反歌作者が軽太子の話を知らなかったと言えばそれまでであるが、恐らくそうではなくてこの歌から新たな物語を見立てて反歌を制作したものであろう。

さて、以上のような見地から巻十三の長歌群を見てゆくと、かつては歌謡であったものがまだまだ多く有るのではないかと思われる。ただそれらが歌謡であったと断言できる資料に乏しいということである。

次は『万葉集』の中で明らかに歌謡あるいは歌曲の歌詞であると思われるものを挙げてみよう。巻十六の「有由縁《ゆゑんある》幷《あはせて》雑歌《ざふか》」の中には末尾に諸国の国風歌《くにぶりうた》を収録している。その中に「能登国の歌三首」がある。

リ　梯立《はしだて》の　熊来《くまき》のやらに　新羅斧　落し入れ　わし　懸けて懸けて　な泣かしそね　浮き出づるやと見む　わし　（三八七八）

ヌ　梯立の　熊来酒屋に　真罵《まぬ》らる奴《やつこ》　わし　誘《さす》ひ立て　率《ゐ》て来なましを　真罵らる奴　わし　（三八七九）

ル　香島嶺《かしまね》の　机の島の　小螺《しただみ》を　い拾ひ持ち来て　石以《いしも》ち　突《つつ》き破り　早川に　洗ひ濯ぎ　辛塩《からしほ》に　こごと揉み　高坏《たかつき》に盛り　机に立てて　母に奉《まつ》りつや　愛《め》づ児《こ》の刀自《とじ》　父に献りつや　愛づ児の刀自　（三八八〇）

これら三首の歌は何れも歌曲の歌詞であろう。リとヌの歌謡には「わし」という囃子詞まで記されている。ルの歌謡は既に多くの人々も認めているように、童唄《わらべうた》で「飯事歌《ままごとうた》」と言って好かろうと思われる。歌は飯事《ままごと》の様を観察している形になっているが、歌い手はやはり子供たちなのであろう。

この他、巻十六には踊り唄であったと思われる「押垂小野の歌」（三八七五）とか身振り手振りを伴って歌われたと思われる「乞食者の詠二首」（四八八五・四八八六）などがある。総じて古代後期以後となって和歌の観念が一定してくるまで、少なくとも『万葉集』などにあっては歌謡も和歌も未分化なものがあって、「うた」という観念が先行していたと思われる。それ故、山上憶良の作品中の主要な歌句が歌謡から移植されたものであったりすることも、取り立てて不思議なことではなかったのである。

世間の　術《すべ》なきものは　年月は　流るる如し　取り続き　追ひ来るものは　百種《ももくさ》に　迫《せ》め寄り来る　少女《をとめ》らが　少女さびすと　唐玉《からたま》を　手本《たもと》に纏《ま》かし（或いはこの句、白栲《しろたへ》の　袖ふりかはし　紅《くれなゐ》の　赤裳《あかも》裾引き　といへるあり）同輩児《よちこ》らと　手携《てたづさは》りて　遊びけむ　〈下略〉

（山上憶良、世間の住り難きを哀しびたる歌・八〇四）

この歌の傍線の箇所はそのまま『琴歌譜』短埴安扶理《みじかはにやすぶり》の歌詞である。即ち、

少女《をとめ》ども　少女《をとめ》さびすと　唐玉を　手本に纏きて　少女さびすも　（『琴歌譜』）

これは神事の歌らしく思われる。この大歌は山上憶良の哀世間難住歌の歌詞を採ったものではあるまい。憶良の方がこの短埴安扶理の歌詞を採って世間相の表現に転用したものであろう。それ故、万葉のこの部分には異伝句があったのだと思われる。だが、その背後にどのような事情が有るのかは不明である。

注1 小泉文夫・團伊玖磨『日本音楽の再発見』（平凡社）
2 『古代歌謡集』（日本古典文学大系）『琴歌譜』「短埴安振」の頭注参照。
3 折口信夫博士「古典に現れた日本民族」『折口信夫全集』第八巻所収。拙稿「万葉集から古今集へ」（『古代文学の源流』）〈知識人の発生〉
4 拙稿「磐姫皇后歌群の素顔」（『伝承の万葉集』高岡市万葉歴史館論集 2）四八頁以降参照。
5 拙稿「万葉集巻十三の意味——その異質性を中心として——」昭和四十九年三月発行『古代文学』第13号。なお、拙著『古代文学の伝統』（昭和53年）に補訂版を収録。

〈声の歌〉・〈文字の歌〉

稲岡耕二

一　はじめに

久保正彰『ギリシア思想の素地』にも記すように、ギリシャ古代の詩には我が国の枕詞に似た表現が見られる。

『イリアス』や『オデュッセイア』、『仕事と日々』や『神々の誕生』には、いうまでもなくおびただしい数の人名（神々の名を含めて）や地名がでてくる。それらの固有名詞の多くは、おのおののある一定の形容詞をともなって叙事詩のなかで用いられている。これらの枕言葉といってもよいような数多い形容詞のなかには、ポダス・オーキュス・アキレウス（足はやいアキレウス）やレウコーレノス・ヘーレー（腕の白いヘラ）、ポリュクリュソイオ・ミュケーネース（多くの黄金もつミュケナイの）というようにその意味が明確なものもあるが、単語としての意味はつかめても何を想像したらよいのか解らないもの、たとえばボオーピス・ポトニア・ヘーレー（牛の目をした女主人・ヘラ）とか、グラウコーピス・アテーネー（ふくろうの目をしたアテネ）のようなものもある。また、たんなるひびきをつたえる言葉としてはしばしば出てくるけれどもその意味が不明で語源学者たちが頭をいためている形容詞で、ニュクタ・ディ・アンブロシェーン（不死なる（?）夜をねらって）……（中略）……という枕言葉などがある。

ギリシア叙事詩の定形句——わが国の枕詞に似たもの——は発祥のゆえんや言葉の新旧の違いによってそれぞれの意味の透明度もいちじるしく異なっている。また口誦の詩人たちが或る固有名詞に対してどのような形容詞を用いるか、その選択は、形容詞自体のもつ意味によって一義的に決められるものではなく、その形容の冠せられる固有名詞がある特定の文脈で帯びる意味あいによって左右されるわけでもないという。

具体的な定形句の使用法については、アメリカの古典学者ミルマン・パリの『イリアス』『オデュッセイア』に関する詳細な研究を引用しながら、次のように記している。

ギリシア叙事詩の一見、華麗にして多彩な枕言葉は、じつは詩の律格上の制約によってみな一律の原則にしたがって整理しつくされており、アオイドスはほとんど誤りなくその原則にもとづいて巧みに定形句の綾織りをくりひろげて見せるのである。その原則によれば、定形句における形容詞のいわゆる修辞的意味は捨てられて、形容詞の形骸ともいうべき律格上の、いわばひびきの上だけの価値がアオイドスの選択を左右し、しかもさらに詳しくみれば、詩行中の特定の位置において用いうる形はほとんど全く選択の自由がないほどに精密に限定されている。

右の文中の「律格上の制約」とは、わが国の枕詞——たとえば「あをによし奈良」「そらみつ大和」など——とは異なり、定形句のすぐまえに先行する語の語尾音節の性質によって、固有名詞オデュッセウスの場合ならば修飾語として、(1) dios（かがやく）を用いるか、(2) esthlos（高貴な）を用いるか、自動的に決定されることを意味している。そうした「律格上の制約」によって修飾語を決定するわけではない日本の枕詞とくらべてその共通性や差異を指摘するのはかなり難しいが、西郷信綱「枕詞の詩学」に次のような論及を見る。(注1)

> ……内容的に両者を比較しても、しかたがない。大事なのは、ホメーロス詩篇では、epithet を有する右のようなもろもろの句が六歩格（hexameter）から成る一行の後半部にまさに韻律的にフィットしている点である。つまり枕詞がほぼ五・七音を基本とする韻律単位の上の句を充たす働きをしているのに、それは酷似するのである。そこに口承文芸の作詩法とからむ問題があることは、いうまでもない。すなわち口承的作詩法（A.B.Lord のいわゆる oral composition）では、こういった決り文句が建材の煉瓦となって、その構文を容易ならしめるとともに、それを下

から支えているわけで、近代からはちょっと考えにくい側面がここにはかくれているのを見逃すべきでない。

「口承的作詩法」が「近代からはちょっと考えにくい側面」をもつのは、文字の論理に慣れたわたしたちの想像力が、文字以前の声の文化についてひどく貧しくなっているからだとも言えるだろう。その点はまた後に触れることにしよう。『ギリシァ思想の素地』に、古代ギリシァの口誦の詩の定形句から、ギリシア後期の詩人や、ローマの詩人ウェルギリウスの作品における技法への変化を記している部分にも、さらにわたしたちの興味をひくところがある。

……ホメロス叙事詩においては特定の律格の条件を満して文法的に作用する定形句は原則的に唯一つしかない、というのに対して、ギリシア後期の叙事詩人やウェルギリウスにおいては特定の律格の条件を充足する形容詞は複数個つかわれていて、詩人はそのなかで文脈にもっともよく適合する意味をもつと思われる形容詞を吟味し、取捨選択しているのである。

作詩技巧のうえのこのいちじるしい差違はなぜ生じているのか。古期のアオイドスの技法は明らかに、ながい物語を即興的に、しかもなめらかなリズムにのった言葉の音楽として、口で語りきかせる必要から生れたものである。アオイドスは語りの筋のやすみない展開にその創造力をかたむけねばならない。一詩行の行末にさまざまの形であらわれる定形句は、創造者である歌い語りの詩人を、意味を取捨する労から一瞬とき放ち、美しいひびきにみちた休みを与え、次の行への語りの展開を準備させる。いわば、幾十分かのあるいは幾時間かの集中的な創造の場に身をゆだねるアオイドスの、息つぎの技巧としてみごとに詩文に結晶しているのが、かの厳密でしかも経済的な定形句の技法であるということができる。

（中略）

これにくらべて古代後期の詩人たちは、叙事詩という文学の形式は初期のアオイドスたちから継承しているけれども、まったく異なる創造の場に立っている。アポロニオスやウェルギリウスらは、一刻の濃縮された時間のなかで即興的に一篇の叙事詩を創造せねばならない、というわけではない。アポロニオスの叙事詩四巻はかれの生涯のいくつかの時期にわたって断続的に書きあげられたもののごときであるし、また、ウェルギリウスの『アエネイス』が詩人の晩年十年を費してなお完成していないというのは有名な事実である。

長い引用になったけれども、ここには〈声の詩〉から〈文字の詩〉への転化がギリシア叙事詩の定形句にもたらした変化とともに、先に触れた「口承的作詩法」にかかわる問題が語られているからである。

口誦の詩人アオイドスたちが短時間の創造の場における息つぎの技巧とした定形句の形式を襲用しつつも、ローマの詩人ウェルギリウスは、一つの形容詞の微細なニュアンスを選ぶのに、「熊がわが子をなめいつくしむように」かぎりなく時間を費消することができたという。

異なる時期の詩人たちの作詩法の相違を述べたに過ぎないと見る人もあるかもしれないが、ここには言語そのものの変質が語られていることを読み取る必要があるだろう。ジャン・ジャック・ルソー『言語起源論』の言葉を借りるなら、

言語を固定するはずだと思われる文字表記こそは、まさに言語を変質させているものなのである。(注2)

ということにほかならず、言語そのものの変質がそこに惹き起されているということである。ルソーは右につづけて、

それは語を変化させないが、言語の特質を変化させ、表現の代りに正確さを持ちこむ。人は口で話すときにはその感情を表わし、文字を書くときにはその観念を表わす。書くときに人びとはすべての語を一般に共通の意味で取らざるをえない。しかし話す人は調子によって意味を変化させ、自分の好むままに意味を決定する。話す人は明晰であろうとはそれほど気をわずらわさず、より多くのものを力に託す。

とも記している。それは川田順造がアフリカの無文字社会を調査した上でルソーの言葉を引きつつ、口誦の言語では「話す者が調子によって意味をを変え、自分の好むように意味を定めることができる」のに対し、文字言語では「人々はすべての語を共通に理解されている意味で用いることを余儀なくされる」(注3)と記しているのと重ね合わせて理解することができる。篠田浩一郎『形象と文明』に「不変の文字言語の確定によって、個々の語は個別的、個人的な音色を失い、音声言語から独立し、その結果として、すべての記号が視覚の前では対等とな(る)」とあるのも同様である。書くとは、一語一語を慎重に計量し、選択して理想の文のうちに刻みこむことであって、そこにギリシァ以前と以後とを分かつ〈文学〉の生誕を見るのである。

文字の機能として、(1)不変性・持続性　(2)発信・受信における脱時間性　(3)知的・脱状況的伝達　(4)情報伝達の効率の大きさ　が考えられるのに対し、音のコミュニケーションは「韻律的特徴など、概念化された意味よりは情動的な伝達力をつよくもち、伝達行為の状況依存性が大きく、現前する受信者を『巻きこむ』ような形で伝達が行なわれることが多い」(注4)のである。

口誦の〈うた〉や〈かたり〉が聴き手をまきこんで一体化するありさまは、金田一京助「口誦文学としてのユーカラ」(注5)にも報告されている。

元々ユーカラは、謡い手と聴き手とが、一つのリズムの中に融け合って、謡い手と同じように聴衆も、手に手に撥を握って、一緒に座席を叩いて調子を合わせながら、感動を叫びに発して、盛んに謡い手に気勢を添え、ために、怒濤のように、大きなコーラスを現出しながら進行するものである。ちょっとその場へ入ったのでは、どれが謡い手であるか、わからないくらい。

文字化されたユーカラではわからない上演の現場の模様を知ることができる。ユーカラが謡われるとき、「その半面は全く音楽であり、且つその幾パーセントかは、小さな舞踏的要素をさえ一緒に味わえる一種の総合芸術」でもあった。

もう少し身近な例を引いておきたい。川田順造『声』に、落語の名人芸に関して書かれたところがある。(注6)

……多少とも制度化された声の韻律的特徴を検討することは、音の周波数成分の分析などの方法を用いて、客観性をもったデータに基づいてかなりの程度まで行ないうる。しかしより微妙な声の抑揚、メリハリによる心情表現、個人の声の音質などとなると、分析はいちじるしく困難になる。しかも声のコミュニケーションのきわめて重要な部分が、こうした領域のうちにあることもまた確かなのだ。

たとえば、文字テキストとしては同一のある落語の速記録を、誤りも遅滞もなく淡々と読みあげたとしても、大して面白いものではない。下手な演者が、一応の落語として話した場合も同様だ。だが名人がこれを話せば、聞き手は笑い転げ、あるいは心酔して聞きいるだろう。言語の分節的特徴も、それによって伝えられる概念化された意味も同一でも、声のもたらす超分節的（韻律的）特徴、呼吸、間《ま》の微妙な違いが、一篇の落語としての言述の価値を、まったく変えてしまうのである。

そして、大看板といわれた落語家は、みなきわめて個性的な声の持ち主で、たとえば五代目志ん生の飄逸で親しみのある声、八代目桂文楽の、陽性で気を張った、艶っぽくかげりのある声等、くりかえし聞いても楽しめるのはなぜかという問題も、こうした声の側面を考えぬかぎり解くことはできまいと言う。

また、二〇〇一年一〇月二日の朝日新聞夕刊の、京須偕充「円熟期に散った芸」と題する古今亭志ん朝追悼の文には、若い時から志ん朝が自分の落語をレコードとして残すことには否定的で、「芸はその場で消える。そこがいいんだ」と語っていたことを伝えている。観客と一体化している寄席落語の雰囲気をレコードが記録しえないことに不満もあったのだろう。声のパフォーマンスが現場と切り離して考えることができない点は、ユーカラでも、落語でもまったく同じはずである。

右のように、声のコミュニケーションや声のパフォーマンスについて記したものを読むと、古代の〈声の歌〉を現代のわたしたちが研究し、考えることなど、とうてい不可能なように思われてくる。わたしたちは所詮、額田王の肉声を耳にすることはできないだろうし、中皇命の「我が背子は仮廬作らす草なくは小松が下の草を刈らさね」（一二）の歌を、声のパフォーマンスとして味わうこともできないだろう。したがって〈声の歌〉から〈文字の歌〉へ七世紀後半に変ったといっても、それが具体的にどのような変化だったのか、考えることは、困難をきわめるに違いない。

とはいえ、声のパフォーマンスを再現することは不可能であっても、現実に、確かにそこに起った事柄について、なにほどかのてだてを尽しながら、多少接近することはできるかもしれない。

西郷信綱「柿本人麿」の中の、次のような言葉はその扉をひらく方法の一つを示唆していると思う。(注7)

さきに私は、人麿には制作意識が目ざめており、作詩過程に慎重な推敲が加えられているらしいといった。それからまた、彼の歌は特定の場所で誦詠されたのであろうともいった。これは矛盾のようにも思われる。しかし一見矛盾とも思える、異なる時代に属するこの二つの契機を架橋せしめた地点に、もっと正確に言えば誦詠ないしは口誦の伝統が文字という新しい媒介物とまさに出逢った地点に人麿は立っている、ということができるのではないか。

文字の使用が印刷術の普及と同様、あるいはそれにもまさって人間の想像力の質を変えるものであることはいうまでもない。またとくにそれが外国文字の移植である場合、そこにどういう種類の変化が文学上起ってくるか相当興味をよぶ問題であるが、今は口誦文芸には見られぬ特質が人麿においていかに創出されたかを一瞥するにとどめたい。

「口誦文芸には見られぬ特質」としてまずあげられているのは、対象のとらえ方が正確になり描写が成立してくることであり、つぎには枕詞の変革の問題がある。そうした人麻呂作歌の特質を見きわめることが、とりもなおさず口誦の、〈声の歌〉の特質を探ることにも通じ、人麻呂が〈文字の歌〉への転化にさいしてどのような文学的体験をしたか確かめることにつながると考えるのである。

わたしも、そのような視点を継承しながら、次節以下、人麻呂の歴史的体験の一端に触れることができるならばと願っている。

二　枕詞の変革(1)——詩的映像

万葉集に収録されている柿本人麻呂の作品に多数の新作枕詞や改鋳された枕詞を見ることは、澤瀉久孝「枕詞を通して見たる人麻呂の独創性」(『万葉の作品と時代』)の、いちはやく注目したところだが、それを踏まえつつ記された西郷信綱「柿本人麿」(『詩の発生』)にはさらに、それらの枕詞が以前にくらべ意味的要素を増し、譬喩的機能を重視し、詩的映像への発展を示すようになっていることを指摘、口誦言語から文字言語への転化の時期を横切った詩人人麻呂の業績として評価した。

西郷論文は我が国の歌と文字との出会いの問題を明示した点で画期的だったが、あらためて今澤瀉論文とともに読みなおしてみると、後者には人麻呂歌集を含め広く人麻呂の枕詞のすべてを対象として論じているのに、西郷論文では例が人麻呂作歌のみに限られていて、歌集にはほとんど触れることがない(一九八五年刊『古代の声』所収「枕詞の詩学」には若干の人麻呂歌集歌の例を見るが、ほぼ同様と言える)。

それはなぜだろうか。

その理由につき、わたしは次のように記したことがある。(注8)

人麻呂の表現の独創性を論ずる際に、澤瀉論文は人麻呂歌集を含めた作品の特徴としてこれを指摘しているのに、西郷論文に人麻呂歌集の例をあげず、論及もないのは単なる偶然に過ぎないのだろうか。それとも人麻呂歌集歌の帰属についての論議がかえりみられてのことであったのか。あるいは口誦言語に見られぬ特質をもち、対象の把え方が正確になり、詩的映像への発展を明示する例としては掲げにくかったことも考えられようか。

「人麻呂歌集の帰属についての論議」とは、万葉集に「柿本朝臣人麻呂之歌集」所出として収録されている歌が柿本人麻呂自身によって作られたものか、そうではないのかという江戸時代以来の議論を指す。とくに戦前から戦後にかけて、人麻呂歌集を人麻呂自身の記したもの、もしくは作歌したものとする石井庄司、武田祐吉、澤瀉久孝・久松潜一などの研究が力を伸ばした時期があった。澤瀉論文はそうした研究にもとづいている。一方、土屋文明、斎藤茂吉、森本治吉などは——このうち茂吉には変化が認められるが——人麻呂自身のものとはしない方向をたどった。

昭和二八年一〇月に刊行された『万葉集大成8民俗篇』巻末の座談会「民謡性その他」には人麻呂歌集の問題も話題とされている。人麻呂自身の作品説、人麻呂採集の「民謡」説等があって確定して

いないという森本治吉の説明に対する柳田国男の発言、

――さういふことがまだわからずにゐるといふことは、いまの世にとっては恥ぢがましいことですね。

が、当時の研究動向を表現している。

右の推測が見当はずれではなかったらしいということを、昨夏わたしは確かめえたが(注9)、いずれにしても人麻呂歌集を含め、その表現が口誦言語から文字言語へという転化の時期にふさわしい特徴を示しているか否か見定める必要があるわけで、澤瀉・西郷両論文のはざまを埋める目的で記したのが、別稿「人麻呂における〈うた〉の変革――枕詞・序詞の仕組みと文字――」(『万葉集研究』第二十五集)だった。ただしそこでは論述を用言に関する枕詞に限定せざるをえなかったので、ここでは固有名詞に冠する枕詞について考えることから始めたい。

前節に掲げた西郷論文は次のように説く(注10)。

人麿には、二つの枕詞を使った短歌さえ見られる。「玉藻刈る敏馬を過ぎて夏草の野島が埼《ママ》に船近づきぬ」(巻三・二五〇)、この「玉藻刈る」と「夏草の」を枕詞でなく実景だと見る説もあるけれど、やはり枕詞と見たほうが人麿的であり、作品も一そう豊かになると思う。ということはしかし、人麿の枕詞は実景と見れば見られなくもないような詩的映像をもったものに発展してきているということである。それは古事記歌謡の「夏草の、あひねの浜の、蠣貝に」の「夏草の」

が、人麿ではさらに「夏草の、思ひ萎えて、偲ぶら《ママ》む、妹が門見む」（巻二・一三一）と意味的要素を増しているのでも知られる。だがそれにしても枕詞の頻用は、いかに彼が古い口誦文芸のこのユニークな形式に深い愛着をもっていたかを示すものであることに変りはない。

右には「夏草の」「玉藻刈る」などごく少数の人麻呂作歌の枕詞の用例をあげているに過ぎないが、「実景と見れば見られなくもないような詩的映像をもったものに発展してきている」という論定にわたしが説得されるのは、そうした説明にあたいする枕詞が人麻呂作歌には、ほかに幾つも見出されることによる。たとえば持統六年伊勢行幸時の留京作歌、

釧著《くしろつく》　手節乃埼二《たふしのさきに》　今日毛可母《けふもかも》　大宮人之《おほみやひとの》　玉藻苅良武《たまもかるらむ》　（四一）

の「釧つく」は釧（貝・玉・金属などで作った手に巻く飾り）を「手節」（手首）につける意で、地名「たふし」に掛かる枕詞となる。しかし、米田進「枕詞『釧つく』について」（『万葉』八四号）が指摘したように、鳥羽湾上を答志・和具の集落に向け航行した場合、北に望まれる島の実景そのものがあたかも手を長く伸ばした形に見えることとかかわっているらしい。和銅五年の木簡（平城宮址出土）に「手節里」の表記もあり、人麻呂はそうした島名や実景に示唆をうけて枕詞「釧つく」を新しくつくり出したのであろう。つまり「釧つく手節の崎」は単に「釧」と「手節」とのことばの類縁関

係による掛詞式枕詞というのみではなく、答志島の形状と、そこで玉藻を刈っている美しい女官たちの手首や腕輪の映像《イメージ》までも喚起するように作られている。記紀の歌謡や初期万葉歌の枕詞より意味的要素を増しているのはもちろん、文脈に即し、いわゆる枕詞の枠を越えた内容や機能をもつものになっている。

……大鳥乃《おほとりの》　羽易乃山尓《はがひのやまに》　吾恋流《あがこふる》　妹者伊座等《いもはいますと》……（二一〇）

の「大鳥の　羽易の山」も同様だろう。澤瀉論文が指摘したとおり、これも人麻呂作品のみに見られる枕詞で、大鳥の羽交（はがい）の意味で「羽易の山」に冠する。被枕詞との意味的関係は明らかであるし、「大鳥の羽易」が美しい山の形の形容そのものであることも諸注に記すとおりである。

大井重二郎『万葉集大和歌枕考』に「羽易山は春日山の中峯花山を称したものであらうと考へられる。中峯は南北に花山よりやゝ低い高さの雙べる山を有して鳥の翼の如き形をなし、『大鳥の羽易の山』の形容そのままの山である。元来羽易山は決して固有名詞ではなくその山容を美しく形容せられて生じたものであらう」と説き、斎藤茂吉『柿本人麿』（評釈篇）にも採られている。これに対し大浜厳比古「大鳥の羽易山」（『万葉』四十六号）には春日山ではなく、竜王・巻向の二山が三輪山を頭部とした大鳥の翼に見られるところから、竜王山を指して言ったものではないかとする。

「羽易山」が現存のどの山に相当するかという論議に拘泥することは、あまり意味がないだろう。

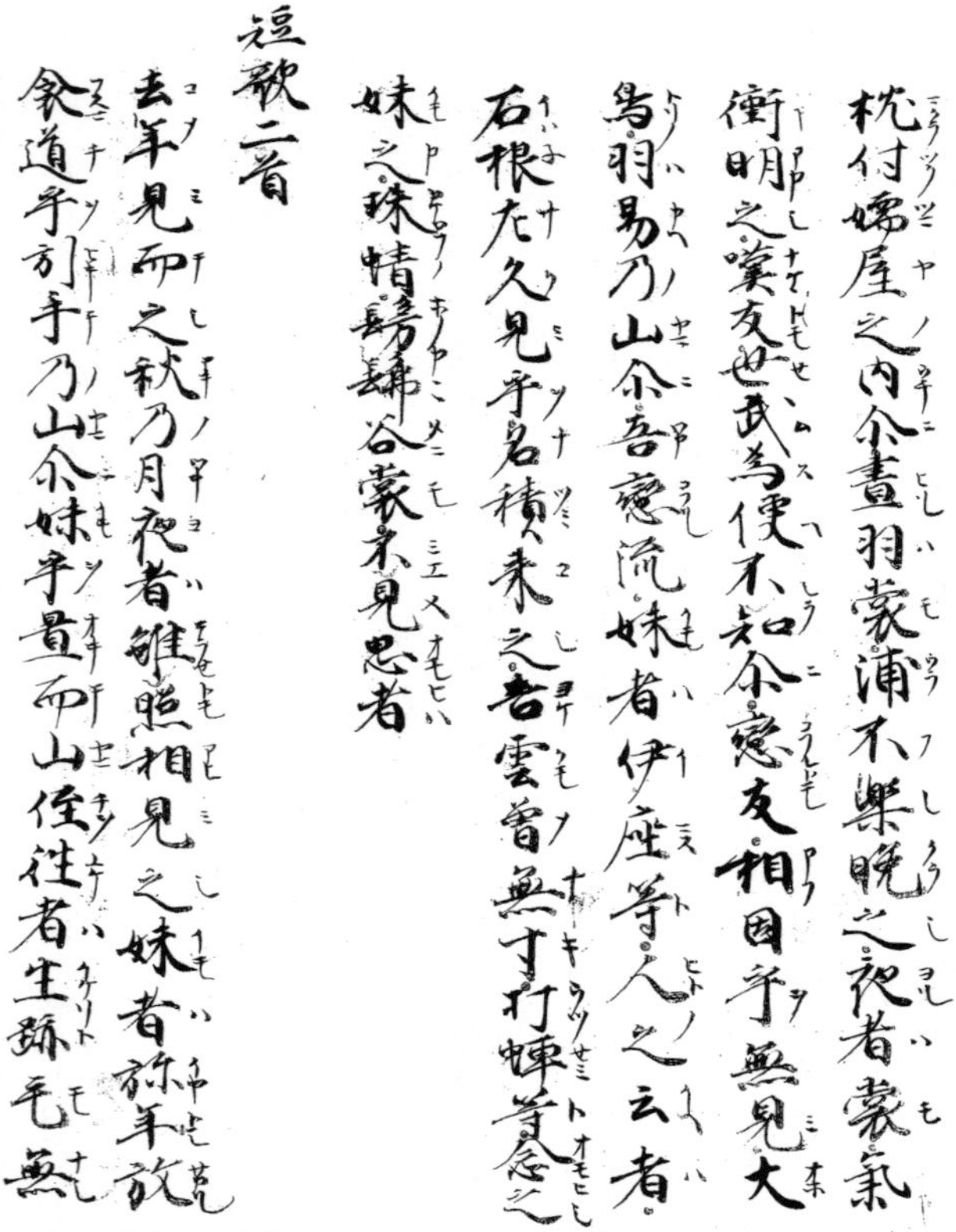

枕付嬬屋之内尓晝羽裳浦不楽晩之夜者裳氣
衝明之嘆友世武為便不知尓戀友相因乎無見大
鳥羽易乃山尓吾戀流妹者伊座等人之云者
石根左久見乎名積来之吉雲曽無寸打蝉等念之
妹之珠蜻髣髴谷裳不見思者
短歌二首
去年見而之秋乃月夜者雖照相見之妹者弥年放
衾道乎引手乃山尓妹乎置而山徑往者生跡毛無

西本願寺本万葉集。巻二、210 番長歌と短歌（竹柏会複製より）

大井説・大浜説ともにオホトリノハガヒを山容にもとづく表現と考える点で共通しているし、その上、既存の固有名詞ではなく、山容の印象から作られた山名である可能性も高い。それは妻を亡くした男の挽歌の、その文脈にふさわしい枕詞と山名として作者の創造したものだったろう。

留火之《ともしびの》　明大門尓《あかしおほとに》　入日哉《いらむひや》　榜将別《こぎわかれなむ》　家当不見《いへのあたりみず》（二五四）

の「ともしびの明石」にも、通常の地名に冠する枕詞とは異なる表現性が認められるようだ。「ともしびの」は、「明かし」（形容詞）と同音の地名「明石」に冠する枕詞。釈注に「夜の明石をも連想させ、わびしい旅を匂わせたものか」というが、この「ともしびの」は、「山のはに月傾けばいざりする海人のともしび沖になづさふ」（三六二三・遣新羅使）に詠まれているような「海人のともしび」の映像を誘うのではないかと考えられる。それは「入らむ日や」の「日」が海峡を通過する日時を意味する語でありつつ、なお日輪の詩的映像をともなうように働くのと関連したことではあるまいか。これも一首の文脈や、他の語句との照応を考慮して作られた新しい枕詞であろう。

右のように記してくると、いたずらに想像を加え過ぎるのではないかと感ずる人もあろうかと思う。人麻呂はそこまで考えて歌を作ってはいなかったのではないか。そうした疑問に対しては、次のような例を併せ検討することが必要であろう。

山際従《やまのまゆ》　出雲児等者《いづものこらは》　霧有哉《きりなれや》　吉野山《よしののやまの》　嶺霏霺《みねにたなびく》　（四二九）

八雲刺《やくもさす》　出雲子等《いづものこらが》　黒髪者《くろかみは》　吉野川《よしののかはの》　奥名豆颯《おきになづさふ》　（四三〇）

澤瀉論文に、同一の被枕詞（固有名詞）が異なる二つ以上の枕詞を承ける例としてあげる「出雲」の場合である。(注11)「山の際ゆ」も「八雲さす」もどちらも万葉集中この一例のみで、記紀風土記の歌謡には見られないから、人麻呂の創作であろうし、吉野山と吉野川を詠む二首のそれぞれに合わせて詠み分けられたものと思われる。

題詞に「溺れ死にし出雲娘子を吉野に火葬る時に柿本朝臣人麻呂の作る歌」とある。溺死した娘子を直接に見て詠んだわけではなく、火葬の煙を見つつ作られた歌だと知られるようになっている。

二首目の初句「八雲刺《やくもさす》」は、多くの雲がひろがる意味をあらわす語句であり、漢字表記であろう。「出雲」の枕詞であるが、固有名を修飾しているばかりでなく、「吉野の川の沖になづさふ」黒髪の、水中で四方へひろがる映像と照応するところが感ぜられる。ヤクモサスのモに「藻」の意義が重層しているとする西郷信綱「枕詞の詩学」(注12)や、「黒髪」と「玉藻」との連想関係についての伊藤博「短歌の語り」の指摘(注13)を想起するのも良いだろう。

同じ時に作られた一首目の「山の際ゆ出雲」と並べてみよう。二首の短歌に山と川を詠み、それぞれの文脈に応じて枕詞も「山の際ゆ」と「八雲さす」と二様に使いわけているのがわかる。「山の際ゆ」は下句の煙のたなびく描写をさまたげないばかりでなく、山間に立ちのぼる雲霧の印象を強めるように作用しさえするだろう。作者はそのような機能を意識しつつ固有名詞「出雲」に冠する「枕詞」を慎重に選んだ、と言うより創造したのである。

固有名詞に冠する枕詞が一首全体の意味や映像と微妙な照応を示しながら歌毎に変えられるというようなことは、口誦言語の枕詞にはなかったはずである。口誦の技術としての枕詞が固定性を持ち、社会的慣習的な用法を示すという基本的な判断に誤りがないとすれば、(注14)右にあげた用例は、およそ「枕詞」らしくない、むしろ序詞的性格と言えるだろう。こうした枕詞を「詩的映像をもったものに発展してきている」とし、それを「口誦文芸には見られぬ特質」と認める西郷論文の判断を正しいと思う。

三　枕詞の変革(2)——喚情的機能

文字の使用によって表現の自立性や客観性を獲得する一方で、音声言語のもつ直接性や情動性が失われることは明らかである。そして、それとあたかも表裏するように、固有名詞に冠する枕詞のなかに、喚情的機能の強く認められる例を多く見るようになるのも、おそらく偶然ではあるまいと思われる。

なお、ここに「喚情的《エモーチイヴ》」の語を用いたのは、西郷信綱「詩の発生」中、リチャーズにならって使われている(注15)のを襲用したものである。後述のように人麻呂作歌や人麻呂歌集にとくに「喚情的」機能の顕著な枕詞が多く見られる。西郷論文には直接その点は触れていないようだが、茂吉評釈に「私等の考から行けば要らざる技巧であるが、当時の人は真面目になつてかういふことをしてゐる」との評を見る程である。茂吉がこの技巧の意義をどう考えていたか明らかでないが、口誦言語から文字言語への過渡的時期の作品の特徴として考えるべき問題を含むと思われる。本稿ではまずその確かな例を吟味することから始めたい。

荒栲《あらたへの》　藤江之浦尓《ふぢえのうらに》　鈴寸釣《すずきつる》　白水郎《あま》跡香将見《とかみらむ》　旅去吾乎《たびゆくわれを》　(二五二)

巻三の「柿本朝臣人麻呂羈旅歌八首」中の一首。「荒栲(の)」は目の粗い繊維(藤など)でこしらえた布の意味で、ここでは地名「藤江」に冠する枕詞。言葉の辞書的意味の説明としては、それで良いかもしれないが、「珠藻刈る敏馬を過ぎて夏草の野島の崎に舟近づきぬ」(二五〇)などを読んできた者には、単にそれだけではすまされない気持が残るようだ。三〇年近く前のことになるが、「万葉びとにおける旅」(学燈社『国文学』昭和48年7月)に、次のように記したことがあった。

明石を過ぎ旅心の改まった人麻呂達に海人舟が見え、鱸を釣る様が見える。二五六歌に「刈り薦の乱れて出づ見ゆ海人の釣船」と歌われているように、多くの船が入り乱れる状態でもあったろうか。漁船に囲繞されるようにして進む舟。平常は、全く別の世界に生きる人間のように考えていた海人たちの舟に近くいる自分を見出だして、うらぶれた思いがこみ上げてくる。それは都にあっては想像もし得なかった類の重い暗い感情であっただろう。藤江には「荒栲の」という枕詞が冠せられている。藤を原料として目の粗い布を織る所から、荒栲の藤と言われるのだが、この枕詞には特別の喚情的機能が見出されよう。それは「ひなの感情」（中西進『柿本人麻呂』）であるかも知れない。あるいは高木市之助『雑草万葉』に言われているように、この一首にわれわれは、旅衣のすでに汚れた旅人の姿を髣髴と思い浮かべることが可能かも知れない。先にうらぶれた思いと言ったけれども、旅人の姿もまたうらぶれたものと日増しにならざるを得ない古代の旅のかたちがここに垣間見えるように思う。だからこそ「海人とか見らむ」という詠嘆も生まれて来るのだとわたしは理解している。

筆のやや走り過ぎたところがある。要するに羈旅歌の中の「荒栲の藤江」には、海人たちの粗末な藤衣への連想もあって、旅衣の汚れや、日数の重なりと共に深まってゆく苦しみを思わせる喚情的機能をともなうと言ってよいだろう。

石見相聞歌の第二長歌の冒頭部分、

角障経《つのさはふ》　石見之海乃《いはみのうみの》　言佐敝久《ことさへく》　辛乃埼有《からのさきなる》　伊久里尓曽《いくりにそ》　深海松生流《ふかみるおふる》……（一三五）

の「角さはふ石見」の場合には、日本書紀歌謡五六の「つのさはふ　磐之媛」を先行例として検討すべきだろうか。土橋寛『古代歌謡論』に、ツノサハフは恐らく「ツノ（綱・蔓）多《さは》ニ経《ふ》」の意味で、岩に蔓草が這いまつわる様を、生命の長い磐の姿として讃めた語であろうと推定されている。古典大系『日本書紀』にも同様な注を見る。いわゆる称詞的枕詞である。

一方、万葉集の石見相聞歌では「角障経」と書かれている。漢字表記にはかかわらず「語義・かかり方未詳」とする注釈書も多いが、この表記によれば「角《つの》（蔓）」が伸び出ようとするのを「障《さ》ふ」、邪魔する「石」の意味に解され、称詞的な枕詞とは考え難い。人麻呂はツノサハフに新しい解釈を施し、角の里に住む妻との隔絶の思いを表現したのだという神野志隆光『柿本人麻呂研究』の指摘は(注16)、一三五の長歌全体の理解にとって重要なものだろう。

右の理解を支える類似例として、それに続く「言佐敝久　辛乃埼」があげられよう。コトサヘクは「言佐敝久　百済之原」（一九九）という用例も見え、言葉が通じにくい意味で唐や百済の枕詞となる。直前の「つのさはふ石見」に重ね「言さへく辛の崎」とうたわれる時、二つの枕詞の示唆する断絶感やもどかしさが、別離を主題とした長歌一三五の基調音となって流れ始める。

人麻呂作歌の固有名詞に冠する枕詞には、実景とも見られるような描写的機能や、あるいは喚情的な機能の認められるものが含まれていることを記してきたが、言い換えればここまでは西郷信綱「柿本人麿」の記述を敷衍したに過ぎないだろう。澤瀉論文とのはざまを埋めるべく記し始めた本節のねらいからすれば、人麻呂歌集の枕詞に類似の、あるいは異なった性格が見出されるか否かについて、より多く記す必要がある。人麻呂作歌については以上にとどめ、歌集の枕詞に目を転じよう。

人麻呂歌集新体歌には、人麻呂作歌のような「実景と見れば見られなくもないような詩的映像をもったもの」は見出されない。それには相応の理由が見出されるだろう（後述）。

新体歌に目立つのは「射目人の伏見」、「子等が手を巻向山」、「衣手の名木の川」、「妹等がり今木の嶺」など、地名とフシミ（伏し見）、マキ（巻き）、ナキ（泣き）、イマキ（今来）という動詞との掛詞として特別の情感を加える働きをもつ喚情的な枕詞が多く見られることである。たとえば、

巨椋乃《おほくらの》　入江響奈理《いりえとよむなり》　射目人乃《いめひとの》　伏見何田井尓《ふしみがたゐに》　鴈渡良之《かりわたるらし》（一六九九）

の場合、「射目人の」が地名「伏見」の枕詞となる。「射目は狩猟で追い出した動物を射るために柴などで作って射手のかくれる設備」であり、「そこに待ちかまえる人を射目人と言うので、伏して見るにかかる」と古典大系頭注に記すとおりだろう。万葉集内に一例のみ見える。

語義およびかかり方は明らかだが、この枕詞がどのような機能をもつかについて触れた注釈書はほとんどない。僅かに茂吉評釈に次のように記しているのが注目される。(注17)

さて此一首は、今味はつて見るになかなかいいところがあり、調べも大きく、そしてすべすべと滑に失せずに、何処かに鋭い響を持つて居る。それだからひよつとせばこれは人麿の作なのかも知れないといふ気持を起させる。第三句で、射部《ママ》人のといふ枕詞を用ゐたのなども人麿の好む技

法の一つと考へることが出来る。この枕詞は此処で餘り意味を強く取ると鑑賞上の邪魔をするが、当時にあってはやはり相当に意味を持たせ、そこが作歌上の楽しみでもあり、人も感心した點であったらうと想像することも出来る。けれども現在に於て味ふに、一首全体としてこれだけのものが眼前に現存してゐるのだから、その作歌能力に感心していいのである。

「人麻呂の好む技法」と言い、「当時にあつてはやはり相当に意味を持たせ」「そこが作歌上の楽しみでもあり、人も感心した點であつただらう」と想像しているのは、さすがに鋭いと思うが、「意味を強く取ると鑑賞上の邪魔をする」とは、具体的にどういうことか。

巨椋池は現在は存在しない。京都府宇治市から久世郡にかけて広がっていた巨大な池で、次第に狭くなり、宇治市小倉町付近に残されていた沼沢地も干拓で無くなったという。

その巨椋の池をとよもして雁の移動するさまを詠む一首。入江を響もすというからわたしたちの想像を超えるほどの大群なのだろう。第三句「射目人の」に意味がないかというとそうではあるまい。意味を空白にして読むと雁の羽音とそれにもとづく推量が歌われているだけで雁と作者の心は離れている感じがする。「射目人の伏見」はそれを雁に寄りそわせるように働いている。

もちろん「射目人の」は実景をあらわすわけではないだろうし、雁の翔び立つ直接の原因とされているのでもないだろう。イメヒトノフシミガタヰニと第三、四句に集中するイ段音が、歌の雰囲気を切り裂くような鋭い感じを喚起しながら、思いを雁の方に誘うように機能するのである。実質的修飾語ではなく、枕詞の形式を利用し、作者の思いや一首の情感を補う働きをする、それを喚情的機能と呼んでおきたい。

三毛侶之《みもろの》　其山奈美尓《そのやまなみに》　児等手乎《こらがてを》　巻向山者《まきむくやまは》　継之宜霜《つぎのよろしも》　（一〇九三）
児等手乎《こらがてを》　巻向山者《まきむくやまは》　常在常《つねにあれど》　過住人尓《すぎにしひとに》　往巻目八方《ゆきまかめやも》　（一二六八）
子等我手乎《こらがてを》　巻向山丹《まきむきやまに》　春去者《はるされば》　木葉凌而《このはしのぎて》　霞霏霺《かすみたなびく》　（一八一五）

右三首に見える「児（子）らが手を」の機能をもっとも強く認めたのは武田祐吉『万葉集全註釈』および窪田空穂『万葉集評釈』であろう。後者の一二六八歌の項には「この枕詞は結句へ照応しているものである」と説かれているし、一〇九三歌の〔評〕[注18]には、

……神の鎮座される三輪山に接していることをもって巻向山を讃えていることは、信仰心の深かった人麿としては自然なことである。しかし人麿はそれだけにはとどめず、巻向山をいうに『児らが手を』という枕詞を添えていっている。この枕詞は巻十にも同例があるが、多分人麿の創意より成るものと思われる。信仰と同時に夫婦関係をも合わせ言うということは、まさに人麿的であって、他人のしないことといえる。

とある。また巻十・一八一五の評語にも「『子らが手を』は、そこに妻をもっているところより浮かんだ枕詞で、『木の葉凌ぎて』と気分の上で溶け合って、相俟って一首を渾然としたものにしている」と言う。「巻向山」に冠する枕詞というのみでなく、結句と照応し、他の表現とも「気分の上で溶け合」いつつ一首を渾然としたものとする機能をもつ詞句と認めるのである。

一二六八歌「子等が手を巻向山は常にあれど過ぎにし人に往きまかめやも」も「子等が手を」のもつ相聞的情感のなかで理解するから「ただの空想的な作でなく、実際に恋人の死んだ時の歌のやうに受取れる」（茂吉評釈）のだろう。

武田祐吉『国文学研究 柿本人麻呂攷』のように巻向山の麓に住む娘子を「子（児）ら」とし、そこに通う人麻呂を想定し、伝記的研究と直結した解釈を示したのは行き過ぎであるとしても、「子（児）らが手を」を一首全体にひろく効果を及ぼす新しい表現とする点は認めてよいと思う。

妻隠《つまごもる》　矢野神山《やののかみやま》　露霜尓《つゆしもに》　尓宝比始《にほひそめたり》　散巻惜《ちらまくをしも》　（二一七八）

の「妻隠る」にも、同様な喚情的な機能を認めるべきだろう。澤瀉論文に武烈紀の「逗摩御慕屢《つまごもる》　小佐保を過ぎ」（歌謡九四）の例とともにあげ、紀歌謡の場合は釈日本記に「妻隠也」とあるのみで諸注にも定説と見えるものがないほど難解なのに、人麻呂の場合はきわめてわかりやすいものになっていると説いている。（注19）

ただし、前掲の「射目人の」と同様に、その機能について詳しく説いたものはほとんどない。窪田評釈に「妻隠る屋にちなみある、矢野の神山は……」と釈し、「『妻隠る矢野の神山』という語続きは、人麿らしい特色がある」と評しているのに注目される程度である。

「妻隠る」は、妻とともにこもる、すなわち夫婦のこもる意味で「屋」「矢野」に冠する。歌中の矢野」が石見・伊勢・播磨・備後など各地に名が残るうちのどこか不明だが、いずれにしても旅中の詠と考えられよう。

黄葉は額田王の春秋競憐歌（一六）にも詠まれているが、色鮮やかな黄葉を旅先で詠んだ歌はこの人麻呂歌集歌がおそらく最初であっただろう。そのさい単に黄葉のみをうたうのでなく、「妻隠る屋」への連想から相聞的情感に一首をつつみこみながら詠んだと見られる。矢野の神山の黄葉に、故郷の神なび山を思ひ、そして家妻を偲んでいるのである。「妻隠る」も実質的な修飾語ではないが、喚情的機能を認めるべき枕詞と考える。

妹等許《いもらがり》　今木乃嶺《いまきのみねに》　茂立《しげりたつ》　嬬待木者《つままつのきは》　古人《ふるひと》見祁牟《みけむ》　（一七九五）

もぜひあげておく必要があろう。題詞に「宇治若郎子《うぢのわきいらつこ》の宮所の歌一首」とある。人麻呂が応神天皇の皇子宇治若郎子の邸宅の跡を訪れた時の歌という。初二句は宇治近くの山名「今木」に「今来た」意味を掛け「いとしい妻のもとへ今来たという名を持つ今木の嶺」と詠んだものである。さらにその嶺の松を「嬬待木」と表現し、それを古人（若郎子）も見たであろうと詠む。枕詞「妹等がり」・序詞「嬬」・掛詞（「待つ」と「松」）の技巧が煩わしい感じを与え、茂吉評釈に「現在の私等の考から行けば、要らざる技巧であるが、当時の人は真面目になつてかういふことをしてゐるのである」と言う。窪田評釈の「若郎子の宮所であった今木の嶺の松の木を皇子が見たものであろうと推定することによって由縁を感じ、皇子の形見になぞらえてなつかしんだ心である。（中略）『妹ら許』という枕詞、『嬬』という序詞は、事柄に合わせては不自然に感じられるが、皇子をなつかしむ気分をまつわらせるために、自身の最もなつかしく思っているこうした語を、修辞として用いたと見ると、気分の繋がりのあるものにはなる」という評は、好意的で「一首の調べが張って、作意を生かしているので、こうした語がそのわりには目立たないものとなっている。人麻呂的な歌である」とも言う。

この「妹等がり」は「皇子をなつかしむ気分をまつわらせる」ばかりでなく、宮に帰った若郎子の視線で「今木の嶺」を見るように読者を誘うのだろう。「妹」に対する「背」の立場にいざなわれた読者は「待たれる嬬」すなわち若郎子の視線のまま、嶺に茂る松を見るわけである。結句の「古人見けむ」の「古人」は若郎子を指すので、はるかないにしえにしばしば見た松であろうと古人と共に偲ぶことになる。そうした作とするために「妹らがり」が必要不可欠であったことも認められよう。

この「妹等がり」や、「妻隠る」「児等が手を」などは澤瀉論文に「叙情的な枕詞を地名に冠したもの」とし、「目に立つ」例と記されているが、人麻呂のこうした新作枕詞の影響を受けたと思われる表現を、同時代もしくはやや後の歌人達の作品に拾うことができるのにも注目したい。

持統六年伊勢行幸時の石上麻呂の従駕作歌、

吾妹子をいざみの山を高みも大和の見えぬ国遠みかも（四四）

　同じ時の当麻真人麻呂の妻の留京歌、

吾が背子は何処行くらむ沖つ藻の隠《なばり》の山を今日か越ゆらむ（四三）

に見える「吾妹子乎」や「已津物」は、右に述べてきたような喚情的機能をもつ新作の枕詞に触発された表現であろうし、長皇子の大行天皇難波行幸従駕歌、

吾妹子を早見浜風倭なる吾を待つ椿吹かずあるなゆめ（七三）

の「吾妹子乎――早見浜」「吾松椿」は、まさに宇治若郎子宮所歌の技巧をそのまま襲用したかと思われるほどの複雑さを示している。人麻呂の新しい表現の試みが持統朝以降の宮廷の人々に迎えられ、急速に広まったさまも偲ばれよう。

　ここまで人麻呂作歌の場合も、新体歌の場合も、新作の意図の明らかだと判断される例をとりあげ、主として描写的あるいは喚情的な機能の面から記してきた。このほか「衣手《ころもで》乃《の》名《な》木《き》之《の》川邊《かはへ》乎《を》春《はる》雨《さめに》吾《われ》立《たち》沾《ぬる》等《と》家《いへ》念《おもふ》良《ら》武《む》可《か》」（一六九六）についても同様に考えられるが、紙幅の都合で割愛せざるをえない。また、新作と思われるもののその表現性につき確かめえないもの、新作と確信しえない例などに

ついても記述を控えることとした。別稿に譲る。

さらに新体歌中、「梓弓《あづさゆみ》　引津《ひきつ》」「橋立《はしたての》　倉椅山《くらはしやま》」「橋立《はしたての》　倉椅川《くらはしかは》」「黒玉《ぬばたまの》　久漏牛方《くろうしかた》」「隠口乃《こもりくの》　豊泊瀬道《とよはつせぢ》」「味酒之《うまさけの》　三毛侶乃山《みもろのやま》」など、記紀の歌謡や初期万葉歌にも見え、口誦の歌にも用いられていたと考えられる枕詞も含まれており、それらは特に目立った特徴を指摘されてこなかったものである。が、本稿のような視点から見るとき、そこにどのような問題が指摘されるか、次節で古体歌の例とともに記すことにしよう。

四　枕詞の変革(3)——古体歌の枕詞

人麻呂作歌や人麻呂歌集新体歌にくらべ、人麻呂歌集古体歌にはどのような枕詞を見るのだろうか。

古体歌の固有名詞に冠する枕詞には、記紀の歌謡や初期万葉歌に見えるものと同様な意義および掛かり方を示すのではないかと思われる例が目立つ。

我衣《わがころも》　色取染《いろどりそめむ》　味酒《うまさけ》　三室山《みむろのやまは》　黄葉為在《もみちしにけり》（一〇九四）

千早人《ちはやひと》　宇治度《うぢのわたりの》　速瀬《はやきせに》　不相有《あはずこそあれ》　後我孋《のちもわがつま》（二四二八）

烏玉《ぬばたまの》　黒髪山《くろかみやまの》　山草《やますげに》　小雨零敷《こさめふりしき》　益々所思《しくしくおもほゆ》（二四五六）

「味酒」は額田王の「味酒　三輪の山」（一七）をはじめ書紀の歌謡にも例を見る。「三室」は三輪の神なびの別称であり、神の降臨する場所をあらわす。「三室山」（一〇九四）が「三毛侶之其山なみ」（一〇九三）とある三諸山に等しいとすれば、額田王歌の三輪山と同じ山に対する称詞的枕詞で、人麻呂がとくに異なる用い方を示したとは言えないだろう。

「千早人」も古事記歌謡の「知波夜比登《ちはやひと》　宇遅能和多理迩《うぢのわたりに》」と同じく、霊威の強い人の意でイチの類音ウヂに冠する枕詞。語構成を「チ（霊威）ハヤ（激しく）ブル（振る、活動する）」と説くのが通説と思われる。古体歌の「千早人　宇治」もそれと異なった新しい用法を示しているとは考え難いように見える。

「烏玉の」は神代記歌謡の「奴婆多麻能《ぬばたまの》　用波伊伝那牟《よはいでなむ》」（歌謡三）、「奴婆多麻能《ぬばたまの》　久路岐美祁斯《くろきみけし》遠《を》」（歌謡四）にも見え、「夜」「黒」などの枕詞とされる。ヌバタマは黒い玉で、それを「烏玉」と記したのはヒオウギ（カラスオウギ）の実の黒いところからの宛て字であり、夜や黒の枕詞となるというのが通説。「烏玉　黒髪山」も記の用法と異なるところはないように見える。

右のように考えて、これらを口誦歌謡とほぼ変らぬ枕詞の用例として説明することが一般ではなかったかと思われる。ここまでの文脈に従って言えば、新体歌および作歌には喚情的な機能をもつ枕詞が見られ、さらに人麻呂作歌には描写的な、実景かと思われるような詩的映像をもったものも指摘されるが、それらとくらべると古体歌の枕詞には、描写的な機能や喚情的な機能を明らかに指摘しうる例は無いようだということになる。

紐鏡《ひもかがみ》　能登香山《のとかのやまの》　誰故《たがゆゑか》　君来座在《きみきませるに》　紐不開寝《ひもとかずねむ》（二四二四）

白檀《しらまゆみ》　石邊山《いそへのやまの》　常石有《ときはなる》　命《いのちなれやも》　哉　恋乍居《こひつつをらむ》（二四四四）

の「紐鏡――能登香《のとか》（な解き）」の類音や、「白檀――い（射）」という類縁語の掛詞を利用した枕詞も見られるが、これらも口誦の言葉遊び、地口に近いものだろう。人麻呂はこうした古体歌の枕詞の用法から、〈文字の歌〉の表現にふさわしい枕詞を工夫し、創造する方向に歩み始めたのではないか、と。

なお西郷論文の指摘した「実景と見れば見られなくもないような詩的映像をもった」枕詞が人麻呂歌集古体歌はもちろん、新体歌にも見られず、人麻呂作歌に初めて現れるのはなぜか。その理由を検討する際には、人麻呂歌集の新体歌に自然描写と呼びうるような詞句が見られることをあわせ考える必要があるだろう。

佐宵中等《さよなかと》　夜者深去良斯《よはふけぬらし》　鴈音《かりがねの》　所聞空《きこゆるそらに》　月渡見《つきわたるみゆ》（一七〇一）

球手折《ふさたをり》　多武山霧《たむのやまぎり》　茂鴨《しげみかも》　細川瀬《ほそかはのせに》　波驟祁留《なみのさわける》（一七〇四）

御食向《みけむかふ》　南淵山之《みなぶちやまの》　巌者《いはほには》　落波太列可《ふりしはだれか》　削遺有《きえのこりたる》（一七〇九）

一七〇一歌は茂吉評釈に「雁の群に月を配しただけだが、その声調のゆらぎによつて、現実を再現せしめる効果を有つてゐる」との評を見るし、一七〇四歌には「当時にあつては、かういふ種類の観照乃至表現には余程鋭敏でもあり、興味もあったと見えて、殆ど類型的となるまでに類似の歌があるのである。そして其等の歌は、類似してゐても皆相当にいい歌である」という鑑賞も見える。「類似の歌」とはその直前に記されている「『痛足河河浪立ちぬ』云々の歌の如く、雲霧雨風と河浪との関係を歌つたものである」という説明と関連するのだろう。また一七〇九歌も「清厳とも謂ふべき一首の姿で、また象徴的とも謂ふべき一つの態を持つてゐる歌である」と言い、〔大意〕の項には「風景の歌」との評語も見える。「観照」「象徴的」あるいは「風景」など茂吉はさまざまな語彙を動員しているが、わたしが重視したいのはこれら三首に共通して現れる自然事象への目くばりである。それは右のような第九の雑歌のみでなく、巻十の春雑歌にも見られる。

久方《ひさかたの》　天芳山《あめのかぐやま》　此夕《このゆふへ》　霞霏霺《かすみたなびく》　春立下《はるたつらしも》　（一八一二）
古《いにしへの》　人之殖兼《ひとのうゑけむ》　杉枝《すぎがえに》　霞霏霺《かすみたなびく》　春者来良芝《はるはきぬらし》　（一八一四）
子等我手乎《こらがてを》　巻向山丹《まきむくやまに》　春去者《はるされば》　木葉凌而《このはしのぎて》　霞霏霺《かすみたなびく》　（一八一五）

などの歌の自然への目くばりや描写が、人麻呂作歌の「実景と見れば見られなくもないような詩的映像」をもった枕詞に応用されたと言ってよいだろう。描写は右のような新体歌の詞句に始まり、それが人麻呂作歌にも続き、枕詞にも及んだのである。

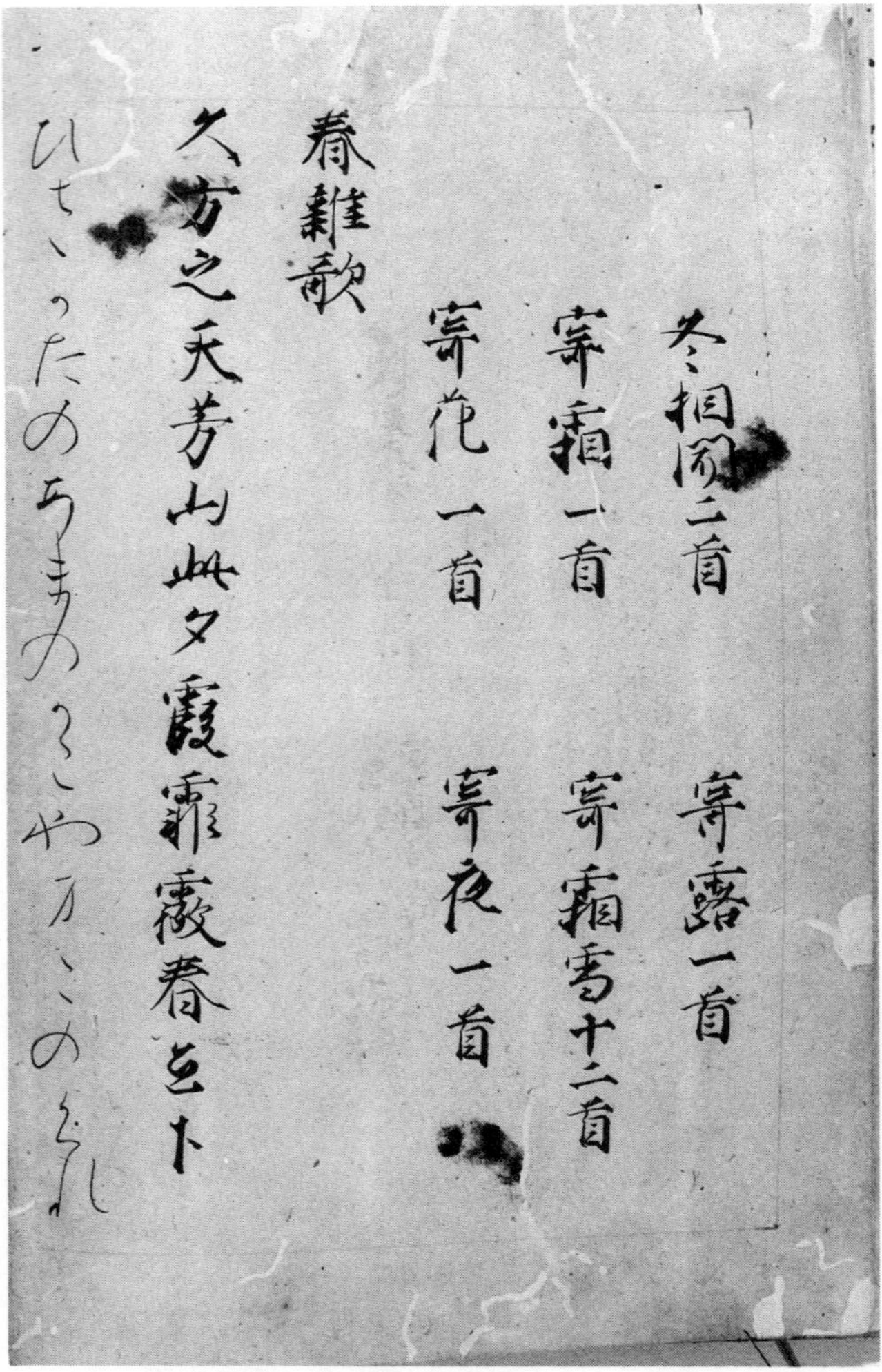

元暦校本万葉集　巻十春雑歌冒頭部分（東京国立博物館所蔵）

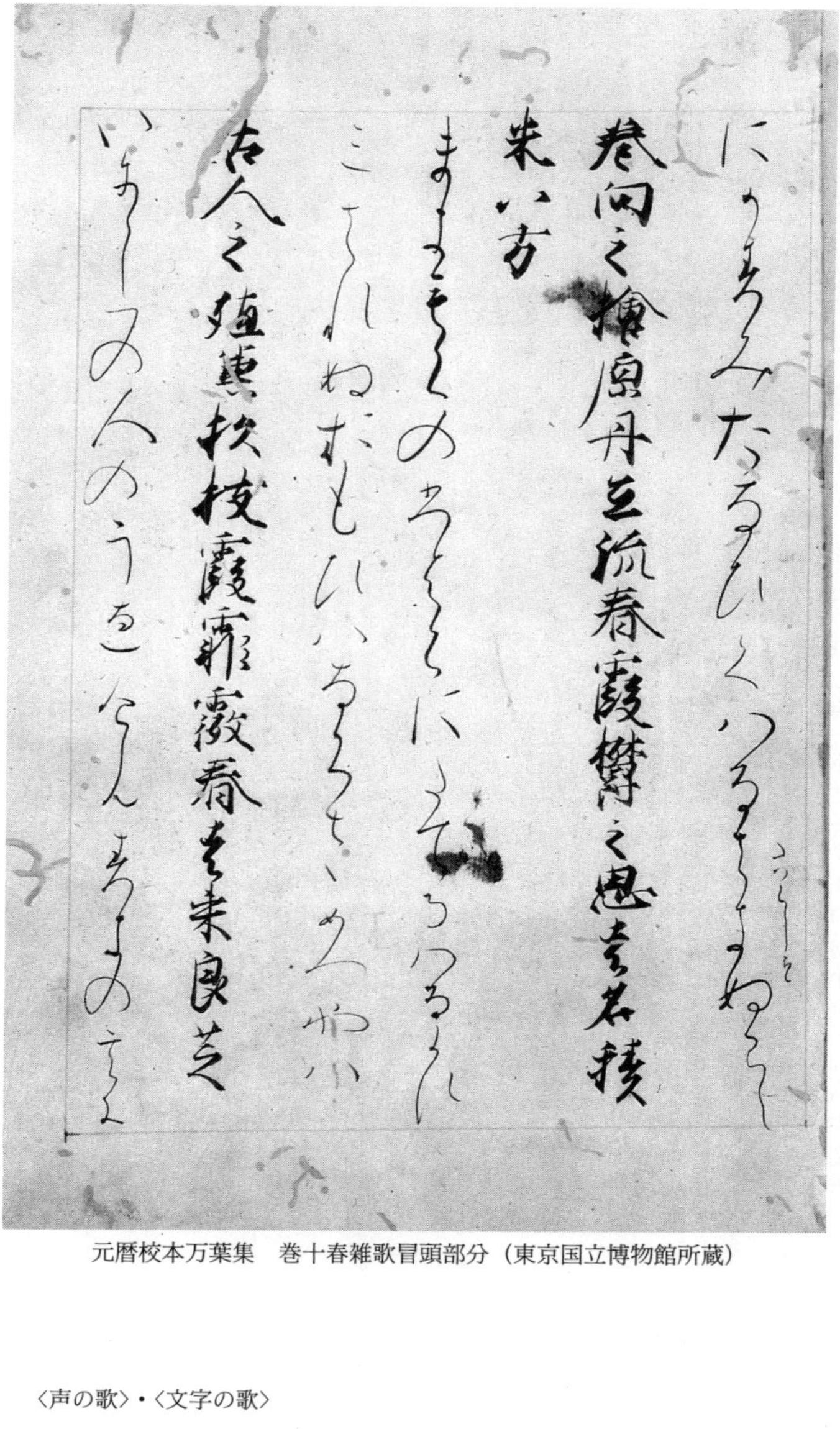

元暦校本万葉集　巻十春雑歌冒頭部分（東京国立博物館所蔵）

同様に、「喚情的機能」をもつ固有名詞に冠する枕詞が、人麻呂歌集新体歌・人麻呂作歌には認められるが、人麻呂歌集古体歌には見られないことを、どのように考えるべきだろうか。

わたしは第二節冒頭に掲げた別稿、およびほぼ同時に記した「人麻呂における歌の変革――文字の歌への転換――」（『国語と国文学』二〇〇一年一一月号）で、人麻呂の用言に冠する枕詞と被枕詞の仕組みと文字のありようを検討した。

用言に冠する枕詞は、新しい性格の修辞であり、人麻呂歌集や人麻呂作歌で急激に増加しているが、枕詞と被枕詞の構造や文字との関係を見ると、新体歌と人麻呂作歌では、掛詞の構造をすっきりと整ったかたちに文字表記しているのに対し、古体歌には、まだそこまで整備されるに至らない、やや無理かと思われる掛詞の表意漢字による表現が残されている。たとえば、

念《おもひにし》　餘　者《あまりにしかば》　丹《に》穂鳥《ほどりの》　足沾来《なづさひこしを》　人見鴨《ひとみけむかも》　（二四九二）

の「丹穂鳥　足沾来」の部分は、ニホドリノナヅサヒコシヲと訓むが、「ナヅサヒ」が掛詞になっている。内田賢徳「古辞書の訓詁と万葉歌」によればニホドリ（カイツブリ）の「ナヅサフ」とは踊るように揺れながら動くことを意味すると言う。そして「足沾来《なづさひこしを》　人見鴨《ひとみけむかも》」と下文につながる時、足を沾らして自分が川を渡って来たのを人が見はしなかっただろうか、と人目を気にしながら恋人の許へ通う男性の姿を髣髴させる。つまり「足沾《なづさひ》」のところでニホドリの動作をあらわす文脈と、人の渡

渉を表わす文脈と二重になっているのである。そこに掛詞があり、文が二重になっていることを読者に悟らせるべく、人麻呂はことさらナヅサヒとは意味がやや離れ、人の渡渉の姿を印象し易い「足沾」の二字を宛てたのではないか。古体歌には類似例の幾つかを拾うことができる。

見渡《みわたしの》　三室　山《みむろのやまの》　石穂菅《いはほすげ》　惻隠吾《ねもころわれは》　片念為《かたおもひそする》（二四七三）
秋柏《あきかしは》　潤和川辺《うるわかはへの》　細竹目《しののめの》　人不顔面《ひとにはしのび》　公無勝《きみにあへなくに》（二四七八）

の「惻隠」「不顔面」という難しい漢字表現は、それぞれネモコロ・シノビにあてられており、自然と人事との二重の文脈を示唆しているらしい。人麻呂のこうした表現の向こうに、〈声の歌〉における文脈から文脈へと乗り換えるさいの繰り返しの技巧も透視されようか。詳細は別稿を参照されるよう希望する。

人麻呂歌集古体歌は、〈声の歌〉から〈文字の歌〉への過渡期を横切った歌人人麻呂の残した黎明期の文字の歌のすがたを示していると言ってよい。

ここで、前に引いたルソーの言葉をもう一度重ねて記しておく必要がある。「言語を固定するはずだと思われる文字表記こそは、まさに言語を変質させているものなのである」。人麻呂歌集古体歌の、たとえば、

千早人《ちはやひと》　宇治度《うぢのわたりの》　速瀬《はやきせに》　不相有《あはずこそあれ》　後我孋《のちもわがつま》　（二四二八）

の一首はこのように書かれることで始めて〈文字の歌〉として誕生したのであり、「千早人」という宇治の枕詞も〈声の歌〉とは異なる〈文字の歌〉の枕詞に生まれ変ったのである。もう少し身近な枕詞を例にしよう。

足常《たらちねの》　母養子《ははがかふこの》　眉隠《まよごもり》　隠在妹《こもれるいもを》　見依鴨《みむよしもがも》　（二四九五）

「タラチネノ」という枕詞は、ひろく知られているとおり、普通名詞母に冠して用いられている。母に対する親愛、敬意、思慕などの深い情感をこめた枕詞として、人麻呂の時代よりはるか以前から〈声の歌〉にうたいつがれ、「タラチネノ」の本来の語義も、人々の記憶の落葉の中に埋もれていったであろう。

人麻呂がそのような「タラチネノ」を「足常」の二字で記したとき、常に十分足りている意味を示唆するものとなった。それは「ハハガカフコや、コモレルイモヲミムヨシモガモという下句と照応し、娘の養育に対して配慮の行き届いている印象を文字面から与える」(注21)ように工夫されている。そのために、歌が異なり、文脈が異なると、意味の違った「タラチネノ」も現れる。人麻呂歌集新体歌、

垂乳根乃《たらちねの》　母之手放《ははがてはなれ》　如是許《かくばかり》　無為便事者《すべなきことは》　未為国《いまだせなくに》（二三六八）

の「垂乳根乃」は、娘の立場から母の撫育に対する感謝の意をも表わすべく、乳の垂れたことを意味する漢字を宛てたのであろう。歌により、文脈により枕詞が意味を変えて使用されるようなことは、〈声の歌〉にはなかったはずである。人麻呂は、あたかもウェルギリウスが意味によって形容詞を選択したように、文字を変えて枕詞を解釈し直している。

五　結

最近読んだ内田賢徳「定型とその背景——短歌の黎明期——」は、五七五七七の短歌形式の成立について論じており、その最後を次のように締め括る。

> 黎明期の短歌が、歌謡的な調べことばを揺曳しつつ、定型として拓かれてきたことには、渡来人の眼と耳の関与が大きな位置を占める。歌としてのことばが音としてつなぎとめられ、記憶される時、歌の意味はそれらの耳の内側にあった。訓字表記を志向した人麻呂の営為が、意味をこそ書き表そうとすることは、その黎明期の反省的な継承としても位置づけられるのではないか。（注22）

そこに位置づけられた人麻呂歌集古体歌は、渡来人の眼と耳の関与によって拓かれた定型短歌が、音としてつなぎとめられたことに対する反省的継承の意味をもつだろうという。定型短歌の成立の問題も難しい課題だが、少しずつ明らかにされてゆくようである。古代の〈声の歌〉の性質も、そうした問題の解明とともにひらかれてゆくところがあろう。初期万葉歌の、〈声の歌〉としてのとらえ直しもすでにすすめられている。(注23)

注1　『古代の声』一〇四ページ。
2　小林善彦訳『言語起源論』による。
3　「無文字社会の歴史」二二二ページ。
4　川田順造『口頭伝承論』四三〇ページ。
5　『文学』一九三四年二月。
6　『声』（ちくま学芸文庫）二七四ページ。
7　『詩の発生』一五八ページ
8　『万葉集研究』第二十五集三ページ。
9　昭和三十一年の阿蘇瑞枝「人麻呂集の書式について」の発表等につき「研究に新しい動きがあるようだ」と当時西郷信綱氏が語っていた由である（二〇〇一年八月一〇日　渡瀬昌忠氏直話）。
10　『詩の発生』一六一ページ。
11　『万葉の作品と時代』一一〇ページ。
12　『古代の声』一〇〇ページ。
13　『万葉集の表現と方法』下巻七一ページ。
14　例えば土橋寛『古代歌謡論』参照。
15　『詩の発生』三一ページ。

16 『柿本人麻呂研究』二五八ページ。
17 斎藤茂吉全集第十七巻二五八ページ。
18 窪田空穂全集第十五巻三四〇ページ。
19 『万葉の作品と時代』六四ページ。
20 19と同じ書の一〇三ページ。
21 『万葉集全注』巻第十一の三五五ページ。
22 『国語と国文学』(二〇〇一年一一月)
23 大浦誠士「有間皇子自傷歌の表現とその質」(『万葉』一七八号、二〇〇一年九月)、鉄野昌弘「額田王歌および人麻呂歌集歌の文学史的意義と文字との関係などについては、和歌文学大系『万葉集(二)』(二〇〇二年三月一五日刊、明治書院)の「万葉集への案内(二)」に詳述したので併読を乞う。

(二〇〇一・一〇・一二)

(使用した万葉集は、『和歌文学大系』『万葉集全注』等。)

人にかかわる「音」世界

青木生子

一　はじめに――相聞の声

『音の万葉集』の中で、「人の音」（人にかかわる音）という課題を与えられた私が、なぜかふと思い出したのは、上田三四二の次の文章である。冒頭、のっけから長い引用を許していただきたい。

相聞のはじまりは、

　　あなにやし　えをとめを
　　あなにやし　えをとこを

この、一人の男神と一人の女神の唱和のうちにある。このとき呼びかけは単なる言葉ではなく、言葉はただちに行為だった。ゲーテが『ファウスト』のなかで、ファウストをして聖書を訳さしめるにさいして、「太初《はじめ》に言葉《ロゴス》ありき」を「行為《タート》ありき」と訳さしめたと同様の初原性がここにはある。男《を》の神の呼びかけは彼の「成り成りて成り余れる処」から出、女《め》の神の呼びかけは彼女の「成り成りて成り合はざる処」より出て、二つの言葉と「みとのまぐはひ」は同時同機である。

何しろこの淤能碁呂島《おのごろ》には、男、女といえばこの一柱ずつの神しか存在せず、彼らには言葉と行為との区別はなかった。彼らが「あなにやし　えをとめを」「あなにやし　えをとこを」、このえもいえず真率《しんそつ》で深長な言葉を唇《くち》にしたとき、その唇《くちびる》は感動に震《ふる》えたことであろう。さればこそ彼らはぎこちなく順序を間違えたのである。また言葉と行為が交わるとき、書紀の一書によれば彼らは行為の手順を解せず、自然の精のような鶺鴒《せきれい》の導きによってそれを果したのである。ここにおいて言葉は言葉というよりは、求愛する鶺鴒の囀《さえず》りの音色のようなものだった。伊耶那岐《いざなぎ》と伊耶那美《いざなみ》の求愛の言葉はまだ歌の自覚に及んでいないが、この性の歓喜の声ほど相聞の本質を端的に示すものはない。(「相聞歌序説」『短歌現代』昭和五十二年七月、講談社学術文庫『短歌一生』所収)。

ここには、言葉と行為（身体）の区別のない、つまり言葉ともいえない求愛の音色のようなもの（声）を感じとっている著者の感性がうかがえ、人間男女のはるか以前の愛の声を思いおこさせる何かがある。

下って万葉集冒頭の、雄略天皇に仮託された歌は

籠《こ》もよ　み籠持ち　ふくしもよ　みぶくし持ち　この岡に　菜摘《なつ》ます子　家告《の》らせ　名告《の》らさね

そらみつ　大和の国は　おしなべて　我れこそ居れ　しきなべて　我れこそ居れ　我れこそば　告《の》らめ　家をも名をも（巻一・一）

相手の女に向って「家告らせ　名告らさね」と実際に呼びかけ、問い、求婚する側の「我れ」の「家をも名をも」告ることをうたい終って、二人の間に結婚が成立したことをうかがわせる歌である。恋愛（結婚）は互いに名告る（聞く。「家告らせ」に「家聞かな」の異訓もある。）ものだった。求愛のこの歌詞そのもののリズムや抑揚から、身ぶりや所作を伴いながら古代劇の中でうたわれた歌であることも容易に想像される。

そういえば恋歌の起源ともみなされる歌垣の場で歌われたであろう海石榴市《つばいち》での問答歌

紫は灰さすものぞ海石榴市の八十の衢《ちまた》に逢へる子や誰（巻十二・三一〇一）
たらちねの母が呼ぶ名を申さめど道行く人を誰れと知りてか（巻十二・三一〇二）

も、相手を「誰」と名を問う、男の求婚歌、これに対して、「母が呼ぶ名」で答えることができないと、問歌の求めをはねつけた女の答歌である。恋は互いに名告りあい、その声を聞くことにはじまるものであったことが確認される。

万葉集が相聞《そうもん》という中国伝来の言葉を歌の分類の一つとして採用した意義と功績は誠に大きいと思

う。昔は音声で思いを述べ、意志の伝達を遂げていた。相聞《そうもん》は、あいぎこえとも読めるように、生活言語の音声を意味してさえいる。相互に名告り、あいぎこえる恋の歌こそ、伊邪那岐・伊邪那美に始まる原初的にしてもっとも根源的な人間の声を想像せしめる。いわば〝相聞の声〟が、我々の思いをひそめるなら、万葉集の中には無数に聞こえるはずである。

万葉の相聞・恋歌には、歌垣の名残りを留める「唱和」、「対詠」の類が多く、それらは声に依存する要素が大きいといえる。万葉集の歌は、平安朝の歌と違い、基本的に〝うたう〟ものであったらしい。〝うた〟を発声する意をあらわす文字は、右の「唱」「詠」の他に「誦」「吟詠」「口号」などがあるが、これらの漢字をどのような意に使い当てたかは正確にはわからない。本来〝うたう〟意の〝うた〟が、実際にどのような音声でうたわれたかとなると、いっそうわからない。

言語学その他の面から日本の古代語の音声復元の研究は高度な水準にまで達しているときくが、音声で言葉（名告る）を言い交わした相聞の声そのものの肉声をとらえることはもとよりできない。そもそうした音声の言葉が意味だけを抽象されて文字化され、文学化されているのが万葉の歌である。たとえば「名告る」といった音（声）を意味する言葉によって、音を感じとり、その歌を理解しているのである。

そうした意味での、万葉における「人にかかわる音」は、日常の生活言語の音声を想像させるものから、高度な聴覚の働きによる文学表現の作品まで抱摂している。こうした人間の生みだす音の世界を、以下、いくつかの面から取りあげながら模索してみたいと思う。

二　名を告《の》る

鳥や動物その他自然外界の音ではなくて、「人の音」に関する歌というと、先にもこだわった人の言葉の声であり、それは音声そのものというより、これを発したことを意味する歌があげられる。前掲の例歌に続いて「名を告る」歌にまず注目したい。「名」は万葉集に約一二〇例ほど見ることができ、その半数近くは恋歌に用いられたものである。さらにその半数に「名を告る」(二五例)といった表現がみられる。

　　丹比真人が歌一首
難波潟《なにはがた》潮干《しほひ》に出でて玉藻刈る海人《あま》娘子《をとめ》ども汝が名告らさね　(巻九・一七二六)
　　和《こた》ふる歌一首
あさりする人とを見ませ草枕旅行く人に我が名は告らじ　(巻九・一七二七)

名を告ることをめぐって、求婚の意思表示とそれに対する拒否を歌う右の唱和は、まさしく歌垣の名残りを汲んだ典型といえよう。しかしそれは歌垣の場でも、また旅の海辺で実際に交された歌でもなく、おそらく行幸先の宴席の座興で口誦されたものに違いない。相手への呼びかけと和《こた》えの形と「告る」という言葉の意味を内容とした、音声的要素の高い歌ではある。この種の旅先の官人たちの座興らしい歌が集中には多い。

①みさご居る磯みに生ふるなのりその名は告らしてよ親は知るとも（巻三・三六三　山部赤人）
②みさご居る荒磯に生ふるなのりそのよし名は告らせ親は知るとも（巻三・三六三　或本歌）
③あぢかまの塩津をさして漕ぐ舟の名は告りてしを逢はずあらめやも（巻十一・二七四七）
④住吉の敷津の浦のなのりその名は告りてしを逢はなくも怪し（巻十二・三〇七六）
⑤みさご居る荒磯に生ふるなのりそのよし名は告らじ親は知るとも（巻十二・三〇七七）
⑥志賀の海人の磯に刈り干すなのりその名は告りてしを何か逢ひがたき（巻十二・三一七七）

おそらく唱和、掛合いの片割れと思われる、しかも類歌性を帯びた歌々である。男の「名を告らしてよ」「名は告らせ」（①②）の呼びかけに、女の「名は告りてしを」（③④⑥）、「名は告らじ」（⑤）と対応している歌々が散見する。⑤の女側の拒否している名は、①②のような男の求婚に対する自分の名ではなく、相手の名を親に知らせまい、の意に転じたバリエーションである。そして他の「名を告りてしを」と求婚を受入れたのちの女の歌々は、「逢ふ」（相手が逢いに来る）ことに対する一抹の不安や、不信をいだき、嘆いたりしているのに注目される。

こうして〝名を告る〟歌は、音声の実態からは離れて、言葉の意味内容に重みをかけて歌われてきているのを否定できない。それに、見られるように、これらの歌は、ほとんどが、「なのりそ」（海藻、ほんだわら）に同音の「勿告《なの》りそ」の意をかけ、上三句が「名」を起す序歌となっている。共通の言葉の意味に依存している歌々であることもたしかである。これらは、名を告る古代の恋愛生活を背景にもちつつ、意味的に抽象化され、一般性をもって、広く流布して歌われたものかと思われる。

そもそも名を告るという発声行為は、恋愛（結婚）の意志表示そのものであった。『時代別国語大辞典上代篇』の「な〔名〕」の項の「考」に「名は事物の単なる名称ではなく、実体そのものと意識されていた。いわゆる言霊の信仰である。人の名を知ることはすなわちその人のすべてを知ることと考えられたので、男女の間で相手に名を告げるのは心を許すことであり、名を尋ねることは求婚を意味した。」と言い、また「のる〔宣〕」の項の「考」に、「ツグ・イフ・カタル・トフなどの語と違って、ノルは、本来呪力を持った発言であったらしい。祝詞や宣命におけるその用例の多さは、十分この語の意味の重要さをうかがわせる。（中略）万葉などでも、ノルは人の名を言うときや、うらないに関するものが大部分である。告げる・言うなどよりもやや重く、宣言するなどの意の方が適切であろう」とある。「名」も「のる」も、古代の呪性を帯びた重要な言葉であり、発言であったとみられる。

であれば、また、恋人などの名をみだりに口に出すことは禁忌とされた。

隠《こも》り沼《ぬ》の下ゆ恋ふればすべをなみ妹が名告りつ忌《い》むべきものを（巻十一・二四四一）

と下句に文字どおり歌われ、

隠り沼の下に恋ふれば飽き足らず人に語りつ忌むべきものを（巻十一・二七一九）

思ひにしあまりにしかばすべをなみ我れは言ひてき忌むべきものを（巻十二・二九四七）

といった類想歌を生んでいる。「忌むべきもの」なのに、口に出してしまった、どうしようもない恋情の表白に、重心がかけられた歌々である。いわば禁忌を犯すほどの、人間の情熱宣言の意味合いに転じている。

次の歌は、このような事情を、いっそうきわやかに示している。

畏《かしこ》みと告らずありしをみ越道《こしぢ》の手向《たむ》けに立ちて妹が名告りつ（巻十五・三七三〇）

中臣朝臣宅守と狭野弟上娘子との贈答歌群の中の一首。娘子と別れて配所への道を辿り行く宅守は、いよいよ大和から越の国に入る国境の峠に立って、たまりかねて「妹が名」を口にしてしまったというのである。人前で人の名を告る《の》ことは忌むべきこととされていたのを、ここは謹慎の身ゆえに憚る意となして「畏みと告らずありし」といった。「妹が名」は妹の実体、妹その人の命であり魂である。彼は苦しさのあまりその名を呼んで、妹と空間をこえて一体になることを願わずにいられなかった。恋情の極みに発せられた声である。激しい恋情には呪性を宿らせていた。
宅守の右の歌の先蹤に、柿本人麻呂の「泣血哀慟」歌の「妹が名呼びて　袖ぞ振りつる」が想起されてよいであろう。使いのしらせで妻の死を知った人麻呂は、半信半疑の気持で、軽の市に妻を探し求めに行く。

……沖つ藻の　靡きし妹は　黄葉《もみちば》の　過ぎてい行くと　玉梓《たまづさ》の　使の言へば　梓弓《あづさゆみ》　音《おと》に聞きて　言はむすべ　為むすべ知らに　音のみを　聞きてありえねば　我が恋ふる　千重の一重も　慰もる　心もありやと　我妹子が　やまず出で見し　軽の市に　我が立ち聞けば　玉たすき　畝《うね》傍《び》の山に　鳴く鳥の　声も聞こえず　玉桙《たまほこ》の　道行く人も　ひとりだに　似てし行かねば　すべをなみ　妹が名呼びて　袖ぞ振りつる（巻二・二〇七）

もしやと思って、妻がいつも出て見た軽の巷《ちまた》の中に立って、じっと耳を澄ましても、妻の声も聞かれず、畝傍の山でいつも鳴いている鳥の声すら聞こえず、道行く人の中にも一人として妻に似た者さえいない。「これは、雑沓に立ちながら孤愁に沈む心境を述べたもので、衆にいてかえってわびしく、ざわめきにいてむやみに寂しいこのような孤独感は、万葉百三十年を通して誰にも取り上げられなかった世界である。一人の男を取りまいて全宇宙が静まりかえってしまったかのような境地は凄絶でさえある」（『萬葉集釋注』）と伊藤博によって強調されるに価するほどのものと思う。

この部分に頻出する「音」「聞く」「声」はすべて否定の言葉に使われ、音なき音の世界の中で、最後に妻の名を呼ぶ声がいやが上にも強く印象的に響きわたるがごとくに歌いとどめられた。万葉集中「名」については、「告る」というのが普通で、「呼ぶ」の語が使われた例は、他に一首（巻十四・三三六二）あるのみである。切迫した心情が選んだ表現である。同時に、異界をこえて一体になろうとする、呪術信仰の奥から発せられた「妹が名呼びて」「袖ぞ振りつる」という肉体の発声、行為は、人間の根源的な愛の存立を証しているとすらいえよう。

三　音《ね》に泣く

(1)

次に、「音《ね》に泣く」（ネヲ泣く・ネノミ泣く・ネ泣く）といった、鳥獣が鳴くのとは区別した、人間の泣く声を取りあげてみたい。

恋に泣く場合の歌として、柿本人麻呂の次の歌は、集中もっとも早い例である。

いにしへにありけむ人も我がごとか妹に恋ひつつ寐ねかてずけむ（巻四・四九七）
今のみのわざにはあらずいにしへの人ぞまさりて音《ね》にさへ泣きし（巻四・四九八）

いわゆる「み熊野相聞歌」(巻四・四九六〜四九九)四首中の第二、第三首である。この内側の二首と、外側の第一、第四首が男と女で応じ合うという人麻呂の創作した問答歌として、これを渡瀬昌忠は「波紋型対応」と名づけ、「歌の場は、行幸先や七夕の雅宴での、口誦の場にして創作の場なる、宴席であった」と考えた(「柿本人麻呂における贈答歌―波紋型対応の成立―」『美夫君志』一四号)。

昔、この世にいた人も、自分ほどこんなに妻恋しさに夜も眠れぬつらさを味わったことかと、切ない恋を強調する男の歌に対して、恋に苦しむのは、今の世だけのことではない、それどころか、昔の人は堪えかねて声をさえあげて泣いて、もっと苦しんだものだと、やり返し、相手のいう以上に自分の恋のつらさを訴えた歌である。「いにしへ」の人を引き合いに出して、恋の苦悩の極限を「音にさへ泣く」という身体で表現した。「いにしへ」とは何時のころをさすのかわからないが、「いにしへ」の恋を歌う背景には、宴席などで一同に身近に共有されていた何らかの伝承があったと考えられてよい。

ともあれ、何時のこととも知れない「いにしへ」の伝承では、神々や人々は、男も女も恋ばかりでなく、よく泣いた。

伊邪那岐と伊邪那美は国生みの果てに火の神を生むが、そのために焼かれ死んでしまった伊邪那美を嘆き悲しんで、伊邪那岐は「枕方に匍匐《はらば》ひ、御足方に匍匐ひて哭《な》きし時……」と古事記・日本書紀にある。また天若日子の死に、妻の下照比売の「哭《な》く声」が風と共に天に響き到り、天若日子の死を知った父神と妻子は高天原から葦原中国に降り来て、喪屋を作って葬礼を営んだと記紀に伝えられている。この葬送儀礼には「哭女《なきめ》」が登場するが、伊邪那美の死の場合も哭女（泣澤女《なきさはめの》神）をつけて葬られている。また「哭く」（哭女）と「匍匐」が共に出てくる記述には、ほかに古事記の倭建命の葬送の条にも「是に倭に坐す后等及御子等、諸下り到りて、御陵を作り、即ち其地の那豆岐田に匍匐《は》ひ廻りて、哭《な》きまして」とある。「哭く」と「匍匐」は、周知のように中国古代の葬送儀礼の「哭泣礼」と「匍匐礼」に基づく表現で、嘆きである以前に、死者の魂を呼び戻すための重要な呪的行為であったのである。さらにまた日本書紀に影媛が鮪の臣の死を悲しんだ歌と伝える「石《いそ》の上《かみ》　布留を過ぎて　薦枕《こもまくら》　高橋過ぎ……玉笥《たまけ》には　飯さへ盛り　玉盌《たまもひ》に　水さへ盛り　泣き沾《そぼ》ち行くも　影媛あはれ」（紀　九四）も、葬送に随行する女の姿として哭女を反映していることはいうまでもない。もっともこの「泣き沾ち行く」の「そぼつ」は涙などでぬれることを表わし、泣く行為を視覚的にとらえた文芸的表現となっている点を看過できない。「泣」「哭」は、用字による区別がみられないようであるが、字義上、「哭」は、とくに声を出して泣く意で、「涙」などのかかわりで詠むものより、聴覚重視の、呪的行為に連なる表現と言えよう。

葬送儀礼にかかわる「泣く」（哭く）の例の他に、記紀、風土記には、たとえば、須佐之男命が父伊邪那岐命から海原の統治を委任されたのを拒否し、「八拳須《やつかひげ》、心前《むなさき》に至るまでに啼《な》きいさちき」（古事記）とか、本牟智和気命は「八拳鬚《ひげ》心前に至るまで」も口が利けず「泣《いさ》ちること兒《わくご》のごとく」（垂仁紀）とか、阿遅須伎高日子命は「御須《みひげ》八握《やつか》に生ふるまで、昼夜哭き坐して、辞《こと》通はざりき」（出雲国風土記）という泣く有様の例がある。「啼きいさちき」のイサチルは、烈しく泣き叫ぶ意で、これらの用例にはいずれも共通した同一の表現をもつ同根の核のようなものがうかがえる。そこには霊魂の鎮定を求めて泣き続ける一種の儀礼が想定されるところに、葬送儀礼の魂よばいの「泣く」と通底する呪的行為とみなされるものがあるらしい。

万葉集にも「泣（哭）く」「音《ね》泣く」は葬礼に由来する表現として、額田王の

……夜はも　夜のことごと　昼はも　日のことごと　哭《ね》のみを　泣きつつありてや　ももしきの
大宮人は　行き別れなむ（巻二・一五五）

の例をはじめ、以下

みどり子の匍《は》ひた廻《もとほ》り朝夕に哭《ね》のみぞ我が泣く君なしにして（巻三・四五八　余明軍）

など万葉末期に至る各期の歌人たちの挽歌に用いられている。と同時に

妹が見しやどに花咲き時は経ぬ我が泣く涙いまだ干なくに（巻三・四六九　大伴家持）

のように、呪術行為（音声）から悲哀感情を表わす「泣く」「涙」へと展開していったことも認めざ

るをえない。

さて、論旨に立ち戻って、恋に泣く場合の歌はどうであろう。「いにしへの人ぞまさりて音にさへ泣きし」といった悲恋の主人公として万葉人の容易に想起されるものに、古事記の木梨軽太子の物語があったのではないか。（拙稿「人麻呂と『いにしへ』―み熊野相聞歌をめぐって」『青木生子著作集第四巻萬葉挽歌論』）。

あしひきの　山田を作り　山高み　下樋《したひ》を走《わし》せ　下問ひに　我が問ふ妹を　下泣きに　我が泣く
妻を　今夜こそは　安く肌触れ（記　七八）

天飛《あまだ》む　軽の嬢子　甚《いた》泣かば　人知りぬべし　波佐の山の　鳩の　下泣きに泣く（記　八三）

右は、允恭天皇の皇子木梨軽太子が、禁忌を犯して同母妹の軽大郎女と通婚したため、伊予の湯へ流され、それを追ってきた軽大郎女と共に自ら死ぬという宮廷伝承の中におかれた歌である。

前者は、掟を破って恋を遂げえた思いに「下問ひに　我が問ふ妹」「下泣きに　我が泣く妻」と歌われた。「下泣き」は人目につかぬようにこっそり泣くこと。心の中でひそかに、妻問い（結婚を願い）つづけ、ひとり我が恋い泣きつづけている妻への切ない思いを、繰返し一筋にほとばしらせた。なおこの部分が書紀（六九）では、「下泣きに　我が泣く妻」「片泣きに　我が泣く妻」とあり、「片泣き」は独り泣きに泣く意と思われ、「下泣き」を少しニュアンスを変えて繰り返した対句になっている。

後者は、軽太子が捕われの身になったとき、軽大郎女の恋に泣くさまが歌われる。「軽の女よ。そなたがひどく泣いたら人に気付かれてしまうだろう。それで波佐の山の鳩のように、むせび泣きに泣いている」と、「甚泣く」激しい悲しみの表出を抑制した「下泣き」を歌っている。鳩の低いくぐもった鳴き方を「下泣き」の句を導く序とした点に古代人の感性が光っている。まさに「下泣きに」「泣く」男と女、のこれは対応、響き合いである。

序でながら、泣く声ではないが、泣く女のさまを次のように歌った個所に注目したい。

……いとこやの　妹の命《みこと》　群鳥の　我が群れ往なば　引け鳥の　我が引け往なば　泣かじとは　汝は言ふとも　やまとの　一本薄　項傾《うなかぶ》し　汝が泣かさまく　朝雨の　霧に立たむぞ……（記四）

古事記では八千矛神の妻問いの物語を内容とする歌謡の一首で、須勢理毗売の嫉妬に困惑して旅立とうとするとき、自分が立ち去ってしまったら、泣いたりしないと言っても、「山のふもとの一本薄のように、うなだれて泣くことだろう。その吐息は朝の雨霧と立つだろう」と女の有様を写している。「一本薄」に取り残された孤独な女の姿を、「朝雨の霧」に嘆きの息（「泣く」と関連する）を連想し、比喩としたイメージが、すぐれた印象効果をあげているといえよう。

恋の嫉妬に泣く女といえば、仁徳天皇が自分のもとを去ってゆく磐之媛皇后に対し、

朝妻の　避介《ひか》の小坂を　片泣きに　道行く者も　偶ひてぞ良き（紀　五〇）

と、独り泣き泣き道行くすがたを描写している。

ともあれ、悲恋（嫉妬も含めて）の古伝承にまつわる歌の中に「泣く」ことの表現が集中しているのも肯かれる。わけても万葉の相聞冒頭の磐姫皇后歌（巻二・八五）が、古事記の軽大郎女（衣通王）の歌（巻二・九〇）と結びつき、万葉編者が左注で、古事記や日本書紀の記事を検証していることによっても、磐姫皇后と軽太子物語とはダブルイメージとなっているらしいのである。悲恋に泣く「いにしへ」の人々は、「今」の万葉びとの心に共鳴を禁じえない愛のかたちであり、同時に類同を切なく求めてやまない生き方であったのではないか。

ここに四九八番歌は、前歌四九七が今の自分の恋の苦悩を「いにしへ」人への回想によって慰めようとするのを否定し、「いにしへ」人の「音にさへ泣」いた恋のためしにこそ規範を求めて、「今」の苦悩を強調、首肯しようとするところに、その恋はいっそうに正当な純粋性をかちえ、また多くの共感をかちえるものであった。声をあげて泣くという身体から放たれた「音に泣く」行為こそ、まさに全身の恋を表現するものに外ならないはずである。

(2)

「音に泣く」または「泣く」歌は、こうして、万葉集では、かの宮廷伝承歌のいわば抒情詩的再生として、恋の真情として、旅などの離別の情として、挽歌に次ぐ（挽歌と区別しがたい面もあるが）多数の例を占める。

①岩が根のこごしき山を越えかねて音には泣くとも色に出でめやも（巻三・三〇一　長屋王）
②衣手に取りとどこほり泣く子にもまされる我れを置きていかにせむ（巻四・四九二　舎人吉年）
③ひとり寝て絶えにし紐をゆゆしみと為むすべ知らに音のみしぞ泣く（巻四・五一五　中臣東人）
④……嘆けども　験をなみ　思へども　たづきを知らに　たわやめと　言はくも著く　たはらはの　音のみ泣きつつ……（巻四・六一九　坂上郎女）
⑤ひぐらしは時と鳴けども片恋にたわや女《め》我れは時わかず泣く（巻十・一九八二　作者未詳）
⑥思ひ出でて音には泣くともいちしろく人に知るべく嘆かすなゆめ（巻十一・二六〇四　作者未詳）
⑦朝な朝な筑紫の方を出で見つつ音のみぞ我が泣くいたもすべなみ（巻十二・三二一八　作者未詳）

耐えがたい恋情にただ激しく泣くこと自体をいう歌（②③④⑤⑦。②⑤は「音に泣く」と同様、激しく泣く意味にとれる）と、おもてに出して人に知られぬように抑制する歌（①⑥）とがみられ、前者は音声重視、後者は泣いて人に知られることを恐れるネガティブな意味重視の表現といえよう。記紀歌謡における恋に「泣く」例も、禁忌の恋ゆえ、どちらかというと後者の表現の要素を帯びていた。

さらにまた、万葉集では、「泣く」行為を「涙《なみた》」「袖」などとのかかわりで詠むことが多くなってきている。

相思はぬ人をやもとな白栲の袖漬《ひ》つまでに音のみし泣くも（巻四・六一四　山口女王）
白栲の袖別るべき日を近み心にむせひ音のみし泣かゆ（巻四・六四五　紀女郎）
照る月を闇に見なして泣く涙衣濡らしつ干す人なしに（巻四・六九〇　大伴三依）
妹に恋ひ我が泣く涙敷栲の木枕通り袖さへ濡れぬ（巻十一・二五四九　作者未詳）
君に恋ひ我が泣く涙白栲の袖さへ漬《ひ》ちてせむすべもなし（巻十二・二九五三　作者未詳）
葦垣の隈処《くまと》に立ちて我妹子が袖もしほほに泣きしぞ思《も》はゆ（巻二十・四三五七　刑部直千国）

音声より泣く行為を視覚的イメージでとらえていることにより、これらの悲しみは総じて美的文芸的ですらある。

ここに、あらためて、「音に泣く」情熱の肉声を放った文芸作品をあげなければならない。前の第二項で触れた、かの「み越道の手向けに立ちて」、忌みを破ってついに「妹が名告りつ」（巻十五・

三七三〇）と歌った中臣宅守と、留守中待ちわびる弟上娘子との間に交された歌群の中では、次のように歌われた。

あかねさす昼は物思ひぬばたまの夜はすがらに音のみし泣かゆ（巻十五・三七三二　中臣宅守）
たちかへり泣けども我れは験《しるし》なみ思ひわぶれて寝る夜しぞ多き（巻十五・三七五九　中臣宅守）
我妹子に逢坂山を越えて来て泣きつつ居れど逢ふよしもなし（巻十五・三七六二　中臣宅守）

二人の仲を離かれた配流の身で、男はひたすらに「音のみ」「泣く」のであれば、

このころは君を思ふとすべもなき恋のみしつつ音のみしぞ泣く（巻十五・三七六八　弟上娘子）
昨日今日君に逢はずてするすべのたどきを知らに音のみしぞ泣く（巻十五・三七七七　弟上娘子）

と女は、すべなさに声をあげて泣くばかりである。六十三首の贈答歌群は、この間に、「音に泣く」男女の合唱が高く低く主調音をなして響きわたる悲恋歌曲ともいえよう。
「音に泣く」に伴って、当歌群には「命《いのち》」「恋死」の表現が頻出（それぞれ六例）していることにも注目されるが（拙稿「相聞の歌と『死』」、「万葉集における『いのち』」『著作集第四巻萬葉挽歌論』）、「音に泣く」は、観念的な「命」「恋死」の言葉と違い、人間的情熱の原質に届く生《なま》の肉声とし

て、言葉の意味をこえるものが、そこに感受されてよいのではないか。「音のみし泣かゆ」をこの場合慣用句とみなしてしまうのでなく、これが歌群を流れる文脈（物語）の中に、生きて用いられている実態をむしろみてとるべきであろう。

「音に泣く」声は、以上のような中央貴族たちの悲恋ばかりでなく、一方で、むしろ名もなき庶民たちの生活に密着した実際の恋の中から数多く生まれていることが重要である。次にあげるのは東歌の中の歌々である。

①相模嶺《さがむね》の小峰《をみね》見退《みそ》くし忘れ来る妹が名呼びて我《あ》を音し泣くな（巻十四・三三六二）
②筑波嶺にかか鳴く鷲《わし》の音のみをか泣きわたりなむ逢ふとはなしに（巻十四・三三九〇）
③汝背《なせ》の子や等里《とり》の岡道《をかち》しなかだ折れ我を音し泣くよ息《いく》づくまでに（巻十四・三四五八）
④しまらくは寝つつもあらむを夢のみにもとな見えつつ我を音し泣くる（巻十四・三四七一）
⑤剣大刀《つるぎたち》身に添ふ妹を取り見がね音をぞ泣きつる手児《てご》にあらなくに（巻十四・三四八五）
⑥防人《さきもり》に立ちし朝明のかな門出《とで》に手離れ惜しみ泣きし子らはも（巻十四・三五六九）

①は、「相模嶺のなつかしい峰に背を向けて見捨てるように、忘れようとしてやってきたのに、あの娘《こ》の名なんか今さら呼んで、この私をたまらなく泣かせてくれるな」といった意で、国境の峠で同行の誰かが発した言葉がたまたま妻の名と一致した時の嘆きを歌ったものか。離れがたいのを意を決

して別れてきた妻の、その名を聞いて生身の妻を蘇らせた切ない嘆きを「我を音し泣くな」と言い放った。「我を音し泣く」の「音し」は「音にし」の意。「泣く」は、ここは下二段動詞で泣かせる、の意。東歌には他に③④にも見える特異な表現といえる。使役動詞の「泣く」には、自動詞「音に泣く」とも違い、やるせない嘆きの率直な訴えを響かせているようなニュアンスがある。③はわかりにくい歌であるが、等里の岡沿い道の中途の曲り角で、夫の姿が見えなくなった別れの切なさをいったものであろう。「我を音し泣く」が「息づくまで」（息苦しいほどに）の身体表現を伴うことで、いっそう生《なま》な肉声を感じさせている。

②は上二句が序詞で、鷲が声をあげて鳴きわたる意から「音のみ……泣きわたる」を起すとともに、鷲の「かか鳴く」擬声音が同音で下句の「泣く」声をも表現しているとみなされる。序詞は音を引き出す機能をもっており、わけても鳥の鳴き声は恋の比喩となって対応している場合も少くない。また、東歌だけの特殊な問題ではないかもしれないが、「烏とふ大をそ鳥のまさでにも来まさぬ君をころくとぞ鳴く」（巻十四・三五二一）のように、烏の声の擬声音を「子ろ（ら）来」の意に聞きなした歌などのあるように、ここでは鷲の鳴き声が、人間側の恋に泣く声と重ね合わせている単純で素朴な現実感がやはり特色といえよう。

そして、⑤の「取り見がね」（かわいがることができなくなって）、⑥の「手離れ惜しみ」（相手の手から離れるのをせつながって）「泣く」ところにも、具体的な状況直写による切実感がこもっているといえよう。東歌には、「音に泣く」ことを人に知られまいとするような屈折した、ネガティブな用法がないだけに、その泣く声は明るく大きくストレートに響いてくる。
⑥は巻十四東歌の末部におかれた防人歌五首の一首であるが、巻二十にも主として天平勝宝七年の防人歌八四首が収録されている。

葦垣の隈処《くまと》に立ちて我妹子が袖もしほほに泣きしぞ思《も》はゆ（巻二十・四三五七　刑部直千国）

……今日だにも　言どひせむと　惜しみつつ　悲しびませば　若草の　妻も子どもも　をちこちに　さはに囲み居　春鳥の　声のさまよひ　白栲の　袖泣き濡らし　たづさはり　別れかてにと……（巻二十・四四〇八　防人が悲別の情を陳ぶる歌一首　大伴家持）

ここには、東歌になかった「涙」「袖」を「泣く」にそえた悲哀感情が描出され、特に防人の心になり代って作った家持の歌には、防人の妻子の「泣く」状況描写が詳細にわたっている。その声は「春鳥の」「声のさまよふ」と、春鳥の鳴き騒ぐように、か細くうめき合っているさまに歌うところなど、家持の繊細な音表現がうかがわれなくはない。

以上に対して、山上憶良が老病に苦しみつつ歌った

……かにかくに　思ひ煩ひ　音のみし泣かゆ（巻五・八九七）
慰むる心はなしに雲隠り鳴き行く鳥の音のみし泣かゆ（巻五・八九八）

は「音に泣く」切実さの特例であり、一方、大伴旅人における、「泣く」の用例をもたず

ますらをと思へる我れや水茎《みづくき》の水城の上に涙拭はむ（巻六・九六八）

と惜別や、

妹と来し敏馬《みぬめ》の崎を帰るさにひとりし見れば涙ぐましも（巻三・四四九）
我妹子が植ゑし梅の木見るごとに心むせつつ涙し流る（巻三・四五三）

と亡妻を悼む「涙」に濡れるさまは、憶良と対照的で興味深いが、これは指摘にとどめておく。

四　人言

「音に泣く」という、人の声にかかわる音の世界をみてきたが、音の領域として、この際、相聞歌に頻出する「人言」も取りあげる必要があろう。

「人言」（集中三一例）は、「人目」（二四例）と並べて用いられる場合があるが、「人目」を「人言」と表出して歌っているもののほうが多い。文字どおり「人目」の視覚に対し、「人言」は「聞く」働きによる聴覚に属する。音の領域といえど、しかしそれは、他人の言うこと、世間の評判、噂といっ

た意味をもった言葉で、意味をこえた「音に泣く」声や、「名を告る」発言の身体的行為とは異なるのである。さらにいえば、歌い手の発する音ではなく、第三者の声として聞こえてくる、いわば声なき声の音世界として、「人言」はまた、万葉の恋愛生活に重要な役割を占めている。

「人言」は、恋の成就を妨げるものとして多くよまれている。そして多くの「人言」が「繁し」「言痛し」と表現され、また「人言を繁み言痛し」といい習わされる例も少なくない。

左の但馬皇女の歌はその典型、モデルといえそうである。

　但馬皇女、高市皇子の宮に在す時に、穂積皇子を思《しの》ひて作らす歌一首

Ⓐ秋の田の穂向《ほむ》きの寄れる片寄《かたよ》りに君に寄りなな言痛《こちた》くありとも（巻二・一一四）

　穂積皇子に勅して、近江の志賀の山寺に遣《つか》はす時に、但馬皇女の作らす歌一首

後れ居て恋ひつつあらずは追ひ及《し》かむ道の隈《くま》みに標結《しめゆ》へ我が背（巻二・一一五）

　但馬皇女、高市皇子の宮に在す時に、竊《ひそ》かに穂積皇子に接《あ》ひ、事すでに形《あら》はれて作らす歌一首

人言を繁み言痛みおのが世にいまだ渡らぬ朝川渡る（巻二・一一六）

　但馬皇女の御歌一首一書には「子部王が作なり」といふ

Ⓑ言繁き里に住まずは今朝鳴きし雁にたぐひて行かましものを一には「国にあらずは」といふ（巻八・一五一五）

はじめのⒶ三首は、題詞に見るように一連をなす。但馬皇女が高市皇子の宮に妃として、同居していた折、異母弟の穂積皇子に、周囲の噂を覚悟の上（「言痛くありとも」）、一途な心を寄せ（第一首）、そのため、引き離されて志賀へ出で立つ穂積に向っては、あとを追いすがってゆきたい、すべない気持ちを訴え（第二首）、禁忌を侵した穂積との密通事件が世間に知れては、自分は世間の噂がとてもひどくやかましいので（「人言を繁み言痛み」）、これまで渡ったこともない、朝の冷たい川を渡る――はじめての恋を遂げるのだ（第三首）と愛のたかぶりと決意の歌をもって、全体がしめくくられている。

個々の歌における語釈に解決をみないところがあるにしても、以上三首一連の恋物語は、まさに「人言」を主調音に奏でられていることに注目したいのである。第一首の「言痛くありとも」は現状から未来に及ぶ予想であったものが、第三首の「人言を繁み言痛み」では、いよいよ現実の抜きさしならぬ認識になっている。そして、「人言」という高い障害をのりこえて、恋に生きようとした女性の内面的なドラマがここに展開されている次第である。

この歌物語は、古事記の軽太子と軽太郎女の物語との関係がすでに指摘されている（久松潜一「記紀歌謡と初期万葉」『萬葉』第六号）。この関連の場合、両者が禁忌を犯した恋であること、軽大郎女の「君が行き日長くなりぬ山たづの迎へを行かむ待つには待たじ」（記　八八）と但馬皇女の第二首との類似が主として取り上げられているが、岡内弘子はさらに詳細に検討して（「但馬皇女御作歌三首」『伊藤博博士古稀記念論文集 萬葉学藻』）、この歌群にも、人麻呂の「泣血哀慟歌」（渡辺護「泣血哀慟歌二首－柿本人麻呂の文芸性―」『萬葉』第七十七号）や、「み熊野相聞歌」（前掲拙稿「人麻呂と『いにしへ』―み熊野相聞歌をめぐって―」）のみならず、「古事記の物語を踏まえての歌作・享受が行なわれていたものと見得る」と言明している。

まさにそのとおりであるが、古事記の悲恋物語には、前項「音に泣く」でふれた「泣く」というような、この場合なら「人言」にあたる詞は直接あらわれてこない。とはいえ「甚泣《いた》かば　人知りぬべし」（記　八三）と歌うなかに、人に知られることを意識した、つまり「人」の関与する「人言」に通う表現がみられなくはない。禁忌を犯す恋、忍ぶ恋こそは、内容的には「人言」と深くかかわるものに違いないのである。そういえば軽太子の「笹葉《ささは》に　打つや霰の　たしだしに　率寝《ゐね》てむ後は　人は離《か》ゆとも」（記　七九）の「人」も、物語歌としては、第三者の人を意識した表現ではある。こうして恋人たちの仲を裂き、忌避されるものとしての「人言」は、しかしまだ但馬皇女のような明確な意識をもつ言葉にまで形成されていなかったようである。

ところで軽太子物語を背景に据える歌とみなされる人麻呂の「泣血哀慟歌」（伊藤博「歌俳優の哀歓」『萬葉集の歌人と作品上』、渡辺護前掲論文）には

天飛ぶや　軽の道は　我妹子が　里にしあれば　ねもころに　見まく欲しけど　やまず行かば
人目を多み　数多《まね》く行かば　人知りぬべみ……（巻二・二〇七）

と、冒頭から第三者の目を意識して歌い出されている。人に知られることを恐れる、かの軽大郎女の忍び妻にダブルイメージさせて、人麻呂は自分の妻との哀切な愛情関係を語るのである。「人目を多み」「人知りぬべみ」は、「人言」の言葉でこそないが、まさに「人目人言」をはばかる恋の類に他ならない。それにしても、二人の恋をはばむ第三者としての「人言」という世間の噂をはっきり定位させ、これにあらがう強い自我意志は、この時期（持統朝）に現実に生きた但馬皇女のこの歌物語を先蹤とするのではないか。

さて、但馬皇女のⒶ三首の他にもう一首、Ⓑの「言繁き」の歌も「人言」をよんだもので、作者に異伝があるけれど、これは「穂積皇子の御歌二首（巻八・一五一三-四）の後に並べ、一五一三番歌と対応させている点など、穂積との悲恋を背景にもつ歌として扱われてよい。Ⓐの前歌で烈しい世間の噂のつらさをのりこえて行動に出ようとする意欲をみせながら、しょせんは「言繁き里」にあって、どこかへ行ってしまえばよかったのに、と現実不可能な思いを描くのである。いずれにせよ、恋の遂げられない悲劇を、もっぱら「人言」意識をもって歌いあげているのが但馬皇女であった。

世間の噂という抽象的な存在に対する自意識と、恋という人間本能的なものとの相剋は、ほぼ同時代の人たちにたやすく共感され、また彼らに古伝承からの新しい抒情の甦りとして共有され、数多くの類歌・類想歌を生んでいった。その核をなす「人言」は、恋に関して特有な意をもつ恰好な歌ことばへと、さまざまに用いられ、変容もしていった。これを天平万葉の二、三の歌人に代表させて考えてみよう。

高田女王、今城王に贈る歌六首

①言《こと》清くいともな言ひそ一日だに君いしなきはあへかたきかも　(巻四・五三七)
②人言を繁み言痛み逢はずありき心あるごとな思ひ我が背子　(巻四・五三八)
③我が背子し遂げむと言はば人言は繁くありとも出でて逢はましを　(巻四・五三九)
④我が背子にまたは逢はじかと思へばか今朝の別れのすべなくありつる　(巻四・五四〇)
⑤現世《このよ》には人言繁し来む世にも逢はむ我が背子今ならずとも　(巻四・五四一)
⑥常やまず通ひし君が使来ず今は逢はじとたゆたひぬらし　(巻四・五四二)

「逢ふ」という言葉(②から⑥まで)を中心に据えて、「人言」(②③⑤)をそれに配して、「我が背子」(②から⑤まで)と対詠的によんでいる一連である。来ない言いわけにきれいごとをいう相手をとがめ(①)、自分は人の噂が烈しくてつらいので逢わなかったのだと弁明し(②)、ほんとうにその気があるなら、どんなに「人言」が烈しくても、自分は進んで逢うのにと相手に訴え(③)、一夜逢ったのちの後朝《きぬぎぬ》の別れはいっそう切なく(④)、現世では人の噂がやかましくて逢えないから、せめて来世にでも(⑤)と、満たされない恋の苦悩はもっぱら「人言」の障害のせいとして強調されるのである。そして相手はもう逢うのをやめようと、ためらっているのか、と深い不安と嘆きの独詠(⑥)をもって全体を終っている。ここにも「人言」を通して、恋の経緯を物語る色あいがうかがえる。

「逢ふ」ことつまり二人の恋の状態において、「人言」は、恋の妨げであると同時に、逢えない言いわけや、相手の気を引く訴えや、恋の確認、誓い、挑戦など、それによって恋を深め、多様な心情を託する道具立てに使われる、特別な意味を帯びた言葉といえよう。

天平女歌人の大伴坂上郎女は、恋歌を社交の具として多産した第一人者でもある。

①心には忘るる日なく思へども人の言《こと》こそ繁き君にあれ（巻四・六四七）
②あらかじめ人言繁しかくしあらばしゑや我が背子奥もいかにあらめ（巻四・六五九）
③汝《な》をと我を人ぞ離《さ》くなるいで我が君人の中言《なかごと》聞きこすなゆめ（巻四・六六〇）
④人言を繁みか君が二鞘《ふたさや》の家を隔てて恋ひつついまさむ（巻四・六八五）

①は、あなたを忘れることなく思いつづけているものの、とかく人の噂の絶えないあなただ、と、相手側の評判をとりあげてすねてみせている。②は、今のうちから人言がこんなにひどかったら、先行きどうなることかと、不安をいうなかに二人の愛の確認をとりつける気持をこめ、③は②の「人言」を「人の中言」（二人の間にあって他人がいう言葉）で承け、二人の中を裂こうとする他人の中傷に断じて耳を貸すなと、難関を突破して進むことを促している。また、④は、二鞘の刀のように間近い家なのに、来もせずに私を恋しがっているのは、「人言」がうるさいためか、と、近くて逢えないのを人言のせいにして、相手の心底にさぐりを入れる姿勢をとる。これらの歌は、対象が誰かはっ

きりわからなく、郎女が恋人同士を装った贈答歌の形をとって、文才の発揮をたのしんでいるむきがある。

家持も大伴家圏内にあってそうした歌を作っている。

けだしくも人の中言《なかごと》聞かせかもここだく待てど君が来まさぬ（巻四・六八〇）

恋ひ死なむそこも同じぞ何せむに人目人言言痛《こちた》み我れせむ（巻四・七四八）

前者は、題詞に「交遊」（男友達の意）と別れる時によんだ歌とあるが、恋歌仕立てで、待つ女が訪れのない男を、他人の中傷を耳にしたからではないか、と恨むかたちで歌っている。「中言」はおそらく坂上郎女の前掲歌（六六〇）に習った言葉で、集中この二例しかない。

後者は、坂上大嬢との大量な贈答歌群（七二七―七五五）中の一首。恋い死ぬほどの苦しみに匹敵する人目や噂を、煩わしがって逢わないなんていうことがあろうか、と恋心の高揚、決意をうたいあげている。この歌の前にもみえる、家持の「人もなき国もあらぬか我妹子とたづさはり行きてたぐひて居らむ」（七二八）、大嬢の「かにかくに人は言ふとも若狭道の後瀬の山の後も逢はむ君」（七三七）という「人言」に相当する第三者の「人」へのあらがいが、ここに「恋死」の苦しみに対応して表現されているのである。この歌の後には「かくばかり面影にのみ思ほえばいかにかもせむ人目繁くて」（七五二）と、逢えば逢ったでまた募る恋心なので「人目」（人目、人言の意）が多くて逢えないと訴えている。人言ゆえに逢うこと難き二人の恋の苦悩を主調音に、全体の構成が意図されているかのごとである。そして反面、このように二人の間の障害物である第三者の「人言」をうたうことで、相互の親愛関係が確かめ合われるのである。実際の家持と大嬢との関係は但馬皇女のような禁忌の恋とは違い、世間を憚る状態にあったとは考えにくい。ほんとうは誰も見たり、噂してはいない、それは仮想された知覚やイメージであって、「人」を持ち出すとき、二人の存在関係の意識が強まるのである。これを手法にして恋の真情や駆け引きを歌ってみせたのが、家持であり、また郎女でもあったのではないか。一方、巻十一、十二の「人言」をよみこむ作者未詳の相聞歌も、彼らとかれこれ影響し合って、「恋死」の表現などと同様、多くの類歌、類想歌を生むに至っている。

それにしても「人言」の内容や実体については、表現の中でこれが具体的にほとんど示されていない。「繁し」とか「言痛し」とかの言葉でもっぱら形容されているばかりである。「人言」とは、第三者の人や周囲と隔絶された「我」と「汝」の二人だけの世界を築こうとする意図により、共同的に仮想された言葉であるといえるかもしれない。もちろんそこには、恋愛と結婚の自由を束縛する家父長権の強さとたたかわざるを得なかった社会共同体の問題に由来する点を無視するわけにはいかない。しかしそれ故に「人言」は表現上では、観念的、抽象的、空想的な傾向を帯び、誰が何を言い出したとも知らず、実体があるようでない、声なき声（噂）の「音」を、歌い手（作者）の内部で、烈しく辛く聞くといった虚構、幻覚のようなものにすらなっていった。

そこで、再び、実際の「音」がよみこまれている歌をさらに探ってみよう。

五　「音」世界とイメージ

人にかかわる「音」世界として、思いつくまま、ここでは人の声そのものを描出した歌などについて、少々ふれておきたい。

①幸はひのいかなる人か黒髪の白くなるまで妹が声を聞く（巻七・一四一一）
②神なびの浅小竹原《あさしのはら》のうるはしみ我が思ふ君が声のしるけく（巻十一・二七七四）
③ま日《け》長く恋ふる心ゆ秋風に妹が音《おと》聞こゆ紐解《ひもと》き行かな（巻十・二〇一六）

①は共白髪になるまでの夫婦偕老の幸せな男を引き合いに出して、死別した妻を嘆いた挽歌である。生前の妻のなつかしさを、すがたなどでなく、物いう声でとらえている点に、なまなましいイメージが添う。ここは、実際に聞く妹の声ではなく、亡き妹を偲ぶときに切実に蘇える肉声なのである。人麻呂の「泣血哀慟歌」で軽の市で亡き妻の声を求めるのと同じである。また源氏物語の中で、光源氏が夕顔のなきがらの傍らで手をとらえて「我にいま一たび声をだに聞かせたまへ……」とかきくどく場面と共通な印象表現といえよう。

②は、女が胸ときめかして聞いた男の声を歌う。上二句は序で、神々しい浅小竹原のようにすばらしいと私が思うあの方の声が、はっきり聞こえてくる、の意。序の「浅小竹原」は呪的な神聖を帯び

た神域と考えられ、「うるはしみ」を起すが、それは「君」とともに、末句の「声」にもかかっている。場面の視覚と声の聴覚とが響きあい、豊かなイメージを生んでいる。近づきがたく、あこがれている男性だけに、その声は凛としてはっきり聞こえてくるのである。「我が思ふ君が声のしるけく」といい、前の「妹が声を聞く」といい、類句をもたない、特殊ですぐれた「音」世界を表現している歌だと思う。

③は牽牛、織女の逢う瀬をうたう七夕歌。「我が背子にうら恋ひ居れば天の川夜舟漕ぐなる楫《かぢ》の音《おと》聞こゆ」(二〇一五)という、織女が牽牛の櫓の音をきいて心躍らせる歌に続いて、これは川を渡った牽牛が織女のもとへ急ぐ、はやる心が歌われる。「楫の音聞こゆ」に応じた「秋風に妹が音聞こゆ」の句がきわめて印象鮮明である。七月七日、二星の相い逢う待望の秋をしらせる秋風に乗って、妹の気配が聞こえてくるという。吹く秋風と恋情とが微妙な響き合いをみせているが、「妹が音《おと》」という言葉にこだわってみたい。原文「音」はオト・コエ・ネなどと訓まれ、様子・動き・気配・音信・声・泣き声などさまざまの意に解されている。ここでは多くの注釈書に習って、オトと訓み、気配、様子の意に解したが、ネ(哭)と訓み、「ねを泣く」の「ね」、泣き声とする解釈(中西進校注『万葉集』講談社文庫)も、一方で可能ではないか。恋に哭《ね》泣《な》く声である。前歌の待ち焦がれている織女の心を強調、表現したものとも解される。距てられて住む二星が互いを慕い嘆くさまを「うら泣き」いると詠んでいる歌(一九九七・二〇三一)がある。ずっと待ち焦がれてきた牽牛の心によって、切ない妹の泣き声が吹く秋風となって聞こえてくるのである。いずれの訓みも解もできるようなイメージが豊かに広が

ってゆく句である。窪田空穂は「秋風に妹が音聞こゆ」を「含蓄ある語」とし、この歌を「人麻呂（筆者注、ただし人麻呂歌集）のみがもちうる技巧である」（『萬葉集評釈』）と評している。

ついでながら、七夕歌において、天の川を渡る舟出の状況その他の描出は、万葉人の実際を反映してのもので、万葉集中には、舟人たちの声や梶の音をよんだ歌は少なくない（約二八首、うち七夕歌五首）。

大宮の内まで聞こゆ網引《あびき》すと網子《あご》ととのふる海人《あま》の呼び声　（巻三・二三八）
宇治川は淀瀬なからし網代人《あじろ》舟呼ばふ声をちこち聞こゆ　（巻七・一一三五）
宇治川を舟渡せをと呼ばへども聞こえずあらし梶の音《おと》もせず　（巻七・一一三八、類歌巻十・二〇七二　七夕歌）
さ夜更けて堀江漕ぐなる松浦舟梶の音高し水脈《みを》早みかも　（巻七・一一四三）
楫の音ぞほのかにすなる海人娘子《あまをとめ》沖つ藻《も》刈りに舟出すらしも　（巻七・一一五二）

楫の「音」と連れ立って、舟人の「呼び声」に、ここでは注目したい。第一首は、文武天皇・持統上皇の難波行幸の際における長忌寸意吉麻呂の応詔歌。漁師の威勢のよいかけ声が難波離宮のうちまで聞こえてくるにぎわいを歌っている。四囲の空間に響きわたる「海人の呼び声」にまっすぐに焦点をあててうたいあげた宮廷讃歌である。他の歌の「呼ばふ」は大声で呼び続ける、の意で、第二首は、大声があちこちで聞こえることにより、水量豊かな宇治川が、第三首は大声が打ち消されるほどの滔々《とうとう》たる流れの響きが歌われている。「呼ばふ」という聴覚を主として、宇治川の大いさ、流れの早さなどが鮮明にイメージづけられている歌である。

舟人たちの声といえばまた、何といっても家持の次の秀吟を想起せざるをえない。

遙かに、江《かは》を泝《さかのぼ》る舟人《ふなびと》の唱ふを聞く歌一首
朝床に聞けば遙けし射水川朝漕ぎしつつ唱ふ舟人（巻十九・四一五〇）

朝のまどろみの中に聞いたはるかな舟歌の声である。集中、舟人の唱を詠んだものは当該歌のみである。「はるけし」は家持だけが用いた表現で、彼の愛用した「はるけさ」「はろばろ」とともに、単なる空間的遠さのみならず、はるかに想望するの意をこめた、微妙で奥深い繊細な感傷を帯びている表現である。鹿やほととぎすの鳴く声（音《こゑ》）についてもっぱら用いられていた。ここは、「朝床に聞けば（遙けし）」とあり、これをうけた下句が「唱ふ舟人」とだけいい、舟歌とまで言いきらずに余韻をとどめている。まず、早朝の静寂のなかを伝わってくるはるかな音の響きが、はるかに遠い川の流れの景を思い浮かばせる。川を漕ぎ上る舟人の梶の音と交って、力強い鄙びた越中の舟歌がかなたからずうっと聞こえ続けてくるのであり、遠くの射水川の静かな清流を夢のようにイメージさせるのである。それは、声や音だけの描出にとどまらない、心象風景にまで深められている音風景であるといえよう。

この歌は、万葉集巻十九冒頭十二首、「越中秀吟」の最後をしめくくる作である。この歌群は桃の花やかたかごの歌のような視覚による描写と、千鳥や雉の歌のような聴覚による描写とで、あわせて家持の感性の豊かさと幅を思わせているが、家持は視覚にもまさる聴覚の詩人である。これを論ずることは、また新たな課題となるが、巻末を飾る春愁三首との関連においてもいえることであろう。

春の野に霞たなびきうら悲しこの夕影にうぐひす鳴くも　(巻十九・四二九〇)

我がやどのいささ群竹吹く風の音のかそけきこの夕かも　(巻十九・四二九一)

うらうらに照れる春日にひばり上《あが》り心悲しもひとりし思へば　(巻十九・四二九二)

右の三首は、春の愁いを、音の世界で、「うら悲し」「かそけし」「ひとり思ふ」の家持独自な言葉の用法を通して、深めていった見事な連作である。うぐいすの声、竹の葉擦れの音、そしてひばりが、作者の心の描き見た風景と一つものに融け合った表現をなしている点、冒頭歌群の聴覚による歌からの地続きの深化である。これら外界の自然物の音については、他の項目で必ずや取り上げられると思うので割愛し、いまとくに問題にするのは、第三首（四二九二）である。

三首とも家持の微妙な心の中に点じた音風景であるが、第三首は、第一、二首における純粋な聴覚描写とは、微妙な違いを認めざるをえない。端的にいえば、「ひばり上り」とあるのは、鳴き声ではない。左注に引用された「春日遅々《ちち》にして鶬鶊（うぐいすだが、ここはひばりに見合っている）正《ただ》に啼《な》く。」という『毛詩』小雅の、これが翻案とするなら「ひばり鳴き」とあってもよく、またそのほうが字余りでもない。家持にとって、春愁の気分と類似の発想として漢籍が引用されたまでで、やまと言葉の語句による心情表出となったとき、それは、第一首の「うぐひす鳴くも」と異なる「ひばり上り」と歌われた。明るい春の陽光の中を囀りながら空高く真一文字に翔け上るひばりが、大空に吸いこまれてゆく。この景に誘い出されるのではなく、景とは裏腹に別個に「心悲しも」が押し出されてくる。第一首のうぐいすの鳴き声と「うら悲し」との結びつきとでは、これが微妙に違うといったゆえんである。といって、この上句の景と下句の心とのへだたりは、もっと奥深いところで融合し、抒情のあり方として「悽惆の意、歌にあらずしては撥ひがたき」機能を果たしているのである。

さらにいえば、上句の景はひばりの声そのものではなく、これが空に翔け上るひばりのすがた（像）とともに消え失せた世界であり、そこに投げ出された下句の自己詠嘆とでもみられようか。しかもこの音なき音の世界が、詠嘆を誘い出していることも否定しえない境地の歌なのである。

このような音にして音でないイメージ空間の原風景として次の歌をあげたい。これまで多少迂遠の言及をしてきたのは、最後にこの一首を注目したいがゆえであった。

朝日照る島の御門におほほしく人音《ひとおと》もせねばまうら悲しも（巻二・一八九）

人麻呂の日並皇子挽歌に続く舎人らの二十三首の短歌の中の一首である。この二十三首は人麻呂の声調や表現を連想させ、人麻呂代作説すらある。右の歌は、朝日の輝く、いまは皇子亡き宮殿が、人の物音一つしない、ひそまりかえった重苦しさなので「まうら悲しも」と詠歎しているのだ。「情景の輝きと心情の暗さとの対比に味わいがあり、とくに『人音もせねば』の放つ寂寞は無類である」(伊藤博『萬葉集釋注』)といわれるとおりである。

人麻呂は高市皇子挽歌(一九九)の中で皇子生前の戦闘描写に、鼓の音、小角《つの》笛の音、弓弭《ゆはず》のよどめきなど、ふんだんに音響効果をあげているが、一方で先にもふれたように、「泣血哀慟歌」(二〇七)では軽の市に立って、耳を澄ませど亡き妻の声も聞こえぬ孤愁をうたった。当該歌は人麻呂作とみなしうるほどに、音なき音風景のイメージに託された出色の抒情表現であるとはいえないだろうか。

音を聞く聴覚の働きは、目に見えないことによって、より自由なイメージ空間を、視覚の風景との共働によってつくりあげることができ、五感のなかでも、もっとも広範な、深遠な、鋭敏な働きをなすものとして、詩人の資質に、より適うものであろう。そしてさらに、聞こえない音世界に五感を超越して感得する境地において、たまたま人麻呂(または人麻呂的な)の歌と、家持の歌とが取りあげられたのは、偶然のことではないと思う。

(万葉集の引用は、新潮日本古典集成『万葉集』によったが、一部改めたところもある)

『萬葉集』の獣歌にみる音の表現

―鹿の歌を中心として―

田中　夏陽子

一　はじめに

『萬葉集』には、動物がよみこまれている歌が多い。動物生態学的立場から『萬葉集』の動物を体系的に論じた東光治《ひがしみつはる》『萬葉動物考』（人文書院、昭和十年）によれば、直接的間接的に動物をよみこんだ歌は、集中の二十二％余り、約千二百首に及ぶという。

『萬葉動物考』は、『萬葉集』の歌によみこまれた動物を、哺乳類・鳥類・両生類・魚類といった動物学生態学的な分類方法を軸に論究している点で近代的であり、まさにその点が評価を得るに至った著作である。しかしながら、そうした近代的な分類と、『萬葉集』の歌がよまれた時代の動物に対する意識には温度差がないわけではないだろう。

本稿では、『萬葉集』にみられる動物の音の表現の中でも、シカに関するものを中心にして考察する。まず、『萬葉集』の歌がよまれた当時、動物に関する語彙がどのようなものであったかをみたい。

二　「動物」という分類

今日の辞書にみられる「動物」という語彙の意味は、おおよそ以下のとおりであろう。

①植物と並ぶ、生物の二大区分の一つ。人や鳥獣虫魚などの総称。有機物を栄養としてとり、普通、運動器をもち葉緑素をもたない。②人間以外の動物。特にけものや鳥など。

（『岩波国語辞典』）

『古事記』『日本書紀』『懐風藻』『日本霊異記』には、「動物」という語彙はない。(注1) 日本古典文学の中における「動物」の初出は、次の空海の願文《がんもん》まで下るようである。

毛鱗角冠《ぼうりんかくくわん》、蹄履尾裙《ていりびくん》、有情非情《うじやうひじやう》、動物植物《どうぶつしよくぶつ》、同じく平等の仏性《ぶつしやう》を鑒《かんが》みて忽《たちま》ちに不二《ふに》の大衍《だいえん》を證せむ。

（空海『性霊集《しようれいしゆう》』巻第六・式部笠丞《しきぶかさのじよう》が為の願文）

これは、弘仁《こうにん》六年（八一五）に笠仲守《かさのなかもり》が亡き父の追悼のために土地を寄進した時の願文である。「毛鱗角冠《ぼうりんかくくわん》」は獣類・魚類・角のあるもの、「蹄履尾裙《ていりびくん》」は蹄を履き尾のあるもの、「有情非情《うじやうひじやう》」は心や感情、意識があるものとないもの、そして「動物植物」というように、羅列することによって一切の全ての物に仏性のあることが説かれている。

その他、空海には、荒城大夫《あらきのたいふ》（大夫は五位の通称）が宝幡や仏像を図画した時の願文にも一例ある。

旁《あま》ねく動物を羅《こ》めて、広く含霊《かんれい》を覆《おほ》ふ。

（空海『性霊集《しょうれいしゅう》』巻第七・荒城大夫《あらきのたいふ》、幡《はた》の上の仏像を造り奉る願文）

仏の教えが広く生きるものをめぐり、霊魂のあるものを覆うという意味である。これら「動物」の語の例は、仏教関連の概念をあらわす語としてつかわれている。

その他、平安後期以降の無題の漢詩を集めた『本朝無題詩《ほんちょうむだいし》』（平安末期成立・十巻本）巻二の部立の名前に「天象・時節・地儀・植物・動物・人倫・雑物・屏風」とみえる。

これらの例からは、古く「動物」という語が、「植物」に対する語であって、人間は含まれないものとしてつかわれていたことがわかる。

そもそも「動物」という語は漢語である。たとえば『文選《もんぜん》』の、張平子《ちょうへいし》（七六～一三九・後漢）の長安の都をうたった賦には次のようにみられる。

繚垣緜聯《れうゑんめんれん》すること、四百餘里《しひやくより》、植物斯《ここ》に生じ、動物斯《ここ》に止《を》る。衆鳥翩翻《しゆうてうへんぱん》たり、羣獣蟀蠶《ぐんしゆうひし》たり。

（張平子《ちょうへいし》・西京賦《せいきょうのふ》『文選《もんぜん》』）

この部分は、巨大な禁苑の様子を叙述した部分である。禁苑を囲む垣は、連綿と続いていること四百里を越えており、そこでは植物・動物が生まれ育ち、鳥がたくさん飛び交い、群をなす獣が疾走しているというような意味である。動物と植物が対となって御苑の繁栄している様子を語っている。

以上のような平安時代や漢籍にみられる「動物」の概念は、先に示した現代の辞書が解説する概念と異なっている。先の辞書の①のように植物と動物という二大カテゴリーであるという点は共通しているが、その上で、②の主に鳥獣を指し、人間を含めないことが前提であったとみてよいだろう。

三　「動物」―獣・畜・禽獣・宍

上代の資料には「動物」という語はみられない。それに近いことばとしては、「獣」「禽獣（鳥獣）」「シシ（宍・宍鹿・猪鹿）」「畜」という語があげられる。

白川静氏（『字訓』平凡社、昭和六十二年）によれば、「けもの」という和語は「毛のもの」からできた語で、「けだもの」も、「くだもの（果物）」が「木だもの（木のもの）」であるように「毛だ（の）もの」だとする。そして、漢字の「獣」は楯と犬をあらわし、古くは狩猟を意味する文字であったという。そして、「畜」の字は、本来的には家畜を意味するようだが、『日本書紀』には四例みられ、「けもの」と訓じている例が多いと指摘されている。

また、鳥が獣に含まれるかということについては、「禽獣（鳥獣）」という熟語があることから、鳥は「獣」に含まないイメージが強いと考えられ、さらに、先の『文選』や以下の『萬葉集』の例のように、「鳥」と「獣」は区別され、しかも二つは対になるものとしてとらえられていたようである。

竊《ひそか》に以《おもひみ》るに、朝夕に山野に佃食《でんしよく》する者《ひと》すらに、猶《な》ほ災害なくして世を渡るを得《え》、「常に弓箭《ゆみや》を執り、六斎《りくさい》を避けず、値《あ》ふ所の禽獣《きんじゆ》の、大きなると小《すこ》しきと、孕《はら》めると孕まぬとを論《い》はず、並《とも》に皆殺し食《くら》ひ、此《こ》を以《も》ちて業《なり》とする者《もの》を謂《い》ふ」…（巻五・八九七番、沈痾《じんあ》自哀《じあい》文、山上憶良）

右は山上憶良の漢文である。「禽獣」は佃食する者（猟師）の狩りの獲物という意味で使われており、狩猟を生業とする者は、「六斎」（潔斎の日）でさえ大小様々な動物を殺して食しているのにもかかわらず身に災害も起きない。それに比べて自分は、仏道を重んじているのにもかかわらず重い病になったと憶良は嘆いている。

このように、仏教の影響等により、動物を殺すことを良しとしない意識が芽生える一方で、獣には人に危害を加えるイメージや下等なイメージもあったことは、次の木簡資料等からもわかる。

奈良文化財研究所の木簡データベースによると、「獣」と書かれた木簡が一例存在する（平成十四年一月現在）が、それは法華経（化城喩品第七）の一部を書き写したものである。そこでは獣は「毒獣」という語で人に危害を加える対象として登場する。他にも法華経には、現時点で木簡の出土例はないが、「悪獣」等、人に害をもたらすもののたとえとして頻出する。

（欠落）入仏道慎勿懐驚懼譬如険悪道廻絶多毒獣

（欠落）仏道に入らしむ。慎んで驚懼《きょうく》を懐《なつ》くこと勿《なか》れ。譬《たと》へば険悪の道の迴《はる》かに絶へて毒獣《どくじゅう》多く

（平城京左京三条三坊三坪遺跡出土木簡）

また、『日本霊異記』の「常に鳥の卵を煮て食ひて現に悪しき死の報を得る縁」では、天平勝宝六年（七五四）に、いつも鳥の卵を食べていた青年が灰河地獄に堕ちた話として、次のように涅槃経が引用されている。そこでは、獣は人に比べて卑しいものであることを述べた上で、その上で獣の命も大切であることが述べられてる。

涅槃経に云はく「また人と獣の尊《たふと》き卑《いやしき》との差別ありといふとも、命を宝《たふと》び死を重《はばか》ることは二倶《ふたつとも》に異なること無し」とのたまふ。

（『日本霊異記』中巻第十）

では『萬葉集』においては、「獣」という字はどのようにつかわれているだろうか。歌の中には「獣」の字はなく、題詞・左注に三首五例みえる。一例は先の山上憶良の漢文の例であり、残りは次

のようなものである。

十一年已卯《きぼう》、天皇の高円《たかまと》の野に遊猟《みかり》し給ひし時に、小さき獣都里《みやこ》の中に泄走《せつそう》す。ここに適《たまたま》勇士《ますらを》に値《あ》ひ、生きながらに獲《え》られぬ。即ちこの獣を以ちて御在所《おはしますところ》に献上《たてまつ》るに副《そ》へたる歌一首　獣の名は、俗《よ》にむざさびと曰ふ。

A大夫《ますらを》の高円山《たかまとやま》に迫《せ》めたれば里に下り来るむざさびそこれ（巻六・一〇二八・大伴坂上郎女）

右の一首は、大伴坂上郎女の作なり。ただ、いまだ奏《そう》を経ぬに小さき獣死斃《たふ》れぬ。これに因りて歌を献《たてまつ》ることを停《とど》む。

獣に寄せたる

B三国山《みくにやま》木末《こぬれ》に住まふむささびの鳥《とり》待つが如《ごと》われ待ち痩《や》せむ（巻七・一三六七）

A・Bに登場する「獣」はムササビである。Aは、聖武天皇が高円で狩りをした時、「小さき獣」がとらえられたので歌を添えて献上しようとした。しかし、その獣は献上する前に死んでしまったので、献上をやめてしまったことが題詞や左注から知られる。Bは、ムササビに寄せて恋心を述べている。ムササビが鳥を待つように私はあなたを恋い焦がれて待ち、痩せてしまうでしょうという意である。男が自分の身を愛らしい小動物のムササビにたとえる部分や、ムササビは鳥は食さないのにこのように歌っている部分に諧謔がある。

マスラヲたちが天皇の御狩で捕らえた獲物がムササビであるA歌、そしてB歌共に笑いのある歌である。

『萬葉集』には、ムササビがうたい込まれた歌がもう一例ある。「獣」という漢字は含まれないが、猟師（猟夫）の獲物になってしまったとあり、ムササビは獣と同等の意味でうたわれている。

志貴皇子御歌一首

むささびは木末《こぬれ》求むとあしひきの山の猟夫《さつお》にあひにけるかも（巻三・二六七）

しかも、伊藤博氏（『萬葉集釋注』）は、「むささびに対する同情もからかいも、ともに感じられる歌である」といわれている。ムササビを捕らえることには、食肉としての価値よりも、手足を広げて木々の間を飛び渡るちょっと変わった動物を捕獲したことへの嬉しさがあり、それがムササビの歌の根底にはあるのだろう。

このように『萬葉集』の中にでてくる「獣」の語の例は、鹿や猪といった一般的な狩猟の対象となる大型の獣を指さずに、愛らしい小動物であるムササビであるところが非常に興味深い。

次に、「宍」という文字についてだが、これは「肉」の譌字（誤字）とされ、木簡の用例では、名前・地名を除くと以下の平城京や紫香楽宮関連の木簡にみられるように、食用の動物の肉を指すものが多い。

鹿宍一斗二升
（平城京左京三条二坊二条大路濠状遺構・南）

鹿宍未醤
（平城宮式部省東方・東面大垣東一坊大路西側溝）

猪干宍
（滋賀県甲賀郡信楽町、宮町遺跡）

「宍」という字が食用の動物の肉を指すことが多いのは、五穀以外の食物として、動物の肉が重要な食料だったためであろう。そして、そうした食肉は、人間が狩猟をして捕らえた獣であるため、「シシ（宍）」は獣一般を指すようになったようである。イノシシやシカのことは、「ゐ（猪）」、「か（鹿）」という一字だけでさすこともできるが、重要な食宍（食肉）の動物であったため「猪（ゐのしし）」「鹿（かのしし）」という呼ばれ方がされるようになった。狩り場の情景を、以下のようにイノシシ・シカが群れをなす様子として叙述していることからしても、イノシシとシカの宍（食肉）としての重要性がしのばれる。

十四年の秋九月《あきながづき》の癸　丑《みづのとのうし》の朔　甲　子《ついたちきのえねのひ》に、天　皇《すめらのみこと》、淡路嶋《あはぢのしま》に狩したまふ。時に麋鹿《おほしか》・猿《さる》・猪《ゐ》、莫《あ》紛紛《りのまがひ》に、山谷《やまたに》に盈《み》てり。
（『日本書紀』允恭天皇十四年九月）

今近江の来田綿《くたわた》の蚊屋野《かやの》に、猪《ゐのしし》鹿《かのしし》、多《さは》に有り。其の戴《ささ》げたる角、枯樹《かれき》の末《えだ》に類《に》たり。其《そ》の聚《つど》へたる脚、弱木株《しもとはら》の如し。呼吸《いぶ》く気息《いき》、朝霧に似たり。
（『日本書紀』雄略天皇即位前紀）

また、『萬葉集』には、「完」という字をもって「シシ」と訓ませている例がある。たとえば、乞食《ほか》者《ひ》が鹿の痛みを述べた以下の歌があげられる。

…シシ待つと(完待跡) わが居《を》る時に さ牡鹿の(佐雄鹿乃) 来立ち嘆かく 頓《たちまち》に われは死ぬべし 大君《おほきみ》に われは仕へむ わが角は 御笠のはやし わが耳は 御墨《みすみ》の坩《つぼ》 わが目らは 真澄の鏡 わが爪は 御弓の弓弭《ゆはず》 わが毛らは 御筆《みふみて》はやし 我が皮は 御箱の皮に 我がシシは(吾完者) 御膾《みなます》はやし わが肝《きも》も 御膾《みなます》はやし わがみげは 御塩《みしほ》のはやし 老いぬる奴 わが身一つに 七重花咲く 八重花咲くと 申し賞《はや》さね 申し賞《はや》さね(巻十六・三八八五)

( )の中は『西本願寺本萬葉集』の原文である。カタカナ表記した二カ所のシシは、共に「完」という字を当てている。それに対して、『類聚古集』は、最初の「獣を待っていると」という部分「シシ待つと」のシシは「宍」の字をあてているのに対し、後者の「私(鹿)の肉はなますの材料に」という意の「我がシシは」のシシは、「完」をあてている。このように「完」の字をシシと訓むのは、「宍」の俗字「完」が、「完」と極めて似た形をしており混同されて考えられた結果である。

以上、「シシ(宍・猪鹿)」という言葉は、狩猟の獲物や、「あしひきの山田守る翁《をぢ》が置く鹿火《かひ》の下《した》焦《こが》れのみわが恋ひ居《を》らく(巻十一・二六四九)」のように田畑を荒らしたりする害獣として獣全般を意味する広義な場合と、猪と鹿の二種類の動物を同時に示すか、猪か鹿のどちらか一方を指すような狭義の場合とがあることをみた。

参考までに記しておけば、「肉」という文字は、食肉を示す文字としてあまり使われなかった。主に人の身体的な表現の場合につかわれようであるのだか、『萬葉集』に一例だけ「肉」を「シシ」とよませる例がある。

石上《いそのかみ》　布留《ふる》の尊《みこと》は　た弱女《わやめ》の　惑《まと》ひによりて　馬じもの（馬自物）　縄取り付け　シシじもの
（肉自物）　弓矢囲《かく》みて　大君の　命恐《かしこ》み　天離《あまざか》る　夷辺《ひなべ》に退《まか》る　古衣《ふるごろも》　真土の山ゆ　還り来ぬ
かも（巻六・一〇一九・石上乙麻呂《いそのかみのおとまろ》の土佐国に配流の時の歌）

このように、動物に関する語彙は、四本の足を持つといったような生態学的特徴よりも、食肉や害獣といった人間の生活の中における用途によって、呼び方が分化しているといえる。

しかしながら、動物を指し示す語であっても、今日でいう領収書や公文書のような木簡資料や、仏典の写し、史書である記紀、そして詩歌の文芸書である『萬葉集』や漢詩文集といった資料の違いによる概念の差異も認識しなければならないだろう。

四　民俗学・歴史学から見た上代文芸にみる鹿の研究史

前章までは、古代の文字資料にみる動物やそれに類する単語の意味の位相についてみてみた。本章では、上代文学関連のシカの研究史をみていきたい。

まずあげられるのが、先に引用した東光治『万葉動物考』・『続万葉動物考』（人文書院、昭和十九年）である。この書で、鹿・猪・宍といった語を含め、『万葉集』によみこまれた鹿の表現について基盤をなす考察がされた。

民俗学的研究では、平林章仁氏（『鹿と鳥の文化史』白水社、平成五年）が、弥生・古墳時代の考古遺物に描かれた鹿や、『風土記』『日本書紀』など古代の文献史料やアジアを中心とする民話から、海を渡る鹿、水と関わる穀物祭儀の中の霊獣としての鹿について、古代日本の宗教的心性を論じた。また、奈良時代頃から律令制度の普及と共に仏教思想が浸透し、次第に動物の殺生を禁じる方向へ向かうが、その一方で、記紀等の狩猟の記事や、『万葉集』の乞食人の歌などからは、古くは肉食を忌むことはなく、むしろ『延喜式』などを例に服属儀礼の中で鹿は贄として尊ばれたことが述べられている。

古代儀礼や祭祀、王権論的考察として、巻九巻頭の雄略天皇の鹿の歌を軸にしながら、井口樹生《いぐちたつお》氏（「鹿鳴譚の由来―古代・鹿の文学と芸能」『金田一晴彦博士古希記念論文集』第三巻文学芸能編、三省堂、昭和五十九年）は、『風土記』の地名起源説話などを例に、仁徳紀や『萬葉集』の岡本天皇、あるいは雄略天皇の歌にみられるような、古代の天子が鹿の鳴き声を聞くという行為は、その根底に、土地の精霊の声を声を聞き感受するという、天子に求められた素養が要因だとする卓見を示した。

歴史学の分野からも、岡田精司氏（「古代伝承の鹿―大王祭祀復元の試み―」『古代祭祀の史学研究』塙書房、平成五年）が、『萬葉集』の小倉山の鹿の歌を契機に、『風土記』の鹿の説話や律令時代の神祇官祭祀の供物、そして鹿の生態が稲作のサイクルと付合することなどから、王が鹿鳴を聞くことは、土橋寛のいうところの「視る」「聞く」ことによる呪的行為であったことが想定されるとし、そうした行為から、王による秋の収穫儀礼があったのではないかと推察した。そして、そうした儀礼にかかわり、『萬葉集』の乞食人の歌などにみられるような鹿に扮して舞う神事芸能があったことを推定されるとした。

王権論的な鹿の密接な結びつきに対しては、石神裕之氏（「古代文芸と鹿・猪の意識について―考古学的視点を織りまぜて―」『三田国文』三十号、平成十一年九月）は、考古学的立場からは、稲作との関わりについては、鹿との関係性が強いことは否定できないが、狩猟という点では、必ずしも王者の狩るものは鹿である図式に納めるものではなく、鹿と共に猪が重要だと説いた。

近藤信義氏の『音喩論』（おうふう、平成十二年）では、音喩という独自の視点から、『播磨国風土記』託賀《たか》郡の比也山《ひややま》・比也野《ひやの》地名起源話をもとに、動物の鳴き声といったオノマトペ（擬態・擬声）は、言語として最も始原的なものであり、動物から放たれた不可思議な鳴き声を、地名という形で言語化することによって、地霊を掌握しようとする呪的思想について述べられた。

五　萬葉集研究における鹿の歌の研究史

『萬葉集』の鹿の歌の表現に関する研究も、巻八秋雑歌の冒頭歌である岡本天皇歌、あるいは岡本天皇歌の異伝を持つ巻九の巻頭の雄略天皇御製と伝えられる小倉山の鹿の歌を中心に進んでいる。その理由は、この歌が『萬葉集』を代表する秀歌として文芸的に評価が高いことと、作者に関する異伝があることから、物語論、編纂論など多様な伝承過程が仮定されるからである。

秋雑歌

崗本天皇《おかもとのすめらみこと》の御製歌一首

夕されば小倉の山に鳴く鹿は今夜《こよい》は鳴かず寝《いね》にけらしも（巻八・一五一一）

雑歌

泊瀬朝倉宮《はつせあさくらのみや》に天の下知らしめしし大泊瀬幼武天皇《おほはつせわかたけのすめらみこと》の御製歌一首

夕されば小倉の山に臥《ふ》す鹿の今夜は鳴かず寝ねにけらしも（巻九・一六六四）

右は、或る本に云はく「崗本天皇の御製なり」といへり。正指審《せいしつばひ》らかにせず。これに因りて以ちて累ねて戴す。

これらの歌を読み解いていく際には、先に挙げた諸研究と同様に『日本書紀』の雄略天皇の条の説話や『風土記』に多数みられる鹿の説話との連関が検討されるのだが、一方で『萬葉集』に六十首余りある鹿の歌の表現が分析されることになる。

その中で『萬葉集』の鹿の歌全般について最初に注目されるのは中西進氏（「雄略御製歌の伝誦」『万葉集の比較文学的研究』桜楓社、昭和三十八年）の研究で、次のような『詩経』の小雅にある鹿鳴の歌が「鹿《か》鳴《ろく》之什《のじゅう》」（「什《じゅう》」は十首の意で、この部立には十首の漢詩があり、十首の最初の歌にあたる「鹿鳴」の歌の題名が部立名となっている）という部立にあり、『萬葉集』の巻十の「詠鹿鳴」や家持の「鹿鳴歌」（巻八・一〇六二〜三）の「鹿鳴」という題詞の付け方の態度は、『詩経』の影響と切り離しては考えられないとされた。

鹿鳴

呦々《いういう》と鹿鳴きて　野の苹《へい》を食む　我に嘉賓《かひん》有り　瑟《しう》を鼓《ひ》き笙を吹かん
笙を吹き簧《くわう》を鼓き　筐《きよう》を承《ささ》げて是れに将《すす》む　人の我を好《よみ》し　我に周行《しうかう》を示せよ
呦々《いういう》と鹿鳴きて　野の蒿《かう》を食む　我に嘉賓有り　徳音《とくいん》孔《はなは》だ昭《あき》らかなり
民に視《しめ》す挑《うす》からざるは　君子是れ則《のつと》り是れ倣へは　我に旨酒《ししゆ》有り　嘉賓よ式《もつ》て燕《えん》し以て敖《あそ》ばん
呦々《いういう》と鹿鳴きて　野の芩《きん》を食む　我に嘉賓有り　瑟を鼓し琴を鼓かん
瑟を鼓き琴を鼓き　和楽《わらく》し且《か》つ湛《たの》しましめん　我に旨酒有り　以て嘉賓の心を燕楽《えんらく》せしめん
（『詩経』小雅、鹿鳴之什《かろくのじゅう》）

しかしながら、紀風土記にみられる鹿には、狩猟の対象や呪的機能をもったもの、神事芸能に及んでいるものがあり、そうした狩猟や神事芸能に関する鹿の歌は『萬葉集』にもあるとされた。一方で、「優雅な妻問いの鹿や、秋の野に鳴きとよむ鹿」といった「風流としての鹿の取り扱いは奈良朝に下る」と、鹿の歌の表現の位相とそうした異なる位相の鹿の歌の作歌時期に関して言及された。

馬駿氏（「漢籍との比較から見た『鹿鳴』の歌―その巻頭性と表現性を中心に」『國語国文研究』一〇五号、北海道大学国語国文学会、平成九年三月）は、雄略天皇の鹿の歌を巻の巻頭歌に据える編纂態度は、『詩経』の小雅の鹿鳴歌が巻頭であることとの同等の価値を持ち、天皇の仁政を讃美することになるとされた。また、『萬葉集』の鹿鳴歌の概念を、鹿の声に関する語彙表現が歌中にあるなしにかかわらず、広く相聞的要素を含む鹿の歌に広げて考察された。その結果、「『鳴かぬシシの歌』は狩猟生活を舞台とするものであるのに対して、『鹿鳴』の歌は鹿の鳴き声による妻恋」だとし、それを地域的に「都市の『鳴く鹿』」と「地方の『鳴かぬシシ』」に分類できるとされた。

また、近藤信義氏（「桓武天皇遊猟歌の一問題―喩としての「鹿鳴」詩―」『立正大学国語国文』三十九号、平成十三年三月）は、延暦十七年八月十三日の桓武天皇遊猟歌を論じるのに際し、『詩経』の鹿鳴詩と『万葉集』の鹿の歌のモチーフの差異について言及された。

以上、鉄野昌弘氏「万葉集自然表現辞典」（『国文学』三十三巻一号、学燈社、昭和六十三年一月）の鹿の項目を参考にして、現在『萬葉集』にみられる鹿に関する表現についてまとめてみると、以下のようになる。

写真提供：奈良市観光協会

①御製歌にみられる「妻恋いをして鳴く牡鹿」のモチーフは、仁徳記等にも姿を見せつつ、基本的には和歌の発想として継承されてゆき、景物としてのイメージを形づくっている。

②狩猟や神事に関わる記紀風土記的な鹿は、「越中国歌」（巻十六・三八八四）や「乞食人詠」（巻十六・三八八五）に窺えるが、万葉の中では例外的である。

③『詩経』小雅の「鹿鳴」篇が、家持や巻十の歌の題詞などに影響を与えていると見られるが、中国詩一般には鹿が景物として登場することは少なく、『懐風藻』にも鹿そのものを歌うものは少ない。鹿との共感関係を基礎にし、相聞情調をまとわりつかせた、和歌の世界で独自に育てられた景物と言える。

④次のような人麻呂歌集の巻十・二〇九四にみられる、萩との配合、あるいは鹿の妻が萩である、とい

う発想は繰り返し用いられ、特に鹿鳴の聴覚的美としての洗練が著しい。

詠花

さ雄鹿の心相思《あひおも》ふ秋萩のしぐれの降るに散らくし惜《を》しも（巻十・二〇九四、人麻呂歌集）

この中でも注目したいのは、③の漢詩文との影響である。中国詩には鹿が景物として登場することが少ないが、それを受けてか『懐風藻』で鹿の用例は一例を数えるのみとなっている。長屋王の作宝《さほ》楼《ろう》で新羅使人を迎えた宴でよまれた漢詩十首のうちの一首にみられる。養老七年（七二三）の八月十五日頃に作られたもので、一行をもてなす送別の宴の席の歌で、作者は刀利宣令《とりのぶよし》である。

五言。秋日長王が宅にして新羅の客を宴す。一首。賦《ふ》して「稀《き》」の字を得たり。

玉燭《ぎよくしよく》秋序《しうじよ》を調《ととの》え、金風月幃《きんぷうげつゐ》を扇《あふ》ぐ。新知《しんち》未《いま》だ幾日《いくか》もあらね、送別《そうべつ》何《なに》ぞ依々《いい》ぞ。
山の際《ま》に愁雲《しううん》断《た》え、人の前に楽緒《らくしよ》稀《まれ》らなり。相顧《あひかへり》みる鳴鹿《めいろく》の爵《さかづき》、相送る使人《しじん》が帰《かへり》。

（『懐風藻』六三番、刀利宣令《とりのぶよし》）

内容は、新羅遣使をもてなし、別離を惜しむものとなっている。しかも「鳴鹿《めいろく》の爵《さかづき》」とあることから、『詩経』の鹿鳴歌を意識したものである。

ここにみられる鹿の鳴き声は、旧暦の八月十五日頃によまれたものであるから、「鹿鳴」という鹿の鳴き声の表現も、単に『詩経』にならったものでなく、リアリティのあるものであったと思われる。しかしながら、この漢詩における鹿の鳴き声は、あくまでも中国の『詩経』の鹿鳴歌の世界、賓客との別れ難さを増長させる意味しかなく、『萬葉集』の鹿鳴歌にみられるような、雄が雌を求めて鳴くという日本固有の恋愛歌の発想への転換はない。

六　家持の鹿鳴歌の諸相──妻恋いの鳴き声と御狩のかけ声──

『萬葉集』には大伴家持による鹿をよみこんだ歌が八首ある。これは一人の歌人として集中最多である。以下にあげたように、巻八の秋歌三首中に二首（2・3）、鹿鳴歌という題詞の下に二首（6・7）、巻二十に大伴池主たちと高円に登る歌三首中に一首（10）、秋の野の独詠歌群中に二首（15・16）ある。なお、防人同情歌（巻二十・四四〇八）に「鹿子《かこ》じもの　ただ独りして」（鹿が子どもを独りずつ生むように親にとって大切な子どもであるという意）という例は、鹿鳴歌とは位相が異なるのでとりあげない。

大伴宿祢家持の秋の歌三首

1秋の野に咲ける秋萩秋風に靡《なび》ける上《うへ》に秋の露置けり（巻八・一五九七）
2さ雄鹿の朝立つ野辺の秋萩に玉と見るまで置ける白露（巻八・一五九八）
3さ雄鹿の胸別《むなわけ》にかも秋萩の散り過ぎにける盛りかも去《い》ぬる（巻八・一五九九）

右は、天平十五年癸未《きび》の秋八月に、物色《ぶつしよく》を見て作れり。
内舎人《うどねり》石川朝臣広成《ひろなり》の歌二首

4妻恋ひに鹿《か》鳴く山辺の秋萩は露霜寒み盛り過ぎゆく（巻八・一六〇〇）

5めづらしき君が家なる花すすき穂に出づる秋の過ぐらく惜しも（巻八・一六〇一）

大伴宿祢家持の鹿鳴の歌二首

6山彦《やまびこ》の相響《とよ》むまで妻恋ひに鹿《か》鳴く山辺《やまへ》に独りのみして（巻八・一六〇二）

7この頃の朝明《あさけ》に聞けばあしひきの山呼び響めさ男鹿鳴くも（巻八・一六〇三）

右の二首は、天平十五年癸未《きび》八月十六日に作れり。

天平勝宝五年の八月十二日に、二三《ふたりみたり》の大夫《まへつきみたち》等の各《おのがじし》壺酒《こしゆ》を提げて高円の野に登り、聊《いささ》か
に所心《おもひ》を述べて作れる歌三首

8高円の尾花《をばな》吹き越す秋風に紐解き開けな直《ただ》ならずとも（巻二十・四二九五）

右の一首は、左京少進《さきやうのせうしん》大伴宿祢池主《いけぬし》

9天雲に雁そ鳴くなる高円の萩の下葉はもみちあへむかも（巻二十・四二九六）

右の一首は、左中弁《さちゆうべん》中臣清麿朝臣《なかとみのきよまろあそみ》

10をみなへし秋萩しのぎさ雄鹿の露別け鳴かむ高円の野ぞ（巻二十・四二九七）

右の一首は、少納言大伴宿祢家持

11宮人《みやひと》の袖付衣《そでつけごろも》秋萩ににほひよろしき高円の宮（巻二十・四三一五）
12高円の宮の裾廻《すそみ》の野《の》づかさに今咲けるらむ女郎花《おみなへし》はも（巻二十・四三一六）
13秋野には今こそ行かめもののふの男 女《をとこをみな》の花にほひ見に（巻二十・四三一七）
14秋の野に露負へる萩を手《た》折らずてあたら盛りを過《すぐ》ぐしてむとか（巻二十・四三一八）
15高円の秋野の上の朝霧に妻呼ぶ雄鹿出で立つらむか（巻二十・四三一九）
16大夫の呼び立てしかばさ雄鹿の胸別《むなわ》け行かむ秋野萩原（巻二十・四三二〇）

右の歌六首は、兵部少輔《ひやうぶのせうふ》大伴宿祢家持の、独り秋の野を憶《しの》ひて聊かに拙《つたな》き懐《おもひ》を述べて作れり。

これら家持の鹿の歌は、総てが都での作と推定されている。それは、堺信子氏（「家持の動物歌―鷹・鹿・霍公鳥を中心に―」『論集上代文学』八、昭和五十二年十一月）が指摘されるように、越中の地で鹿をよんだ歌が残っていないということである。また、これら家持の鹿の歌の作歌時期は、繁殖期の前の鹿狩の最盛期に多いということも指摘されている。

越中国守時代の家持の歌に、鷹狩の鷹や鵜飼いをうたったものがあっても、猪や鹿といった大型の獣を狩猟した歌がないことは、次のような国司郡司に発せられた、朝廷へ献上する以外の私的な目的で大がかりな狩猟をすることを禁止する詔に由縁するものと思われる。

く。今より已後《のち》は、禁断《きんだん》せしむべし。更に犯す者有らば、必ず重き科《とが》に擬《あ》てむ」とのたまふ。

(『続日本紀』聖武天皇・天平十三年二月七日条)

「国郡司等《こくぐんしども》、公事《くじ》に縁《よ》るに非《あら》ずして、人を聚《あつ》めて田獵《でんれふ》し、民の産業《なりはひ》を妨げて、損害実《そこなひまこと》に多しとき

「田獵」は大がかりな狩猟のことで、柵などを作って獣の逃げ道を塞いで一網打尽にするような狩猟方法を指すものであろう。そうした大がかりな狩猟は、「天皇、河(木津川)の南に幸したまひて校獵《けうれふ》を観す」(聖武天皇・天平十三年五月六日条)といったように、朝廷の公的な催しとしておこなわれたと推測される。

しかしながら、『続日本紀』をみると、天皇による御狩の記事は天皇によってばらつきがあり、家持が歌人として活躍した時期に天皇だった聖武天皇や女帝たちの代には狩猟の記事が少ない。だが、天皇や皇子たちの讃美表現として狩猟を題材にした歌は、次の人麻呂や赤人の歌のように少なくない。それらにみられる狩の表現は、宮廷でおこなわれるような大がかりな狩猟を意味し、讃歌を勇壮で荘厳なものにしている。

(軽皇子《かるのみこ》の安騎《あき》の野に宿りましし時に、柿本朝臣人麿の作れる歌　短歌)

日並皇子《ひなみしのみこ》の命《みこと》の馬並《な》めてみ狩り立たしし時は来向ふ(巻一・四九)

長皇子《ながのみこ》の猟路《かりぢ》の池に遊《いでま》しし時に、柿本朝臣人麿の作れる歌一首

やすみしし　わご大王　高光る　わが日の皇子の　馬並めて　み猟立たせる　若薦《わかこも》を　狩路の小野に　猪鹿《しし》こそば　い匍《は》ひ拝《をろが》め　鶉なす　い匍ひ廻《もと》ほり　猪鹿じもの　い匍ひ拝み　鶉なす　い匍ひ廻ほり　恐みと　仕へ奉りて　ひさかたの　天《あめ》見るごとく　真澄鏡《まそかがみ》　仰《あふ》ぎて見れど　春草の　いやめづらしき　我が大王かも（巻三・二三九）

（山部宿祢赤人作歌二首）

やすみしし　わご大君は　み吉野の　秋津の小野の　野の上には　跡見《とみ》する置きて　み山には　射目《いめ》立て渡し　朝狩に　猪鹿踏み起し　夕狩に　鳥踏み立て　馬並めて　御狩そ立たす　春の茂野に（巻六・九二六）

家持の場合も、そうした狩猟をテーマにする伝統的な讃美表現を、以下のように安積皇子挽歌に用いている。

（十六年甲申《こうしん》。春二月に、安積皇子《あさかのみこ》の薨《かむさ》りましし時に、内舎人《うどねり》大伴宿祢家持の作れる歌六首）

かけまくも　あやにかしこし　わご王《おほきみ》　皇子《みこ》の命　もののふの　八十伴《やそとも》の男《を》を　召し集へ　率《あとも》ひ賜ひ　朝狩に　鹿猪踏み起し　暮狩《ゆふかり》に　鶉雉《とり》踏み立て　大御馬《おほみま》の　口抑《おさ》へとめ　御心を　見し明《あき》らめし　活道《いくぢ》山　木立《こだち》の繁《しげ》に　咲く花も　移ろひにけり　世の中は　かくのみならし　大夫の　心振り起し　剣刀《つるぎたち》　腰に取り佩《は》き　梓弓　靫《ゆき》取り負ひて　天地《あめつち》と　いや遠長《とほなが》に　万代に　かく

しもがもと　頼めりし　皇子の御門《みかど》の　五月蠅《さばへ》なす　騒く舎人《とねり》は　白栲《しろたへ》に　服取り着て　常なりし　咲《えま》ひ振舞《ふりま》ひ　いや日異《ひけ》に　変《かは》らふ見れば　悲しきろかも（巻三・四七八）

（右の三首は、三月廿四日に作れる歌なり。）

周知のように、大伴氏は、兵部省の役職を代々歴任するような武門の家柄である。

大伴御行《みゆき》（家持の祖父の兄）	兵政大輔	天武四年三月
大伴安麻呂《やすまろ》（家持の祖父）	兵部卿	大宝二年六月
大伴百代《ももよ》	兵部少輔	天平十年七月
大伴家持	兵部少輔	天平勝宝六年四月
	兵政大輔	天平宝字元年六月

兵部省の中にある兵馬司は、諸国の国司の下、牧で飼育された馬を全て統括し、天皇や貴族、駅馬や伝馬などに供給する役目を負っていた。また、狩猟用の鷹や犬を管理する主鷹司も兵部省下にある。家持の歌にみられる狩猟の表現や、馬の表現、そして、鷹狩りや鵜飼いの表現は、そうした家柄とも無関係ではあるまい。

そこで、章の冒頭にあげた家持の歌の中でも、家持が兵部少輔在職中に作った秋の野の独詠歌群

（11〜16）をみてみたい。

歌の舞台となる高円の地は、聖武天皇が高円を愛好し離宮を営んだことから、大伴氏にとってなじみ深い地であったと考えられている。

中西進氏はこの歌群について、「家持の望むべき姿、高円の宮におけるあるべき姿は、聖武天皇を中心とした宮人であり、もののふの男女だった。ますらおである人たちが、こぞって狩を楽しむ盛事こそが、聖武政権の繁栄だったが、それがだんだん衰えつつある。ついに藤原氏に取って代わられる日も間近であることを、詩人の鋭敏な魂は予感していたにちがいない」（『大伴家持』六巻、角川書店、平成七年）と述べられている。兵部少輔という望まれた役職にありながら、先にあげた坂上郎女のムササビの歌のような御狩もなく、独り白昼夢のように華々しい御狩を幻想する歌なのであろう。

この歌群は、基本的には、次の赤人の行幸従駕歌にみられるような、ますらをは狩猟に立ち、女官たちは浜辺に行くという大宮人の景をえがいた歌の延長にある。全体としては、秋花の咲くの高円に集うますらをやをとめたちを描いた繊細で耽美的な雰囲気のある歌群となっている。

（春三月に、難波《なには》の宮に幸《いでま》しし時の歌六首）

大夫《ますらを》は御猟《みかり》に立たし少女《をとめ》らは赤裳裾《あかもすそ》引く清き浜廻《はまび》を（巻六・一〇〇一）

右の一首は、山部宿祢赤人の作

そうした歌群の中に、鹿がよみこまれた15・16の歌があるわけである。
15は、朝の秋の野で妻恋い鳴く牡鹿をうたった歌である。鹿は、早朝と夕方に活動し、昼間は森林などで伏して隠れていることが多いという生態学的特徴があるようだが、15の「妻呼ぶ壮鹿出で立つらむか」と鹿の鳴き声によってそうした早朝の鹿の行動パターンを聴覚的に推測した歌ともとれる。そして、鹿が活動しはじめたことを契機に、16の歌では「大夫の呼び立てしかば」と、男たちのかけ声によって聴覚的に朝狩りがおこなわれていることを示し、11から14で描写された秋草が花咲く野辺を、追い立てられた鹿が草を胸でかき分け走る狩り場の光景を描いている。

このように、この歌群の中における15の鹿鳴は、単に鹿の妻恋い鳴くというテーマを持つだけでなく、次の歌の秋の野の朝狩りの景へと集約されていくところに、家持独自の鹿鳴歌の作歌意図があるように思われる。そして、妻恋いの鹿と、狩猟の鹿が同居しつつも、歌群全体として後期萬葉歌にふさわしい幻想的で繊細な歌風へと昇華している。それは、家持が青年時代に恭仁京でよんだと考えられる秋歌三首（1・2・3）が、「萩」「露」「朝」「胸分け」など高円の秋の野の独詠歌群と非常に近い類句が多く、繊細に秋の光景をうたったレベルで留まっているのと比べ、その作歌意図の差は大きいと思われる。池主たちが高円の地に登りよんだ歌の中にみられる10の鹿鳴歌が、高円の地の讃美表現でとどまっていることも同様である。

なお、恭仁京でよまれたと考える鹿鳴歌二首（6・7）は、雄鹿の妻恋い鳴く姿に、妻とは一緒にいられず独りいる自分の姿を重ねた恋歌である。雄鹿の鳴き声の「山彦が相響まで」あるいは「山呼び響め」と激しく鳴く様によって、歌い手の恋の辛い心情が重ねてよみとれるような歌い方がされている。こうした、獣の鳴き声に妻恋の心情を感応させる歌い方は、次の歌のようによくある類型的なものである。

丹比真人《たじひのまひと》の歌一首

宇陀《うだ》の野の秋萩しのぎ鳴く鹿も妻に恋ふらくわれには益《ま》さじ（巻八・一六〇九）

以上のことや、恋歌の内容をもつ6・7の歌が雑歌の部立中にあることから、恭仁京においてよまれた家持の鹿の歌は形式的によまれた望郷歌であり、鹿鳴というテーマが優先しているようにも思われる。

七　まとめ

以上、古代における動物という概念の中で、鹿の歌はどのような位相にあるかをみてきた。和歌では、花や鳥を中心としてうたった歌を「花鳥歌」と呼ぶ。花鳥歌をめぐる問題については、井手至氏（『遊文録』萬葉篇一、和泉書院、平成五年）に詳細な論考があり、記紀歌謡や初期万葉歌の花鳥歌には、その源流にタマフリや瑞祥を暗示させる呪性や儀礼性がしのばれ、それが万葉後期になると漢詩文の影響が濃厚にあらわれるとされる。

しかしながら、鹿は漢詩文ではほとんど詠まれることがない。そのため、鹿の歌は、基本的な部分では漢詩文の影響をうけているにしても、我が国独自の展開をみせた景物なのである。そしてそれは、和歌の世界では、狩猟対象である獣としての「シシ（宍）」の側面が次第に抜け落ち、「秋の妻恋い」という恋愛歌のテーマが主流となっていくことだと言えるのではないだろうか。

語彙の面でみれば、「シシ（宍・猪鹿）」とうたう時は、狩猟や獣のイメージがつきまとう表現となるが、「鹿」とうたう時には、「妻恋い」という主題が浮上する。

「シシ」としての特性をぬぐい去ることによって、鹿の歌は、花や鳥と同等の位相にある景物として扱われ、和歌文学の中で、花鳥歌の一端を担う重要な景物となったのではないだろうか。そして、一端花鳥歌のひとつとなった鹿の歌は、ウグイスやホトトギスのように、鳴き声(注2)を中心とした聴覚的な景物となるのである。それが鹿の歌の特性であり、鹿鳴歌の意義なのであろう。

注1　平成十四年一月現在、奈良文化財研究所の木簡データベースに登録されている三二七四二点の木簡には「動物」という語の墨書はみられない。

2　鹿の鳴き声は、以下のホームページで実際に聞くことができる。http：//www 1.sphere. ne.jp/naracity/j/shikamekuri/w_sika 02.html（奈良市観光課）

※本文の引用は、以下のテキストを使用したが、私に改めたところもある。

『萬葉集』（講談社文庫）、『性霊集』日本古典文学大系（岩波書店）、『文選』新釈漢文大系（明治書院）、『日本書紀』日本古典文学大系（岩波書店）、『懐風藻』日本古典文学大系（岩波書店）、『日本霊異記』新日本古典文学大系（岩波書店）、『続日本紀』新日本古典文学大系（岩波書店）、『万葉集』新編日本古典文学全集（小学館）、『詩経』新釈漢文大系（明治書院）。

『万葉集』に鳴く鳥

内藤　明

はじめに

『万葉集』には、鳥類に関わる多数の歌が見られる。中西悟堂は、「鳥及び鳥に関係ある名詞の件数を拾ひ上げて見ると、五八九件」即ち『万葉集』の歌の「一三・〇四%に及んでゐる」として、三十八種の具体的な鳥名をあげ、(注1)また前野貞男は、三十種の鳥名をあげて、その四四二首を列挙している。(注2)もちろんこういった歌における鳥の歌われ方は多様であるが、そのかなりの部分が声や羽ばたきなど、鳥の「音」に着目した歌である。

自然に包まれながら生活している万葉人の日常生活にあって、主として「声」によってその存在が知られ、また「声」とともに現れてくる鳥には、さまざまな意味合いがこめられていたに違いない。そして生活の中で蓄積されてきた鳥の声に関わる知識や発想を背景にして、歌は鳥や鳥の声をさまざまにその内部に取りこみ、さらに文芸的な色合いを加えていった。もともと人間の「声」から生まれ、声を基底にもちながら展開されていった歌において、鳴くという行動やその声に関わる鳥の歌は、多くの興味ある課題を内包している。本稿では、「音」に関わる鳥の歌の諸相を、その「音」の果たしているシンボル的な役割や意味から概観し、またその一首における「音」を中心とした表現のありようを検討しながら、歌における「音」の問題を考えていきたい。

一　時間・季節の表徴としての鳥の声

『万葉』の歌において、人々が鳥の声から聞き取っているものは何か。その一つは、ある時刻や季節の到来であろう。鳥の声は、一日、一年といった繰り返される時間の中に、今迎えようとしている時間や時節を報せる役割を果たしている。

(一) 夜明けを予告する鳥

こもりくの　泊瀬の国に　さよばひに　我が来《き》れば　たな曇《ぐも》り　雪は降り来《く》　さ曇り　雨は降り
来　野つ鳥　雉《きぎし》はとよむ　家つ鳥　鶏《かけ》も鳴く　さ夜は明け　この夜は明けぬ　入りてかつ寝む
この戸開かせ　(巻十三・三三一〇)

妻問いを歌劇化したようなこの歌では、明け方の到来を告げるものとして「野」の「雉」と、「家」の「鶏」がうたわれている。同じ趣をもった『古事記』八千矛《やちほこ》の神の歌謡(「神語《かむがたり》」)では、「…青山

にぬえは鳴きぬ　さ野つ鳥　雉《きぎし》はとよむ　庭つ鳥　鶏《かけ》は鳴く　うれたくも　鳴くなる鳥か　この鳥も　打ち止《や》めこせね」と山、野、庭と空間を眼前に追い、「ぬえ」（トラツグミか）、「雉《きぎし》」、「鶏《かけ》」と鳥の鳴き声を詠みながら、夜更けから明け方への時間の移行を示す。それぞれの鳥の習性によりながら時間が組み立てられているといってよいだろう。鶏の声に夜明けの近いことを知るのは、今日に至るまで変わらぬところであり、『万葉』には「鶏鳴」を「あかとき」と訓ませる例（巻一・一〇五）も見られる。『古事記』には、天の岩屋戸に隠れたアマテラスを呼びもどそうと、「常世《とこよ》の長鳴鳥《ながなきどり》」（鶏）を集めて鳴かせているが、それは「鶏」の習性とその鳴き方への日常の観察から導かれた、夜の闇を明けさせようとするものとしての鶏の声、という発想からのものであろう。

ところで、三二〇番歌も、「神語」も、ともに「鶏」は「鳴く」であり、「雉」は「とよむ」であり、その使い分けがなされている。「きぎし」（雉）は「きぎす」「きじ」ともいわれ（和名抄）、「キギは、特徴ある鳴き声に基づくもの」（『時代別国語大辞典上代編』）といわれる。また、「かけ」も、「神楽歌」に「鶏《にはとり》は　かけろと鳴きぬなり　起きよ　起きよ　我が門に　夜の夫《つま》　人もこそ見れ」（酒殿歌）とあるように、やはり鳴き声に基づく名と思われる。そういった鳥の名をもつ両歌は、鳥の鳴き声そのものは具体的に示されずとも、自ずからその鳴き声を髣髴とさせる。それぞれの歌は恋を成就することの出来なかった男の烏滸《おこ》ぶりを示すが、語頭に鋭い響きをもつk音のある「鶏」「雉」という鳥の名自体が喧しく朝を知らしめており、それが聴衆の笑いを誘ったことと思われる。

このように、夜明けを予告する鶏の声は、歌において、共寝をした男女が別れの時としての明け方を知るのものとしての、一つの表現の定型化がなされていたといえる。「東《あづま》」にかかる枕詞として「とりが鳴く」がある。その係り方の由来には諸説あるが、人麻呂の「鶏之鳴《とりがなく》　吾妻乃国之《あづまのくにの》」（巻二・一九九）といった表記には、『古義』が「こはさは鶏が鳴そ、やよ起よ吾夫《アヅマ》と云意につゞくなるべし」というように、男女に暁の別れを促す鶏鳴のイメージが働いていたといえるだろう。

そして鶏の声に付着したこういったイメージは、次のような歌に現れていく。

遠妻《とほづま》と手枕交《たまくらか》へて寝たる夜は鶏《とり》がねな鳴き明けば明けぬとも（巻十・二〇二一　人麻呂歌集）

暁と鶏《かけ》は鳴くなりよしゑやしひとり寝《ぬ》る夜は明けば明けぬとも（巻十一・二八〇〇）

一首目は七夕歌中の一首。「鶏がね」は鶏の声（音《ね》）であり、また鶏そのものである。ここでは、逢瀬を遂げた男女に暁の別れの時を知らしめるものとしての鶏鳴、という発想を踏まえて、「な鳴き」といわれており、七夕という虚構空間に人間界が重ねられている。二首目も結句を同じくするが、ここでは独り寝のやるせなさが、暁（原文「旭時」）を報せる鶏の声を耳にして、投げやりな言葉を放たせており、男女に別れを促すものとしての鶏鳴、という発想をさらに反転させている。こういったユーモラスな歌を生み出すのも、「神語」以来の男の鳥滸ぶりと、鶏のイメージがかかわっていよう。では、一方の雉はどうか。雉は狩猟鳥でもあるが、万葉末期には、次のような歌が見られる。

暁に鳴く雉を詠む歌二首

杉の野にさ躍る雉《きぎし》いちしろく音にしもなかむ隠《こも》り妻かも（巻十九・四一四八　大伴家持）

あしひきの八つ峰《を》の雉鳴き響《とよ》む朝明《あさけ》の霞見れば悲しも（四一四九）

一首目では、あたりはばからず激しく鳴き叫ぶ雉の「音にしもなかむ」から「隠り妻」を導く。雉の鋭い鳴き声は、同じ家持に「春の野にあさる雉の妻恋に己《おの》があたりを人に知れつつ」（巻八・一四四六）と詠まれ当歌とも呼応するが、ここでは本来は雄のものであろう雉の鳴き声を「隠り妻」の泣き声と転換して（原文「啼尓之毛将ㇾ哭《ねにしもなかむ》」）、哀韻を醸し出す。また二首目、暁の気分をとらえた歌であり、雉のけたたましい叫び声が、作者の聴覚に強く訴える。それぞれ「暁」という時間を背景に、明け方に鳴く雉の聴覚的把握に恋の情趣を絡ませ、また辺りに響く雉の声を景への観照的な眼差しとともに聞き取り、そこに春の憂いが感じ取られている。夜明けの雉の声にさまざまな要素が付加され、また聴覚・視覚によってとらえられた自然と人間とが、気分として融合しているといえる。鳥の声自体が対象となって歌の主題を構成しており、万葉時代における歌の推移をうかがわせる。

（二）季節の表徴としての鳥

鶏や雉の声が、一日の中での暁という時を告げる要素をもつものであるとするならば、一年の中でのある時節の到来を示すものとしても、鳥の声はさまざまにうたわれている。

うちなびく春立ちぬらし我が門の柳の末《うれ》に鶯《うぐひす》鳴きつ（巻十・一八一九）
春されば妻を求むと鶯の木末《こぬれ》を伝ひ鳴きつつもとな（一八二六）
藤波の咲き行く見れば霍公鳥《ほととぎす》鳴くべき時に近付きにけり（巻十八・四〇四二　田辺福麻呂）
霍公鳥今来鳴きそむあやめぐさかづらくまでに離《か》るる日あらめや（巻十九・四一七五　大伴家持）
葦辺《あしへ》なる荻《をぎ》の葉さやぎ秋風の吹き来るなへに雁《かり》鳴き渡る（巻十・二一三四）
雁が音《ね》を聞きつるなへに高松の野の上の草そ色づきにける（巻十・二一九一）

一首目、鶯の声によって春の到来が実感され、二首目、鶯の囀りを春になって妻を求めてのものと聞く。また三首目、藤の開花から霍公鳥《ほととぎす》の鳴く時節が思われ、四首目、鳴き始めた霍公鳥から菖蒲の開花が思われている。藤と菖蒲の間に、霍公鳥の鳴き始める時節が位置づけられている。そして五首目、秋風とともに渡ってきて鳴き始める雁がうたわれ、六首目、耳にした雁の声から野の草の色づきが目に映っていく。鶯、霍公鳥、雁は、春、夏、秋を代表する鳥であり、その鳴き声によって時節の到来が知られるとともに、風物の中にその到来の時期が置かれ、待たれているといえよう。

「妹が手を取石《とろし》の池の波の間ゆ鳥が音異《ねけ》に鳴く秋過ぎぬらし」（巻十・二一六六）と、鳥の鳴き声の変化に秋の終わりを感じている歌もあるように、万葉人の聴覚は鋭敏である。そして「しでの田長《たをさ》」（『古今集』一〇一三）とも呼ばれる霍公鳥の初音への関心ついていえば、「霍公鳥《ほととぎす》来鳴きとよめば草取らむ花橘をやどには植ゑずて」（巻十九・四一七二　家持）のように、それはその始源に何らかの形での農事との関わりをうかがわせつつ、また「霍公鳥は立夏の日に来鳴くこと必定なり」（巻十七・三九八四左注）のように、暦日意識の発達とともに暦の中に位置付けられている。鳥は四季の運行の中にその姿をあらわし、またその動物としての生理に従い、人間はそれによって時節を知り、自然の摂理を体得してきたわけだが、歌はその蓄積を、それぞれの鳥の習性によりながら様式化し、あるべき季節の推移を提示して讃美し、その声を賞翫していったといえよう。

ところで、こういった歌の構造を見ると、聴覚による鳥の声の発見や認識と、視覚による草木の把握との取り合わせが、一首においてひとつの型として存在していることがうかがえる。一八一九番歌では鶯とともに柳がいわれるが、鶯の声は、多く春先の景物とともに歌にうたわれていく。

春霞流るるなへに青柳の枝くひ持ちて鶯鳴くも（巻十・一八二一）
鶯の音聞くなへに梅の花我家《わぎへ》の園に咲きて散る見ゆ（巻五・八四一）
梅の花散らまく惜しみ我が園の竹の林に鶯鳴くも（八二四）

一首目、霞という春の表徴とともに青柳を口にくわえる鶯がいわれており、『注釈』は枝をくわえる鳥という構図と正倉院御物の「花喰鳥模様」との一致をいう。また二首目、鶯の声とともに梅の開・落花がいわれ、三首目、鶯を擬人化して、竹林に鶯を配しながら落花を悲しむ鶯がうたわれる。両首は大宰府の大伴旅人の宅において催された「梅花歌三十二首」中のものであり、大陸の詩宴を模した宴でのこのような歌には、大陸風の風流の意識とその表現からの受容があったことが推定される。『懐風藻』葛野王の「五言。春日、鶯梅を翫ぶ」には、「素梅素靨を開き、嬌鶯嬌声を弄ぶ」と、梅と鶯に擬人的な表現を加え、それを視覚と聴覚の対として春の苑の景をとらえた表現が見られる。すでに額田王に、「冬ごもり　春さりくれば　鳴かざりし　鳥も来鳴きぬ　咲かざりし　花も咲けれど…」（巻一・一六）と漢詩の対を意識した花鳥の提示があったが、漢詩に学んだ官人層の知を背景としながら、和歌による花鳥歌が様式化されていったといえるだろう。

　そしてこういった擬人化を伴った鳥と花の取り合わせは、鶯とともに夏の霍公鳥《ほととぎす》において顕著である。「我が背子《せこ》が宿の橘《たちばな》花を良《よ》み鳴く霍公鳥見にそ我が来し」（巻八・一四八三　奄君諸立）では橘の花を慕って鳴く霍公鳥をいってその花を賞美し、「卯《う》の花の過ぎば惜しみか霍公鳥雨間も置かずこゆ鳴き渡る」（巻八・一四九一　家持）では霍公鳥が鳴き渡るのを卯の花の落花を惜しんでのこととしてうたう。家持の愛好、多作もあって霍公鳥は『万葉集』に百五十を越える用例をもつが、井手至がいうように、「花橘乃至卯の花と霍公鳥との取り合わせは、梅―鶯の場合と異なって、漢詩の中には見られない取り合わせ」であり、そういった万葉四期に顕著な取り合わせは、「我が国の風土に即した独自の美意識に基づく[注3]」ものとして注目されよう。

　おそらく、こういった花鳥を擬人化し、その景と声との密接な関わりをうたうのは、自然の二物の間に融合的な関係性を仮想する和歌的表現と、その二物の間に擬似的な恋愛を見る発想と強く関わろう。鳥の声と草木との関係は、秋では先の三九一番歌のように雁と紅葉として展開される。

雁がねの来鳴きしなへに韓衣《からころも》龍田の山はもみちそめたり（巻十・二一九四）
雁がねの声聞くなへに明日よりは春日の山はもみちそめなむ（二一九五）
雁がねの寒く鳴きしゆ水茎の岡の葛葉《くずは》は色づきにけり（二二〇八）

それぞれ、渡ってきた雁の鳴き声を聞き、あたかもそれを合図としたような草木の色づきがうたわれる。「なへ」は二つの事態の「継起併存」（『時代別国語大辞典上代編』）を、いわば同時性として示す。右の歌で、雁の声は客観的事実、ないし二首目のように作者・主体の「聞く」という行為によって提示されているが、これらの歌にあっては、雁の声そのものが紅葉を促しているような雰囲気を醸し出しているといってよい。そしてこういった関係性は、雁の声と萩との関係ではさらに密接であり、「秋萩は雁に逢はじと言へればか声を聞きては花に散りぬる」（巻十・二一二六）、「雁がねの初声《はつこゑ》聞きて咲き出たる宿の秋萩見に来《こ》我が背子」（二二七六）といった直接的な関係が示されている（時節からいって、雁の声によって萩が散るのが定型的発想であり、後者はその変形であろう）。

草木を紅葉させるものには、露霜や時雨があり、雁に関わる歌においても「雁が音の寒き朝明の露ならし春日の山をにほはすものは」（巻十・二一八一）「夕されば雁の越え行く龍田山しぐれに競《きほ》ひ色づきにけり」（二二一四）といった展開を見せている。草木を覆う天象は、より現象的に変化の原因を示すが、鳥の声による花の落花や開花という表現、さらに声に触発されるかのような草木の黄葉という発想は、自然の現象同士の緊密な関係性を、いわば歌の表現・発想として定型化したものといえよう。雁は季節を連れて北方から渡ってくるものであり、人々は、時節の到来を、聴覚という、目には見えないものをとらえる機能でいち早く察知する。そして歌は、聴覚によって感取された時節の到来を契機としつつ、草木の黄葉という景によって季節の推移を視覚的に提示していくのである。

　このように見てくると、古代人にとって、自然の「音」や現象は、自然の摂理、神の意志の現れであり、それを耳と目によって解き明かすことで、歌は自然の大きなサイクルをとらえ、規範化している、ということができるだろう。「なへに」という語に関していえば、同じく「なへに」によって二つの現象を結ぶ「あしひきの山川の瀬の響《な》るなへに弓月が岳に雲立ち渡る」（巻七・一〇八八）では、聴覚による豊富な水の予兆と、視覚による雲の現出の提示によって、国見的な讃美の世界が構成されている。[注4] そういった短歌の様式に依拠しながら、雁の声と黄葉を結ぶ歌が生成されているのであり、そこには自然をとらえる万葉人の発想の型が織り込まれているといえよう。

　もちろん、歌における雁の主題化には、漢詩の影響が強い。『懐風藻』の釈智蔵「秋日言志」には、「燕巣夏色を辞し、雁渚秋声を聴く」と雁の声が秋を告げるものとしてうたわれ、また「秋日長屋王の宅にて新羅の客に宴す」では「寒蟬唱ひて柳葉飄り、霜雁度《わた》りて蘆花落つ」（山田三方「序」）と、雁の渡来と蘆の落花がいわれる。『文選』所収の、漢武帝「秋風辞」をはじめ、南に飛ぶ雁と揺落する草木が悲秋を表徴しており、歌における秋の雁も、そういった漢籍を通して強く文学的素材として意識されるに至ったといえよう。しかし、万葉では黄葉は必ずしも悲しみを誘うものとしてうたわれてはいないし、秋は待たれる季節でもある。秋のものとしての雁の声は漢籍を通して強く意識されつつ、しかしその表現にあたっては、和歌的発想と表現が、強く関与しているといえる。

二　空間をつなぐ鳥の声

時間や季節といった視点から鳥の声に関わる歌を考えてきたが、また一方、空を自由に飛びめぐる鳥は、一つの場から他の場へと自由に飛行する、いわば空間的な存在としての意義をもっている。

（一）越境する鳥

大和には鳴きてか来《く》らむ呼子鳥《よぶこどり》象《きさ》の中山《なかやま》呼びそ越ゆなる（巻一・七〇　高市黒人）

古《いにしへ》に恋ふる鳥かもゆづるはの御井《みゐ》の上より鳴き渡り行く（巻二・一一一　弓削皇子）

黒人歌は、吉野の象の中山において、山を越えて飛んで行く「呼子鳥」をとらえて、それが大和では鳴きながら飛んで来るものであるのか、とうたう。異境にあっての望郷の歌であるが、鳥はその境界を軽々と飛び越える。また吉野にあって大和の額田王に贈った弓削皇子の歌では、鳥が、「古《いにしへ》」という異空間を呼びおこすものとしてうたわれている。この一首に対して額田王は「古《いにしへ》に恋ふらむ鳥は霍公鳥けだしや鳴きし我が思へるごと」（巻二・一一二）と返歌をなすが、とくに返歌においては、中国の「蜀魂《しょくこん》」の故事（王位を追われた蜀の国王望帝が、死後ほととぎすとなって鳴きわたり、蜀人はそれを王の霊魂と思って愛慕し、「蜀魂」はほととぎすの別称となる）が踏まえられている。鳥は境界を越えて飛ぶものであり、人の霊魂と一体となって空間を越え、過去といった異次元への郷愁を誘うものでもある。

(二) 伝言するものとしての鳥

こういった越境する鳥の生態と、声を発するという鳥の習性が合わさって、使いをなすもの、言葉を伝えるものとして、鳥がとらえられていく。『古事記』上巻では、高天原から葦原の中つ国の天の若日子への使者として「雉、名は鳴き女」が遣わされ、中巻の神武の東征では「八咫烏《やたからす》」が神武の先導として派遣される。そして、それぞれは神・主の言葉としての詔命を伝えるが、伝えた相手に射殺されたり、射返される設定となっている。とくに前者においては、「鳴き女」の「言」を、「その鳴く音いと悪し」としてしか理解出来なかった「天《あめ》の佐具売《さぐめ》」が射殺を教唆するが、そこでは、神の聖なる言葉としての声を読み解く能力が試されているともいえる。また、下巻仁徳記においては、使者として「舎人名は鳥山」が遣わされ、また軽太子の歌には、「あまとぶ　鳥も使ひぞ　鶴が音の　聞こえむ時は　わが名問はさね」と、鳥が運ぶ伝言をいう。こういった鳥に対する観念を背後に、万葉歌においても、言葉を運ぶものとして鳥がうたわれている。

暇《いとま》なみ来ざりし君に霍公鳥我《あれ》かく恋ふと行きて告げこそ（巻八・一四九八　大伴坂上郎女）

霍公鳥鳴きしすなはち君が家に行けと追ひしは至るらむかも（一五〇五　大神女郎）

故郷の奈良思《ならし》の岡の霍公鳥言《こと》告げ遣りしいかに告げきや（一五〇六　田村大嬢）

一首目、訪れのない「君」への伝言を、霍公鳥に託したいという歌である。こんなにまで恋い焦がれている（「かく恋ふ」）、というのがその伝言であるが、恋の使いとしての霍公鳥といった発想に一首の主眼はあろう。ところで、この「カクコフ」について講談社文庫本の注（中西進）には「鳴き声に戯れた表現」とあり、また近藤信義は、「ほととぎす鳥」と「かっこう鳥」は万葉時代に区別がなかったとして（それぞれの名はその鳴き声からのものとする）、一四九八番歌の「かく恋ふ」には「ほととぎす鳥」「かっこう鳥」の鳴き声の聞き写し「カクコフ」がかけてあり、またそれを「かく恋ふ」とする「聞きなし」があった、と推定している[注5]。「聞きなし」は、東歌の「鳥とふ大《おほ》をそ鳥の真実《まさで》にも来まさぬ君をころくとそ鳴く」（巻十四・三五二一）で、「ころく」という鳥の鳴き声のオノマトペに、「児ろ来」（あるいは「此ろ来」）を聞き取ろうとする類である。一四九八番歌も「かく恋ふ」に霍公鳥の鳴き声が意識されていた可能性は否定できない。いずれにしろここでは、飛び巡る鳥の声に、人間の言葉が託されているといってよいだろう。また二首目、不実な男に対して、物思いを誘う霍公鳥そのものによって、その恋情を伝えようとし、三首目、妹への消息であるが、鳥に託した言伝《ことづて》が、「言」という言葉によって明確に示されている。

　これらは、「聞きなし」などを認めなければ、直接に具体的な「音」が歌の上に現れているわけではないが、鳥の「声」が、離れている空間を繋ぐものとして意識されているといってよい。鳥の声を媒介とした音信がそこに仮構されているのであり、それは「卯の花の咲き散る岡ゆ霍公鳥鳴きてさ渡る君は聞きつや」「聞きつやと君が問はせる霍公鳥しののに濡れてこゆ鳴き渡る」（巻十・一九七六・七）といった「霍公鳥」の声を媒介とした、風流意識を持った「問答」をも生み出していく。

（三）雁の使い

ところで、こういった言葉、思いを伝える鳥の代表として雁がある。

明け闇《ぐれ》の朝霧隠《ごも》り鳴きて行く雁《かり》は我が恋妹《いも》に告げこそ（巻十・二一二九）
天飛ぶや雁を使ひに得てしかも奈良の都に言告げ遣《や》らむ（巻十五・三六七六）
雁がねは使ひに来むと騒くらむ秋風寒みその川の上《へ》に（巻十七・三九五三　大伴家持）

一首目、雁に託しての愛しい妹への恋心の伝達が願われ、二首目、遥かな都の人への伝言に使いとしての雁が求められ、三首目、秋の北方の地を想定し、これから南方へ渡っていこうとする雁を、「使い」としてとらえている。人麻呂歌集にも「春草を馬咋《うまくひ》山ゆ越え来なる雁の使は宿り過ぐなり」（巻九・一七〇八）と「雁の使」がいわれている。これらは、『漢書』蘇武伝にある「雁信」の故事（匈奴に遣わされて抑留された蘇武は、雁の足に文を託して故国に送って自らの無事を知らせた）を背後に置いてのものだろう。防人歌の「常陸《ひたち》さし行かむ雁もが我が恋を記《しる》して付けて妹に知らせむ」（巻二十・四三六六）では、「記して」と、雁書が直接歌われており、空高く渡っていく雁には、漢籍を背後に、使いをなすものとしての鳥という発想が広く流通していたことをうかがわせる。

ただ、防人歌を除いたこれらの歌や、また天皇へ奉られた「九月《ながつき》のその初雁《はつかり》の便《たよ》りにも思ふ心は聞こえ来ぬかも」（巻八・一六一四　桜井王）は、秋に飛来し、声を立てて鳴くものとしての雁に託しての伝言であり、書を運ぶといったことが言われているわけではない。境を越えて鳴き渡るものとしての鳥は、先の古事記の例にも見たように、「使い」としての要素を備えており、「あまとぶ　鳥も使ひぞ鶴《たづ》が音の　聞こえむ時は　わが名問はさね」は、鶴による伝言が期待されており、また、「妹に恋ひ寝《い》ねぬ朝明《あさけ》に鴛鴦《をしどり》のこゆかく渡る妹が使ひか」（巻十一・二四九一）というような例もある。言葉や霊魂を運ぶものとしての鳥という古来の発想が、「雁信」の故事と重なりあうことで、とくに「雁の使」を生んだのだろう。『古今集』の「秋風に初雁が音ぞ聞こゆなるたがたまづさをかけて来つらん」（巻四秋上・二〇七）は「たまづさ」（手紙）を直接いっているが、『万葉』においては、越境するものとしての鳥の「声」が強く背後に響いているといえる。

三　恋情をさそう鳥の声

時間・空間という観点から鳥の声を考えてきたが、それでは万葉人は、その鳥の声をどのようなものして捉え、それにどのような思いを寄せていたのだろうか。おそらく、そのベースには、鳥を雌雄のものとしてとらえ、その囀りを雄が雌を求めて発せられる声とする発想がある。

春されば妻を求むと鶯《うぐひす》の木末《こぬれ》を伝ひ鳴きつつもとな（巻十・一八二六）
誰れ聞きつこゆ鳴き渡る雁《かり》がねの妻呼ぶ声のともしくもあるを（巻八・一五六二　巫部麻蘇娘子）
旅にして妻恋すらし霍公鳥《ほととぎす》神奈備山《かむなびやま》にさ夜更けて鳴く（巻十・一九三八）

木末を伝い鳴く鶯、鳴き渡る雁、山に鳴く霍公鳥を、それぞれ妻を求め、恋い慕ってのものとしてとらえている。一九三八番歌は反歌だが、長歌では、「…里人の　聞き恋ふるまで　山彦の　相とよむまで　霍公鳥　妻恋すらし　さ夜中に鳴く」（一九三七）と周囲と一体、反響しながら、鳥の夜声が主題化されている。鳥の囀りがもつ求愛行動としての性格に基づくものだろうが、それは鳥を擬人的にとらえながら、多く恋の歌へと転換されていく。一方では恋歌の中に鳥の囀りが生かされていっており、その重なりの中に、鳥の声に関わる和歌的な表現が生成されているといってよい。

　山部宿祢赤人、春日野に登りて作る歌
春日を　春日の山の　高座《たかくら》の　三笠《みかさ》の山に　朝さらず　雲居《くもゐ》たなびき　容鳥《かほとり》の　間なくしば鳴く
雲居なす　心いさよひ　その鳥の　片恋のみに　昼はも　日のことごと　夜はも　夜のことごと
立ちて居て　思ひぞ我がする　逢はぬ子故に（巻三・三七二）
高座の三笠の山に鳴く鳥の止《や》めば継《つ》がるる恋もするかも（三七三）

反歌では、結句に恋の常套句を置き、その様態としての「止めば継がるる」を、一度止んでもすぐに継続される鳥の声によって導く。類歌として、序詞に視覚的な景を置く「君が着る三笠の山に居る雲の立てば継がるる恋もするかも」（巻十一・二六七五）があるが、三七三番歌では、上句の雌を求めて鳴く鳥の声が、下句の恋情の絶えることのない人間の恋心と重ねられている。こういった型は、「ま菅《すげ》よし宗我《そが》の川原に鳴く千鳥間なし我が背子我が恋ふらくは」（巻十二・三〇八七）、「うち渡す竹田の原に鳴く鶴《たづ》の間なく時なし我が恋ふらくは」（巻四・七六〇　坂上郎女　ただしこの歌は親が子へよせる思いである）など、一つの類型をなすものである。

ところで三七三番歌の結句は原文「恋《こひ》哭《も》為鳴《するかも》」とある。悲しみに泣く意を示す「哭」はここで「喪」の略字とされるが、「『恋哭』の文字で、恋い泣きの意をも表意した」（新日本古典大系）と考えられ、文字の上からいうと、この恋は悲しみに泣く恋である。文字表記による、声の視覚化がはかられているといってよいだろう。同じ用字は、「このころの朝明《あさけ》に聞けばあしひきの山呼びとよめさ雄鹿鳴哭《なくも》」（巻八・一六〇三）に見られるが、この歌は前歌の「山彦の相とよむまで妻恋に鹿鳴く山辺にひとりのみして」（一六〇二）と組みをなしており、雄鹿の妻を求めて一人鳴く声に、妻と離れて悲傷に「泣く」自らが重層的にうたわれている。

鳥獣の「鳴く」と人間の「泣く」は、漢字の使い分けはされるが、本来同語であったと思われ、その両義を掛詞的に重ねた例は、記紀歌謡以来、多く見られる。

天飛《あまだ》む　軽《かる》の嬢子《をとめ》　いた泣かば　人知りぬべし　波佐《はさ》の山の　鳩の　下《した》なきになく（仁徳記歌謡）

霞立つ　長き春日の　暮れにける　わづきも知らず　むら肝《きも》の　心を痛み　ぬえこ鳥　うらなけ居れば　玉だすき　かけの宜《よろ》しく　遠つ神　我が大君の　行幸《いでまし》の　山越す風の…（巻一・五）

朝鳥の音《ね》のみやなかむ我妹子《わぎもこ》に今また更に逢ふよしをなみ（巻三・四八三）

出でて去なば天飛ぶ雁のなきぬべみ今日今日と言ふに年そ経にける（巻十・二二六六）

たとえば、一首目では「鳩」の鳴く様や声が軽の嬢子の泣く様や声を譬喩的に導き、二首目では「ぬえこ鳥」が譬喩的な枕詞として傷心のための「うら泣」にかかる。また挽歌である三首目では、枕詞「朝鳥の」が「鳴く」を導きながら、自らの「音のみや泣かむ」を展開させ、四首目では雁の鳴く声が、相手の女の「泣く」声を導く。それぞれ、言葉の上での「鳴く」と「泣く」の掛詞的一体を通して、鳥と人間が重ねられており、自然と人事を融合させる和歌の表現の特徴を見ることが出来る。そして、「鳩」のくぐもる鳴き声は、他人に知られぬように泣く「下泣」を連想させ、夜鳴く「ぬえこ鳥」（「ぬえ鳥」）の「口笛のようにヒョーと長めて、心持ち語尾が低く細まり一声、間隔を置いてまた一声」といった鳴き声(注6)は、片恋の悲しみを表徴している。歌謡から継承されていくこういった発想や表現が、和歌の一首の背後に音を響かせ、それとの呼応の中で内容や心情が展開していくことを促しているといってよいだろう。

赤人歌に戻ると、こういった反歌三七三番歌のありようは、長歌の展開ともよく呼応している。三七三番歌では、「容鳥」（「かほ」という音から郭公かともいわれる）が間断せずに鳴くことを譬喩的な序とし、鳴き続ける行為を「逢はぬ子故」の「片恋」のための、昼夜を問わぬ「思ひ」に繋げていく。反歌の用字への展開などを考え合わせると、ここにも、もの思いに泣くことがイメージされていよう。古代にあっては、恋の煩悶に男も女も声を出して泣いたのであり（「今のみのわざにはあらず古《いにしへ》の人そまさりて音にさへ泣きし」巻四・四九八）、鳥の鳴く声を背後に響かせながら、涙に暮れている恋の物思いが、景との呼応の内に一首に形象化されているのである。

ところで、鳥の声に触発され、鳥を譬喩としてそこに人間の情を託していくのは、漢詩においても見られるところである。『懐風藻』釈智蔵「五言　花鶯を翫す」では「友を求めて鶯樹に嬌《わら》ひ、香を含みて花叢に笑まふ」と友を求めて声を発す鶯がいわれ、その原拠には『詩経』「小雅」の「伐木」の、「…幽谷より出でて、喬木に遷る、嚶として其れ鳴く、其の友を求むる声あり、彼の鳥を相るに、なほ友を求むる声あり、いはんやこの人、友生を求めざらんや」といった詩句がある。だが、こういった詩句の影響がうかがえる、「春山の友鶯の鳴き別れ帰ります間も思ほせ我を」（巻十・一八九〇　人麻呂歌集）などでは、「友鶯」といいつつ、そこに「鳴く」「泣く」が掛詞的に一体となっており、女の立場で歌われた恋愛情趣が濃厚である。掛詞を構成する日本語の特質と、自然と人事を密に関係づける傾向が、和歌においてこういった男女の関係性を基盤とした表現と発想を作らせ、鳥への感情移入を促しているといえよう。

さて、人間の恋の苦しみとしての「泣く」とも重ねられる鳥の「鳴く」声は、恋情を募らせ、恋の悲しみを誘うものとして多くとらえられる。

神奈備の磐瀬《いはせ》の社《もり》の呼子鳥《よぶこどり》いたくな鳴きそ我が恋増さる（巻八・一四一九　鏡王女）

あしひきの山霍公鳥汝が鳴けば家なる妹し常に偲《しの》はゆ（巻八・一四六九　沙弥）

恋ひ死なば恋ひも死ねとや霍公鳥物思ふ時に来鳴きとよむる（巻十五・三七八〇　中臣宅守）

その声の印象からか、呼子鳥、霍公鳥などの声は、恋情を募らせるもの、妻を思い起こさせるもの、わが心を痛ませるものとして歌われる。いわば鳥の「鳴く」孤独な声を人間の「泣く」声に「聞きなし」ており、それは東歌の、「筑波嶺にかか鳴く鷲の音《ね》のみをか泣き渡りなむ逢ふとはなしに」（巻十四・三三九〇）の「かか」に生な形であらわれている。鳥の声を悲しみのものとしてとらえるとともに、鳥と我が身を同化して、その声を直接的にわが心の悲傷に触れるものとしているといえる。「音」という、形がなく、見えざるものは、目に見えない「心」や「感情」と呼応しあう不思議な力をもつ。恋の鬱積の表現と重なって、幾種かの鳥の声には、ある悲傷のイメージが強く付与されている。

四　讃美としての鳥の声

しかしまた、鳥の声が対象讃美に向かう心性も、万葉の鳥の歌には見ることが出来る。

桜田へ鶴《たづ》鳴き渡る年魚市潟《あゆちがた》潮干《しほひ》にけらし鶴鳴き渡る（巻三・二七一　高市黒人）
磯の崎漕ぎ廻《た》み行けば近江の海八十《やそ》の湊《みなと》に鶴さはに鳴く（二七三）
み吉野の象山《きさやま》の際《ま》の木末《こぬれ》にはここだも騒く鳥の声かも（巻六・九二四　山部赤人）
ぬばたまの夜のふけゆけば久木《ひさぎ》生ふる清き川原に千鳥しば鳴く（九二五）
潮干《ふ》れば葦辺《あしへ》に騒く白鶴《しらたづ》の妻呼ぶ声は宮もとどろに（巻六・一〇六四　田辺福麻呂）

一首目、潮干の潟に餌をあさりにゆく鶴の移動をその鳴き声によってとらえる。潮の干満という自然の動きは神の統御ともいうべき大いなる力によるものであり、それによってもたらされる干潟は豊饒の地でもある。そしてその見えざる地へ渡ろうとする鶴の鳴き声は、その土地への祝意をこめていよう。また二首目、湖水の河口に鳴き騒ぐ多くの鶴は、その地のにぎわいを示すものといってよい。舒明天皇の国見歌は（巻一・二）は鷗の飛翔をもって海原を讃美するが、これらの歌は鳥の鳴き声によってその土地を讃美するものである。また赤人の吉野讃歌の反歌である三首目、山中で感受される鳥の盛んな声は、山がふところに抱く生命力の充溢の象徴であろう。「騒く」という語は同じ赤人に

「…秋の夜は　川しさやけし　朝雲に　鶴は乱れ　夕霧に　かはづは騒く…」（三二四）と、川の清浄に関わって多数の「かはづ」の生命のにぎわいをいうものとしても使われている。そして四首目、河原に鳴く千鳥の声は、「久」「清き」とその永遠性と清浄がいわれる川を讃美するものである。また五首目は難波宮讃歌の反歌。干潟に「騒く」妻呼ぶ白鶴の声は、恋の苦しみの悲傷のものでなく、雌雄呼び合う声で、その宮をとどろかすまでの声は、離宮の繁栄を言祝ぐものといえる。

ところで、島木赤彦は九二四について、「騒ぐというて却つて寂しく、鳥の声が多いというて愈々寂しいのは、歌の姿がその寂しさに調子を合せ得るまでに至純である為めである」とし「一首の意至簡にして、澄み入る所が自ら天地の寂寥相に合してゐる」と評している（『万葉集の鑑賞及び其批評』）。天地との合体は、この一首の呪的、讃歌的な性格を言い当てているが、鳥の鳴き声自体は土地の豊かさの表徴であろう。笠金村の吉野讃歌でも、「あしひきの　み山もさやに　落ち激つ　吉野の川の　川の瀬の　清きを見れば　上辺には　千鳥しば鳴く　下辺には　かはづつま呼ぶ…」（巻六・九二〇）と、「み山もさやに」という聴覚を働かせながら川の水の勢い、豊かさがいわれ、それに続いて「千鳥」「かはづ」の声をもって、土地への讃美がなされている。また、右の一〇六四番歌の長歌は「…玉拾《ひり》ふ　浜辺を近み　朝羽振《あさはふ》る　波の音騒き　夕なぎに　梶の音聞こゆ　暁の　寝覚に聞けば　いくりの　潮干のむた　浦渚《うらす》には　千鳥妻呼び　葦辺には　鶴が音とよむ…」（一〇六二）と、「波の音」「梶の音」といった音によって難波の宮が讃美され、さらに「千鳥」「鶴」の呼び合う声をもって、その周囲が言祝がれている。「波の音」を形容する「朝羽振る」は、人麻呂の石見相聞歌にならって、朝鳥の羽ばたきをイメージしたものだろう。自然界から発せられる音は、自然のもつ霊的なものの発動であり、それに耳を澄まして歌にうたうことは、その対象を言葉の力によって讃美することである。讃美されるべき対象の表徴として、鶴や千鳥の声が一首の中心に据えられているといえよう。

さてこういった心性を背後に、鳥の声自体を味わいのあるもの、また美的なものとしてとらえ、声そのものを賞美し、求めていく歌も万葉の後期には生まれてくる。

吉野なる夏実《なつみ》の川の川淀に鴨そ鳴くなる山蔭にして　（巻三・三七五　湯原王）
鶯は今は鳴かむと片待てば霞たなびき月は経につつ　（巻十七・四〇三〇　大伴家持）
今夜《こよひ》のおほつかなきに霍公鳥鳴くなる声《こゑ》の音《おと》の遙けさ　（巻十・一九五二）
ぬばたまの月に向ひて霍公鳥鳴く音《おと》遙けし里遠みかも　（巻十七・三九八八　大伴家持）
五月山卯《う》の花月夜《はなづくよ》霍公鳥聞けども飽かずまた鳴かぬかも　（巻十・一九五三）

一首目は、旅先での、おそらく宴席などでの歌だろうが、景の中に鴨がその声をもってとらえられている。静かにゆったりした流れの中に、鴨の声を印象深く表出し、音による叙景歌といった様相を呈している。土地への讃美をもちながらも、自然そのものをとらえて歌おうとする観照的態度がうかがえよう。また二首目、越中にあって、春になったのになかなか鳴かない鶯の声をひたすらに希求する。そして三首目、月のない夜であろうか、遥か彼方から聞こえてくる霍公鳥の声に耳をこらして、その音を賞美している。『万葉集』では、鳥獣には「声《こえ》」がいわれ、それ以外には「音《おと》」がいわれるが、(注7)ここでは「霍公鳥」の「声」を「音」といい直しており、いわば純粋な音、音響としてその声を賞美している感がある。それは、「鳴くね」ではなく「鳴く音《おと》」をいう、四首目の家持の歌でも同じである。ここでは月と霍公鳥が配されており、芳賀紀雄が指摘するように、(注8)霍公鳥の「初音」への関心の強さと、遥かなる音をとらえる文芸性が強くうかがえる。また五首目、五月の山の卯の花と月を配置しながら、霍公鳥の声自体を楽しみ、その堪能しつくせないことを歌う。

先に見たように、一定の季節に飛来する鳥は、季節の表徴であり、その季節の到来が鳥の声とともに祝福されるが、それは鳥の声に対する讃美の心性を基盤に置くものであろう。そしてそういった心性の美的な発展として、鳥の声を待ち望み、またその声自体を賞美する意識が、いわば雅のものとして育まれたといえる。万葉後期になると、季節の景物意識が強くなるが、その中で、鶯、霍公鳥などは、季節感を伴いながら、その声自体が待たれ、よろこばれ、もてはやされるものとなり、それぞれの鳥の声自体が、その季節の色調を象徴するものとなっていく。鳥の声への呪的な讃美を基層にもちながら、それを美的な嗜好とする態度が、都市の文学としての和歌の中に育まれ、新たな表現の方法が試みられていったといえよう。

五　表現としての鳥の声

さて、『万葉』における鳥の声に関する諸要素を共時的に鳥瞰してきたわけだが、もちろんそれぞれの歌は、そういった諸要素をさまざまに含み持ちながらその場や主題に即して作られており、またそれが作られた時代の位相をもっている。最後に万葉を代表する二人の歌人の、著名な二首の鳥の歌の表現のありようを検討しながら、音の表現の変容を考えてみたい。

（一）人麻呂歌の生成―夕波千鳥

近江の海夕波《ゆふなみ》千鳥汝《な》が鳴けば心もしのに古《いにしへ》思ほゆ（巻三・二六六　柿本人麻呂）

夕波に立ち騒ぐ千鳥に対して「汝」と擬人的に呼びかけ、その鳥が鳴くことを契機としながら、心が萎えるばかりに「古」が「思」われるとうたう。近江湖畔に立つ人麻呂にあって、この「古」は近江朝時代のことと考えられる。人麻呂は近江荒都で「…ももしきの　大宮所　見れば悲しも」（巻一・二九）、「昔の人にまたも逢はめやも」（三一）とうたい、また倭姫皇后の天智天皇挽歌には、「いさな取り　近江の海を　沖離けて　漕ぎ来る船　辺《へ》に付きて　漕ぎ来る船……若草の　夫の　思ふ鳥立つ」（巻二・一五三）と、天智天皇が思いをとどめた鳥が詠まれている。『古事記』では、死んだヤマトタケルは「白ち鳥」になり、その葬歌では「浜つ千鳥　浜よは行かず　磯伝ふ」と歌われ、鳥が死者の化身としてその霊魂を運ぶ存在であるとされていたことが知られる。人麻呂歌は、一五三番歌の鳥を髣髴とさせながら、その声によって、かつての都の繁栄と、その悲劇的な結末が追慕されている。

ところで、この歌では上句に鳥の「声」を置き、下句においてそこから浮かび上がる対象が「思ほゆ」という形で提示されているが、こういった型は、次のような歌にも見られる。

大和には鳴きてか来《く》らむ霍公鳥汝が鳴くごとになき人思ほゆ（巻十・一九五六）

飫宇《おう》の海の河原の千鳥汝が鳴けば我が佐保川の思ほゆらくに（巻三・三七一　門部王）

あしひきの山霍公鳥汝が鳴けば家なる妹し常に偲はゆ（巻八・一四六九　沙弥）

一首目、先に見た吉野の弓削皇子と京の額田王の、蜀魂を踏まえた贈答（一一一・一一三）と重なる言葉と発想を持ち、場を同じくするかと思われるが、霍公鳥という冥界との関わりをも持つ鳥の声に触発される形で、「なき人」、古の時間が思い出されており、また二、三首目、人麻呂歌の影響をうかがわせながら、主題は個人的なものとなっている。こういった型は、「大君の遠の朝廷《みかど》とあり通ふ島門《しまと》を見れば神代し思ほゆ」（巻三・三〇四　人麻呂）、「三諸つく三輪山見ればこもりくの泊瀬の桧原思ほゆるかも」（巻七・一〇九五）といった、「見れば…思ほゆ」といった型の聴覚的なバリエーションであり、その淵源には「見れば…見ゆ」という国見歌の発想と型があるだろう。「見れば…思ほゆ」は、視覚を通して提示されるものから、超越的な連想などによって讃美されるべき対象を顕在化させていく手法であるが(注9)、右の諸歌は聴覚に依拠し、その音から発する連想を通して、求められるべき対象が否応なく思い出される、という構造をなしているといえる。

そして、その連想は、門部王や沙弥の歌に比して人麻呂の二六六番歌において、より共同体的な歴史性をもっている（それは三〇四番歌の「神代」においても同様である）。ここには、「見る」こととは異なった、「聴く」ことを介した対象の認識があるといってよい。そしてそれは、「思ふ」でなく「思ほゆ」という、対象を主格として、それが向こう側からこちらに現れるような表現と呼応することで完結する。こういった型の淵源を求めれば、それは、「聴く」という行為による、見えないものの察知によって、現実を超越したものを心や場に立ち現していこうとする呪術的な発想と表現を措定できるだろう。そして、見て来たような、空間や時間をも越えうる鳥という霊的な存在は、その異空間との行き来を可能とする媒体として機能する。人麻呂は、その鳥に対してあたかも人にむかうかのように「汝」と呼びかけ、その声が心に直接働きかけ、心が萎え撓うまでに過去の時間を思い起こさせるものであることをうたう。鳥と一体化しながら「古」を現在の場に呼び戻して悲傷しており、そこには呪術と抒情の融合があるといってよいだろう。

ところで、こういった音に触発される形での惹きつけられる対象の表出は、序詞に導かれて主題を提示する次のような歌の構造とも通う。

千鳥鳴くみ吉野川の川の音《おと》のやむ時なしに思ほゆる君（巻六・九一五　車持千年）
朝開き入江漕ぐなる梶の音のつばらつばらに我家《わぎへ》し思ほゆ（巻十八・四〇六五）

一首目、川音の止まないことから導かれた「やむ時なしに」によって、「君」の思われることの切なることがいわれる。また、二首目、「つばらつばらに」は、つくづくの意であるとともに、櫓の音の擬音語であるともいわれる。上二句は、序詞として音をイメージさせながら「つばらつばらに」を導き、「家」に強く惹かれていく心性がうたわれていく。それぞれ、視覚による譬喩でなく、「音」という聴覚的な譬喩によって展開されている序詞であるが、音は匂いとともに、視覚的なものに比して、より感覚的、情趣的である。「思い」という目に見えず、内面的なものをとらえるのに、この「音」は効果的な働きをなし、新たな歌を開いていく可能性をもっている。

人麻呂の二六六番歌は、こういったさまざまな要素を内包しながら、歌う主体の「心」と鳥が一体化し、鳥の声と「心」が強く感応する形で、両者に「古」が共有されている。鳥の声を聴く歌の基底にあるところの古代的な様相を歌に強く刻んでいるといえるだろう。

（二）家持歌の方法―夕影の鶯

春の野に霞たなびきうら悲しこの夕影に鶯鳴くも（巻十九・四二九〇　大伴家持）

絶唱三首として知られる家持の作で、天平勝宝五年二月二十三日の作である。続く「我がやどのいささ群竹吹く風の音のかそけきこの夕かも」（四二九一）が、夕刻の笹の葉のかすかな音に耳を澄まし、また次の「うらうらに照れる春日にひばり上がり心悲しもひとりし思へば」（四二九二）が、上げ雲雀の囀りという音をもイメージさせているのと同様、この歌においても「音」が効果的に一首の中に働いている。四二九〇番歌では、上に霞、下に鶯という春の景を視覚と聴覚によって表出し、それを「うら悲し」という情の提示によって結ぶが、この第三句は、上二句から導かれると同時に、下句を連体句として修飾するものである。二つの景に情を挟みながら、昼と夜のあわいの微妙な「夕」の雰囲気がとらえられているといえる。

　見てきたように、鶯の声は春の到来の表徴としての讃美的な要素をもつとともに、求め呼び交わす声としての要素をもっていた。そして、鶯の声に対する耽美的な嗜好も生まれてきているわけだが、概して言えば『万葉』の「鶯」は、「春山の霧に惑へる鶯も我にまさりて物思ふらめや」（巻十・一八九二　人麻呂歌集）などを例外として、悲しみの要素は薄い。ここでは春の愁いと関わる形で夕べに鳴く鶯がいわれているが、春のよろこびならぬ春の愁いは、芳賀紀雄が述べているように漢詩文における六朝以後の閨情の作に近接しながら天平人の歌の中にうたわれてきたものである。[注10]こういった和歌史における新たな主題と呼応しながら、夕べに鳴く鶯が歌われているといえよう。

　ところで、先の人麻呂の二六六番歌では、千鳥の声が作中主体と深く感応して、その「心」に強く働きかけて「古」という共同性をもった対象を浮かび上がらせていたのに対して、四二九〇番歌の鶯の声は、聴覚による純粋叙景の様相をも呈している。主体と鳥、人間と自然の融合度は低く、対象は対象としてそこにあり、一首の構造もその二者を強いて結合させる表現とはなっていない。目でとらえられた霞、耳でとらえられた鶯が、それぞれ独立した一つの物象として美的に配置されているのであり、景全体が言葉で構築された一幅の絵画として提示されているかのようだ。

ただ、「うら悲し」という語を挿入することで、一首は基本的には景と情を融合させる歌の形となっており、ある抒情的気分を匂わせるものとなっている。「うらかなし」という語については、これを、「愛づる意」とする『略解』や、「心可憐《うらかな》しき」の意で「心なつかしく鶯の鳴くよ」とする『古義』の説があり、一首を讃歌として読み直そうとする佐藤和喜の論もあるが、[注11]「うらかなし」自体は、芳賀紀雄が「繊細さを志向する天平期にあって、恋情を含んだやるせない悲愁を表す語として好まれた」と分析するように、[注12]やはりどこか悲しみに充ちた気分をいうのであろう。家持は、この「うら悲し」を基調に、夕影という微妙な光の中に、春の到来の明るさの要素と、異性を求めて囀る要素もった鶯を置くことで、鶯についての新たなイメージを創造しているといえるだろう。繊細な光景の音としての描出である「夕影に鳴く鶯」は、「うら悲し」と出会って、春のアンニュイを誘うものとしての位置を与えられたといってよい。

家持はすでに、天平勝宝二年三月一日、春の「もの悲し」さを、越中の夜中に、遠方の田の、鴫の羽ばたきの音とその声をもって、次のように表現している。

春まけてもの悲しきにさ夜ふけて羽振《はぶ》き鳴く鴫《しぎ》誰が田にか住む（巻十九・四一四一）

そして翌日には、「燕来る時になりぬと雁がねは国偲ひつつ雲隠り鳴く」（四一四四）と北方へ帰る「帰雁」の声を歌とし、またその夜は「夜ぐたちに寝覚めて居れば川瀬尋《と》め心もしのに鳴く千鳥かも」

（四一四六）と、先の人麻呂歌の「心もしのに」を思わせる四句をもつ「千鳥」の声の歌を作る。そしてその暁には、冒頭に見た「杉の野にさ躍る雉いちしろく音にしも鳴かむ隠り妻かも」（四一四八）「あしひきの八つ峰の雉鳴きとよむ朝明の霞見れば悲しも」（四一四九）と雉の声をうたう。家持はさまざまな鳥の声を歌とする試みをなしており、それぞれの声に、その背景の時間と自らの心理とに見合った特徴を与え、対象に感情移入しながらその声を一首の中に表現しようとしている。意識的に構築された一連だが、それらは宴や贈答の場での歌でなく、そこには独りで詠み、文字によって書く、という孤独な営為がうかがえる。

これら巻十九の冒頭近くの作に対して、京に帰っての絶唱三首はその巻末に置かれているが、夕影の鶯の声のイメージは、最も観照的で、かつ微妙な心の揺れを思わせる。それは悲傷を誘う霍公鳥の声のイメージでなく、また雉の「響む」声ともまた別の、鶯の声への讃美的な伝統を背景とした、しかし夕べの悲哀を誘う繊細な気分のものであるといってよい。そういったイメージをもった音を、家持はさまざまな鳥の声をうたい、言葉によって世界を構築する中で、構成、創造していったといえる。さまざまな歌にあらわれた鳥の声は、人間の記憶の中に蓄積され、共同性をもった、観念の表出でもある。家持は、鳥の声をそこにある純粋な「音」としてとらえようとするとともに、その音に蓄積されてきた観念を輻輳させ、また新たな発見を加えて、一つの美的世界を構築しようとしている。そこに、家持の方法意識の錬磨があり、心理とも呼応した微妙な感覚を体現するものとして、「音」は大きな役割を果たしているといえるであろう。

おわりに

川田順造は、その著『聲』で、日本語においては、「非言語音や音でない感覚刺戟を言語音で把握し表現する感覚の豊かさがある」とし、黒人アフリカ文化では太鼓ことばのように、楽器音の中に言語音をききとるシステムが発達しているが、日本における虫や鳥の声の「聞きなし」は、非言語音と言語音の関わりの顕著な例だという。(注13)また角田忠信によれば、日本人は虫の音などを言語半球というべき左脳で認知しており、それは動物の声や人の泣き声や笑い声を右脳で認知する西欧人と異なった構造をなしているという。(注14)鳥に霊的なものを感じ、人間との融合や一体のうちにその声を享受するのは、日本に限ったことではないし、また『万葉集』において、鳥の声自体が聞きなしや擬声語などで具体的に記されているものはごく少数である。しかし、歌のベースには、鳥の声を自然から発せられるさまざまな象徴的な存在として理解し、またそれを人の言葉と通じるものとして感じる要素があり、歌はそれを内部に継承し続けてきた。自然と人間をつなぐものとして鳥の声があったといってよい。そしてその上に、その声と自らの感情を照応させ、またその声を音として感受し・賞美し、さらに言葉によってそれを再把握し、美的に表現しようとする試みもなされていった。歌を文字で書くということとも関与しながら、そこには言葉によって創造されていく豊かな音の世界があるといってよい。本稿では、鳥の声に関わる歌を概観してきたが、そこには古代の歌や文化のありようがさまざまに交差している。さらに考えていくべき多くの問題があるだろう。

注1　中西悟堂「万葉集の動物二」（『万葉集大成8』平凡社・昭和二十八年）
2　前野貞男『万葉動物歌論考』（清水堂書店・昭和四十二年）
3　井手至「花鳥歌の展開」（『万葉集研究』第十二集　塙書房・昭和五十九年）
4　拙著『うたの生成・歌のゆくえ』（成文堂・平成八年）
5　近藤信義「音喩の構造」（『音喩論』おうふう・平成九年）。なお、「信濃なる須我の荒野に霍公鳥鳴く声聞けば時過ぎにけり（巻十四・三三五二）について、後藤利雄は、「時過ぎにけり」を擬声語と見、信濃の須賀の荒野で聞いたら、「トキスギニケリ」（時機が過ぎてしまったわい）と荒野らしいわびしい鳴き方をするものだ、との意とし（『東歌難歌考』（桜楓社　昭和五十年）、『新編全集』や『釈注』は、「時過ぐ」を霍公鳥の声の「聞きなし」とする。
6　川口爽郎『万葉集の鳥』（北方新社　昭和五十七年）
7　鳥の声を「音」といった例として、「鶯の音聞くなへに梅の花我家の園に咲きて散る見ゆ」（巻五・八四一）があるが、『釈注』はこの「音」を「おとずれ」の意とする。聞いているのは初音としての鶯の声であり、それを春の到来のしるし、音信としてきいているのだろう。
8　芳賀紀雄「大伴家持―ほととぎすの詠をめぐって」（『論集万葉集』笠間書院　昭和六十二年、「遥かなるほととぎすの声―家持の越中時代の詠作をめぐって―」（「ことばとことのは」第十集　平成五年）。
9　拙稿「短歌の構造と主体―『見れば…思ほゆ』をめぐって」（戸谷高明編『古代文学の思想と表現』新典社　平成十二年）
10　芳賀紀雄「家持の春愁の歌―その表現をめぐって」（『万葉の風土・文学』塙書房・平成七年）
11　佐藤和喜「讃歌としての『春愁三首』」（「文学」昭和六十三年二月）

12　注10と同じ
13　川田順造『聲』（筑摩書房・昭和六十三年、ちくま学芸文庫・平成十年）
14　角田忠信『日本人の脳』（大修館・昭和五十三年）

（『万葉集』の引用は、新編日本古典文学全集『万葉集』により、一部表記等をあらためた。）

万葉からの視線

——桓武天皇歌のホトトギス——

近藤信義

はじめに

音の要素を言語に問うことは、ことばの始原を尋ねることである。また、音の要素を歌に問うことは詩（ポエム）の始原を尋ねることである。

和語は外界の音を採り入れて単語化することの多い言語と言われる。このことは必然的に和語の詩にもその要素が表れてくる。ただし、外界の音の聞き取りは人の身体を通している。単に耳のみの営みではないところに、語の生成過程に諸相が見出される由縁がある。

いわゆる擬声語、擬態語とみなされる単語も、その成り立ちは外界の音や様態を真似て音化したもので、その音声を共有のものとして受けとる共同性があって成り立つ。また、その獲得された共同性が普遍化する過程がなければならないが、その普遍化も必ずしも通時的であるとはいえない。

たとえば、「さし焼《や》かむ　小屋《をや》の醜屋《しこや》に　かき棄《う》てむ　破《や》れ薦《こも》を敷きて　うち折《を》らむ　醜《しこ》の醜手《しこて》を

さし交《か》へて　寝《ね》らむ君ゆゑ　あかねさす　昼《ひる》はしみらに　ぬばたまの　夜《よる》はすがらに　この床《とこ》の　ひしと鳴るまで　嘆《なげ》きつるかも」（巻十三・三二七〇）における、「ヒシ」は床の軋みを表す擬声語である。

ここで重要なことはものの軋む音を「ヒシ」で捕えることが普遍的に支持されているという背景があるということである。この「ヒシ」は辞書的に整理すれば五つ程度の類同に仕分けることが可能であって、その用例は万葉集時代から中世にいたる時代をカバーしている。つまり、ものを圧迫した時に発する音として「ヒシ」は共有範囲も時間も長いものがあったと言うことがいえよう。

しかし、この語に対する現代の諸注釈は、たとえば「みしみしと」（全註釋・注釋・大系他）、あるいは「ぎしぎし」（全訳注）とあるように擬声語を現代風に置き換えて訳とする。このことは、現代では「ヒシ」を擬声語としては継承していないことを示しており、「ヒシ」が表してきた物を強く押して鳴る音のさまざまな場面の擬声語として多用・共有されたその役割を終えて、古語化していると言えよう。（それでもなお隙間なく物の立ち並ぶ様を表す「ひしめく」、あるいは緊張感を表す「ひしひしと」などはその隆盛の名残をとどめているといえようか。）

このことは、擬声語というものが使い慣らされたものを脱して常に実感に即した鮮度のある表現に置き換わろうとする、脱通時化の力学が働いているのだということかも知れない。

詩における音の機能の問題は、右の歌の例のように、歌にあって効果的な音を放出する語としての他に、一括すれば修辞的に機能するというところにある。小論ではこの二つの問題のうち修辞の問題はひとまず措いて、放出される音の相としてホトトギスの声をテーマにして検討していきたい。

万葉集におけるホトトギスに関する話題は長い研究史の中でしばしば捉えられてきている。問題点を総合的に対象化しているものとしては、井上豊「ほととぎす考」（上代文学54・55号 昭和六〇年）がある。この目次には、〈一ホトトギスとカッコウ 二『万葉集』とホトトギス（一） 三『万葉集』とホトトギス（二） 四ホトトギスの表記 五ホトトギスの語源 六東歌とホトトギス 七「時すぎにけり」の解釈 八「かんこどり」・「よぶこどり」の実体〉とあって、従来からの考えられる範囲の問題点を古説を引いて整理しつつ、関連する鳥の名にも触れた考察が行われている。

そこで、ここでは本論集の企図に沿いながら、若干従来にはなかった視点からホトトギスの問題に触れて行きたい。

一 桓武天皇歌の検討

次の資料は桓武天皇歌の一首である。本来ならば正史『日本後紀』にあるべき記事であるが、その散佚部分であるため『類従国史』などを用いて欠を補うこととなった。そこには桓武天皇の次のような記録がある。和歌は試みに訓み下してみる。

（延暦）十五年四月丙寅（五日）。曲宴□庭。酒酣。上乃歌曰。氣左能阿沙氣。奈呼登以非都留。保登々擬須。伊萬毛奈可奴加。比登能綺久倍久。（『類従国史』国史大系本を使用）

［けさの朝明《あさけ》奈呼といひつるほととぎす今も鳴かぬか人の聞くべく］

これによれば、桓武天皇（時に六十歳）は延暦十五年（七九六）四月五日（現行暦五月二十日頃）、宮廷において曲宴（臨時の宴会）を催した（本文□庭の欠字に関しては諸説あり）。宴たけなわに及んで天皇は次のような歌を歌ったという。すなわち「ケサノアサケ奈呼トイヒツルホトトギスイマモナカヌカヒトノキクベク」と。

［この歌を解釈するにあたっては、延暦期の桓武歌の周辺には検討対象とすべき歌が無いと言うこともあって、まずは万葉集の累積のある表現に照らしながら理解を進める作業が原則であろうと考える。延暦時代は桓武天皇一代の年号であるが、彼の即位は天応元年（七八一）四月、桓武天皇四十五歳であった。翌同二年が延暦元年となる。これは万葉集の年号の判明する最後の歌が天平宝字三年（七五九）正月の大伴家持歌（家持四十二歳）であって、この時より二十三年は経過している。ちなみに大伴家持の没年は延暦四年（七八五）、六十八歳（年齢はいずれも養老二年説に基づく）である。この年数の経過は、万葉的文化伝統の流れが延暦期においてどのように継承されているかを課題として抱えながらも、ともかく後期万葉のありようから、桓武歌理解を測ることに不自然さを感ずるほどの隔たりのある時間ではないだろうと考えるのである。

一方、注釈書としては鹿持雅澄の『南京遺響』（文政三、四年）が早くにあるが、それ以後総合的なものはない。注釈的論考としては山口博『王朝歌壇の研究―桓武仁明光孝朝篇―』（昭和五十七年）がある。これらの説を検討しつつ、先ずは注釈的にすすめていきたい。］

さて、右の歌の問題点は細部にわたってあり、検討が必要である。各句・各語をとり上げて、注釈と考察を加えてゆきたい。

氣左能阿沙氣（今朝の朝明）この表現は万葉歌に次のようにあって、話題の対象の時間がその当日の「朝明け」であることを示している。

ほととぎす今朝《けさ》の朝明《あさけ》に鳴きつるは君聞きけむか朝寝《あさい》かねけむ　（巻十・一九四九）
今朝の朝明雁《かり》が音《ね》聞きつ春日山《かすがやま》黄葉《もみち》にけらし吾《あ》がこころいたし　（巻八・一五一三）
今朝の朝明雁が音寒く聞きしなへ野辺《のべ》の浅茅《あさぢ》ぞ色付きにける　（巻八・一五四〇）

したがって、当該歌の場合は歌われた「四月五日」の朝であって、第四句の「今」はこの当日の「曲《ごく》宴《えん》」の開かれている時間を指していることになろう。つまり、宴席の「今」から遡った「今朝の朝明け」の情況の再現を願っているのである。この時間的関係が作歌上の構想となっているこの歌は、万葉歌に照らしてみるとそこには意外にこうした構想はなく、桓武歌の独自性が見られるものでもある。こうした、時間差を見せる歌は同じく桓武歌の延暦十七年歌に「今朝の朝明鳴くちふ鹿のその声を聞かずはいかじ夜は更けぬとも」があり、桓武の宴歌の類似の手法が見られる。

奈呼登以非都留について

奈呼1　『南京遺響』では「奈呼登以非都留は通難し、奈呼はナコとよみて。鳴の意としても。ナヲとよみて。汝をの意としても心ゆかず。もしは呼は玖ノ字を草書より誤寫せるにて奈玖にてもあるべきか。猶考ふべし。」として判断を保留している。なお、国史大系は「奈呼登以非都留」の左に小書きして「何事云」とあり、一つの訓解を試みているが、これは漢字化することによって意味を出してはいるが文節の切り方に和語としてはいささか疑問があることと、根拠が示されていないこともあり、ここでは考察の対象とはしない。

日本後紀の和歌の表記法は右に見るように一字一音の字音仮名という原則である。「奈」に関しては万葉仮名例に照らしても「ナ」であることに異論はない。問題は「呼」にある。『南京遺響』には、その誤字説を排して考えると、二つの案（ナコまたはナヲ）を提出していることになる。次に「呼」字の検討に入りたい。

a 「呼」＝ヲ について

記紀・万葉集・歌経標式・懐風藻などの用例を見るとこの「呼」字は特色のある用いられ方をしていることが分かる。そこに見られるのは圧倒的に正訓仮名用法であって、音仮名としての用例は原則的には見られない、ということである。

「……呼《よ》びて大穴牟遅神《おほなむぢのかみ》に謂《い》ひて……」（古事記上巻・大国主条）

「……女《をみな》を猿女《さるめ》君《きみ》と呼《よ》ぶ事……」（古事記上巻・猿女の君条）

古事記は右の訓読二例のみ。

日本書紀には「呼」字は三十例弱あるがいずれも、ヨブ（ビ）・ヨバフ・イフ・マヲスの訓みを与えている。次の三例はその中にあってやや異例に属するものである。

a「……呼吸《いぶ》く気息《いき》朝霧に似たり」（雄略即位前紀）

b「任那《みまな》国の下哆呼唎縣《あろしたこりのこほり》の別邑なり」（雄略紀廿一年三月）

c「……嗚呼《あゝ》哀《かな》しき哉《かな》……」（天智天皇八年十月）

右のaは「いぶく」の訓が与えられている。漢熟語に基づいていると考えられるからコキュウの漢音が潜んでいると考えてもよいかも知れない。ただし「呼吸」の「呼」一字に「い」の訓はない。「いぶく」は「呼吸」の義訓としてある。bの読みは地名であって「呼＝コ」の例となるが、ただし外国の地名の表記であって、「卑弥呼」（『魏志』倭人伝）の場合と同じく例外に属する。cは漢語表現そのものだが、「あゝ」の訓が与えられている。ただし「呼」一字に「あ」の訓はない。『懐風藻（大津皇子伝）』、『万葉集巻五（日本挽歌題詞）』等にも見える。

万葉集にあっても、「呼」が「呼ぶ」の意を表す正訓仮名が基本であることは変わらない。動詞「呼ぶ」の他に名詞「呼児鳥」（七例）、動詞「呼び」の他に「呼聲」（一例）、「呼立」（二例）、などは正訓仮名の典型例。次ぎに検討すべきは助詞を含む次の用字例である。

d「常呼」（巻四・七三三）
e「うまさけ呼」（巻四・七一二）
f「哭耳呼」（巻二・一五五）
g「船令渡呼跡」（巻七・一一三八）
h「呼久餘思乃」（巻十七・四〇一一）
i「相麻志呼」（巻四・五三九）、「有益呼」（巻四・六一三）、「物思吾呼」（巻十一・二五二七）
j「燎管曽呼留」（巻四・七一八）
k「乎呼里（理）」（巻六・一〇二三、一〇五〇、一〇五三、巻十三・三三六六）

dは諸注「とこよ」の訓を与えているが、訓としては極めて異例。例えば中西は「トコヨと訓むこと疑問。ツネニヲと訓み、始終の意とする考え（全註釈）も捨て難い」（全訳注）と疑問を挟んでいる。したがって、訓は検討の余地を残しており、保留の扱いをしなければならないが、ただし「つねにを」と訓むならば、次のe、f、g、h、iと等しくなる。

eは「味酒」（巻一・一七）の古語的枕詞から、五音の枕詞に整形されていったものの一つで、この場合の「を」は詠嘆、もしくは感動の意を表している。すると、次のfも等しい。

gは従来、この「を」は「終止法について感動を表す用法」（日本古典文学全集本）とあるが、大野透は「四段活用動詞命令形に感動詞ヲを接する語法がない」ことから、当該gの「呼」は「度守船渡世乎跡呼音」(巻十・二〇七二)の「乎」と同じく呼声ヲに当たり、義字と認めるべきである(大野透『万葉假名の研究』一九七七年)、と主張している。このgは歌経標式にも引用のある歌であるが用字が異なり、「不祢和他是呼等」とあって音仮名として用いられている。ここには万葉集とは異なった字音仮名へのこだわりをみせる歌経標式の用字法があるが、大野は「この呼は乎を音符とする和製形声字なので、漢字の呼とは区別すべきである」と注する。

hは動詞「招く」に当てた用字。用例的には「梅をきつつ」(巻五・八一五)などがある。前掲大野は「……ヲクのヲは感動詞ヲに由来するもので、元来ヲクはヲと言って呼びよせる事を意味したものと推せられる……」と言い、この「呼久餘思」の「呼」も義字の例に入ることを証する。

iの助詞三例は古写本の系統によって「呼」「乎」が出入りする。前掲大野は、助詞ヲは感動詞である呼声・叫声のヲに由来するので、助詞ヲを表記する呼・叫は厳密には義字とみるべきであろう、とする。以上、大野説を積極的に採り入れると、前掲、e、f、g、iの「呼」は根拠を等しくする正訓仮名表記となる。

j、kの「呼」は既に右の大野論に見るごとく、「口偏は音字であることを示し、「乎」を音符とする和製形声字なので、漢字の「呼」とは区別すべき文字」とみなされており、ヲの音仮名表記として用いられている。

以上、万葉集を中心に「呼」の用例をみると「よぶ」の正訓の用法と、「を」=呼び声の義字としての訓と、「乎《ヲ》」を音符とする和製形声字としての音仮名と三つの用法があることになる。万葉集の周辺の文献では熟語例も含め万葉集と等しい正訓仮名の用法である。唯一国外地名の表記にコ音が存在したが、これは異例に属する。

右の「呼」字の傾向は、ヲであることを指示しているものであるが、その意義的要素を含めて桓武歌の理解にどのように適用させるかの問題を持つ。その前にもう、一点検討すべき説がある。

b　「呼」＝コ　について

相磯裕「〝呼〟考」（国語国文49巻7号　一九八〇年）では、日本後紀に収められている和歌の仮名が原則として一字一音の音仮名であること、しかも「呼」字の用いられ方が日本後紀が原点であること、万葉仮名の上代特殊仮名遣いの原則が日本後紀においてはコの甲乙（陽陰）のみに適用できること、この前提で見る限り当該「呼」はコ（陽類＝甲類）に擬するほかない、とする提案を試みている。この説は上代東国語の音韻を検討しつつ、平安時代はじめの桓武歌の語法と表記の問題を絡めながら、次のような提案に結びつけてくる。すなわち、

①奈良時代の東国方言の連体法に〝陽類のオ〟をもってするという慣用傾向の指摘（北条忠雄）があるが、はたしてこれは東国方言のみの排他的文法ではないのではないか。東国方言の終止形に〝陽類のオ〟をとった例がないとはしがたいのだから、近畿の方言にも終止形に、〝陽類のオ〟を用いた例があるとすれば共通の文法のシステムの問題となり、そうした位置に当該〝奈呼〟があって、示唆的な事例と言える。

②右のことは語彙的現象と見るのではなく、上代特殊仮名遣いの末期的状況の音韻のレベルにおける現象であって、それは〝ク〟と〝陽類のコ〟の間で干渉しあった、あるいは〝ク〟の変異としての〝陽類のコ〟のあったものとみ、それは口語の世界の自由さが表れているのではないか。したがって、文献には残り難い。

③右のように〝呼〟のあり方をとらえてゆくと、上代特殊仮名遣の萬葉仮名の表のうちに、当該字例に基づいて、あらたに〝呼〟の一字を追加すべきであろう。

④したがって、氏の当該歌の訓みは「今朝の朝け鳴こと言ひつる霍公鳥今も鳴かぬか人の聞くべく」となり、「この『鳴こ』を〝鳴く〟と解すべきことだけは、たしかである」と結論する。

概説的に要約すると以上であって、右の相磯説は、日本後紀の和歌の仮名表記の特徴を踏まえ、その性格的な面から「呼」字を追求した魅力を持っている。しかし、「呼」がコであることを可能ならしめる推論は、いくつかの仮定的条件を有していること、音仮名として「呼」字が依然として唯一例であること、その際だった特殊存在への疑問が残る。また、「ナコ」と訓んで「鳴ク」の意に解する結論的提案に、なお、躊躇するものが残る。その単純な理由は、「鳴コ」と訓んだ場合、一首の歌の表現として、第四句の「今も鳴かぬか」と同語を重ねるあり方にこの訓み方への不整合さを感ずるのである。

ただし、当該部分から、その口語的世界の自由さの表れとするコメントは、桓武歌全体を読んだ上での印象から同感するところでもある。

桓武歌の表記や表現は万葉集とは異なった書物ゆえに、その独自性もあるわけだが、しかし、その訓みを支える周辺的事例に欠けているという事態は、ことを結論づけるのに頼りとするものがないという隔靴掻痒のもどかしさを覚える。したがって、相磯氏の試みは貴重であるが一つの意見として受け取り、本稿では保留的に扱うこととする。

したがって、本論では音仮名表記としての「呼」字を、万葉集における用例を踏襲する方向をとっていくこととする。

c 「。。」トイヒツルについて

『南京遺響』の二説の内、「なを」を採用して行くが、その際、先に万葉集の諸例で見たように、この場合の助詞「を」は本来的な詠嘆の意味を残した格助詞に該当する。そして、この第二句の構成は「なを」トイヒツルであって、引用の対象として「なを」があるという表現構造である。

このことはあえて言えば、「なを」と鳴いたのではなく、「なを」と言ったのであって、ホトトギスからある意味を聞き取っていることを表す。

引用を示す構文は、「。。」トイフを基本に、「。。」トフ、「。。」チフ、あるいは時制の助動詞を有して「。。」トイヒツルや、「。。」トイヒシなどがある。しかし、当該の「。。」トイヒツルは用例が少ない。

1　あしひきの山さは人の人さはに「まな」トイフ子があやに悲しさ　（巻十四・三四六二）

m　これやこの名に負ふ「鳴門《なると》の渦潮《うづしお》に玉藻刈る」トフ海をとめども　(巻十五・三六三八)

n　「ささなみの連庫山《なみくらやま》に雲居れば雨ぞふる」チフ帰り来《こ》わが背《せ》　(巻七・一一七〇)

o　「帰りける人来たれり」ト言ヒシカばほとほと死にき君かと思ひて　(巻十五・三七七二)

p　「なゆ竹の　とをよる皇子　さ丹《に》つらふ　吾大王は　隠国《こもりく》の　初瀬《はつせ》の山に
神さびに　斎《いつき》います」ト　玉梓《たまづさ》の　人ぞ言ヒツル……　(巻三・四二〇)

q　王の　命《みこと》かしこみ　秋津《あきつ》しま　大和を過ぎて　大伴《おほとも》の　御津《みつ》の浜へゆ
……行きし君　何時《いつ》来《き》まさむと　卜《うら》置きて　斎《いは》ひ渡るに　狂言《たはこと》か
人の言ヒツル「我《わ》が心　つくしの山の　黄葉《もみぢば》の　散りすぎにき」ト
君が正香《ただか》を　(巻十三・三三三三)

r　天地《あめつち》の　はじめの時ゆ　うつそみの　八十伴《やそとも》の男《を》は……玉梓《たまづき》の
道来る人の　伝言《つてごと》に　吾《われ》に語らく　「愛《は》しきよし　君はこのごろ……
置く露の　消ぬるがごとく　玉藻《たまも》なす　靡《なび》きこいふし　行《ゆ》く水の
留《とど》めかねつ」ト　枉言《たはごと》か　人の言ヒツル　(巻十九・四二一四)

右は引用の構文の諸例だが、lは基本的な形。m、nは、トイフの三音を二音に音数調整が行われている例。その引用部分は具体的な内容を示している。oは引用部分の内容が過去であって、その伝聞状態も過去であったことを示す例。

p、q、rは「。。」トイヒツルの万葉内の事例。構文としては引用部分「。。」と、イヒツルの間に挿入句や倒置の用法となったりして表現として強められている。三例はいずれも挽歌である。pは引用の内容が使者によって伝えられた訃報であったことを示している。qもおそらく使者によって知らされていると考えられるところで、倒置による構文となっている。rも引用部分が都からの使者によってもたらされた、具体的な訃報であったことがわかる。

d「。。」トナクについて

ちなみに「。。」トナクの例を万葉歌に求めるとその例は必ずしも多くはないが、たとえば次のような歌がある。

s　「暁《あかとき》」ト夜烏《よからす》鳴ケどこのみねの子末《こぬれ》の上《うへ》はいまだ静けし　（巻七・一二六三）

t　烏《からす》とふ大《おほ》をそ鳥のまさでにもきまさぬ君を「ころく」トそ鳴ク　（巻十四・三五二一）

u　春されば「妻を求む」ト鴬の木末《こぬれ》を伝ひ鳴キつつもとな　（巻十・一八二六）

v　木の晩《くれ》の夕闇なるにほととぎす「何処《いづく》を家《いへ》」ト鳴キ渡るらむ　（巻十・一九四八）

w　さ男鹿《をしか》の「妻ととのふ」ト鳴ク声の至らむ極《きは》みなびけ萩《はぎ》はら　（巻十・二一四二）

右のように原則的に構文は先の「。。」トイフと変わらず、引用の内容を示している。ただし、例えばs、tのように、烏の鳴く時間から烏の鳴き声の意味を受け取っているのか、実際アカトキがその鳴き声の聞きなしであるのか微妙なところがあるが、妻との別れの時間を知らせる鳥の鳴き声の、聞きなしに基づいた表現として受け取ることが重要と思われる。それは特にtの場合は聞きなしから意味へと転換する顕著な例である。つまり、コロクは鳥の鳴き声が番との恋の状態を表しており、その鳴き声を聞きつつコロク（此頃来る・児ろ来）の意味を歌の詠み手は取りだしているのである。

それはu、v、wの場合にも適用できる考え方であって、鳥の鳴き声が単なる景物の状態の説明なのではなく、それを繰り返し聞く内に、その鳴き声の意味するところを聞き取って行く操作を経ているると考えられる。したがって、声の聞き写しから聞きなしへ、さらにより具体的な意味へと転換してゆく操作を経ている例として認めることが必要であろう。ここにはそうした言葉としての成り立っていく習熟がある。

トイフとトナクを表現として比較した場合、右のような微妙な差異を指摘することができる。

ホトトギスは何と鳴くか

奈呼２　右の考察を踏まえて再び「奈呼」について考えてみたい。つまり、万葉仮名の事例に依る限り「なを」の訓みとなるべきだが、それは如何なる内容を示しているのか。先にも記したが『南京遺響』では「ナヲとよみて。汝をの意としても心ゆかず」としているが、この「汝を」も一つの内容のある解釈でもある。しかし、歌意の面から何とも理解しかねることは『南京遺響』の言うとおりである。

「奈呼」は「名を」もあり得よう。この構文において如何なる具体的内容を導き得るかである。その可能性を探ってみたい。

「なを」が意味としてどのようにあるかを考えると、鳥の声からの伝達は、聞きなしとしての過程を前提にしているはずである。するとこの二音はどこからの声か。

改めて万葉集のホトトギス歌（一五〇首程度）を見直し、そこから音にもとづく聞きなしを背景とした表現と思われる例を取り出してみると次のようである。

イ　ほととぎす来鳴《きな》き響《とよ》もす「卯《う》の花のともにや来《こ》し」と問はましものを　（巻八・一四七三）

ロ　暇《いとま》なみ来《こ》ざりし君にほととぎす「われかく恋《こ》ふ」と行きて告げこそ　（巻八・一四九八）

ハ　木《こ》の晩《くれ》の夕闇なるにほととぎす「何処《いづく》を家《いへ》」と鳴き渡るらむ　（巻十・一九四八）

ニ　「わが衣《ころも》君に着せよ」とほととぎすわれをうながす袖に来居《きゐ》つつ　（巻十・一九六一）

ホ　春さればすがるなす野のほととぎすほとほと妹《いも》に逢《あ》はず来《き》にけり　（巻十・一九七九）

ヘ　信濃《しなの》なる須賀《すが》の荒野《あらの》にほととぎす鳴く声聞けば「時すぎにけり」　（巻十四・三三五二）

ト　橘は常花《とこはな》にもがほととぎす「住《す》む」と来鳴《き》かば聞かぬ日なけむ　（巻十七・三九〇九）

右の歌の括弧をほどこした部分を、ホトトギスの鳴き声を待ち憧れ、それに憑かれる思いで鳴き声を浴びている状態からの発想ゆえの、聞きなしと捉えてみたい。するとそこには歌句としては五音、六音、七音によって聞き取られていることが示されていることになる。現在われわれがホトトギスの聞きなしをどのように行っているかは、結局伝承を含め各地に伝えられている数多くの聞きなしによるわけである。その多様さはよく知られているが、その代表がテッペンカケタカの六音や、トーキョートッカトカキョクの七または、八音ということになろう。古代からのホトトギスの聞きなしの変遷をたどる作業もなされていて参考になるが、ここでは聞きなしの音数を測る上から参与してくる諸例として参考とすべきものとしておきたい。

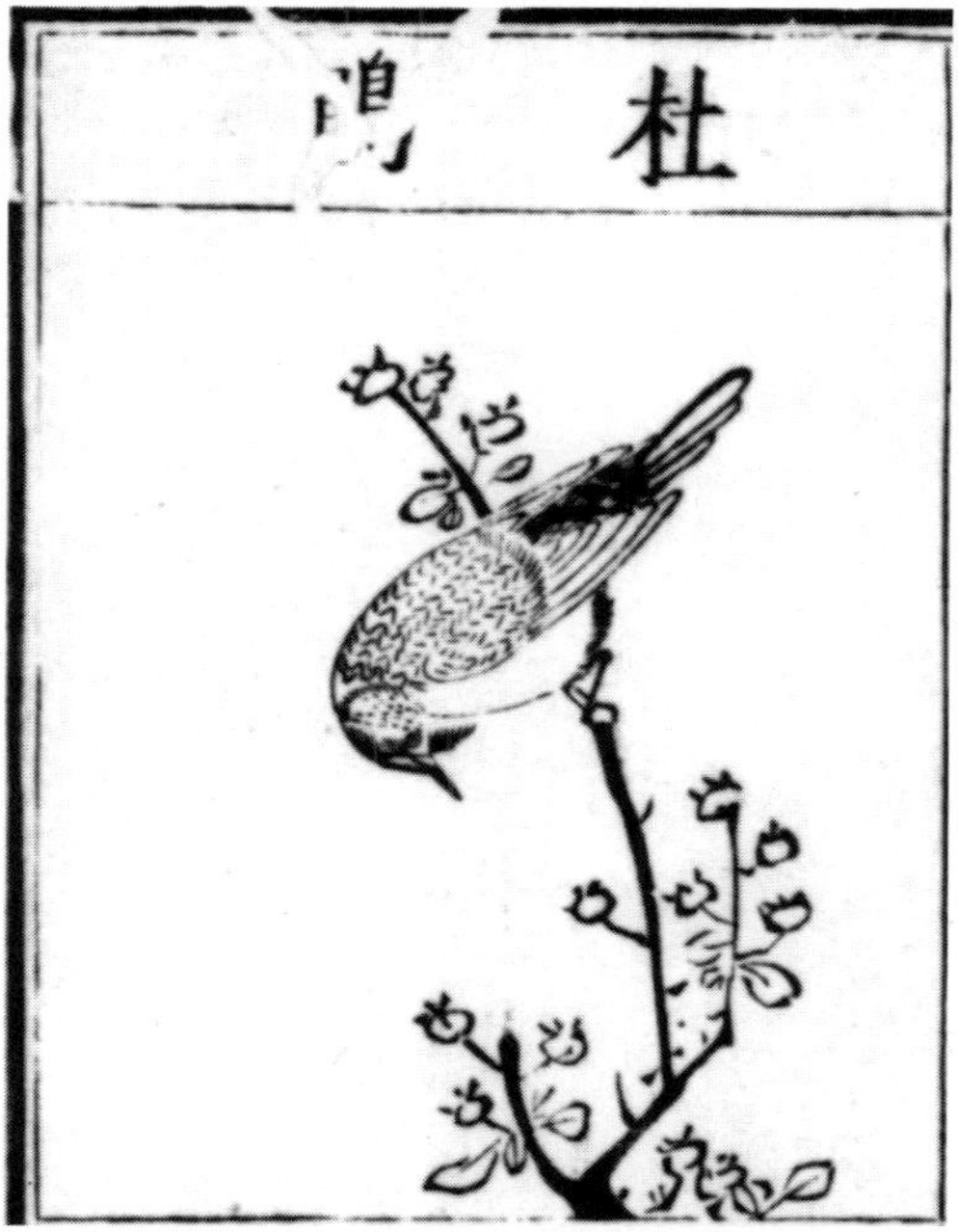

李時珍『本草綱目』の江戸時代の版本の中の「杜鵑」図
（立正大学図書館蔵）

への「時すぎにけり」は従来解釈上にさまざまな問題を投げかけている句だが、ホトトギスの鳴き声を繰り返し聞き取っている状態の中で生成してくる聞きなしであって、それが先ずこの句の原則的な受け取り方であると考える。そして、その「時」とは作者の心惟の中から呼び起こされてくる特別の時間ということになり、その解釈が問題となってくることはすでに諸注の説き及ぶところである。ともかくホトトギスの聞きなしが七音の句として表されている例である。

ロ・ハは六音で受け取られている例となろう。特にロはホトトギスに鳴くべき声を指定して命令しているのであって、そこにはホトトギスの鳴き声を熟知した上で、聞きなしとして託すべき意味を付加した例。ハも繰り返し聞き取っている間に生成してきた聞きなしであろう。この五句目の「鳴き渡る」はホトトギスの、すなわち飛翔しながら鳴く習性を捕えた表現である。

イ・ニは二句に渉っている例。特にイはホトトギスへの問いかけが、ホトトギスの鳴き声を繰り返し聞く中で、ホトトギスに通ずる言語として五音＋六音となっているとみるべきであろう。それに対してニはホトトギスの鳴き声に囚われていると「わが衣君に着せよ」と聞こえてくるのであって、声にとり憑かれたゆえの聞きなしとなっている。

ホは三句までがホトホトの序として機能し、その序はホトトギスの同音部分の繰り返しとして本旨に転換していく例とみなし得る。しかし、ここにもホトトギスの実際の鳴き声を「ほと々々」と二音を繰り返して聞き取られている音の聞き写しを理解の条件とすべきであろう。それはトの場合の聞きなし「住む」にも通ずる。二音の連続を同義に繰り返し聞きなされていると考えられるからである。現在われわれがホトトギスの鳴き声の代表的な聞きなしであるテッペンカケタカも、聞きなしの法則性（たとえばカ行音の連続性）を作り出して一般化できるわけではない。鳥の声にとり憑かれてある意味に聞きなしてしまうと、そのように聞こえてしまうというところに聞きなしの主張力がある。

a　名告り鳴くこと

一方、ホトトギスの鳴き声を鳥の名そのものとして聞き取っていることを示す歌がある。すなわち、次の二例。

暁に名告《なの》り鳴くなるほととぎすいやめづらしく思ほゆるかも　家持（巻十八・四〇八四）

卯《う》の花のともにし鳴けばほととぎすいやめづらしも名告り鳴くなへ　家持（巻十八・四〇九一）

右の歌の「名のり鳴く」は、ホトトギスの鳴き声がこの鳥の「名告り」と聞き取っていることを示している。

鳥の名はしばしばその鳴き声に由来すると言われる。ハト（鳩）、カラス（烏）、カケ（鶏）、ウグヒス（鶯）などは分かりやすい代表的な例。ただし、「名のり鳴く」と誇らしげに捕えられているのは万葉集ではホトトギスのみである。

万葉のこの二首の家持歌が示すホトトギスは意味深く思える。つまり、ホトトギスの鳴き声の聞き取り方がすでに多様に意味化されている一方で、この鳥の鳴き声が己の名そのものとして鳴いているという前提がここにあると云うことである。したがって、「名告り」は鳴き声そのものなのである。

この意味するところは当該歌の理解の上にも示唆がある。つまり「ナヲ」は「名を」と解し、ホトトギスの名告りの鳴き声、すなわち和歌に添って解すれば「名ヲ（告る）トイヒツル」であって、（告る）が省略されていると考えることができるのではないか。

b　引用の範囲

さらにもう一点追考を加えると、この「。。」トイヒツルの構文において、その引用範囲がどこまでかの問題が残る。

山口仲美（『ちんちん千鳥の鳴く声は』一九八九年）は当該歌のホトトギスの鳴き声を「ケサノアサケナコ」と訓んで「『ケサノアサケナコ』は、擬人化されたホトトギスが言ったことばとすることもできるが、鋭いカ行音を含み、かつ、『テッペンカケタカ』などと同じ音数からつくられているので、ホトトギスの鳴き声をうつしつつ、『今朝の朝方鳴く』という意味を掛けた聞きなしとみる方がよかろう。」としている。

「ナコ」と訓んで「鳴く」の意と解している点は先の相磯論と同じだが、音韻の要素を加えて、引用範囲を初句から八音とした点が新しい解釈である。この引用の範囲に関しては示唆深く思えるが、ただし本論の主旨からは二点の疑問が生ずる。一つは、この解釈が「ナコ」と訓んで「鳴く」と解することが前提になっていること。さらに「。。」トイヒツルの構文の引用部分が、「今朝の朝方鳴く」の意の聞きなしであるとすること。もしそのように聞きなすと一首の意味上に不整合が起こるのではないか。つまり、四句に示される宴の「今」に期待される鳴き方はどのようになるのか。

そこで、右のような意味上に疑問が残ること、および「ナコ」説は採らない方向から進めてきた論旨から、この構文は「ケサノアサケ『名を』トイヒツルホトトギス」と理解する。つまり、「名を」の意味にかくれているのはその「名告り」であるところの鳴き声「ホトトギス」であると解するのである。

伊萬毛奈加奴可比登能綺久倍久（今も鳴かぬか人のきくべく）　この「今」は曲宴が開かれているところの今である。その時刻的限定はきわめて難しい。結局曲宴の性格が明らかになることによって、ある程度の時間的推測が可能になるのであろうが、十分な根拠を見いだせない状態にある。曲宴がどのような機会に持たれるのか、記事自体は延暦十一年三月二十四日（『日本後紀』）以降から見いだせるが、その意図、形式は定かではない。曲宴が臨時の宴であることは従来からも指摘があるが、これらの中に旬宴と重なっている場合が十例ほど見られる。そのことによって、曲宴を旬宴とみなすことはできないが、時間の面からみると、曲宴の時間の若干のヒントはあるように思われる。

たとえば、延暦十六年十月十一日の曲宴当日は旬日に当たる。朔日及び十一日は式部式によれば「着朝座事」が執行される。これは、五位已上の官人が朝堂に着座することを規定するものである。「凡諸司皆先朝座、後就曹司、不得経過他処以闕所職、若無故空座及五位以上頻不参経三日以上者、並省推科附考、其節会雨泥日、及正月、二月、十一月、十二月、並停朝座、但、三月、十月旬日著之」（式部式）とあって、三月、十月は厳重に履行されたようである。本来、官人の勤務は早朝からの出勤が規定（『日本書紀』孝徳天皇大化三年四月）されており、この二つの規定内容から判断すると、上級官人の日常的勤務体勢の確認、あるいは点呼的性格が旬日の儀式に見られるようである。すると、通常の勤務（日の出から午前十一時ごろ）を終えた後に曲宴が行われたと見るべきであろう。

さらに当該歌の「人」は広く捉えれば曲宴に参加する官人（賜物はほとんどの曲宴記事には五位以

上とある）であるから、それら多くの臣下の耳に達することを期待しているといえる。「聞くべく」はキクベクアレバの略。桓武歌の場合、後の延暦十七年八月の歌にも見られるが、ホトトギスへのほとんど命令的な口吻を持っている。そこに桓武のカリスマ的性格を窺うことができる。

右の桓武歌は、この日の曲宴の話題としてホトトギスを提供したものだが、その時宜性はどのように考えられるだろうか。万葉集には越中の守として赴任した大伴家持が天平十九年夏四月にホトトギスの鳴かざることを恨んで「霍公鳥者立夏日来鳴必定」（巻十七・三九八四左注）と都京での習俗を述べていることはよく知られているが、この都京風の習いに準じて立夏の節を求めると、延暦十五年の立夏は三月二十二日（現行暦五月七日頃）となる。すると当該記事の四月五日曲宴は立夏より十四日ほど経ていることになる。それでもなお、ホトトギスが曲宴の話題として意味があったとすれば、この年のホトトギスの到来に異常があったか。あるいは、聞き耳を立てていた天皇の行為が話題として意義があったとみるべきか。定かなことは不明である。

二　ホトトギス歌の百年

万葉集中のホトトギス歌は一五〇首ほどであって、その初出は弓削皇子と額田王の問答（巻二）に始まり、天平勝宝八年（七五六）の家持歌で終焉し、次いで当該の桓武歌（延暦十五年＝七九六）に現れる。その間およそ一〇〇年、七世紀末から八世紀末までのホトトギス歌の歴史である。

万葉集巻二の贈答歌の内容や意図はすでに諸注釈にも説かれる通り、モチーフとして懐旧の想いがあり、それを支えるホトトギスは蜀魂伝説を踏まえたものと言われる。ならばこの二人が聞いたホトトギスは何と鳴いたのだろうか。

吉野の宮に幸《いでま》しし時に、弓削《ゆげ》皇子の額田王《ぬかたのおほきみ》に贈り与《あた》へたる歌一首

古《いにしへ》に恋ふる鳥かも弓弦葉《ゆづるは》のみ井の上より鳴きわたりゆく　（巻二・一一一）

額田王の和《こた》へ奉れる歌一首　倭の京より進り入る

古に恋ふらむ鳥はほととぎすけだしや鳴きし吾が念《おも》へるごと　（巻二・一一二）

弓削皇子が鳴き渡る鳥の名を伏せて、「古」へ誘われる思いを詠んだのに対して、額田王は「吾が念」いを知って鳴くのはホトトギスだと答える。謎かけと答えのスタイルだ。この作歌機会については諸説あるが、持統天皇七年（六九三）説（身崎壽「いにしへに恋ふらむ鳥はほととぎす」万葉一九八九年九月）を採れば弓削皇子はこの時二十歳、王は六十歳頃という。皇子弓削は額田王のどんな「古」を知っていた故の問いかけか。

よく説かれるようにこのホトトギスは望帝の故事によるというが、いわゆる蜀魂伝説は内容的に不明瞭な部分があって確たる原典を持っていない。おそらく古代中国の蜀においても早くから伝説化していたもののようであって、その語られ方は少しずつ変遷があったと考えられる。ただし、杜鵑といえば望帝の故事へ回帰するという強い伝播力を持っていたといえる。望帝の故事を現在に伝える文献

は例えば『蜀王本紀』『華陽国志』『太平寰宇記』『本草』関係（以上いずれも『大漢和辞典』の引用出典による）、などがあるが、それらの伝えるところの概略は次のようである。望帝（一名杜宇）は百歳に至るまで蜀人に慕われる王であったが治水に功績のあった臣下の鱉靈《べつれい》の妻を淫したことを慚じ、その鱉靈に位を禅って西山に隠れた、その去る時にホトトギスが啼いたので、蜀人は望帝が悲しんで啼いていると伝えた。あるいは望帝がもう一度復位を企ったが果たせず、遂に死してホトトギスとなった。蜀人はホトトギスの声は望帝の魂の声として聞いた、というものである。

この蜀魂伝説がわが国にどのようにもたらされたものか、渡来人による口伝のようなものだったのか、文献的に到来したものであったのか、詩によってもたらされたものか、定かなものはない。ただし、右の蜀魂伝説を集約すれば、ホトトギスは先帝を偲ぶよすがの声、ということになろう。とすると、弓削皇子や額田王が共通の話題とした「古」は当然先帝、すなわち天武の吉野行幸の故事を指していることになるのであろうが、懐旧の想いといっても、望帝のそれとはずいぶんと趣が違うことになる。

だが、もう一点音の側からこだわってみたいのは、この問答が弓削皇子と額田王が望帝の故事を踏まえたものとすれば、このホトトギスの鳴き声はどのようなものであったか、と言うことである。

望帝の故事の中のホトトギスは「不如帰去」（『蜀王本紀』、『本草』関係）と啼いたと伝える。万葉集を見る限り、この鳴き声の痕跡はどこにも見えないが、しかし、弓削・額田が共通に聞いていたのはこの渡来の鳴き声にあるのであって、この問答歌の作歌動機に関わる問題があるように思える。

『本草』関係書は、記事自体が後の註者によって書き加えられていくので、万葉時代の知識のみを知ることは困難だが、しかし、『本草』書関係は近江朝ごろには到来していた可能性（拙著「『葛類』考序説」「本草伝来史」『枕詞論』所収一九九〇年）は十分に考えられ、そこから知識の広まりは相当に広かったと考えられる。望帝の故事も、その本草によってもたらされたものではないかという推測も成り立つだろう。その『本草』書関係には杜鵑（ホトトギス）は、「子規」「杜宇」「催帰」「陽雀」等の名を伝えるが、それらについて、「諸名皆因其聲似各随方音呼之而已。其鳴若曰不如歸去諺。」（釈名・時珍）と記す。この時珍註自体は後代のものだが、その内容は中国のみならずこの列島にも通用する汎用性の高い解説と言える。つまり、これら異名は鳥の「声」に因っており、しかも中国各地の音に随っていると云うのである。すると、この故事に伴う代表的な聞きなしの「不如帰去」も、それらいくつもの聞きなしの代表的に知られている一つと云うことができる。おそらくこれが一般的に通用し得たのは、この文字によると考えられる。つまり、「不如帰去」は鳴き声の文字（意味）化（＝聞きなし）であって、しかも伝説のモチーフを端的に指示していることになるからであろう。

　こうしたあり方はまた、わが国においても古来繰り返されてきた状況と等しく考えられるのではないか。東アジアの一角に位置するこの列島に、夏になると飛来するこの渡り鳥への関心（高橋虫麻呂歌＝巻九・一七五五の托卵の習性もその一つ）から多くの言い伝えを生んでいたに違いなく思われるが、それを知ることはなかなか難しい。この鳥が昔話や民話や民謡に数多くの話題を提供していることは確かなことで、そのような民俗事例によって、この鳥への関心の深さを知る根拠にはなろう。聞きなしは人の思い入れによって起こるのだが、何よりもその声や音にとり憑かれてしまうことにある。つまり、鳥のその声がどうしても意味あるように聞こえてしまうということである。そのような問題として、本文中に何例かを取り上げてみたのだが、こうした和歌表現を可能にしている幾多の聞きなしの習俗的背景を想像してみることが必要ではないかと考える。

したがって、額田王や弓削皇子が聞いたホトトギスを、この伝来の「不如帰去」(=帰るに如かず)の鳴き声とした時に、つまり、文字通り中国風に聞いたものとすることによって、この一対の和歌に流れている知的な素養を交換し得た得意を、感知することができるのではないか。つまり、ここには和風のレベルではないところに両人の得意があるということである。

しかし、万葉歌を追ってみると、こうした大陸渡来の好尚を刺激する歌例はほとんどない。そこにこの一対の問答歌の特異な位置があると言える。図表1(一九九頁)は万葉のホトトギス歌をモチーフによって仕分けてみたものである。必ずしもタイプ分けが截然としない場合もあるがひとまずこのように試みてみた。

ここには大きく二つの傾向が見られ、その中に全用例のほとんどが含まれてしまうことになる。一つは〈恋〉に関連するモチーフA群と、もう一つは〈季節の鳥〉をモチーフとするB群である。これらの歌にホトトギスの声の聞こえるものと、声のないものとを区別してみた。Aはホトドスの鳴き声を契機に対(恋人・友人・知人)なる人を想う歌であって、「古に恋う」というモチーフもこの中に含まれる。Bは量的には全体の七割近くを占めるが、季節の鳥としての多様な迎え方が表れていて、万葉集の特色を示すに十分な質量がある。さらにホトトギスの声のない歌がB歌群の四割を占めていることは発想法の特色を表すものと言えよう。

おわりに

最後にB群の「もてなし」のモチーフに仕分けた次の二首を取り上げて述べておきたい。

めづらしき君が来《き》まさば鳴けと言ひし山ほととぎす何《なに》か来鳴《きな》かぬ　久米朝臣広縄（巻十八・四〇五〇）
多古《たこ》の崎木《こ》の暗茂《くれしげ》にほととぎす来鳴《きな》き響《とよ》めばはだ恋ひめやも　大伴宿禰家持（巻十八・四〇五一）

右の歌は、天平廿年（七四八）三月二十五日、国守大伴家持が橘家の使者である田辺福麻呂を迎え、布勢の水海に宴を催した時の歌である。遠来の客をもてなすべくホトトギスの声も添えたいとする接待側（この折りの主人役は広縄か）の心遣いが表れている歌である。

この歌と当該桓武歌とはモチーフにおいて共通し、しかも、当座の宴席にホトトギスの声が聞こえていないところも共通している。ただし、この二首が宴席の接待側にあることは明白であって、すると桓武歌も接待側（主人）の立場からの発想となっていることになる。

後期万葉時代の天皇歌の宴の歌がどのようにあるかは別に資料として一覧（拙稿「桓武天皇の宴歌・補考4」万葉への文学史 万葉からの文学史 二〇〇一年十月）したが、それを宮廷にある場合と、行幸の際とに分けてみると歌の相が明らかに異なりを見せる。行幸時の場合は客人の立場にある謝辞の歌が多く見られ、宮廷にある場合は命令者、執行主体としての主人の位置にある。後者の場合の例として、(イ)節度使への賜宴歌(巻六・九七三、九七四)、(ロ)橘の姓を賜得たときの肆宴歌(巻六・一〇〇九)、(ハ)新嘗祭の豊明の宴の歌(巻二十・四四八六)などがある。特に(ハ)は時の皇太子大炊王の歌であって、宴席での主役の位置にあると思える響きがある。

このようなあり方から見ると、当該の歌の桓武の位置も自ずから理解できるが、宮廷の宴にあって、「曲宴」なるものの性格が天皇を主とした宴という構図を、この歌の詠み手の位置から確認することができるように思える。

以上

図表1
万葉集のホトトギス歌のモチーフと鳴き声一覧　(声の 有○ 無▲)

A〈恋〉	古に恋う(懐旧)	② 112▲ ⑧1467○ ⑩1956○ ⑩1962○ ⑰3919▲ ⑳4437○ ⑳4438▲
	恋の契機	⑧1469○ ⑧1475○ ⑧1476○ ⑧1484○ ⑧1498○ ⑧1499▲ ⑧1505○ ⑧1506○ ⑩1937○ ⑩1938○ ⑩1946○ ⑩1947○ ⑩1948○ ⑩1949○ ⑩1951○ ⑩1952○ ⑩1960○ ⑩1961○ ⑩1977○ ⑩1979○ ⑩1981○ ⑭3352○ ⑮3754○ ⑮3780○ ⑮3781○ ⑮3782○ ⑮3783○ ⑮3784○ ⑮3785○ ⑰3946○ ⑰3996▲ ⑰3997▲ ⑰4007○ ⑰4008○ ⑱4084○ ⑱4119○ ⑲4177○ ⑲4178○ ⑲4179○ ⑲4208▲ ⑳4464▲
B〈季節〉	季節の鳥(シンボル)	③ 423▲ ⑧1474○ ⑧1494○ ⑧1497▲ ⑨1756○ ⑩1940○ ⑩1943○ ⑩1959○ ⑰3911○ ⑰3917○ ⑰3978▲ ⑰3988○ ⑱4068▲ ⑱4069▲ ⑱4090○ ⑲4168○ ⑲4176○ ⑲4181○ ⑳4305○
	初　声	⑧1488○ ⑧1495○ ⑩1939○ ⑲4171○ ⑲4180○ ⑲4189▲ ⑳4463▲
	期　待(含恨み)	⑥1058▲ ⑧1466▲ ⑧1470▲ ⑧1480▲ ⑧1481▲ ⑧1487▲ ⑰3914▲ ⑰3983▲ ⑱4051▲ ⑱4052▲ ⑱4053▲ ⑱4054▲ ⑲4195▲ ⑲4196▲ ⑲4203▲ ⑲4207▲ ⑲4209▲ ⑲4239▲
	もてなし	⑱4050▲ ⑱4067▲
	取り合わせ	
	(a五月の玉)	⑧1465○ ⑧1490▲ ⑩1955▲ ⑰3910▲ ⑰3913○
	(b卯の花)	⑧1472○ ⑧1477○ ⑧1482○ ⑧1491○ ⑧1501○ ⑩1942○ ⑩1945○ ⑩1953○ ⑩1957○ ⑩1963○ ⑩1976○ ⑰3993○ ⑱4066▲ ⑱4089○ ⑱4091○
	(c橘)	⑧1473○ ⑧1483○ ⑧1486▲ ⑧1493○ ⑧1507○ ⑧1509○ ⑨1755○ ⑩1950○ ⑩1954○ ⑩1958▲ ⑩1968○ ⑩1978○ ⑩1980○ ⑰3909▲ ⑰3912○ ⑰3916○ ⑰3918○ ⑰3984▲ ⑱4092○ ⑱4111▲ ⑲4169○
	(dあやめ)	⑱4035▲ ⑱4101▲ ⑱4116▲ ⑲4166○ ⑲4175○
	(e藤)	⑩1944○ ⑩1991○ ⑱4042▲ ⑱4043▲ ⑱4192○ ⑱4193○ ⑱4194▲ ⑱4210▲
	移ろい	⑧1468○
	飼　育	⑲4182○ ⑲4183○
	勧　農	⑲4172▲
C	その他(枕詞)	⑫3165▲

自然の音

関　隆司

一　はじめに

「音」という漢字は、万葉集では「オト・コヱ・ネ」の三種の和語にあてられている。和語側から見ると、「オト」と「コヱ」という和語には「音」と「声」があてられていて、「ネ」には「音」以外に「哭・啼・鳴・泣・喧」があてられている。

今試みに『万葉集総索引』によってそれぞれの用例数を数えてみると、次のようになる。

オト（仮名書きは十九例）
　音　三十三例
　声　九例
コヱ（仮名書きは十八例）
　音　三十九例

声　十四例
ネ　（仮名書きは十九例。すべて「祢」）
哭　二十例
啼　五例
鳴　五例
音　四例
泣　二例
喧　一例

オト・コヱは同じ漢字が使われているため、注釈書によって訓みの違う例もあるのだが、それでも用字に関してある種の傾向を見ることができると思う。

そもそも「オト・コヱ・ネ」は何が違うのかということについて簡単にまとめれば、オトがコヱとネを含み、コヱは人や獣の声で、ネが泣くときや楽器などの情感を含んだ音であるとされている。一方、漢字「音」はあらゆるオトを表すようであるが、「声（聲）」は、その文字構成の一部である「殸」が古代の楽器のことで、耳に達する高い音を表すという。しかし、それがコエを意味するようになった理由は辞典によって説明に差があり、白川静『字統』などによれば、あくまでわからないとしか言えないようである。

万葉集には、

葦辺行く鴨の羽音の声のみに聞きつつもとな恋ひわたるかも

（巻十二・三〇九〇）

との表記例がある。傍点を付した「音・声」は原文のままなのだが、ともに「オト」と訓まれている。わざわざ両字を使用しているところに意味があるように思えてしまうのだが、オト・コヱという和語に対して「音・声」の両字を使用した理由も含めて、その違いを説明することは難しい。

それは、柿本人麻呂や大伴家持といった個々の作者の表記論として論じてみても同じである。

二　鳴く鳥の音

柿本人麻呂作歌の「泣血哀慟歌」には、

…玉梓《たまづさ》の　使《つかひ》の言へば　梓弓《あづさゆみ》　声に聞きて（一に云ふ、声のみ聞きて）言はむすべ　せむすべ知らに　声のみを　聞きてあり得ねば……玉だすき　畝傍の山に　鳴く鳥の　音も聞こえず…

（巻二・二〇七）

と「声・音」の両字が使用されている。弓に「声」をあて、鳥に「音」をあてるのは、現在の一般的な用字法とは逆と思われるが、この人麻呂の歌の中では「声」はオト、「音」はコヱとして、用字の統一がなされていると考えられる。しかし、なぜこのような表記がなされたのかについては、何も手がかりがない。
一方、柿本人麻呂の、より古い作品を集めたと考えられている人麻呂歌集の歌は、オトもコヱも「音」と表記されていて、「声」という文字が使われていない。一般にコヱと訓まれている「音」は、次の二例である。

秋山のしたひが下に鳴く鳥の音だに聞かば何か嘆かむ　(巻十・二二三九)

隼人《はやひと》の名に負《お》ふ夜音いちしろく我が名は告《の》りつ妻と頼ませ　(巻十一・二四九七)

「音」をコヱと訓むのは、それぞれの上句に「鳴く鳥の」、「隼人の」とあることによる。発声主体が動物や人であるからコヱと訓んでいるだけなのである。

ところが、万葉集の中には、鳥の声をオトと表現した歌も存在する。大伴家持の父大伴旅人が、大宰府で開いた梅花の宴の歌には、

うぐひすの於登聞くなへに梅の花わぎ家《へ》の園に咲きて散る見ゆ　(巻五・八四一、高向老)

と見えており、大伴家持は越中で、

ぬばたまの月に向かひてほととぎす鳴く於登遙けし里遠みかも　（巻十七・三九八八、大伴家持）

と詠んでいる。どちらも仮名書きで、間違いなくオトである。

家持は、この三九八八番歌以前に、

玉くしげ二上山に鳴く鳥の許恵の恋ひしき時は来にけり　（三九八七）

と、「鳴く鳥のコヱ」と詠んでいる。その他の仮名書き例もコヱである。なぜ三九八八番歌だけがオトなのかは、説明できない。

なお、念のために触れておけば、家持には、

古《いにしへ》よしのひにければほととぎす鳴く許恵聞きて恋しきものを　（巻十八・四一一九）

のように、「鳴く鳥のコヱ」だけではなく、「鳴くコヱ」の例も確認することができる。

また、先にあげた人麻呂歌集歌の隼人の「夜音」についても触れておけば、この語は万葉集にもう一例、

ほととぎす夜音懐かし網ささば花は過ぐとも離《か》れずか鳴かむ　（巻十七・三九一七）

と見える。三九一七番歌も「ヨゴヱ」と訓まれてはいるのだが、これも家持の歌であり、オトと訓む可能性が残されているかもしれない。

そもそも、コヱがオトに含まれるのであれば、鳴き声をオトと表現することに問題はない。むしろ、論じるべきなのは、オトをどのような時にコヱと表現するか、ということなのだと思われる。先にあげた『総索引』による用例数では、「声」よりも「音」の用例の方が多いのである。しかし、その訓みを決定した根拠の多くは、その発声主体が人や動物であるかということなのである。「音・声」と表記された語句を、その発声した主体によってオトかコヱに訓み分けるのは簡単ではあるが、確かな保証があるわけではない。

三　風の音

近年刊行の注釈書で、コヱかオトかと論じられている歌がある。

一つ松幾代か経《へ》ぬる吹く風の声の清きは年《とし》深みかも　（巻六・一〇四二、市原王）

四句目の原文は「声」で、古写本以来「コヱ」と訓まれてきた。それを「オト」と訓んだのは、(注1) 大

伴家持の歌に、

わがやどのいささ群竹吹く風の於等のかそけきこの夕《ゆふべ》かも　（巻十九・四二九一、大伴家持）

と、仮名書きで「風のオト」とあるからである。この市原王の歌は、天平十六年正月十一日に「活道《いくぢ》の岡に登り、一株《ひともと》の松の下に集ひて飲《うたげ》する歌二首」という題詞を持つ。この「歌二首」のもう一首（一〇四三）の作者が家持なのである。市原王が歌を詠んだ時、そばにいた家持の歌に、風のオトとあることが、市原王の歌を「オト」と訓む大きな傍証となっている。

無論それればかりではなく、「風のオト」は他に二例ある。一例は、家持の歌で、

春風の声にし出《で》なばありさりて今ならずとも君がまにまに　（巻四・七九〇）

とある。原文は「声」で、古写本以来オトと訓まれており、江戸時代に契沖『代匠記』精撰本が「コヱニシトモ読ヘシ」と記した以外に異説を見ない。

もう一例は、巻十四の東歌にある。

風のとの遠き吾妹《わぎも》が着せし衣手本《きぬたもと》のくだりまよひ来にけり　（巻十四・三四五三）

この歌は、どの国の歌であるかわからない「未勘国歌」の「雑歌」に収められた歌で、下二句は「袖口のあたりがほつれ始めた」の意である。二句目の「遠き吾妹」を、都に残してきた妻と考えて都人の作とする説と、故郷を離れた防人の作と考える説がある。

初句の原文は「可是能等能」で、「カゼノオトノ」の縮まったもの、「遠」を導く枕詞という点では諸注一致しているのだが、「風の音」が「遠」を導く理由については、解釈が分かれている。果たして、「風の音」と認められるのか。

近世の荷田春満『童蒙抄』は、「使の遠き所に隔たり居れる妻と云意也」と説き、鹿持雅澄『古義』は「風音は、最遠く聞ゆるものなれば、つゞけたり」と解釈した。多くの注釈書が後説をとる中、新潮社古典集成本は「風の便りを待つしかない遠く離れた妻」と前説を変化させた。水島義治『全注巻第十四』には「物の音が風によって遠く聞こえる意」と、新しい解釈が見える。『釈注』は、「かかり方は明確ではないけれども」と断ったうえで、「風の音に遠い妻の息づかいを想い見たもので東歌らしからぬ風韻がある」としている。風の音がなぜ遠いのかどの注釈書も説明に苦慮している中、近藤信義氏は、風の音をトホと聞きなして「遠」を導いたのだと単純に説いている。(注2)

実は、「遠」を導く枕詞のひとつに「霰《あられ》降り」があり、

霰降り遠《とほつ》江《あふみ》のあど川楊《やなぎ》苅《か》れどもまたも生《お》ふといふあど川楊　(巻七・一二九三、人麻呂歌集)

霰降り遠つ大浦に寄する波よしもよすとも憎くあらなくに　(巻十一・二七二九)

という二例は、多くの注釈書が、霰の降る音をトホと聞きなした枕詞と認めているのである。

しかし近藤説を採る注釈書はない。霰が降る音は、注釈者もトホと聞きとることができたが、風の音をトホと聞くことはできなかったということだろう。

多くの注釈者同様、私にも風の音をトホとは聞きなせない。ところが、私の身内の者によれば、米国アイダホ州の何もさえぎるもののない広大な平野を吹く風は、確かにトホと聞こえたという。私の話を聞いてから、記憶の再構成をした可能性も否定しきれないのだが、間違いなく聞こえたという。あるいは、巻十四の東歌が詠まれた東国の、現在も強風で知られる上野国などならばトホと聞こえたのかも知れない。今は、三四二三番歌の作者にはトホと聞こえたという可能性を示して、「遠」を導く風の音という語句を認めたいと思う。

このように問題を含んだ風のオトと詠んだ例から、一〇四三番歌の旧訓コヱをオトへの改訓が行われ、諸注も従ったのであるが、小学館古典全集本・新編古典全集本ともに「コヱ」と訓む。それぞれの頭注によれば、土佐日記や古今集に、風のコヱと呼ぶ例があることによるという。擬人化の場合はコヱと訓むのだというのである。

用例の存在ではなく、歌の内容から訓もうとする姿勢は評価されて良いのだが、『釈注』は、そもそも市原王の歌に擬人法などないとしてコヱと訓むことを否定している。しかしすでに見てきたように、人や動物のオトだからといって、表現としては、必ずしもコヱであるとは限らないのである。

結局、何をオトと呼び、何をコヱと呼ぶかは作者の問題ということになってしまう。そういう意味では、人麻呂や家持といった特定の歌人の問題として、もう少し考察されても良いように思う。

四　うたげで詠まれた音

自然の音を歌にすることを考えるため、次の歌群をとりあげてみたい。

　八月七日の夜、守《かみ》大伴宿禰《すくね》家持の館に集ひて宴《うたげ》する歌
秋の田の穂向《ほむき》見がてりわが背子がふさ手《た》折りける女郎花《をみなへし》かも　（三九四三）
　右一首、守大伴宿禰家持の作なり
女郎花咲きたる野辺《のへ》を行きめぐり君を思ひ出たもとほり来《き》ぬ　（三九四四）
秋の夜は暁《あかとき》寒し白妙《しろたへ》の妹《いも》が衣手《ころもで》着む縁《よし》もがも　（三九四五）
ほととぎす鳴きて過ぎにし岡傍《おかび》から秋風吹きぬ縁もあらなくに　（三九四六）
　右三首、掾《じょう》大伴宿禰池主の作なり
今朝の朝明《あさけ》秋風寒し遠つ人雁が来鳴かむ時近みかも　（三九四七）
天離《あまざか》る鄙《ひな》に月経《へ》ぬしかれども結《ゆ》ひてし紐を解きも開《あ》けなくに　（三九四八）
　右二首、守大伴宿禰家持の作なり
天離る鄙にある我をうたがたも紐解き放《さ》けて思ほすらめや　（三九四九）
　右一首、掾大伴宿禰池主

家にして結《ゆ》ひてし紐を解き放けず思ふ心を誰か知らむも　（三九五〇）
右一首、守大伴宿禰家持
晩蟬《ひぐらし》の鳴きぬる時は女郎花咲きたる野辺を行きつつ見べし　（三九五一）
右一首、大目秦忌寸八千島《だいさかんはだのいみき》
古歌一首　大原高安真人の作　年月審《つばひ》らかならず、ただし聞きし時のまにまにここに記し載す
妹が家に伊久里《いくり》の森の藤の花今来む春も常《つね》かくし見む　（三九五二）
右一首、伝へ誦むは僧玄勝これなり
雁がねは使に来むと騒《さわ》くらむ秋風寒みその川のへに　（三九五三）
馬並《な》めていざうち行かな渋谿《しぶたに》の清き磯廻に寄する波見に　（三九五四）
右二首、守大伴宿禰家持
ぬばたまの夜は更《ふ》けぬらし玉くしげ二上山に月傾《かたぶ》きぬ　（三九五五）
右一首、史生土師宿禰道良《ししょうはにしみちよし》

越中国守大伴家持以下、掾大伴池主・大目秦八千島・僧玄勝・史生土師道良五名の名前と、十三首の歌を記したこの歌群から、いわゆる「越中万葉」が始まる記念すべきうたげである。

家持は、天平十八年（七四六）六月、越中国守に任じられ、七月に越中に赴任している。それが正

確に何日のことであったのかはわからないが、下旬頃ではないかと考えられている。その着任したばかりの新任国守家持が、国守館で、このうたげを開いたのであろう。

なぜ、八月七日の夜のうたげから始まるのか。ここに記された人物だけがうたげに参加し、記された歌だけがうたわれたのか。さらには、歌の配列は詠まれた順なのかどうかといった点は、正確には不明としか言いようがないのだが、すでに指摘されている通り、この歌群の前半の歌には、語句や歌の内容に密接な呼応がみられる。

たとえば、歌群前半の語句の対応は次のようになる。

三九四三（家持）　女郎花
三九四四（池主）　女郎花
三九四五（池主）　秋の夜・暁寒し・妹が衣手
三九四六（池主）　秋風吹きぬ
三九四七（家持）　今朝の朝開・秋風寒し
三九四八（池主）　紐を解きも開けなくに
三九四九（家持）　紐解き放けて
三九五〇（池主）　紐を解き放けず

三九五一（八千島）　晩蟬・女郎花の咲く野辺

まず家持は、池主がうたげのために刈り取ってきたオミナエシをうたう。池主は家持の歌に応じた上で越中へ妻を伴わなかった家持の気持ちを気遣う。家持は妻のいないさみしさを詠み、池主はそれを引き取って続けている。三九四三番歌から三九五〇番歌までの歌の並び方は、詠まれた順とみて問題がない。

ところが八千島の三九五一番歌は、それまでの家持・池主のやりとりとはかみあっていない。「女郎花」という語句は詠みこまれているが、急にヒグラシが詠まれ、野辺を歩くことがうたわれたのでは、唐突な感じがしてしまう。集成本頭注が「望郷の気持ちの深まりを、現地への関心に引き戻す歌」と記し、橋本達雄『全注　巻第十七』がさらに一歩踏み込んで、「固苦しくなっているのを引き取って、柔らかく二人に歌いかけ、紐についての問答を終わらせようとしたのであろう」とするのは、詠まれた順に並べられているとするためには、このように解釈するしかない。ただし、歌だけからうたげの場の雰囲気を推定することは難しく、中西進『大伴家持3』には、「主人と客人のほほえましい歌のやりとりを、部下たちが見守っており、そろそろ終わりにするころあいを見はからって、最初の歌にまた流れをもどしているのである」と、『全注』とは逆の情況が描かれている。

無論、家持・池主のやりとりの後におかれているからといって、必ずしも二人の歌に呼応しているとは限らない。時間の経過があっても、詠まれた順であることも考えられわけである。三九四九番歌の左注から、作者名の下に「作」がないことも注意されるが、確かなことはわからない。

さて、このうたげの歌十三首中で、音に関する描写のあるのは次の三首である。

ほととぎす鳴きて過ぎにし岡傍から秋風吹きぬ縁もあらなくに　（池主、三九四六）
晩蟬の鳴きぬる時は女郎花咲きたる野辺を行きつつ見べし　（八千島、三九五一）
雁がねは使に来むと騒くらむ秋風寒みその川のへに　（家持、三九五三）

ホトトギス・ヒグラシ・カリの鳴き声が、それぞれ一首ずつうたわれている。「女郎花」や「紐」は、数首に詠みこまれているのに対して、聞こえてきた音に対する反応は、一首ずつしかないのである。うたげに出席している者の耳に、鳴き声が届いているのだろうか。

三九四六番歌には「ほととぎす鳴きて過ぎにし」とある。ところが、ホトトギスは初夏の鳥であり、仲秋八月にホトトギスが鳴き渡ったという事実を想定するのは難しい。家持が越中へ来たのは七月であるから、この八月のうたげの時点でも、家持は越中のホトトギスの鳴き声を聞いていないと考えるべきであろう。「ほととぎす鳴きて過ぎにし」とは、池主が家持に「ホトトギスは毎年あの岡を鳴き渡るのですよ」と話していたという事実を空想すべきである。ホトトギスの声は幻と考えていいだろう。

ヒグラシはどうだろうか。

すでに、この歌はそれまでの家持・池主のやり取りと切り離されていることに触れた。集成本や『全注』の説くように、家持の気持ちを、うたげの場に引き戻すためのものであったとしても、ヒグラシが詠まれているのは唐突である。うたげの開始時からずっとヒグラシが鳴いていたと考えるよりは、ちょうど鳴き始めたヒグラシにかこつけたのだと想像した方がおもしろい。

万葉集にはヒグラシを詠んだ歌が九首ある。巻十「夏雑歌」の「蟬を詠める」と題した歌は、

黙然《もだ》もあらむ時も鳴かなむひぐらしのもの思ふ時に鳴きつつもとな　（一九六四）

と、もの思う時には鳴かないで欲しい声とし、「秋雑歌」に分類された「蟬に寄せる」と題した歌では、

夕影《ゆふかげ》に来鳴くひぐらしここだくも日ごとに聞けど飽かぬ声かも　（二一五七）

と、逆に毎日聞いても飽きない声とされている。

家持にも、越中に来る以前に詠んだ歌がある。

隠《こも》りのみ居《を》ればいぶせみ慰むと出で立ち聞けば来鳴くひぐらし　（巻八・一四七九）

引きこもってばかりいて鬱陶しいので、気晴らしにと屋外へ出、耳をすませたところヒグラシが飛んできて鳴き始めたというのである。

家持はヒグラシの声をどう受け止めたのか、この歌の表現だけではわからない。ほとんどの注釈書もその点には触れず、集成本に「作者の鬱情は、ひぐらしのもたらす晩夏の気分の中に融け入り、しばし澄みゆくのである」とあるのと、伊藤博『釈注』に、「しばし澄んで、やがてまたわびしさに沈んでゆくのであろう」とするぐらいである。伊藤氏の鑑賞は、自身幼い頃にヒグラシの声を聞いて涙を落とした経験があることを記し、ヒグラシの鳴き声が切ないものであることを示された上での言葉である。しかし私には、残念ながらその切なさはわからない。ヒグラシの鳴き声をどう聞くかは、その人により、またその時の気分によって変わるだろう。

八千島の「晩蟬の鳴きぬる時」は、どのような気分と受け取ればいいのだろうか。「女郎花咲きたる野辺を行きつつ見べし」と続くのであるから、うるさい音や切ない音と見るよりも、飽きずに聞ける声に近いものとして考えるべきだろうか。あるいは、気分転換に屋外へ出ることを求めているということになろうか。そうだとすれば、都の妻を思い出している家持の注意を、オミナエシに戻すことにはならない。八千島の歌には、オミナエシはうたわれているが、それは家持や池主が詠んだ目の前に飾られているオミナエシではない。「女郎花咲きたる野辺」とあり、おそらく池主が刈り取ってきたオミナエシの群生する野辺を詠んだのだろうと想像される。そして、今鳴いているヒグラシの声がどうであるというような表現ではないことにも注意したい。「晩蟬の鳴きぬる時」が夕暮れという時間を示す可能性も残されている。

八千島は、ヒグラシの声から、あくまでオミナエシの咲く野辺を歩く姿を思い描いているのである。それまでの家持・池主のやりとりとは、まったく関係のなく新しく展開させた歌と考えてもいいのではないだろうか。

家持のカリはどうだろうか。

家持は、この歌の前に、朝方の風が寒かったことからカリの訪れの時期であることをうたっている(三九四七)。その歌を詠んでから何時間か経た頃、実際にカリが川原で鳴く声が、家持の耳にまで届いたのである。三九五三番歌はそのような情況を十分に想像させる。しかし、どんな鳴き声なのかはうたってはいない。カリの鳴き声から、川原を吹き抜ける秋風の寒さを想像しているのであるが、八月にカリが渡って来たのだろうか。家持は鳴き声を実際に聞いたわけではなく、うたげの流れの中で三九四七番歌をうけて歌作したと考えた方が、穏当なのである。

家持は、この歌に続いて、馬を並べて渋谿の磯に寄せる波を見に行こうと誘っている(三九五四)。そして土師道良が「二上山に月傾きぬ」(三九五五)と詠んで歌群は終わっているのである。三九五五番歌が、実際に月を見て夜の更けたことを知っての歌と想像すれば、八千島の誘い(三九五一)を受けて、皆で館外に出たとまで想像することもけっして不可能ではない。事実、この歌群のあとには八千島の館でのうたげで八千島自身が詠んだとの題詞を持つ歌が載せられているのだが(三九五六)、この歌は渋谿へ行った帰りに行われた二次会での作だとする説がある。(注3) この説は、巻十七に載せられた歌の作歌日時の記し方から導いたもので、日付を記さない三九五六番歌は、三九五五番歌と同日の歌と見るべきだとする。左注に記された日付のみをとりあげてそこまで確定することは無理だと思われるが、たとえその説のように渋谿まで出かけたのだとしても、古歌を誦したという三九五三番歌の存在を考えると、八千島の歌に誘われて館外に出たとするのは、やはり無理であり、家持の歌を契機に出発したと見る方が穏当であろう。

そもそも、このうたげは何時から始められたのであろうか。奈良時代のうたげは、現代の宴会事情とはまったく違うと思われるが、想像するための手がかりさえない。律令の規定からは、官人の仕事は昼までだとはわかっているが、昼過ぎからうたげをしていたとは信じられない。しかし、ではうたげは日が暮れてから、などという考えがあったかどうかはわからない。

はじまりの時間がわからない上に、歌を詠みだした時間も想像の域を出ない。もしも昼過ぎから始めていたと考えれば、家持と池主の応答はうたげの開始直後で、八千島の歌はヒグラシ（日暮らし）が鳴き始めた頃だからだいぶ時間がたっていることになる。日暮れからのうたげを想像すれば、ヒグラシも実際に日が落ちてからも鳴くであろうから、家持・池主のやりとりがテンポよく進めば八千島の歌までヒグラシが鳴いていた可能性はある。

しかし、それから月が傾く時間（正確に何時かは不明である）までに四首しか詠まれていないのである。このことを一体どう説明すればいいだろうか。単純に考えれば、それぞれの歌の並べ方は詠まれた順としても、歌と歌との時間の経過は考えてもいいのではないだろうか。とくに八千島歌

（三九五一）以降の歌は、途中に会話を想像して、その会話の内容を契機として歌が詠まれたと考えてもよいと思われる。

以上、歌に詠まれた音を手がかりにして、うたげでの作歌事情を想像してみた。うたげの最中に聞こえてきた音を、聞こえた音そのままに歌にしているわけではないことが確認できたと思う。あくまでその音に触発されて、何かしらの心の動きがあり、その心の動きが歌となっているのである。歌を詠むことは、ただ目や耳に入ってきた情報を三十一文字に成形することではないはずである。

五　自然の音

一体、自然の音はどのように歌にされたのだろうか。古事記には次のような歌がある。

狭井川よ　霧立ち渡り　畝火山　木の葉さやぎぬ　風吹かむとす　（記・二〇）
畝火山　昼は雲とゐ　夕されば　風吹かむとそ　木の葉さやげる　（記・二一）

神武天皇の皇后であったイスケヨリヒメが、息子たちの身の危険をこの歌で知らせたという。木の葉が「さやぐ」様子を、土橋寛『古代歌謡全注釈　古事記編』は「悪霊の活動を意味する」と解釈し、山路平四郎『記紀歌謡評釈』は「木の葉がざわざわと音を立てはじめ、物言いをするところに、荒ぶる神の出現を寓意したものであろう」とみている。

日本書紀は、大いに乱れ騒然としている葦原中国を、「聞喧擾之響焉」（神武天皇即位前紀、アマテラスの言葉）と漢文で表現し、訓注を付して、「聞喧擾之響焉、此云左揶霓利奈離」と説明している。「左揶霓利奈離《サヤゲリナリ》」は「サヤギアリナリ」の約で、本文に「聞」とあるように、ナリは伝聞の助動詞と考えられる。つまり「サヤグ」は、聴覚に関わる状態を表す言葉だと考えられるのである。

古事記には、他にも、

…綾垣の　ふはやが下に　むし衾《ふすま》　柔やが下に　栲衾《たくふすま》　さやぐ（佐夜具）が下に　淡雪の　若やる胸を　栲綱の　白き腕　そ抱き　抱きまながり　ま玉手　玉手さし巻き　股長に　眠をし寝せ　（記・五）

の例があり、布団がガサガサ音をたてている情景と見ておかしなところはない。

サヤグは万葉集にも例がある。

葦辺なる荻の葉さやぎ秋風の吹き来るなへに雁渡る見ゆ　（巻十・二一三四）

笹が葉のさやぐ霜夜《しもよ》に七重《ななへ》着《か》る衣に増せる児《こ》ろが肌はも　（巻二十・四四三一）

荻の葉や笹の葉がさやぐのを、風の音とは受け取っていないようである。二三四番歌の表現では、荻葉がさやいでから、風がやって来るように考えているように見える。

　ここで気になるのは、「サワク（騒く）」という語句との違いである。鳥や波などの描写にはサワクと使われるのだが、木の葉には使われていないのである。

　木の葉が音をたてているのならば、「木の葉騒く」という表現があってもいいはずである。

　江戸時代の賀茂真淵『万葉考』は、サヤグとサワクを区別して、「さやぐはこゑ、さわぐはかたち也」と規定した。澤瀉久孝はさらに一歩進めて、さやぐは「かたちと無関係な『こゑ』ではなく、『かたち』の動きに伴った『こゑ』である」とした。(注4) たとえば、右に掲げた日本書紀の「喧擾之響」とは、聞けば声だが見れば形であると考えるのである。栲衾がさやぐのも、ガサガサ音が聞こえるだけではなく、栲衾が動きつつ音が出ている情景を考えた方がわかりやすい。

　木の葉がさやぐのも、音だけで認識しているのではなく、葉が揺れているのも見た上での表現であろう。聴覚的な音の表現ではなく、実は、視覚的な表現であると思われる。

　先のイスケヨリヒメの歌を見れば、風が吹くことが変事の比喩である。木の葉がさやぐのは、これから風が吹くよと知らせているのであり、風が吹いたから木の葉がさやいだとは表現されていない。些細なことだが、もっと注意されて良いと思う。

　歌の表現を見る限り、木の葉は風によってさやいのだのではない。木の葉がさやぐことが、風を生じさせるという考え方があったと想像しても、おかしくはないであろう。

そもそも、万葉集では、自然の中のどのような音が歌に詠まれているのであろうか。

たとえば、万葉集巻十に見える「＊＊に寄せる」「＊＊を詠む」という題詞の中から、自然の音が表現されていそうなものを調べてみると、わずかに、「詠川」（一八七八）・「寄雨」（一九一五～一九一八）・「詠河」（二二二二）・「詠風」（二二三〇～二二三二）・「詠雨」（二二三四）・「寄風」（二二六〇、二二六一）・「寄雨」（二二六二、二二六三）の、三素材・七種類の題詞しか見つからない。しかも、実際に歌を見てみると、風にも雨にも、その音は表現されていない。川も、

今行きて聞くものにもが明日香川春雨降りて激《たぎ》つ瀬の音を　（一八七八）

夕《ゆふ》去らずかはづ鳴くなる三輪川の清き瀬の音を聞かくし良しも　（二二二二）

と、川音を聞くことを望んではいるが、川音そのものの描写ではないのである。

自然を歌に詠みこむことについては、すでに鈴木日出男氏による詳細な考察がある。(注5)簡単にまとめてしまえば、そもそも歌に自然の素材を取り込むためには、「寄物」という形式によって、「物」に「心」を「寄せる」しか方法がなかったのであり、その表現方法の延長上に、「詠物」や「叙景」という形式ができあがっていったということとなる。そのような表現方法の発達があった上で、後期万葉に至って聴覚表現を表わす語句が見え始めるという。

たとえば、万葉集のなかで「聞く」「聞こゆ」の語を含む歌の中から、噂・伝承・報告などを聞く

とする歌を除くと、多くが万葉第三期以後のものとなる。これは、律令体制確立後の官人たちの全国規模の移動によって、聴覚を通して、大和にはない新しい自然を発見した感動によって歌が詠まれたからだという。

ところが、それらの音を描写する聴覚表現も、表現されている内容を詳しく分析してみると、視覚的な認識に転換されているという。

前に触れた家持のヒグラシの歌も、鈴木氏によれば「聴覚を刺激する『来鳴く晩蟬』は、鳴き声じたいであるよりも、その晩蟬のはなやかな鳴き声に象徴される夏の夕べの光景を具象化していよう」となる。読み手によって、その具象化されるイメージはさまざまであろうが、少なくとも、音が音のままに描写されるわけではなく、聴覚で受けた情報を視覚的な認識に転換させているという点は、首肯できる。つまるところ、和歌は、そもそも詩的イメージが視覚的映像として確保されたものであるのだから、「音によって想い描かれる景は、単なる事実の模写としての、純粋客観の光景などではありえない」のだという鈴木氏の言葉は示唆に富む。

そこで、本稿の趣旨にそって、家持が越中のどのような自然の音を描写しているのか確かめてみると、

雁がねは使に来むと騒くらむ　(三九五三)
朝なぎに　寄する白波　夕なぎに　満ち来る潮の　(三九八五)

渚には　あぢ群騒き　　　　　　　　　　　　　　　　　　　　　（三九九一）
妻呼ぶと　洲鳥は騒く　葦刈ると　海人《あま》の小舟は　入江漕ぐ　梶の音高し　（四〇〇六）
野も多に《さは》　鳥多集《すだ》けりと　　　　　　　　　　　　（四〇一一）
妻呼び交はし鶴《たづ》さはに鳴く　　　　　　　　　　　　　　　（四〇一八）
鶴が鳴く奈呉江の菅の　　　　　　　　　　　　　　　　　　　　　（四一一六）
羽振《ふ》き鳴く鴫《しぎ》の　　　　　　　　　　　　　　　　　（四一四一）
川瀬とめ心もしのに鳴く千鳥かも　　　　　　　　　　　　　　　　（四一四六）
夜ぐたちて鳴く川千鳥　　　　　　　　　　　　　　　　　　　　　（四一四七）
杉の野にさ躍《をど》る雉《きぎし》　　　　　　　　　　　　　　（四一四八）
八峰《やつを》の雉鳴き響《とよ》む　　　　　　　　　　　　　　（四一四九）
鳴く鶏はいやしき鳴けど　　　　　　　　　　　　　　　　　　　　（四二三四）

というような表現が見つかる。表現レベルでは、家持ならではの歌もあるのだが、ここには新しい素材はない。波音と船梶の音をのぞくと、残りは鳥の声だけである。ある意味、歌としての類型表現しかないと言ってもいいであろう。

これは、家持が越中で「聞く」と表現した歌を見ても同じである。オトと詠んだ四例は、まず「立山賦」の長歌に、

…万代の　語らひ草と　いまだ見ぬ　人にも告げむ　音のみも　名のみも聞きて　羨《とも》しぶるがね
(巻十七・四〇〇〇)

と見えるのは、噂の意である。婿の母が亡くなったのを悼んだ挽歌の長歌と反歌には、

…たはことか　人の言ひつる　およづれか　人の告げつる　梓弓　爪弾く夜音の　遠音にも　聞けば悲しみ
(巻十九・四二一四)

遠音にも君が嘆くと聞きつれば哭のみし泣かゆあひ思ふ我は
(四二一五)

とあるが、この「夜音・遠音」は、今現実に耳に聞こえている音ではない。とくに「弓を爪弾く夜音」は、

梓弓爪弾く夜音の遠音にも君が御幸《みゆき》を聞かくし良しも
(巻四・五三一、海上王)

の先行歌が存在する。海上王が聖武天皇の歌に和した歌であることから、この弓を弾く音は、夜中に宮中を警護する宿直が魔除けにならす弓の音と想像されている。ならば、聖武天皇の内舎人として仕えていた家持も聞いたことのある音だと考えられるのだが、四二一四・一五番歌は越中で作られている以

上、あくまで海上王の歌を学んだ、歌作上の表現であろう。

この他に家持が「聞く」と表現したものは、「天皇の命《みこと》」などを除くと、ほとんどが鳥の鳴き声で、その中でもホトトギスが突出して多いのだが、鳴き声そのものを描写しているわけではない。

よく知られているように、家持は越中で、アユノカゼという俗語を採取し、アシツキやカタカゴ、タブノキといった植物を詠み、ホトトギスが立夏に鳴かないことを書きとどめてもいる。そのような家持が、越中で詠んだ特異な音は、決して自然の音などではなく、

朝床《あさとこ》に聞けば遙《はる》けし射水川《いみづがは》朝漕ぎしつつ唱ふ船人《ふなびと》　（巻十八・四一五〇）

と、船人の唱う声である。それにもかかわらず、読み手はこの歌から、越中の自然を描写しているようなイメージを受け取ることができるのである。

長くなるが、鈴木氏の解釈を引けば、「朝床に聞けば」という表現は、「早朝の静けさを伝わってくる響音が、はるかに続く川の流れの景を想い描かせることにな」り、「朝漕ぎしつつ唱う船人」が「一定間隔の楫の音と船唄の旋律が融和しあいながら細く長く響きつづけている。その音響の持続が、はるかな距離感をはらみながら、ついには朝霧のなかに消え入っていくような射水河の清爽の流れを想像させるのである」となる。

越中国守館は、港近くの川べりに建っていたと考えられている。(注6)ならば、船人の唱う声は日常的に

郵 便 は が き

料金受取人払

神田局承認

3579

差出有効期間
平成16年2月
9日まで

101-8791

004

東京都千代田区猿楽町2-2-5

笠 間 書 院

営業部行

通信欄

（復刊希望書目などをお教えください。）

ご愛読ありがとうございます

れからのより良い本作りのために役立たせていただきたいと思います。
ご感想・ご希望などをお聞かせ下さい。

この本の書名　　お知りになったきっかけ

● 小社 PR誌「リポート笠間」(年1回・10月発行)　いる・いらない

● 出版総目録　いる・いらない

お名前　(　才)

(ご職業　)

〒

ご住所

☎　(　)

注　文　書

書名　部数

書名　部数

書名　部数

裏面通信欄もお使い下さい

聞こえていたはずであるが、家持に同じ素材の歌はない。家持は、この時すでに越中での生活も四年目を迎えている。船人の唱う声を始めて聞いた感動を詠んだ歌などという説明はできない。

四一五〇番歌の前後の題詞を見ると、天平勝宝二年三月一日から三日の間に、十五首の歌を作っていることがわかる。このうちの五首は、先にあげた自然の音を詠みこんだ十三首のうちに含まれている。その十三首のうちの五首（三九八五・三九九一・四〇〇六・四〇一一・四一二六）は長歌で、長歌は説明的な描写をする語句を多く含んでいるため、越中の風物を描いたりしており、音のある景が詠まれているわけである。すると、家持が越中で自然の音を詠んだ短歌は、この三月の集中した時をのぞくと、たった三首（三九五三・四〇一八・四二三四）しかない。そして、その三首は鳥の声である。

家持は、天平勝宝二年三月一日の夕から三日の早朝にかけてだけ、突然聴覚が鋭敏となったかのような歌作りをしたということになるのである。

そして家持は、この歌作の翌年、天平勝宝三年七月に少納言となって帰京する。そして、天平勝宝五年二月に、万葉集を代表する秀歌として名高い、

わがやどのいささ群竹《むらたけ》吹く風の音のかそけきこの夕《ゆふべ》かも　（巻十九・四二九一）

を詠むのである。この歌の評価についてはここで語るまでもないが、聴覚表現の視覚化という観点から評価している鈴木氏の解釈を記せば、

この「風」は、実際には春の微風であるが、決して春風の快さだけにとどまっていない。その「風の音」は、聴覚的には「かそけき」であるとともに、視覚的には軽やかな「いささ群竹」の葉が乱れるように揺さぶられている。この、響音と映像のやや食い違う印象が相乗的に作用しあって、春の夕べの、もの憂くも軽妙な気分の、幽遠な心象風景が形象されている。

となる。この歌だけを見れば確かにそうなのであるが、庭を吹く風の音をここまで視覚化できたのは、単純に家持の技量による偶然なものなのであろうか。

本稿がこれまで見てきたところから言えば、家持が聴覚表現によって自然描写をしている優れた歌を作る時は、特殊な理由があるのである。四二九一番歌の場合は、題詞に「依興作歌」と記されていることが、その答えであるだろう。

小野寛先生は「依興歌」を詳細に分析して、家持歌の依興歌とは「非現実の世界をうたう歌」と結論した。(注7)

では、四二九一番歌のどの部分が非現実なのかという点について、のちに、

家持の邸の庭に小さな竹群があった。彼は庭に立って夕暮れの光を見ていた。その頬にかすかに触れる微風があった。竹群を吹き通る風の音がしたようだった。それは家持の心が感じ取った音だった。それを「かそけき」と歌った。心にしみる夕べである。家持の感性がとらえた心象の風景でもあった。

と、その作歌情況を詳しく描いている。(注8) ここからは、庭に群竹があったことと、微風が吹いていたこ

とは現実と考えているように判断される。そしてさらに注意深く読めば、「心が感じ取った」ことも現実と考えていることがわかるのである。

そもそも「非現実の世界をうたう」という定義が難しい。あくまで、歌の全体像が文芸としての非現実なのであって、その部分部分では、現実であることを認めている。たとえば、青木生子『万葉集全注　巻第十九』は、この歌に詳しい注を施した後に、「音のかそけき」と見出しをつけて、「いささ群竹」について次のように述べる。

「いささ群竹」の風景は、実景ではなく、あくまで作者の想像の中にしかない映像なのである。といって、それはいかなるかたちでもかまわないものではなく、「かそけき」音を甘受する繊細な作者の心が描きみた風景に他ならないのである。それこそ「かそけき」想像風景そのもののごとき「いささ群竹」から発してくる竹の葉ずれの「かそけき」音に、作者の知覚のすべてが集中されてゆくのである。

青木氏も実景でないと考えているのだが、「竹の葉ずれの音」は現実と考えているわけである。その聴覚情報を、家持がどのような視覚的認識に変化させたかということが問題のようである。しかし、果たして本当にそうなのだろうか。

かつて家持は、越中国守館の朝床で射水川を行く船人の唱声を聞き、秀歌を詠んだ。家持は、その歌に「依興歌」とはつけなかったが、その歌において現実だったのは「唱う船人」という点だけである。射水川も朝漕ぎしている船人も、朝床の中にいる家持に見えるわけがない。厳密に言えば、誰かの唄う声だけが、その時の現実であろう。

四二九一番歌は、家持がわざわざ「依興歌」と題しているのである。この歌は、「吹く風の音のかそけきこの夕」とあるために、風の音は現実に聞いたかのように感じてしまうのだが、もっと大胆に、その表現部分こそ想像世界とみても良いのではないだろうか。

考えてみれば、「自然の音」などというものは実際にはそれほどないのである。万葉集の中に見る歌にうたわれた自然の音は、ほんのわずかな例しかなかった。また、木の葉のさやぎは、音をともないながらもどちらかといえば視覚的な表現であった。家持が現実に見たのは竹の葉の「揺れ」であり、そこから聞こえた幻音と映像化された幻覚が、「かそけき風の音」なのではないだろうか。

正直に言えば、家持は葉の揺れさえ見ていないと、私は思っている。

自然の音を素材にして歌を作るなどという、他にあまり例のない行為を、なぜ家持はできたのだろうか。それは、家持が表現したのは自然の音かも知れないが、その音はあくまで家持の頭の中で作られた人工の音であるからだと、私は考えている。

注1　馬田義雄「万葉集訓詁一題―「声」と「音」―」(和歌山大学学芸学部紀要　人文科学三　昭和二八年三月)。なお、この論文の追記には、沢瀉久孝が市原王の歌を「オト」と訓むべきことを述べたのは、昭和二六年十一月に行われた万葉学会第一回講演会であるが、馬田論文の脱稿はそれより一ヶ月半前であって、沢瀉の講演にヒントを得たのでも、まして剽竊したものでは断じてないと記されてい

る。

2 近藤信義『音喩論 古代和歌の表現と技法』(おうふう 平成九年十二月刊)

3 伊藤博「万葉集末四巻歌群の原形態」(『万葉集の構造と成立』下 塙書房 昭和四九年十一月刊)

4 沢瀉久孝「み山もさやにさやげども」(『万葉古径』全国書房 昭和二二年七月刊)

5 鈴木日出男「万葉和歌の心物対応構造」・「万葉的表現としての自然」(『古代和歌史論』東京大学出版 平成二年十月刊)

6 高岡市万葉歴史館編『ふるさとの万葉』(桂書房 平成二年十月刊)に、「越中国府とその近傍推定図」が載せてある。ご覧いただきたい。

7 小野寛「家持の文芸」(『大伴家持研究』笠間書院 昭和五五年三月刊)。なお、これ以前に書かれた「家持の依興歌」(同書所収)には、「吹く風の音も現実に聞こえていたかも知れない」とある。

8 小野寛『孤愁の人 大伴家持』(新典社 昭和六三年十二月刊)

響かぬ楽の音

——家持がうたわなかった「音」——

新谷秀夫

はじめに

街を歩くと、いろいろな《音》が否応なしに聞こえてくる。しかし、それは小鳥のさえずりや風にさやぐ木の葉の音ではない。商店などから流れてくるけたたましい音楽、街行く人々の携帯電話の着信音など、まさに《人工音》とも言うべきものばかりである。うち寄せる波や川のせせらぎ、鳥や鹿などの鳴く声やすだれの動く音に風を感じたりなど、まさに自然が発する《音》をうたってきた萬葉びとは、このような現況をどのような歌にするだろうかと想像をめぐらしても詮ないことかもしれない。しかし、萬葉びとたちのまわりには、そのような自然が発する《音》しかなかったというわけではない。

最近、「甦る古代の響き」と題されたCDシリーズのなかの「天平琵琶譜『番《ばん》假《か》崇《そう》』」（コジマ録音ALCD-2001）を購った。正倉院文書の紙背に残る現存最古の琵琶譜を解読した成果をもとに、この

CDのなかで奏でられる「楽の音」が、萬葉びとたちの耳にした《音》そのものであると言うにはいささかためらいもある。ちなみに、この琵琶譜の表文書である「写経料紙納受帳」に存する天平十九年（七四七）九月二十七日の日付は、まさに大伴家持が越中国守であったときと重なる。そこで、『萬葉集』にはまったく登場しない琵琶に代わって、同じ絃楽器の「琴」が萬葉びとの耳にした楽器として確認できることに本稿では注目したい。

右、天平十八年八月を以《もち》て、掾《じよう》大伴宿禰《すくね》池主《いけぬし》大帳使《だいちやうし》に付して、京師《みやこ》に赴向《おもぶ》く。而《しか》して同じ年十一月、本任《ほんにん》に還《かへ》り至りぬ。仍《よ》りて詩酒《ししゆ》の宴《まう》を設け、弾糸《だんし》飲楽す。

右は、家持の「相歓《あひよろこ》ぶる歌」（巻十七・三九六〇～三九六一）の左注の一部で、宴席の場で「弾糸飲楽」したことが記される。ここで「弾糸」と記される絃楽器がいかなるものかは詳らかではないが、宴席で琴を弾きながらよんだと記される歌は『萬葉集』にいくつか存する。

・右、冬十月、皇后宮《わうごうのみや》の維摩講《ゆいまかう》に、終日《ひねもす》に大唐《もろこし》・高麗《こま》等の種々《くさぐさ》の音楽を供養《くやう》し、爾《しか》して乃《すなは》ちこの歌詞《かし》を唱《うた》ふ。弾琴《ことひき》は市原王《いちはらのおほきみ》・忍坂《おさかの》王後《のち》に、姓大原真人赤麻呂《おおはらのまひとあかまろ》を賜る、歌子《うたびと》は田口朝臣家守《たのくちあそみやかもり》・河辺朝臣《かはへの》東人《あづまと》・置始連長谷《おきそめのむらじはつせ》等十数人なり。
（巻八・一五九四左注）

・右の歌二首、河村王《かはむらのおほきみ》、宴居の時に、琴を弾《ひ》きて即《すなは》ち先《ま》づこの歌を誦《よ》み、以《もち》て常《つね》の行《わざ》と為《な》す。

（巻十六・三八一七～三八一八左注）

・右の歌二首、小鯛王《こだひのおほきみ》、宴居の日に、琴を取れば登時《そのとき》必ず先づ、この歌を吟詠《ぎんえい》す。その小鯛王は更《また》の名を置始多久美《おきそめのたくみ》といふ、この人なり。

（巻十六・三八一九～三八二〇左注）

また、同様の記載は『続日本紀』のなかにも、

・壬戌、天皇《すめらみこと》、大安殿《だいあんでん》に御《おは》しまして群臣《ぐんしん》を宴《うたげ》す。酒酣《さけたけなは》にして五節田儛《ごせちのたまひ》を奏《つかへまつ》る。訖《をは》りて更《さら》に、少《をの》年《わらは》・童女《めのわらは》をして踏歌《たふか》せしむ。また、宴《うたげ》を天下《あめのした》の有位《うゐ》の人、并《あは》せて諸司《しよし》の史生《ししやう》に賜ふ。是《ここ》に、六位以下の人等《ひとども》、琴鼓《ひ》きて、歌ひて曰《いは》く、「新《あらた》しき年《とし》の始《はじめ》に、かくしこそ、供奉《つかへまつ》らめ、万代《よろづよ》までに」といふ。

（天平十四年正月十六日条）

・壬子、石原宮《いしはらのみや》の楼《たかどの》 城《き》の東北に在《あ》り に御《おは》しまして、饗《みあへ》を百官《ひやくくわん》と有位《うゐ》の人等《ひとども》とに賜《たま》ふ。勅《みことのり》有りて琴を賜ふ。その歌を弾《ひ》くに任《た》ふる五位已上には摺衣《すりごろも》を賜ふ。

（天平十五年正月十一日条）

と存し、宴席に琴の《音》が響き、それを萬葉びとたちが耳にしていたことはまちがいない。しかし、人が琴を奏でて発する、まさに《人工音》がじつは歌ことばとなってあらわれているわけではない。同じように人が動かすことによって発生する「梶の音」が二十首を超える歌によまれ、

朝開《あさびら》き　入江《いりえ》漕《こ》ぐなる　楫《かぢ》の音《おと》の　つばらつばらに　我家《わぎへ》し思ほゆ　（巻十八・四〇六五）

堀江《ほりえ》より　水脈《みを》泝《さかのぼ》る　楫の音の　間《ま》なくそ奈良は　恋《こひ》しかりける　（巻二十・四四六一）

など、そのリズミカルな《音》の動きに着目した序詞が使用されるのに比して、好対照をなすと言えよう。なぜ萬葉びとは、琴が奏でられて発する《人工音》をことばにしてうたわなかったのだろうか。

A　我《わ》が背子《せこ》が琴取るなへに常人《つねひと》の言ふ嘆きしもいやしき増すも　（巻十八・四一三五）

右の一首、少目《せうさくわん》秦伊美吉石竹《はだのいみきいはたけ》が館《むろつみ》の宴に守《かみ》大伴宿禰家持作る。

右は、越中時代の家持が宴席でよんだ歌である。ここでも家持は「音」という語をまったく使わない。そこで本稿では、『萬葉集』でもっとも多くの歌によまれた絃楽器「琴」をとりあげ、いわゆる「楽の音」という《人工音》がことばにしてうたわれないことについて、いささか卑見を提示してみたい。

一　うたわれない琴の「音」

「琴酒者《ことさけば》」（巻十三・三三四六）という仮名としての使用例、「琴酒を　押垂《をしたれ》小野ゆ」（巻十六・三八七五）というかかり方は未詳だが枕詞と考えられている用例をのぞき、歌に「琴」がよまれた例は、前節末尾に掲げた家持のA歌と、つぎに掲げるB〜Dの三歌群である。(注1)

B

大伴淡等《おほとものたびと》の謹状《きんじやう》

梧桐《ごとう》の日本琴一面《やまとごといちめん》　対馬《つしま》の結石《ゆひし》山の孫枝《ひこえ》なり

この琴、夢《いめ》に娘子《をとめ》に化《な》りて曰《いは》く、「余《われ》、根を遙島《えうたう》の崇《たか》き巒《みね》に託《つ》け、幹《から》を九陽《きうやう》の休《うるは》しき光に晞《さら》す。長く煙霞《えんか》を帯《めぐ》らして、山川《さんせん》の阿《くま》に逍遙《せうえう》し、遠く風波を望みて、雁木《がんぼく》の間《あひだ》に出入す。ただ百年の後《のち》に、空《むな》しく溝壑《こうかく》に朽《く》ちなむことのみを恐《おそ》る。偶《たまさか》に良き匠《たくみ》に遭ひ、削《き》りて小琴に為《つく》られぬ。質麁《あら》く音少なきことを顧《かへり》みず、恒に君子の左琴《さきん》とあらむことを希《ねが》ふ」といふ。即《すなは》ち歌ひて曰く、

いかにあらむ日の時にかも音《こゑ》知らむ人の膝《ひざ》の上我《へわ》が枕《まくら》かむ　(巻五・八一〇)

僕《やつかれ》、詩詠《しえい》に報《こた》へて曰く

言問《こと》はぬ木にはありとも愛《うるは》しき君が手馴《たな》れの琴にしあるべし　(巻五・八一一)

琴娘子《ことをとめ》答へて曰く

「敬《つつし》みて徳音を奉《うけたま》はりぬ。幸甚《かうじん》幸甚」といふ。片時《しまらく》ありて覚《おどろ》き、即ち夢の言《こと》に感《かま》け、慨然《かいぜん》に止《も》黙《だ》あること得ず。故に公《おほやけ》の使《つか》ひに付けて、いささかに進御《たてまつ》らくのみ。謹状《きんじやう》す。不具《ふぐ》。

天平元年十月七日に、使ひに付けて進上《たてまつ》る。

謹通《きんつう》　中衛高明閤下《ちうゑいかうめいかふか》　謹空《きんくう》

跪《ひざまづ》きて芳音《ほうおん》を承《うけたまは》り、嘉懽《かくわん》交《こもごも》深し。乃《すなは》ち竜門《りようもん》の恩、また蓬身《ほうしん》の上に厚きことを知りぬ。恋望《れんぼう》の殊念《しゆねん》は、常の心の百倍なり。謹みて白雲の什《じふ》に和《こた》へて、野鄙《やひ》の歌を奏《まう》す。房前《ふさざき》謹状す。

言問《ことと》はぬ木にもありとも我《わ》が背子《せこ》が手馴《たな》れの御琴《みこと》地《つち》に置かめやも　（巻五・八一二）

十一月八日に、還使《くわんし》の大監《だいけん》に付く。

謹通《きんつう》　尊門《そんもん》　記室《きしつ》

C　琴取れば嘆き先立《さきだ》つけだしくも琴の下樋《したび》に妻や隠《こも》れる　（倭琴《やまとごと》を詠む　巻七・一一二九）

D　膝《ひざ》に伏す玉の小琴《をごと》の事なくはいたくここだく我恋《あれこ》ひめやも　（倭琴に寄する　巻七・一三二八）

ほかに「琴弾き」（巻十六・三八八六）とよまれた歌も存するが、「琴」という語が見えないB中の八一〇番歌に「音《こゑ》知らむ」と存するのみで、ほかの歌には「音」という語は存しない。

伊藤博氏『釋注』が、Aの家持歌をめぐる釈文のなかで「琴取れば嘆き先立つというのは当時の俚言のごとき言葉であったことはまちがいない」と指摘されたように、萬葉びとにとって琴は「恋人がその音に引かれて面影に現れる」（小学館刊『新編日本古典文学全集』のCをめぐる頭注、以下たんに『新編全集』と略す）もの、もしくは「男の愛する女の譬え」（『釋注』のDをめぐる釈文）としてむしろ捉えられていたと言っても過言ではない。しかし、たしかに「音」という語は見えないが、AとCのいずれもが「琴」を「取る」とうたっていることは看過できない。

河村王《かはむらのおほきみ》、宴居の時に、琴を弾《ひ》きて即《すなは》ち先《ま》づこの歌を誦《よ》み…（巻十六・三八一七〜三八一八左注）

小鯛王《こだひのおほきみ》、宴居の日に、琴を取れば登時《そのとき》必ず先づ、この歌を吟詠《ぎんえい》す。

（巻十六・三八一九〜三八二〇左注）

前節でも掲げたこのふたつの左注を鑑みると、河村王のように「弾く」とは直接的に表現されないが、小鯛王の「琴を取る」という動作にも、琴の《音》を読みとることに大過あるまい。小鯛王はたんに琴を手にしていたのではない。手にした琴を弾いて「吟詠」したと記されることは看過できない。したがって、同じように「取る」という動作をうたうAやCもまた、「音」という語は見えないが、実際に琴の《音》が発せられていたと考えうるのではなかろうか。

ところで、Dの「膝《ひざ》に伏す玉の小琴《をごと》」について『新編全集』の頭注は、

古代の和琴は一般に小型であったらしく、…（中略）…また前橋市出土の和琴弾奏埴輪も肩幅の約二倍の長さを膝に載せ両手で掻き鳴らしている。

と指摘する。出土した琴や弾琴する埴輪についてはすでに多くの論稿（注2）が発表されているので参照願い、ここでは、このDは、「音《こゑ》知らむ人の膝《ひざ》の上《へ》我《わ》が枕《まくら》かむ」と近しくうたうBの八一〇番歌とともに、琴を奏でる過程のひとつとして「膝に置く」という動作がうたわれていると見て大過あるまい。そして、そのように膝に置いて奏でながら愛用していた琴が「手馴《たな》れの琴（御琴《みこと》）」（Bの八一一・八一二）とうたわれているのであろう。しかし、「膝に置く」ことがよまれていても、それは琴を弾く動作やその

結果発生する《音》を表現していることにはならない。あくまでも琴を奏でるという動作にともなう属性にすぎないのであって、「取る」ことをうたうA・Cとはやや異なると考えうる。

つまり、A〜Dの六首にあって琴の《音》が表現されているのは「音《こゑ》知らむ人」とある六二〇番歌だけだが、直接的ではないが、AやCにも琴の《音》を読みとりうることを指摘しておきたい。しかし、なぜこの二首が琴の《音》をはっきりと「音」ということばにうたわなかったのだろうか。さらには、集中唯一例となった六二〇番歌がなぜ「音《こゑ》」とうたっているのか。この点について検討する前に、上代文献に見える「琴」を一瞥してみたい。

二　記紀・風土記に見える琴

『日本書紀』には「倭の琴弾原」(景行天皇四十年)・「琴引坂」(允恭天皇四十二年)という地名や、「呉の琴弾」という職も見えるが、おもに『日本書紀』や『古事記』に見える「琴」は、いずれもある種特殊な状況において登場する。たとえば『日本書紀』に、

> 三月の壬申《じんしん》の朔《つきたち》に、皇后、吉日《よきひ》を選《えら》ひて斎宮に入《い》り、親《みづか》ら神主《かむぬし》と為《な》りたまひ、即《すなは》ち武内宿禰《たけうちのすくね》に命《みことおほ》せて琴撫《みことひ》かしめ、中臣烏賊津使主《なかとみのいかつのおみ》を喚《め》して審神者《さには》としたまふ。

という神功皇后摂政前紀(仲哀天皇九年三月)の記述があるが、この部分について『新編全集』頭注は

「神託を請う時の所作が弾琴、その琴頭《ことがみ》・琴尾《ことじり》に神が降臨する」と解説する。また、『古事記』下巻の仁徳天皇の段で渡り鳥の雁が日本で産卵したことをめぐって、

如此《かくまを》白して、御琴《みこと》を被給《たまは》りて、歌ひて曰《い》はく、
汝《な》が御子《みこ》や　遂《つひ》に治《し》らむと　鴈《かり》は卵生《こむ》らし
此《これ》は、本岐歌《ほきうた》の片歌《かたうた》ぞ。

とある部分について、同じく『新編全集』頭注は、
琴は神の託宣を請う時に引くものであった。今、琴を請い受けて神の託宣を請うかたちをとり、仁徳皇統の永遠の栄えの保障を託宣であるかのようにして歌う。
と解説する。さらに、『日本書紀』武烈天皇即位前紀の歌謡

琴頭《ことがみ》に　来居《きゐ》る影媛《かげひめ》　玉ならば　我《あ》が欲《ほ》る玉の　鰒白玉《あはびしらたま》

について『新編全集』の頭注は、「託宣の場で琴を弾くと神異の光（影）が琴頭に降り立つということから、「影」を導く序」と解説する。

以上、『新編全集』の頭注解説のみを例示してきたが、このような記紀における琴のあり方についい

て松尾光氏（注3）が、

古来楽器はすべて神を呼んだものと思うが、徐々に淘汰されてその数を減じたようだ。とりわけ宮廷最高の神託の場である沙庭《さにわ》に琴しか使わないことは、ほかの楽器よりも琴の霊力・地位の高さが広く認められていたさまを窺わせる。

と述べ、菊地義裕氏（注4）が、

琴は本来神祭りやそれに付随する宴の場で降神や神遊びのために用いられ、宴の遊宴化が進むにしたがって、管弦のためのひとつの道具として用いられるに至ったものとみられる。

と述べられたのが正鵠を得た指摘であろう。

つまり、記紀において「琴」は「神」と密接にかかわる場で登場する重要な楽器として描かれるのである。たしかに時代とともに遊宴化が進むにつれて、宴席の場で奏でられる楽器のひとつとして用いられるに至ったことは、「はじめに」で掲げた『萬葉集』や『続日本紀』の例が証する。しかし、楽器のなかでも特別に神聖視されていたと考えうる琴の《音》が、『萬葉集』とは異なり、記紀のなかでは記述されていることに注目してみたい。

『日本書紀』雄略天皇十二年十月で、木工闘鶏御田《こだくみつけのみた》が伊勢采女を姧《おか》したと誤解して処刑しようとするのを、秦酒公《はだのさけのきみ》が琴でその非を悟らせる場面に「琴声」（『新編全集』は「琴の声《ね》」と訓む）と琴の音が記述される。また、『古事記』中巻の仲哀天皇崩御の場面に「御琴之音《おと》」とある。いずれも単純に琴の《音》を記述するにすぎないが、記紀においては、つぎのような具体性をもった琴の《音》の記述

も存する。(注5)

・茲《こ》の船、破《やぶ》れ壊《こほ》れて、塩《しほ》を焼き、其の焼《や》け遺《のこ》れる木を取りて、琴を作るに、其の音《おと》、七里《ななさと》に響《ひび》きき。

(『古事記』下巻　仁徳天皇の段)

・初《はじ》め枯野船《からののふね》を塩の薪《たきぎ》にして焼《や》きし日に、余燼《もえくひ》あり。則《すなは》ち其の焼《も》えぬことを奇《あや》しびて献《たてまつ》る。天皇《すめらみこと》異《あや》しびたまひて、琴《こと》に作《つく》らしめたまふ。其の音《ね》鏗鏘《ゆら》に遠《とほ》く聆《きこ》ゆ。

(『日本書紀』応神天皇三十一年八月)

前の『古事記』に見える動詞「響く」やその名詞形「響き」という語は、いずれも『萬葉集』における用例は存しない。(注6)後の『日本書紀』に見える「鏗鏘に」(注7)について『新編全集』の頭注は「金玉の鳴る音や琴の音の表現に用いる」と指摘するが、琴をめぐる用例は掲出した部分のみであることは看過できない。『萬葉集』における擬声語「ゆら」を語根とする語は、

ゆらく　↓　「玉」(巻十九・四四九三)

ゆらに　↓　「玉」(巻十・二〇六五)、「鈴」(巻十三・三二二三、巻十九・四一五四)

ゆららに　↓　「玉」(巻十三・三二四三)

と、いずれも金属音の用例のみであり、『時代別国語大辞典上代編』に掲出された用例も、「玉」「鈴」「鐸《ぬて》」などの金属音に偏る。

其《そ》の妻《め》須世理毘売《すせりびめ》を負《お》ひて、即《すなは》ち其の大神《おほかみ》の生大刀《いくたち》と生弓矢《いくゆみや》と、其の天《あめ》の沼《ぬ》琴《こと》とを取り持ちて、逃げ出でし時に、其の天の沼琴、樹に払《ふ》れて、地《つち》、動《とよ》み鳴りき。

（『古事記』上巻　大国主神の根の堅州国訪問の段）

さきに掲出した二例と異なり、直接的に琴の《音》を表現する記述ではないが、ほかの楽器とはまったく異なる役割をもった神の所有物たる「天の沼琴」が記述される。なお、この部分について『新編全集』の頭注は「コト（琴）からコト（木音）が連想され、木に触れて大地が鳴動するストーリーと結び付けられたか」と解説していることは看過できない。

大足彦《おほたらしひこ》の天皇《すめらみこと》、…（中略）… この岡を起《お》こし造らしめたまふ。造り畢《をは》る時に、岡に登りて宴賞《うたげ》したまふ。興《あそび》、闌《つ》きて後《のち》に、その御琴《みこと》を竪《た》てたまひしかば、琴樟《くすのき》と化為《な》りき。高さは五丈《つゑ》、周《めぐ》りは三丈なり。因《よ》りて琴木《ことき》の岡と曰《い》ふ。

（『肥前国風土記』神埼郡）

「琴」をふくむ地名起源を語る用例の多い『風土記』のなかにあって、具体性をもって琴の神聖が語られる用例である。「木は神の依《よ》り代《しろ》にほかならない」(注8)からこそ、大足彦天皇（景行天皇）が弾いた琴が「樟と化為」るという説話が語られることとなったのであろう。

このふたつの説話から鑑みると、記紀・風土記において「神」と密接にかかわる場で登場する

「琴」の発する《音》は、まさに「木音《こと》」、つまり神の依り代たる木が発する《音》と認知されていたのであって、そのような琴の《音》は「神の言葉」(注9)と認知されていたと思われる。さらに、

余韻の長く響く琴の音色が、古代人にとってこの上もなく神秘的であり、これを聞くことによって神を憑依させる精神状態になり易かった

と長野雅子氏が指摘するように(注10)、実際に発せられた《音》と密接にかかわって認知されていたのではなかろうか(注11)。

琴の神聖を表現するものが《音》にほかならなかった。それゆえに、宴席の場で奏でられた琴の《音》を表現するには大仰なものだったと言っても過言ではあるまい。しかし、「七里《ななさと》に響《ひび》き」や「鏗《ゆ》鏘《ら》に遠《とほ》く聆《きこ》ゆ」などとせずとも、記紀の用例を鑑みると、琴の《音》をたんに「おと・ね」とうたいうるはずである。しかし、『萬葉集』では八一〇番歌に「音《こゑ》」とうたわれるのみであることは、前節で言及した。そこで、あらためてこの問題について検討を加えてみたい。

三　琴の《音》を「音《こゑ》」とうたうこと

前節で掲出した記紀の用例は、琴の《音》を「音」もしくは「声」と表記する。それに対して『新編全集』の『古事記』は「おと」で、同じ『日本書紀』は「ね」で統一して訓じているようだが、その根拠は示されない。ちなみに『日本書紀』雄略天皇十二年十月に見える用例「琴声」を、すなおに「琴のこゑ」と訓ずることも可能であろう。そこで、《音》をめぐる表現オト・コヱ・ネの使い分けに

ついていささかまとめてみたい。

望月郁子氏は、奈良時代のオト・コヱ・ネの用例（仮名書き例に限る）を検討され、

オト　↓　無生物にも生物にも使われる。オトは、アタル［当］のアタと同根で、物が物に当って生じるもので、聴覚で把えるものをいうのが原義か。

コヱ　↓　出そうとして出すという特色がある。相当の大きさで、はっきり聞こえるものをいう傾向が強い。万葉集では、コヱは、人間よりも鳥についていうのが支配的で、また蝉についていうこともある…（下略）…

ネ　↓　ネ…ナクの形で表われることが多く、自然出てしまう泣き声をいうのが原義。専ら人間について、稀に鶴《たづ》についてもいう。内面の真実の漏れ出たものであるところから、聞く心に訴えるという色彩が濃い。

と要約された（注12）。この望月説をふまえた安部清哉氏が、さらに平安時代の散文に見える用例などもふくめて、

オト　↓　物と物とがぶつかった瞬間、あるいは、こすれあった時に出る物理的な音声

コヱ　↓　物や生物自体に本来的に備わった独特の音声

ネ　↓　聞き手の感情に訴える持続する音声で、特に美しいすぐれた音声をいう

とまとめられた（注13）のが、使い分けをめぐる現況での一般的な解釈かと感ずる。さらに安部氏は、琴の《音》をめぐる表現についても、

作品にややバラつきはあるものの「ね」と「こゑ」が共に使われている。現在との相違点は「こゑ」が使われている点と、現在では「おと」というのがふつうであるこれら楽器（稿者注　笛・琴・琵琶を指す）に「おと」を使っていない点である。

とまとめられ、そのコエとネの使い分けについては、それぞれ「音をごく普通に表わす表現」と「聞き手の感情に訴えるすぐれた美しい音を表わす語」という区別があると指摘されている。文学作品の用例を検討した上での発言であるが、萬葉歌の本文「音」「声」に対する現行テキストの訓は、ほぼこの使い分けに追従してなされているように感ずる。[注14]

そこで、一節で言及したように、『萬葉集』で琴の《音》を唯一「音《こゑ》」とうたっている八一〇番歌の問題についてあらためて考えてみたいが、じつは『萬葉集』には「琴」以外にも楽器がいささか登場する。そこで、その《音》がいかに表現されているかについても、ここで一瞥しておく。

……大御身《おほみみ》に　大刀《たち》取り佩《は》かし　大御手《おほみて》に　弓取り持たし　御軍士《みいくさ》を　率《あども》ひたまひ　整《ととの》ふる
鼓《つづみ》の音《おと》は　雷《いかづち》の　声《こゑ》と聞くまで　吹き鳴《な》せる　小角《くだ》の音も〈一に云ふ、「笛《ふえ》の音は」〉　あたみ
たる　虎《とら》か吼《ほ》ゆると　諸人《もろひと》の　おびゆるまでに〈一に云ふ、「聞き惑《まど》ふまで」〉……

（人麻呂「高市皇子挽歌」　巻二・一九九）

「琴」をのぞく楽器のなかで、その《音》が唯一表現された用例である。ここで人麻呂は、軍陣戦

闘のきわめて具体的な描写のひとつとして「鼓」と「小角(笛)」の《音》をうたう。しかし、『日本書紀』天武天皇元年七月の「旗幟《きしよく》野を蔽《おほ》ひ、埃塵《あいぢん》天に連なり、鉦鼓の声《おと》数十里に聞ゆ」や、軍防令39「軍団置鼓条」の「凡そ軍団には、各鼓《く》二面、大角《だいかく》二口、少角《せうかく》四口置け。通ひて兵士を用ゐよ。分番して教習せよ」と照応して鑑みると、人麻呂歌はあきらかに「楽の音」を描写するものではない。さらに、同様の「鼓」や「吹《ふえ》」が『日本書紀』に多く確認できることも看過できない。つまり、「鼓」「小角(笛)」の《音》を単純に「音」とうたう人麻呂歌は、あくまでも聴覚で捉えうる物理的な音声のみをことばにしているのであって、そこに「楽の音」を読みとることはできないと言える。

時守《ときもり》が打ち鳴《な》す 鼓 数《よ》みみれば時にはなりぬ逢《あ》はなくも怪《あや》し　（巻十一・二六四一）

この歌には、人麻呂歌とは役割の違う「鼓」がうたわれるが、オト・コヱ・ネのいずれも存しない。この歌で「数みみ」ているのが聞こえてくる《音》であることはまちがいないが、それもまた「楽の音」ではない。

用例は少ないが、萬葉歌にうたわれた琴以外の楽器はいずれも、いわゆる遊宴の場などで奏でられるのとはまったく異なる役割で登場する。しかし、さきに掲出した人麻呂歌が示すように、萬葉びとは楽器の《音》をオトとうたいうることはまちがいない。しかし、一節で掲出したA~Dの六首にあって琴の《音》が表現されているのは「音《こゑ》知らむ」とある六一〇番歌だけである。しかも、オトやネではなくコヱとうたわれる。そこで、検討する上でいま一度掲出しておく。

大伴淡等《おほとものたびと》の謹状《きんじやう》
梧桐《ごとう》の日本琴《やまとごと》一面《いちめん》　対馬《つしま》の結石《ゆひし》山の孫枝《ひこえ》なり
この琴、夢《いめ》に娘子《をとめ》に化《な》りて曰《いは》く、「余《われ》、根を遙島《えうたう》の崇《たか》き巒《みね》に託《つ》け、幹《から》を九陽《きうやう》の休《うるは》しき光に晞《さら》す。長く煙霞《えんか》を帯《め》ぐらして、山川《さんせん》の阿《くま》に逍遙《せうえう》し、遠く風波を望みて、雁木《がんぼく》の間《あひだ》に出入す。ただ百年の後《のち》に、空《むな》しく溝壑《こうかく》に朽《く》ちなむことのみを恐《おそ》る。偶《たまさか》に良き匠《たくみ》に遭ひ、削《き》りて小琴に為《つく》られぬ。質麁《あら》く音少なきことを顧《かへり》みず、恒に君子の左琴《さきん》とあらむことを希《ねが》ふ」といふ。即《すなは》ち歌ひて曰く、

いかにあらむ日の時にかも音《こゑ》知らむ人の膝《ひざ》の上《へ》我《わ》が枕《まくら》かむ

(巻五・八一〇　以下省略)

この歌の「音《こゑ》知らむ」の部分について、近年刊行された『萬葉集』のテキストが、

・音の良いのを聞き知ることができるような。琴には一般にネというが、ここにコヱといったのは「知音」の故事による。『文選』洞簫賦などに、琴の名手伯牙《はくが》がよく琴を弾き、友人の鍾子《しょうし》期《き》がそれを聴いてよく理解した、とある。
(『新編全集』)

・春秋時代の琴の名手伯牙が、自分の琴の音を深く理解した友人鍾子期の死後、琴を再び手にしなかったという故事(呂氏春秋・芸文類聚・琴)による成語「知音」を「声知らむ人」と和らげる。
(岩波書店刊『新日本古典文学大系』　以下たんに『新大系』と略す)

と解説するように、この表現は「琴」をめぐる中国の故事に語られる成語「知音」を典拠とすると考えられている。既述した人麻呂歌の場合を鑑みると、「知音」を単純に訓読して「オト知らむ」とうたいうると言っても過言ではないが、原文は仮名書きではっきりと「許恵」と記されており、オトではなくあえてコヱとうたったことはまちがいない。このことについて、

この一連の歌群の中では、冒頭の琴の歌に「音知《こゑ》らむ」とあり、「琴の音」が詠まれているのではないかと考えられそうであるが、これは中国の琴の名手伯牙が弾《ひ》く琴の音を、親友の鍾子期が熟知していたという、有名な「知音《ちいん》」の故事にもとづくもので、純粋に「琴の音」そのものを詠んだものとはいえないであろう。

という三木雅博氏の指摘(注15)が示唆に富む。「知音」の故事にもとづくから、純粋に《音》をよんだものではないという論理にはいささか飛躍もあるが、この歌が「純粋に「琴の音」そのものを詠んだものとはいえない」という主張には肯いたい。

この八一〇番歌の前に存する書簡文に、大伴旅人の夢のなかで「琴」が「娘子《をとめ》に化《な》り」てこの歌をうたったとする設定が記述されていることは看過できない。この歌は、望月氏の言を借りれば「琴を擬人化した」歌なのである。したがって、ここでうたわれる《音》は、琴の純粋な《音》と解するのではなく、娘子の発した《音》という、まさに「声」がうたわれていると解さなければならないであろう。実質的には「琴」の《音》であることにちがいないが、「音知《こゑ》らむ」とうたったのは、琴が「娘子に化」ったことを明示する意図をもった文芸的営為によると見て大過あるまい。

ところで、この八二〇番歌をふくむ歌群の書簡文に漢籍を出典とする表現が多く確認できることについては、すでに多くの指摘(注16)が存する。とくに『文選』の嵆康《けいこう》「琴賦」を模した表現が多いことは贅言を要しないであろう。この嵆康は、世俗を避けて竹林に遊び自由を楽しんだ晋の時代の七人の隠者「竹林の七賢《しちけん》」のひとりである。『楽論』を著した阮籍《げんせき》や、琵琶の名手で楽器名にもなった阮咸《げんかん》など、嵆康以外の「七賢」にも音楽にかかわる人物は確認できる。このような七賢を旅人は、

古《いにしへ》の七《なな》の賢《さか》しき人たちも欲《ほ》りせしものは酒にしあるべし　（巻三・三四〇）

と「酒を讃《ほ》むる歌十三首」（三三八〜三五〇）のなかでうたう。たとえ「音知《こゑ》らむ」と擬人化された形であっても、八二〇番歌で琴の《音》をうたいえたのは、このような中国文学の影響下にあった旅人であったからだと見て大過あるまい。

前節で掲出した記紀の「七里《ななさと》に響《ひび》き」「鏗鏘《ゆら》に遠《とほ》く聆《きこ》ゆ」など琴の《音》をめぐる表現の存する部分についても中国文学に典拠が指摘されていることを鑑みると、琴の《音》を明確にことばにあらわすのは、中国文学の影響下にある場合に限られると言っても過言ではあるまい。「旅人個人の文学遺産であると同時に、大宰府歌壇という集団の共有財産であ」(「酒を讃むる歌十三首」をめぐる釈文)ったと伊藤博氏『釋注』が指摘するように、旅人のみに限られた文芸的営為にすぎないのかもしれない。そこにしかし、このような営為を充分に知りうるはずの家持は、琴の《音》を直接的にうたわない。そこに

はそれなりの意味が存したと感ずる。

琴の《音》をうたった「音《こゑ》知らむ」は、中国文学の影響下に擬人化された形で表現されたもので、さきの三木氏が指摘するように純粋に《音》そのものを表現したものではない。さらには、この旅人の文芸的営為はあくまでも特殊な例外であって、一節で言及したように、やはり『萬葉集』では琴の《音》をはっきりとことばにしてうたわなかったのである。そこで最後に、この問題についていささか卑見を提示してみたい。

四　琴の《音》をうたわないこと

琴を擬人化してその《音》を「音《こゑ》」とうたった旅人歌が、中国文学の影響下に特例として詠出されたものであることを確認してきたが、この文芸的営為はまったく孤立する。そこで、一節で掲出した

我《わ》が背子《せこ》が琴取るなへに常人《つねひと》の言ふ嘆きしもいやしき増すも　（巻十八・四一三五）

右の一首、少目《せうさくわん》　秦伊美吉《はだのいみき》石竹《いはたけ》が館《むろつみ》の宴に守《かみ》大伴宿禰家持作る。

の家持歌に、直接的ではないが実際に発せられた《音》を読みとりうるにもかかわらず、その《音》をことばにうたっていないことの意味について検討してみたい。

まず、家持歌にうたわれたオト・コヱ・ネについて一瞥してみる。

①オト　・弓　（巻十九・四二一四「梓弓爪弦夜音《あづさゆみつまびくよおと》」）

・梶　（巻十七・四〇〇六「於等《おと》」、巻二十・四四六〇「於等」、四四六一「音」）

・風　（巻十九・四二九一「於等」）

・ほととぎす　（巻十七・三九八八「於登《おと》」）

②コヱ　・ほととぎす　（巻八・一四九四「声」、巻十七・三九一七「夜音《よごゑ》」、三九八七「許恵《こゑ》」、四〇〇六「許恵」、四〇〇七「許恵」、巻十八・四一一九「許恵」、巻十九・四一七一「始音《はつこゑ》」、四一八〇「始音」、四一八九「始音」、四二〇三「一音《ひとこゑ》」、四二〇九〈2例〉「許恵」「比等己恵《ひとこゑ》」）

・うぐひす　（巻十七・三九六九「音《こゑ》」、三九七一「許恵」、巻二十・四四九五「許恵」）

・その他　（巻十八・四〇八九「許恵（百鳥《ももとり》）」、巻十九・四一六六「音（鳴く鳥）」、巻二十・四四〇八「己恵（春鳥）」）

③ネ　・雁が音《ね》　（巻八・一五六三「鴈鳴《かりがね》」、一五六六「鴈之哭《かりがね》」、巻十七・三九五三「鴈我祢《かりがね》」、巻十九・四一四四「鴈之鳴《かりがね》」）

・鶴《たづ》が音　（巻二十・四三九八「多頭我祢《たづがね》」、四三九九「多頭我祢」）

「音《ね》を泣く・音《ね》のみ泣く」や噂・評判の意の「オト（ト）」の用例は除外して単純に抽出したが、耳にした《音》を家持がうたわなかったわけではないことは確認できよう。とくに、コヱやネは鳥の場合に限られ、それ以外の《音》はオトとうたっていることは、三節で言及した望月郁子氏や安部清哉氏の分類にほぼ適合すると言えよう。原文「音」をコヱと訓ずる用例についてはいささか検討を要するかもしれないが、現存古写本の訓に異同はなく、いまは措いて考察を進めたい。

この家持の使い分けを鑑みると、家持は琴の《音》をオトとうたいえたはずである。なぜオトとうたわなかったかについて考えるとき、つぎの歌が看過できない。

ぬばたまの月に向かひてほととぎす鳴く於等《おと》遥けし里遠《さとどほ》みかも　（巻十七・三九八八）

鳥が発する《音》をオトとうたった家持歌の異例である。原文が仮名書きであることをふまえて『新編全集』頭注が「オトは一般に無生物から起こる自然的・偶然的音響を表すが、時に例外もある」と解説しているのが一般的な解釈であろう。しかし、「遥けし里遠みかも」と家持のうたう感懐を鑑みると、「その音声が全く聞こえないか、遠くの方からかすかに聞こえてくる時に使われる傾向があり特殊なものになっている」とする安部清哉氏の指摘が正鵠を射たものと感ずる。

……梓弓《あづさゆみ》　爪弦《つまびく》夜音《よおと》の　遠音にも　聞けば悲しみ……　（巻十九・四二一四）

我《わ》がやどのいささ群竹《むらたけ》吹く風の於等《おと》のかそけきこの夕《ゆふへ》かも　（巻十九・四二九一）

四二一四番歌のうたいぶりからすると、家持の耳にした弓の「夜音」はまさに遠くからかすかに聞こえてくる《音》であったにちがいなく、四二九一番歌も「かそけき」《音》がうたわれていることはまちがいない。同様に三例確認できる「梶の音」もけっして眼前近くで発せられているものではないはずである。このような家持歌におけるオトのうたいぶりを鑑みると、琴の《音》をうたわなかったのは、その音が「全く聞こえないか、遠くの方からかすかに聞こえてくる」ものではなかったからではなかろうか。

隠《こも》りのみ居《を》ればいぶせみ慰《なぐさ》むと出《い》で立ち聞けば来鳴《きな》くひぐらし　（巻八・一四七九）
あしひきの木《こ》の間《ま》立ち潜《く》くほととぎすかく聞きそめて後恋《のちこ》ひむかも　（巻八・一四九五）
このころの朝明《あさけ》に聞けばあしひきの山呼びとよめさ雄鹿《をしか》鳴くも　（巻八・一六〇三）
朝床《あさとこ》に聞けば遥《はる》けし射水川《いみづかわ》朝漕《こ》ぎしつつ唱《うた》ふ舟人《ふなびと》　（巻十九・四一五〇）

ことばにはうたわないが、《音》を「聞く」ことをうたった家持歌の一例である。最後に掲出した歌をふくむ「越中秀吟」を詳細に検討された鉄野昌弘氏は、
視覚が遮られることによって対象との隔絶感・距離感が生まれると同時に、それに応じて聴覚によって対象へ向おうとする憧憬が強く表れるのである。
という正鵠を射た指摘(注17)をなさっている。家持が《音》をうたうとき、それはあくまでも「視覚が遮られることによって対象との隔絶感・距離感が生まれ」たときであった。射水川を漕ぎ進む舟を眼前にしているわけではない。またヒグラシ・ホトトギス・鹿も、おそらく《音》のみを耳にしているので

あって、視覚で対象を捉えていたわけではないだろう。

夏山の木末《こぬれ》の繁《しげ》にほととぎす鳴きとよむなる声の遥《はる》けさ　（巻八・一四九四）

ほととぎす夜音《よごゑ》なつかし網《あみ》ささば花は過《す》ぐとも離《か》れずか鳴かむ　（巻十七・三九一七）

……春の野の　繁《しげ》み飛び潜《く》く　うぐひすの　音《こゑ》だに聞かず……　（巻十七・三九六九）

山吹の繁み飛び潜くうぐひすの許恵《こゑ》を聞くらむ君はともしも　（巻十七・三九七一）

玉櫛笥《たまくしげ》二上山《ふたがみやま》に鳴く鳥の許恵の恋しき時は来にけり　（巻十七・三九八七）

いずれもコヱの用例であるが、オトとうたう場合と同様に、鉄野氏が指摘するように《音》を発する対象を眼前にしているわけではない。

このような家持の《音》をめぐる歌について鈴木日出男氏は、

響音によって想い描かれる景は、単なる事実の模写としての、純粋客観の光景などではありえないということである。こうして和歌において知覚されている響音は、それが映像化されることによってのみ心情の表現になりうるということであるらしい。

と指摘された。(注18) 視覚が遮られているために聴覚によって対象を把握しようとした家持は、結局、その《音》をともなう光景を映像化しつつ視覚的に詠出することで抒情歌をうたいあげていたのである。まさに正鵠を射た指摘だと感ずる。

我《わ》が背子《せこ》が琴取るなへに常人《つねひと》の言ふ嘆きしもいやしき増すも　（巻十八・四一三五）

右の一首、少目《せうさくわん》秦伊美吉《はだのいみき》石竹《いはたけ》が館《むろつみ》の宴に守《かみ》大伴宿禰家持作る。

鉄野氏や鈴木氏の指摘を鑑みると、家持が琴の《音》をうたわなかったのは、左注に記述されるように、この歌が宴席歌であったことに起因すると考えざるをえない。宴席歌における「我が背子」はその場にいる人物のいずれかを指す場合が多いことから、この宴席の主人たる秦石竹あたりが家持の眼前で「琴」を手にして奏でていた可能性はきわめて高い。つまり、琴の《音》をことばにしてうたわなかったのは、視覚が遮られていたわけではなかったからであり、たんに「琴取る」姿を映像化することで充分に家持の心情は表出可能であったからなのである。

さいごに

琴の《音》そのものがことばにしてうたわれるようになる始発は、三木雅博氏が指摘するように、『古今和歌集』（巻第十八「雑歌下」九八五）のつぎの歌である。

　奈良へまかりける時に、荒れたる家に女の琴《きん》ひきけるを聞きて、

　よみて入れたりける　良峯宗貞

わび人の住むべき宿と見るなへに歎《なげ》きくははる琴の音《ね》ぞする

異郷の「荒れたる家」で「女の琴ひきける」を聴いた「わび人」の歌という設定は、『うつほ物語』「俊蔭《としかげ》」巻の若子君《わかこぎみ》物語のモチーフであるという指摘(注19)もあるが、一瞥して気づくように、前節末尾に掲出した家持歌を本歌とすることはまちがいない。この歌をめぐって、

漢詩文の影響により、和歌の世界に詠まれるようになった「琴の音《ね》」であるが、…（中略）…『万葉集』の伝統を引き継いで「嘆きを加える」ものとして詠まれた遍昭歌の他は、すべて風とともに詠まれたり、風の音や流水の音を「琴の音《ね》」に喩えて詠まれるものばかりであり、風の音や流水の音といった自然の奏でる音と切り離され、純粋に「琴の音《ね》」だけを詠むということは、平安和歌においては、これまた行なわれないようである。

と三木氏が指摘するのは、表層的な現象としては正鵠を射たものである。さらに三木氏は、なぜ純粋に「琴の音」だけをよむことがなかったのかについても、

平安朝の仮名散文においては、歌声や「楽の音」が大いに注目され、またこれらをかなり詳細に観察描写する能力や方法も、平安朝の文学に携わる人々には確かに備わっていたものと解される。何故、和歌の世界には、それが用いられなかったのか。現代の我々には容易に理解できない原理にもとづく規制が、和歌の世界に強く働いていたと考えざるを得ないのである。

と指摘された。

「現代の我々には容易に理解できない原理にもとづく規制が、和歌の世界に強く働いていた」という言説がどのような趣旨でなされたのか計り知れないが、本稿で検討してきたように、和歌において

《音》がことばにしてうたわれるのは、視覚が遮られることによって対象との隔絶感・距離感が生まれ、同時に聴覚によって対象へ向おうとする憧憬が強く表れるからであって、眼前で奏でられる琴の《音》がうたわれないのは当然であったのだ。さらに、風や流水の音などの自然の奏でる《音》と切り離されることがないのも、《音》をともなう光景が映像化され視覚的に捉え直されてはじめて抒情歌となりうることが多いにかかわるのであろう。その点で三木氏の「原理に基づく規制」という指摘は正鵠を射たものと感ずる。そのようななかで家持の父旅人だけが「こゑ」と《音》をうたったのは、三節で言及したように中国文学の影響によるのであって、あくまでも個人的な文芸的営為として例外とせざるをえないし、平安時代の仮名散文の描写方法が和歌に反映しないことも、上代においてすでに認められることは二節で言及した。

琴の《音》そのものをネとうたうことは、「荒れたる家に女の琴ひきけるを聞きて」という詞書が示すように、眼前にない光景を聴覚で捉えてはじめて成立したのである。その点で家持歌が「我が背子が琴取る」とうたうのとは次元が異なる。しかし、上句で「わび人の住むべき宿と見る」とうたっていることは看過できない。その点で、「和歌表現においては、視覚的映像こそが詩的イメージの根本であった」という鈴木氏の指摘が如実にあらわれた歌だと言えよう。

推論を重ねつつ、かすかな根拠に立脚した部分も多々あるが、ご教示・ご叱正をお願いする次第である。

注1　これ以外に、「琴罇《きんそん》」という語が三例（巻十七・三九六五の前文、巻十七・三九六七の前文、巻十七・三九七三の前文）見える。また「倭琴」に記された歌（巻十六・三八四九〜三八五〇）というのも存するが、いずれも歌そのものの用例ではないので、論旨上除外しておく。

2　水野正好氏「琴の誕生とその展開」（『考古学雑誌』66―1　昭55・6）、同氏「古代音色の調べ」（『古代史の論点⑥　神と祭り』小学館　平11・3）などの一連の論稿をはじめとして、林謙三氏「和琴の形態の発育経過について」（『書陵部紀要』10　昭33・1）、笠原潔「出土琴の研究⑴⑵」（『放送大学研究年報』12、13　平7・3、平8・3）などがある。

3　松尾光氏「正倉院の琴から」（『天平の木簡と文化』笠間書院　平6・10　初出は昭57・1）

4　小野寛、櫻井満両氏編『上代文学研究事典』（おうふう　平8・5）の「琴」の項目

5　本文中に指摘する表現以外に、『古事記』下巻の清寧天皇の段の歌謡に「八絃《やつを》の琴を調ぶる如く」というのが存する。直接的な《音》の表現ではなく、『新編全集』頭注が「多くの絃のある琴を見事に演奏するように、天下を治めることをいう」と指摘するように、あくまでも琴の神聖をめぐる表現であろう。この「調ぶ」の名詞形「調べ」は、のちには「主として琴の音を表現するのに用いる」（角川書店刊『歌ことば歌枕大辞典』の「調べ」の項目、小野恭靖氏担当）ようになる。ちなみに『萬葉集』には「調ぶ」「調べ」のいずれも存しない。

6　『古事記』原文の用字「響」は、『萬葉集』の現行テキストでは、類似表現の仮名書き例などを根拠に「とよむ」「とどろに」「なる」などと訓じられる。ちなみに『時代別国語大辞典 上代編』の「ひびく（ひびき）」の項目に掲出される用例がいずれも散文の用例であることを鑑みると、「つる」と歌語「たづ」のような状況にあったとも推定しうるが、根拠はない。

7　「鏗鏘《ゆら》に」の古訓に「サヤカニシテ」とある。また、掲出した引用部分の直後に存する歌謡には琴の音

を表現する「さやさや」なる語も存する。しかし、いずれも『萬葉集』において琴などの楽器の《音》には使用されない。

8　青木生子、橋本達雄両氏監修『万葉ことば事典』（大和書房　平13・10）の「こと（琴）」の項目（西條勉氏担当）

9　椙山林継氏「「やまとごと」の系譜」（『国学院雑誌』81―11　昭55・11）

10　長野雅子氏「古代歌謡論―琴と歌と―」（『国文瀬名』9　昭63・6）

11　古代の「琴」の奏法については未詳な部分もあるが、

和琴の奏法で特徴的なのは、六絃をいっぺんにかき鳴らしたときに、すぐ左手で絃を押さえ、その中の一本だけを余韻として残す弾き方だ。つまり、一本だけ絃を押さえずに、音を残すわけだ。「ジャラン」と弾いたあとに「ンー」と余韻が残る。これがとても不思議な音質感がある。

（『雅楽―僕の好奇心』集英社新書　平12・11）

という東儀秀樹氏の発言が参考となる。現代の奏法に基づいた感懐ではあるが、「不思議な音質感がある」という発言は看過できない。

12　望月郁子氏「ネ・コヱ・オト小考」（『静岡大学教養部研究報告（人文科学篇）』15　昭55・3）以下、望月氏の説はこの論文による。

13　佐藤喜代治氏編『講座日本語の語彙　第10巻　語誌II』（明治書院　昭58・4）の「こえ（声）」の項目。以下、安部氏の説はこの論文による。

14　たとえば市原王の巻六・一〇四二番歌に見える「吹風乃声」の「声」については、現行テキストはいまだコヱ・オトの両訓に分かれることなどをふくめ、あらためて検討してみたい。

15　三木雅博氏「楽の音と歌声をめぐる小考」（『平安朝詩歌の展開と中国文学』和泉書院　平11・10　初

出は平10・3）以下、三木氏の説はこの論文による。

16 小島憲之氏「出典の問題」（『上代日本文學と中國文學　上』塙書房　昭37・9）、蔵中進氏「日本琴の歌」（『万葉集を学ぶ』第四集　有斐閣　昭53・3）、中西進氏「文人歌の試み―大伴旅人における和歌―」（『中西進万葉論集』第三巻　講談社　平7・7　初出は昭59・12）、増尾伸一郎「〈君が手馴れの琴〉考」（『万葉歌人と中国思想』吉川弘文館　平9・4　初出は平3・6）などがある。

17 鉄野昌弘氏「光と音―家持秀歌の方法―」（『国語と国文学』65―1　昭63・1）

18 鈴木日出男氏「万葉的表現としての自然」（『古代和歌史論』東京大学出版会　平2・10　初出は平2・4）

19 上原作和氏「懐風の琴―「知音」の故事と歌語「松風」の生成―」（『懐風藻研究』7　平13・1）

使用テキスト

萬葉集・古事記・日本書紀・風土記・古今和歌集　↓　小学館刊『新編日本古典文学全集』

続日本紀　↓　岩波書店刊『新日本古典文学大系』

律　令　↓　岩波書店刊『日本思想大系』

※なお、適宜引用の表記を改めたところがある。

付記　本稿は、第七回萬葉語学文学研究会（平13・9・22　於関西学院大学）において「響かぬ楽の音―萬葉びとがうたわない《音》―」と題しておこなった口頭発表の一部を大幅に加筆訂正したものです。席上、貴重なご教示をいただいた諸先生方に深謝申し上げます。

東北アジアの弓の音

山口　博

はじめに

弓の機能として誰もが考えるのは、狩猟又は戦闘においての射殺である。『万葉集』を見ても、例えば高市皇子《たけちのみこ》の城上殯宮《きのえのあらきのみや》の時の柿本人麻呂の歌の、

……皇子ながら　任《よさ》し給へば　大御身《おほみみ》に　大刀《たち》取り佩《は》かし　大御手に　弓取り持たし……取り持てる　弓弭《ゆはず》の騒《さわき》　み雪降る　冬の林に　飃風《つむじ》かも　い巻き渡ると　思ふまで　聞きの恐《かしこ》く　引き放つ　矢の繁《しげ》けく　大雪の　乱れて来れ　……　(巻二・一九九)

の弓矢は、まさに戦闘の物であり、射殺の機能である。

しかしながら、久米禅師《ぜんじ》が石川郎女《いらつめ》に求婚した時に、将来の不安の気持ちを表した石川郎女の歌、

梓弓引かばまにまに依らめども後の心を知りかてぬかも　（巻二・九八）

は、狩猟でもなければ戦闘でもない。射殺の機能とは別の、弓の音に関する何かがある。それは何かを、東北アジアの文化の中で考えてみよう。

一　縄文の小弓

青森県八戸《はちのへ》市是川中居《これかわなかい》遺跡の縄文時代晩期の遺跡から、長さ六十七センチ程の赤漆で塗られ飾りの彫られた装飾杖が出土している。その装飾性から見て特殊なものであることは明らかで、シャーマンの杖と考えることができるであろうか。

この赤漆塗りの装飾杖が出土した是川中居遺跡から、五張の弓が出土している。アララギの白木弓は実用であろうが、その中の三張は、全体の下地を赤漆で塗り、上面には黒漆を三センチおきに二本の細い平行線を描いて塗り、更に中央には文様として撚り糸のかがりを巻くという豪華な飾り弓である。この中の一張は、他の弓が百二十センチと百七十三センチであるのに、僅か七十三センチの小弓である。『伊呂波字類抄』に引かれている『三礼図』は、漢民族使用の弓の長さとして、六尺六寸、六尺三寸、六尺の三種類を挙げる。魏の時代のツングース民族である粛慎《しゅくしん》人は、短い半弓を用いていたが、その長さは四尺であった。(注1) アイヌの半弓は比較的短いが、それでも新井白石『本朝軍器考』によると、三尺七寸である。『東大寺献物帳』の「御弓壹百張」で寸法を記した例を見ると、六尺か

是川中居遺跡出土の赤漆塗りの弓（八戸市縄文学習館所蔵）

ら七尺であり、一番短いもので「水牛純角御弓」三尺九寸が一張あるが、これは特殊なものと考えられようが、それでも百二十センチを越える。是川中居遺跡の七十三センチは確かに短く、その上、弓の素材は、復元力の乏しい「柳」であり、狩猟・戦闘等の実用とは考えられない。

日本最古の彎弓《わんきゅう》が、秋田県南五城目町中山遺跡から出土しているが、それも赤漆塗り飾り弓で、素材は柳である。[注2]この遺跡からは、是川中居遺跡と同様に赤漆塗りの壺や櫛が出土している。縄文時代の柳を素材にした彎弓の出土で、現在知られているのは、是川中居遺跡、中山遺跡と福井県鳥浜遺跡の三例のみである。いずれも日本海側であり、東北地方に二例ということは注目されるのである。

長野県の八ケ岳西山麓のほぼ中央、茅野市豊平の標高千メートルにある縄文中期の尖石《とがりいし》遺跡の三十三号住居跡から炉石二個が出土、それには陰画が刻まれている。[注3]一個の石の陰画は、手足を大の字に広げ、左手に弓を持った人物像である。銅鐸に刻まれている狩猟人物像には、ほとんどに鹿などの獲物も刻まれている。青森県八戸市韮窪《にらくぼ》縄文後期遺跡や岩手県二戸市馬立《まだち》縄文後期遺跡出土の土器絵画には、人物はなく、矢を番えた弓と矢に狙われた動物をのみ描く。狩猟絵画においては人はどうでもよく、弓矢と動物が大切なのである。尖石遺跡の炉石には獲物は刻まれていない。画は狩猟ではないのかもしれない。それなら何なのであろうか。実用とは考えられない小弓や獲物を狙っているとは考えられない縄文刻画、これらは何を意味するのであろうか。(注4)

二　シャーマンの弓

中国の神話時代に属するが、天帝から赤の弓と白の矢を賜って地上に降って来た弓の名人羿《げい》が、十個の太陽や多くの妖怪変化を射殺した話は、弓矢の降妖去邪術《ごうようきょじゃじゅつ》としては、古いほうである。羿は夷羿《いげい》とも書かれているから、中国周辺民族の出身と考えられるのだが、アムール河流域に住むツングース系のナナーイ人の間にも、最初のシャーマンが太陽を射たという射日神話が伝えられている。(注5)その伝承は、アムール河とウスリー江の合流する辺りにあるサカチ・アリャンの岩絵と関連があり、岩絵の刻まれた新石器時代に、射日神話が既に語られていたのである。太陽を射落とすという霊弓神話は、アルタイ地域から中国へ伝播したのであろうか。

中国雲南省石寨山《せきさいざん》辺から出土の石鼓に、「巫師《ふし》」すなわち女性シャーマンが画かれているが、背中には鳥の羽を挿し、手には矢を番え引き絞った弓を持つ。(注6)シャーマンの手にする弓箭《きゅうせん》は、狩猟のためではなく、邪悪を駆逐するためのものであったことを、この画像は示している。

東北アジアの森林地帯で発生したと言われている原始宗教のシャーマニズムは、この世の中のあらゆる物に霊魂が宿ると考える。生き霊・死霊・善霊・悪霊様々な霊魂があり、その霊魂は不滅であ

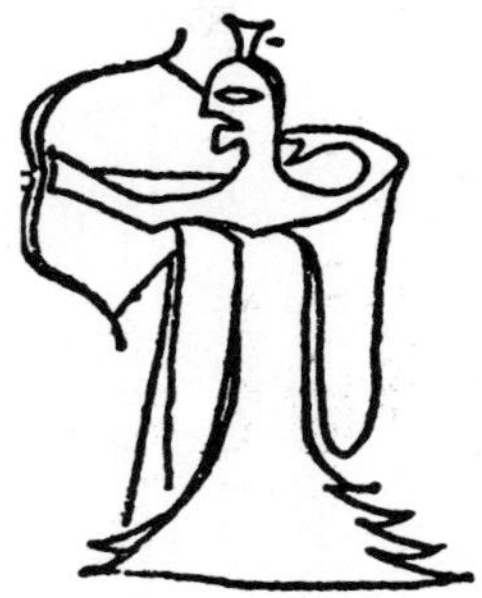

中国雲南省石寨山出土の鼓型石に刻まれている女シャーマン。鳥スタイルで弓を構える。(『女巫与巫術』中国河北人民出版社より)

る。例えば「死」により肉体から遊離した霊魂は、時には天界に、時には地下界に住む。シャーマンはそこを訪問し、会話し、人間界に呼び戻すことができる。このような常人にできないことが、手に持つ太鼓を激しく連打し、その音に引かれるように狂乱し脱魂状態になってできるのである。病気など、この世の人に悪をもたらす悪霊や死霊は駆逐しなければならない。太鼓の音や身に着けた多くの飾りのガラガラという音で威嚇して駆逐したり、石鼓に描かれた女性シャーマンのように、弓矢を使うのである。

中国満族の中の尼馬察族は弓箭神を信仰するが、崇拝する木製神像は翼を持ち怪鳥の様であるというから、石寨山遺跡石鼓の画像を思わせる。その神像の前に弓と箭《や》を置き、シャーマンはその前で憑《ひょう》依《い》の状態になる。この族の首長は女性で、一箭を射るとそれは百の神箭に変じ、八本射ると八百本の神に化して、悪を為す妖鵬《ようほう》を射殺するという。[注7] この弓箭を画像化すると、石寨山遺跡石鼓の文様になる。海彼の弓は、シャーマンとの関係があるのである。

沿海州南部に、渤海《ぼっかい》時代後の十二世紀末から十三世紀初めの遼・金の女真《じょしん》文化の遺跡であるシャイギン（シャイガ）城址がある。住居跡の炉の中や炉と並んだ貯蔵穴から、射込まれた鉄鏃《てつのやじり》、打ち込まれた鉄梃《てつのつえ》のこじり、突き刺さった槍等が発見された。尖石遺跡の陰画も炉石に刻まれていた。それらはシャーマンが悪霊を払うために行ったもので、石寨山石鼓の刻画と同類で、弓箭が悪霊駆逐の呪術に使われているのである。

同じ遼代の内蒙古遼城県の遺跡から出土したシャーマン用具の中には、箭があった。(注8) また、ブリヤート・シャーマンのシャーマンの道具を入れる長持ちには、弓矢の絵が書かれている事が多く、弓が昔からシャーマンの道具であった事を示している。弓の射殺の機能とは異なる機能で、アルタイ・シャーマンは弓を使用しているのである。

大林太良も、南シベリアにおいて少数のシャーマンが巫具として弓を用いていることを報告しているが、(注9) ミハーイ・ホッパールはアルタイシャーマニズムの豊富な具体的例を挙げる。(注10) モンゴルには弓太鼓というものがあり、裏側の矢の先端が馬頭の形になっている。ヌガナサン人

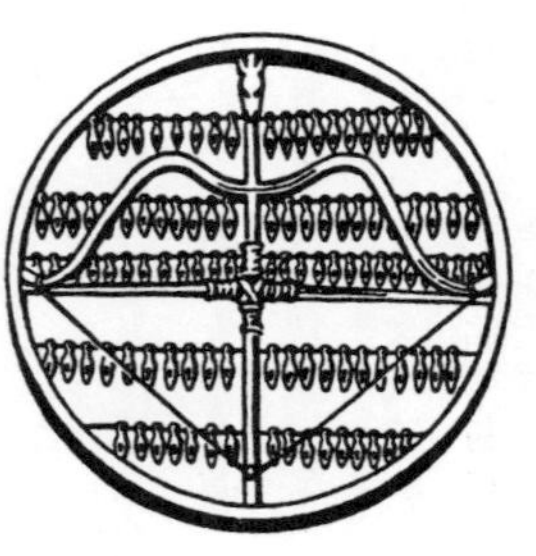

モンゴル・シャーマンの弓太鼓の裏面。矢の先端が馬の頭の形をしている。(『図説シャーマニズムの世界』青土社より)

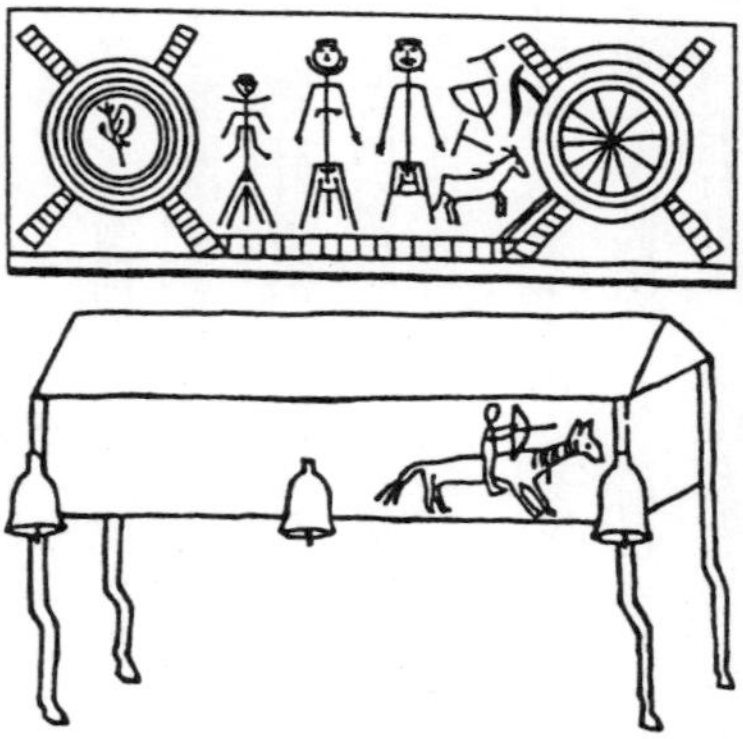

ブリヤート・シャーマンの霊具入れ長持ち2点。上図は馬の上部に簡略化された弓矢が描かれている。下図は馬の背に付ける長持ち。弓を構えた人物像が描かれている。(『図説シャーマニズムの世界』青土社より)

シャーマンは、太鼓の裏にそれを使用する儀礼の目的を暗示した練鉄製の小さな道具を付けるが、その道具の中に、弓と矢がある。その弓矢の助けでシャーマン自らが天界へ飛ぶ。太鼓はシャーマンの乗る馬として天界への旅に使われるが、同様に矢も飛行のシンボルとして付けられているそうである。

このように弓矢は、天界への飛翔の呪術機能を託されているのであるが、地下界へ下る呪術機能も付託されている。ホジェン（赫哲）族シャーマンは、葬送の儀式の中で死者の霊魂を平安に冥土に送るために、

霊魂よ、愛すべき霊魂よ、我は汝を保護し、神鷹と神箭の指示に従い、汝を冥土に送らん。

と歌う。(注11) 歌うだけなのか、弓射するのか、弓矢を死者に持たせるのか、その辺りの事は分からない。

先に述べたように、是川中居遺跡出土の小弓の素材は、復元力の乏しい「柳」であったが、岩手県方言では弓の材料である「梓」を「やなぎあんさ」と言う。漢字に当てれば「柳梓」であろうが、折

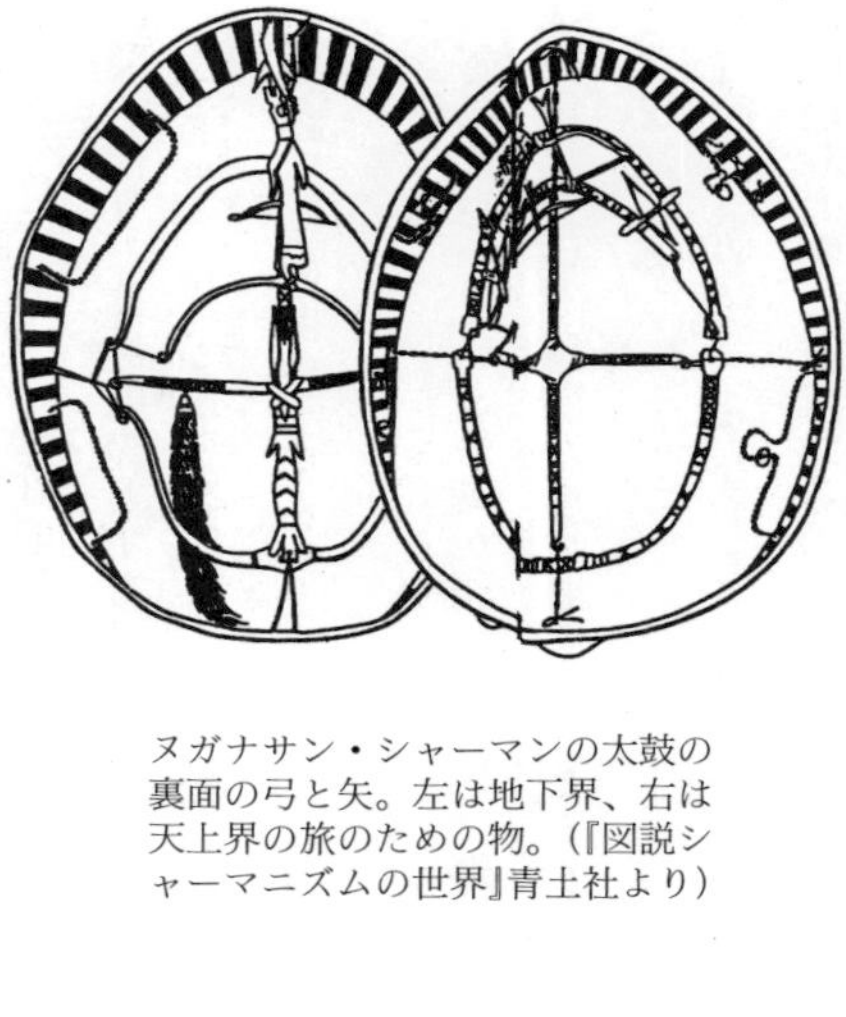

ヌガナサン・シャーマンの太鼓の裏面の弓と矢。左は地下界、右は天上界の旅のための物。（『図説シャーマニズムの世界』青土社より）

口信夫はなぜ「やなぎあんさ」と言うのか分からないと言う。(注12)

私はツングース族の末裔《まつえい》である満族やホジェン族、シボ（錫伯）族、蒙古族などアルタイ系シャーマン世界では、柳が神樹として崇拝されていることを思い合わせる。(注13) 満族シャーマンは、大昔、天神が腰に巻いていた柳の葉の上から、人間が生まれたという神話を伝えている。又、大昔、大洪水の時に一人生き残った男が、水に流され漂っていたところ、一本の柳の木が流れてきたので、それにつかまり死を免れた。柳の枝は美女と化し、二人は結婚し、その子孫が満族だという神語を伝えている。ホジェン族のシャーマンが手にする鼓槌は、乾燥した柳の木を芯にする。アムール川沿いに住むナナーイ族のシャーマンは、柳の木を削って木幣を作る。アルタイ系ダフール（達斡尔）族シャーマンは、二本指の太さの柳の木を湾曲させて直径六十センチ程の環を作り、神鼓の枠とする。これはダフール族だけではあるまい。柳の弓は、この柳の環を作る過程で容易に生まれるのである。このようなアルタイ系シャーマンの世界の柳崇拝思想が伝来、是川中居遺跡出土の柳の小弓を作らせ、「やなぎあんさ」の言葉を生んだのではないだろうか。

海彼《かいひ》のシャーマニズムの日本列島への伝播、それを「やなぎあんさ」という言葉が語っている。縄文遺跡から発掘される文物で用途不明の物には、しばしば祭祀用具という説明がなされる。私はその祭祀は具体的には海彼から伝播して来たシャーマニズムだと考えている。

炉と弓矢、尖石遺跡とシャイギン城址、石寨山遺跡、内蒙古遼城県遺跡、「やなぎあんさ」、時空を超えてシャーマン霊弓文化の広がりがあり、日本列島もその広がりの中に位置するのである。

三　呪術的弾弦の音

ビジュアルな例を挙げるならば、フランス旧石器時代後期のクニャック洞窟やニオー洞窟に描かれている狩猟をテーマにする原始絵画、二人の男が樹上の鳥を矢を番えた弓でねらっている前漢山東省曲阜県張家村出土の墓壁画像、田畑に飛んで来た鳥を弓矢でねらう後漢四川省成都郊外出土画像磚《タイル》等を見るならば、弓が狩猟の道具であり、人を射殺する道具であったことは疑いない。

しかし、前章で挙げた東北アジア諸地域での出土の文物は、弓が射殺の具のみであったのではなく、悪霊駆逐・降妖去邪の霊具でもあったことを示す。弓射の対象が、目に見える動物・人間から、目に見えない悪霊・妖魔へと及んでいるのである。

これらの場合は、矢を射て人間・動物・悪霊・妖魔を射殺・駆逐するのであるが、悪霊・妖魔などは弓射によらず、弦を弾く音で駆逐することがある。アルタイ系シャーマンが手にする太鼓や身に着けている鈴・鉄等のガラガラ音を出す聖具は、騒音で悪霊を脅かし駆逐させる目的があるのだが、繭糸で作った弓の弦も大きな快音を出すので、矢を射ることなく弦を弾く音で、害獣や害鳥を追い払うことができると同じように、目に見えない悪霊駆逐にも使われたのである。(注14)

現在、アルタイのシャーマンは太鼓を使うが、シベリアのオビ河下流ツンドラ地帯に住むユラーク人シャーマンは、呪歌の中で太鼓のことを「弓」「歌う弓」と呼んでいるので、シャーマン太鼓は二次的であり、シャーマンは元来弓を用いて諸霊を脅していたと考えられる。(注15)

芸能的な祭祀的な太鼓に比べると、弓は狩猟民族にとっては生活の具であるし、太鼓よりも作りやすい。したがって、太鼓よりは弓が先にあったであろうと考えられる。悪霊駆逐の目的のために弓がまず用いられ、太鼓がそれに取って代わったという筋道は理解できる。その筋道から、悪霊駆逐に重要な働きをしたのは、弓と太鼓に共通する「音」であり、弓のみに通じて太鼓には通じない「矢」ではないであろう。弓の弾弦の音が重要なのであって、重要であるからには、シャーマンの呪術においては、弾弦が弓射に先立っていたと考えられるではないか。

弓による悪霊駆逐の呪術とは逆に、レベジ河畔のシャーマンは、弓を用いて諸霊を呼び寄せている。(注16) 太鼓のドーンという音、弓の弦を弾いて出るビーンという音、これらの音に誘われて、諸霊が異界から出て我々を訪れると考えられているのである。

テュルク系民族のシャーマンがトランス状態に入る時に弓を使用、アルタイ地方でも小弓を用いて儀式をするから、小弓はおそらく一種の楽器として用いられたのであろう。太鼓を用いないキルギスのシャーマンは今日、弦楽器(コーブス)を伴奏しながら歌謡を歌うのである。

C・ブラッカーは日本の東北地方の盲目の霊媒が、諸霊を呼び寄せるのに弓を使うことを説く前置きとして、海彼のシャーマンを視野に置き、弓の機能について、

太陽の女神の霊媒が身につけていた弓矢も、同様に大陸のシャーマンの装具の中に見出される。そこでは弓は武器としてよりも、むしろ呪術的な音を出す道具であり、一弦の琴であって、びー

んと鳴らすと霊界に届く響きを発し、シャーマンがそれを扱って、その世界と交流できるようにする。

と述べている。(注17)

是川遺跡から赤漆塗り飾り弓が出土した時、喜田貞吉は『夷弓に関する憶説ー是川村遺跡の新発見に関連してー』という論文を発表し、(注18)津軽安東氏の末裔である秋田家の重宝として、長さ二尺三寸四分の短弓の伝来していることを挙げる。この小弓の弦は二本で、二本の弦の一端を上弭の一方の側にまとめて付し、他端を下弭の両側に一本ずつ付してあるそうである。喜田は、弦が二本であることは奇異であるし、その付け方も実用的でないので、後に改めたものかと言うが、改めるならばこのような妙な張り方はしないであろう。これは二本琴であり、弓と琴の接点を語るのである。

日本東北地方のシャーマンの名称イタコ(イチコ)が、モンゴル語の伊都干(idogan)、烏達干(odagan)、シベリアのudagan, utagan等の巫女を表す名称の系統に属することは、既に鳥居龍蔵以来指摘されているが、イチコは、死霊を招くときに梓弓と称する弓または一弦琴を奏でる。それと同じ構造を、この秋田家の小弓に見るのである。この弓の譲状には「元来秋田家の元祖の節、天より降す」と神秘的伝説が書かれているそうだが、装飾小弓ー二弦ー天という三点の形作るトライアングルは、アルタイ系シャーマニズムの呪術的弾弦の世界ではないか。

是川中居遺跡、中山遺跡、秋田家、イタコ、いずれも東北地方である。アルタイ地域からアムール河（黒竜江）を下り、サハリン経由、又は日本海を直接横断して文化伝播の考えられる地方であり、そこにアルタイ系シャーマニズムの弓の音を聞くことができるのである。

高句麗はツングース民族なので、アルタイ系文化は朝鮮半島経由でも伝播、西日本にも呪術的弾弦を伝えた。壱岐では、依り神であるヤボサ神の霜月二十八日の祭に、イチジョウと呼ばれる梓巫が、弓を叩きながら祭文「百合若説経」を語る。(注19) 備後の中部の家祈禱の行事では、神職が神を迎えるために、最初は梓弓の弦を片手で打ち、やがて両手で本調子の鳴弦に移り、弦を鳴らして「土公祭文」「手草祭文」を語って言葉の呪力で再生と豊饒の呪験を期待、最後に天と地に矢を放って悪魔払いをする。岩田勝は「祟らないようにもとの在所へ送り出すのに、現身を顕わにさせ、弓ではやして舞い遊ばせ、神がからせて鎮送したものと思われる」と説き、「家祈禱に、幻覚をよびおこすあずさの弓が用いられたのは、ゆえなしとしない」と述べている。(注20) 鳴弦と弓射、憑依と悪霊駆逐、弓の呪術的機能のすべてが含まれているのであるが、梓弓の機能に、幻覚を呼び起こす働きがあると信じられていたのである。

このように、音の呪術的目的に用いられる霊具は、日本では縄文時代から今日に至るまで弓の例が比較的多く見られるのであるが、海彼においては専ら太鼓である。先にも述べたように、海彼においてもシャーマンの霊具としては弓が太鼓に先だち、東北アジア全体が弓であったのだが、中央部から太鼓に代わっても、遠辺の島国にはそれが及ばず、かえって古風が残ったのである。海彼の民族は日常生活において獣と密接である狩猟民族であり、犠牲獣の観念もあり、獣の皮を使用する太鼓に移行しやすかったが、農耕民族である日本人にはそれが困難であり、元来の弓が温存されてきたのであろう。縄文・弥生遺跡から、太鼓の確たる遺物は出土していないのではないか(注21)。

以上述べたようなアルタイ系シャーマンの弓の呪術的使用について、エリアーデは『世界宗教史』で、弓がシベリア・シャーマン儀礼に見られることを言い、スキタイ人の神話と宗教においても一定の役割を担うことを指摘して、弓の呪術的役割の古例を、紀元前六世紀から三世紀にかけて、黒海からアルタイ地域に至る広範囲で活躍していたスキタイ民族に求めている(注22)。

海彼の状況をも考慮すると、弓の機能は次のように考えられる。

- 弓
  - 弓射
    - 狩猟・戦闘の射殺（1）……原始絵画
    - 悪霊駆逐・降妖去邪（2）……石寨山石鼓刻画、尖石遺跡の炉石刻画、シャイギン城址の鉄鏃、内蒙古遼代の箭
    - 弾弦
      - 悪霊駆逐・降妖去邪（3）
      - 諸霊憑依（4）……ハルヴァー、エリアーデ、縄文小弓、秋田家小弓
  - 弓太鼓
    - 飛翔（5）……モンゴル、ヌガナサン人シャーマン、ホジェン族

この五つの機能の展開の順序は、複雑に交じりあっていて、秩序立てることは困難である。折口信夫は「いったい弓というものは、はじめから霊的なものだ。魂の寓《やど》りと考えている。弦を引くと魂が出てくる。（中略）ところがこの弓が戦争に使われてくる。つまり、狩場に戦いに使うということに

なる。それは弓が神語を言い出すのだ。戦争は神語から、神の名告りから始まる」と、霊的存在から射殺的存在へという流れをいう。(注23)だが、狩猟または戦闘での弓の威力が目に見えない悪霊駆逐に転じたと考える法が自然であろう。（3）と（4）は平行するのかもしれない。中国の研究者はシャーマンの「祈禱声は箭を発射する音の如し」とシャーマンの呪術の声は弓音に通うというのであるが、(注24)悪霊駆逐・降妖去邪（3）の機能ならば、小弓よりは大弓の方が音は大きい。是川中居遺跡や中山遺跡の小さな非実用的飾り弓や秋田家重宝の小弓は、諸霊憑依（4）のための弦楽器と考えられるのである。諸霊憑依（4）の音は、弦を叩いたり弾いたりする程度であるから、大きな音色とは思われないが、後述、万葉歌の「梓弓爪《つまび》引く夜音《よと》の遠音《とほと》にも」（巻四・五三一）から察すると、ある程度は響く音を弾き出したのであろうか。

四　日本神話の呪術的弾弦の音

弓本来の機能である射殺（1）は、目に見えるものを対象とするが、知覚できない悪霊を対象にすると（2）になる。『出雲国風土記』嶋根郡加賀郷の地名説話で、支佐加比売が「闇き岩屋なるかも」と言って「金弓を以つて射給ふ時」光り輝いたので加賀というとあるが、岩屋の中の悪霊を駆逐したので明るくなったというのであろう。加賀神埼の条にも類似説話があるが、ここでは、行き止まりの洞窟を金弓で射通したことになっている。洞窟に穴が開いたので光が射し込んだという設定であるが、本来は射通したのではなく、悪霊を駆逐したのであろう。洞窟の中には、つむじ風を起こし船を転覆させる悪神が住むと述べているのであるから。

呪術的弾弦による悪霊駆逐の例が『日本書紀』にある。五世紀の雄略天皇二十三年八月、吉備臣尾《きびのおみお》代《しろ》は征新羅将軍として吉備国まで下ったが、時に天皇亡くなり、それを聞いた征新羅軍の中の蝦夷《えみし》が反乱を起こす。尾代と蝦夷との弓射による戦いが始まったが、蝦夷は巧みに矢を避ける。

蝦夷等、或いは踊り、或いは伏す。能く箭を避《さ》り脱《さ》る。終に射るべからず。これを以て、尾代、空しく弓弦弾《うち》す（原文「空弾弓弦」）。海浜の上にして、踊り伏しし者二隊を射死す。二箙《やなぐい》の箭既に尽きぬ。（『日本書紀』雄略天皇二十三年八月七日条）

「空しく弓弦を弾」いたのは、箭が尽きたからではないこと、その後に「二隊を射殺す。二箙の箭既に尽きぬ」で明らかである。敵前でただ空しく弦を弾くはずはない。弦を鳴らして邪霊を払う、すなわち鳴弦の呪術を行ったので二隊を射殺することができたというのである。

谷川士清《たにかわことすが》『日本書紀通証』は「鳴弦」の文字初出を、次の資料によって舒明天皇九年条とする。蝦夷征伐に派遣された上毛野君形名《かみつけののきみかたな》の城は、蝦夷に囲まれ、兵士は城から悉く逃げ出した。時は日暮れである。形名も逃げ出そうとしたが、妻が励まし、蝦夷を打ち敗る。

親ら夫の劒を佩き、十の弓を張りて、女人数十に令して弦を鳴らさしむ（令女人数十俾鳴弦）。

既にして、夫、更《さら》に起《た》ちて、仗を取りて進む。蝦夷以為《おも》はく、軍衆猶《なほ》し多なりとおもひて、稍《やうやく》に引きて退く。是に、散《あら》けたる卒更に聚《つど》ひて、亦振《またいくさととの》旅ふ。蝦夷を撃ちて大きに敗りて、悉《ことごとく》に虜《とりこ》にす。

（舒明天皇九年是歳条）

蝦夷が「軍衆猶し多なり」と思ったことから察すると、夕暮れに紛れて十張の弓の弦を鳴らすことによって、女人ではなく、多くの男兵士がいるように見せかける手段であったのである。矢を放つことをしなかったのは、矢を無駄にしないためか。そう考えると、「鳴弦」の語句はあるが、鳴弦の呪術とはいえない。したがって、正確に言うならば、平安時代以降に見られる鳴弦の呪術に相当する語句を、それ以前に求めるならば、それは「鳴弦」ではなく「弾弓弦」すなわち「弾弦」である。

呪術的弾弦は天岩戸神話に見ることができる。『古事記』『日本書紀』においては専ら飾り付け製作の事がらが詳しく、どのような方法で岩戸に篭る天照大神を誘い出したかは簡略である。太玉《ふとだま》命または天児屋《あめのこやね》命が祝詞を挙げ、天宇受売《あめのうずめ》命が舞い、天手力雄《あめのたぢからお》神が戸を開けたということだけである。祭祀であるからには、特に天宇受売命が舞うからには、神楽が奏されたであろうが、どの書も触れていない。

これに答えてくれる伝承が『上代本紀（御鎮座本紀）』『本朝事始』『神祇本源』『康富記』等にあり、これらを元にして平田篤胤は、次のように『古事記』『日本書紀』を書き改める。

> 天宇受売命を神楽の長と為し、天香山《あまのかぐやま》の竹を採りて、其の節の間に彫孔して吹き鳴らす。木木合合して安楽の声を備ふ。天加奈止美《あめのかなとび》命、天香弓《あめのかぐゆみ》六張を並べて、狙遠賀世《さるのをがせ》を緒と為す。其の子長白羽命、左右の手に茅と菅を持ちて奏する時、金色の鵄《とび》高幡の上に居り。是れ倭琴の起源、須《す》賀加伎《がかき》の縁なり。
>
> （平田篤胤『古史伝』［四十九］）

弓の弾弦的使用であり、それは弦楽器である。そのような弦楽器の演奏の中で、天宇受売命は「神懸り」（『古事記』）「顕神明之憑談」（『日本書紀』）になるのであるから、先の弓の機能の諸霊憑依（4）である。

このように、弓は音により威嚇して悪霊を駆逐するだけではなく、逆にその音色によりエクスタシーに陥り、諸霊を招き寄せる憑依の働きをも持っていたのである。伊勢貞丈は「貞丈、按《あん》ずるに、弦を鳴らして何を何とかしたるといふ、其の徳を記したる事、神代の紀に見えず」（『鳴弦蟇目《めいげんひきめ》考』）と言いながらも、「鳴弦し蟇目を射て、妖怪の邪気を退ける事、古代より其の例あり」と言う。神代においても弾弓による諸霊憑依は考えられるし、古代においての悪霊駆逐の例のある事、上述のごとくである。貞丈の言からは「鳴弦」が弓射か弾弦かは明確ではない。

五　万葉歌の呪術的弾弦の音

弾弦によってエクスタシーの状況になり、憑依を引き起こす現象は『古今集』の歌にもあり、しかも歌い込まれている弓は、東北の岩代国安達郡安達太郎山産の「まゆみ」である。

陸奥の安達のまゆみ我が引かば末さへ寄り来忍び忍びに　（巻二十・一〇七八）

巻二十の「神遊びの歌」としてまとめられている歌の多くは神楽歌であるが、「採り物の歌」と題する一群の歌六首がある。「採り物」というのは、神遊びの舞で舞人が手に持つ物で、それに神霊が憑き依る。その時に歌われる六首の中の一首が「陸奥の安達のまゆみ」の歌で、採り物は「弓」である。「末さへ寄り来忍び忍びに」は「将来に至るまで密かに我に寄れ」と恋歌にも読み取れ、平安末の『顕昭古今注』で「恋によせてよめる也」として以来、多くの注釈は恋歌として解釈する。

しかし、採り物の歌であるから寄り来るのは神霊でなければならない。「我が引かば」の「我が」は巫女で、「引く」は「弾く」と「惹《ひ》く」を掛ける。巫女が弓を弾いて呪力で神霊を惹き付けようとするのであり、憑依現象を求めているのである。この歌は作者不詳であるが、『古今集』の作者不詳の歌には、万葉時代と考えられるものもある。神歌であるということからも、伝来の古さを感じさせるのである。

既に西村真次は、万葉歌の弓矢に関して、アルタイ系民族との関係を述べている。(注25)

大夫《ますらを》が得物矢《さつや》手挿《たばさ》み立ち向かひ射る円方《まとかた》は見るに清潔《さや》けし　（巻一・六一）

のサツヤ（原文「得物矢」）は、「猟矢」と書くのは当て字で、サツはツングース語系のSalと同源の矢を意味する語であるという。サツヤは「幸矢」（中西進[注26]）、「猟の獲物をとる矢」（澤瀉久孝[注27]）、「矢をほめていう語」（伊藤博[注28]）と説明されているが。矢を入れる「靫（ゆぎ）」の語句が巻三・四七八、四八〇にあるが、比較言語学の村山七郎は「靫（yuki）」はツングース語系の「運ぶ」「担う」意の、例えばエヴェンキ語のyuguと同源とする。[注29] サツはSalで、日本列島に流入して語源が分からなくなり、当て字されたのであろうか。

また西村は、

紀の国の昔弓雄《さつを》の響矢《なりや》用ち鹿《か》取り靡《なび》けし坂の上《へ》にそある　（巻九・一六七八）

の「響矢」は、東北アジア民族特にトルク・蒙古に愛用された鳴鏑《なりかぶら》で、全モンゴルを統一した匈奴《きょうど》の冒頓単于《ぼくとつぜんう》が優秀な鳴鏑を作ったことが『史記』匈奴伝にあることを挙げ、「日本固有文化の系統はそれと知られる」と述べるのである。

私は、万葉歌を弓の音の視点から考えてみる。

聖武天皇は海上《うなかみ》女王に、

赤駒の越ゆる馬柵《うませ》の結びてし妹が情《こころ》は疑ひもなし　（巻四・五三〇）

という歌を贈った。「馬柵のように固く囲いをしてあるので、（久しく会ってはいないが）貴女の心変わりなどを疑う余地はない」というのである。天皇の歌に対して海上女王は、

梓弓爪引く夜音の遠音にも君が御幸《みゆき》を聞かくし好《よ》しも　（巻四・五三一）

と和している。弓の狩猟や戦闘のための使用ならば、「爪引く」などはありえないし、「音」は矢を放つ音ではない。弦を爪弾いているのであり、夜であるから遠くまで響く。これが「遠音」である。『新日本古典文学大系』が弦の爪弾きを悪霊駆逐（3）とみるのはいいが、「禁中の警固の衛士が弓に張った弦を爪音高く引きならし、汚れ、邪気、悪霊などを退散させる鳴弦の呪法」とするのはいかが。爪引く程度では、高く引き鳴らすこともできず、したがって鳴弦の呪法にはならないであろう。伊藤博は「魔除けに梓弓を爪引く夜の弦打の音が遠く聞こえますが、その音のように遠くから聞こえてくる噂にだけでも」と解釈する。「梓弓爪引く夜音の」は「遠音」の序で、「君が私の所にお出ましくださるという人伝ての噂だけでも嬉しい」とも思われるが、諸霊憑依（4）を生かすならば、遠くまで響く夜音の遠音に乗って、神霊が依り憑くように、君がお出でになるという噂がこちらに依り憑くのは嬉しいことという解釈も可能かもしれない。

この歌の評で木下正俊は、柳田国男「巫女考」が参考になるとする。（注30）梓の弓について、「此は梓が弓を製するに適したと同時に、榊《さかき》などの如く特に神の依坐《よりまし》に適して居た為に其枝の代りに之で造った

弓を用ゐたのかとも見えるが、近世の大弓などゝ云ふ盲の巫女は竹の弓を持ち、且つ口寄《くちよせ》の時に臨んで必ず其弦を鳴すと云へば（新篇常陸国誌巻十二）、弓と云ふことが一の要件である」[注31]という記述等が参考になるというのであろう。中国には早くから弓を霊具とみる観念のあったことは、先に述べた。中国の弓の素材は分からないが、中山太郎は、梓弓は中国からの輸入品であるとしている。[注32]柳田とても「梓」という素材の霊性を全く否定しているわけではなく、それよりも「弓」が重要であるというのであるが、弓の機能が、狩猟又は戦闘のための弓射だけではないことを、指摘しているのである。

越中守大伴家持は、右大臣藤原豊成の次男が慈母を失ったことを遥かに聞き、長歌で挽歌を作り贈る。その中で、「遠く遥かに聞けば悲しくて」と、

……狂言《まがこと》や　人の云《い》ひつる　逆言《およづれ》を　人の告げつる　梓弓　爪ひく夜音の　遠音にも　聞けば
悲しみ　にはたづみ　流るる涙　留みかねつも
（巻十九・四二一四）

と歌う。単に「遥かに聞けば」ではなく、「梓弓爪ひく夜音の遠音に乗ってきた悲報」という感情を裏に秘めているのではないか。

弓は引くと本と末が引く者の方に寄るので、「寄る」の枕詞になると一般には説明されている。「梓弓」と「末」と「寄る」が読み込まれている、例えば

梓弓末はし知らずしかれどもまさかは君に寄りにしものを　（巻十二・二九八五）

一本の歌に曰はく、梓弓末のたづきは知らねども心は君に寄りにしものを

などは、そう説明できるが、「末」の読み込まれていない場合は、どうであろうか。先に挙げた弾弦による憑依現象を歌う古今歌のキーワードが、「弓」「ひく（引く・弾く）」「よる（寄る・依る）」であったことからも、この類の語を含む万葉歌も、弾弦の音に乗って霊が依り憑くので「寄る」という憑依現象を歌っていると考えることができるのではないか。

梓弓欲良《よら》の山辺の繁《しげ》かくに妹《いも》ろを立てて寝処《ねど》払ふも　（巻十四・三四八九）

東歌であるが、「梓弓」が「欲良」に繋がる理由を、「梓弓に霊が依り憑くという欲良」と、ほとんどの注が諸霊憑依説である。この解釈を採ったのは折口信夫の『万葉集総釈』第七巻(注33)が早い方である。

久米禅師が石川郎女にプロポーズした時に、将来の不安の気持ちを表した石川郎女の歌、

梓弓引かばまにまに依らめども後の心を知りかてぬかも　（巻二・九八）

についても、『日本古典文学全集』は、「梓弓」と「依る」の関係を「梓弓を引き鳴らすと霊魂が寄るという連想にもとづく」とし、伊藤博も同じ見解を記している。『新日本古典文学大系』は、霊の「憑り付く」説明として、先の「梓弓欲良の山辺の」（三四八九）を引く。

そうであるなら、両人の一連の歌、

み薦《こも》刈る信濃の真弓わが引かば貴人《うまひと》さびていなと言はむかも　久米禅師（巻二・九六）
み薦刈る信濃の真弓引かずして強《し》ひざるわざを知ると言はなくに　石川郎女（巻二・九七）
梓弓弦緒《つらを》取りはけ引く人は後の心を知る人そ引く　久米禅師（巻二・九九）

も、同様に考えなければならないであろう。

梓弓引きみゆるへみ思ひ見てすでに心は寄りにしものを　（巻十二・二九八六）
今さらに何をか思はむ梓弓引きみゆるへみ寄りにしものを　（巻十二・二九八九）

この二首は一般には、矢を番えて弦を引くから、弦が射手の方に寄ると解されているが、「み」は相対する行為が交互に起こる意を示すから、「繰り返し繰り返し梓弓を引いたり緩めたり」となる。しかし、弓射では「引きみゆるへみ」すなわち、弦を引いたりゆるめたりはしないこと「梓弓引きてゆるへぬ大夫《ますらを》や」（三六七）が示している。「引きみゆるへみ」ができるのは、弾弦であるからである。諸霊が依るように心はあなたに寄っていると考えられるのである。

弾弦による憑依にたいして、弾弦による悪霊駆逐の呪術かと思われる歌も見られる。

天皇の宇智の野に遊猟《みかり》しましし時に、中皇命《なかつすめらみこと》の間人連老《はしひとのむらじおゆ》をして獻らしめたまへる歌

やすみしし　わご大君の　朝《あした》には　とり撫《な》でたまひ　夕《ゆふへ》には　い縁《よ》せ立たしし　御執《みと》らしの　梓の弓の　中弭の　音すなり　朝猟《あさかり》に　今立たすらし　暮猟《ゆふかり》に　今立たすらし　御執らしの　梓の弓の　中弭の　音すなり　（巻一・三）

が、そのように解釈されている。狩に出る前に弭の音を立てているのであるから、獲物を対象にしているわけではなく、矢を番えてもいないと考えられるから、弾弦によって音を立てているのである。中西進は「弦鳴は除魔の呪法」と注し、伊藤博は、「悪霊を鎮める儀式として弓弦によって鞆《とも》の音を故意に鳴り響かせる習いがあった」とし、その例として後掲「ますらをの鞆の音すなり」（巻一・七六）を挙げて、七六の歌は「まぎれもなくさような呪的行為による音と見られる。今の長歌の『中弭の音』も同類の音にちがいない」とするのである。

後掲の歌というのは、題詞に「和銅元年戊申《ぼしん》天皇御製歌」とある元明御製、

ますらをの鞆の音すなりもののべの大臣《おほまへつきみ》楯立つらしも　（巻一・七六）

である。

「物部のおほまへつきみ」は石上《いそのかみ》朝臣麻呂である。賀茂真淵『万葉考』は蝦夷討伐の戦備の歌と見、澤瀉久孝も「儀式と見るよりは戦備」というが、「物部麻呂朝臣、大盾を樹《た》つ」（『持統紀』四年正月・天皇即位条）、「大嘗。直広肆《じきこうし》榎井朝臣倭麻呂、大楯を竪《た》つ。直広肆大伴宿祢手拍《たうち》、楯桙を竪つ」（『続日本紀』文武二年十一月）などの記録は、大嘗会に盾を立てる儀式のあったことを示す。元明天皇は前年の慶雲四年（七〇七）七月に即位しているので、この歌も大嘗会の儀式であろう。

儀式として盾を立てるのであるならば、「鞆の音」も儀式であろう。伊藤は「『鞆の音』は、ここは、悪霊を鎮めて幸いを予祝するために、鞆に弓弦を当てて起こす音」と言うが、その音は矢を射ることにより生じた音なのか、弦を弾くことにより生じた音なのか。前者なら前述弓の機能の分類の悪霊駆逐・降妖去邪（2）であるし、後者なら（3）になる。「鞆の音すなり……楯立つらしも」という「なり」と「らし」の呼応は、「音」と「盾」とは深い関係にあることを示し、伊藤は楯に向かって矢を射るとするが、盾を立てると共に矢は射ずに弦のみを弾いて音を響かせるのか、両様に取れ、（2）か（3）かはっきりしない。矢を盾に向かって射る儀式であれば、先の正史の記録でも盾に矢を射ることが記されるのではないか。盾のみで弓射の書かれていないのは、矢は射ず弦を弾くだけの可能性が強い。弾弦（3）である。

なお伊藤が弓を射たことを言いながら、鳴弦（私の言う「弾弦」）とするのは正しくない。鳴弦というのは、矢を放つことなく弦を弾く音で悪霊を威嚇することで、悪霊駆逐（3）であるからである。『新日本古典文学大系』が「鳴弦」としていないのは、このゆえであろうか。

五世紀以後、万葉の世界には弾弦による諸霊憑依（4）も悪霊駆逐（3）も行われていたことが分かった。万葉歌（巻二・九六～九九、巻四・五三一、巻十二・二九八六、巻十二・二九八九、巻十四・三四八九、巻十九・四二一四）の諸霊憑依（4）は、アルタイ系シャーマニズム文化圏の中に位置付けることができるが、悪霊駆逐（3）は、万葉歌を除いては同文化圏内に具体的霊を見いだすことができない。その意

- 弓
  - 弓射
    - 狩猟・戦闘の射殺（1）……原始絵画
    - 悪霊駆逐・降妖去邪（2）……石寨山石鼓刻画、尖石遺跡の炉石刻画、シャイギン城址の鉄鏃、内蒙古遼代の箭
  - 弾弦
    - 悪霊駆逐・降妖去邪（3）……雄略紀、万葉歌（巻一・三、巻一・七六）
    - 諸霊憑依（4）……ハルヴァー、エリアーデ、秋田家小弓、万葉歌（巻二・九六～九九、巻四・五三一、巻十二・二九八六、巻十二・二九八九、巻十四・三四八九、巻十九・四二一四）
- 弓太鼓　飛翔（5）……モンゴル、ヌガナサン人シャーマン、ホジェン族

味では、前章で挙げた『雄略紀』と万葉歌（巻一・三、巻一・七六）は貴重な資料である。

先の分類に、万葉歌をつけ加えておこう。狩猟または戦闘（1）は例を挙げるまでもないので挙げない。

おわりに

以上、万葉歌の弓の音に、弾弦による悪霊駆逐・降妖去邪（3）と諸霊憑依（4）というアルタイ系シャーマニズム世界の範疇に属する呪術的機能のあることを明らかにした。

『日本書紀』『万葉集』など古代の史料の示す弓の呪術的作用は、それが弓射によるのか弾弦によるのか明確ではない場合が多い。平安時代になると「鳴弦」の語句が見られるので、「鳴弦」の語句で古代も説明しているものもあるが、古代の鳴弦には弓射も弾弦もある。そこで、私は「鳴弦」の語句を使用せずに「弾弦」を用いたのである。古代の弓の呪術的作用は弓射と弾弦、平安以降の鳴弦は弾弦のみである。そのことは鳴弦の別名として「弦打ち」の語句のある事が示している。

「弦打ち」は、後一条天皇誕生を記した寛弘五年九月十一日の『権記』『紫式部日記』、『宇津保物語』国譲巻、『源氏物語』夕顔巻、『禁秘御抄』上巻恒例毎日次第の「早旦供御湯」、同書下巻「雷鳴」、『侍中群要』巻二「日中行事」、巻四「御湯殿事」「名謁事」等に見られる。

古代においては、悪霊駆逐・降妖去邪は弓の弦の発する音がその役割を担っていたのであるが、今日ではいかにもその役割にふさわしく、しかも直接的で効果のありそうにに思われる矢が、その役割を担う。正月の破魔矢がそれである。

注1 『後漢書』『魏志』挹婁伝（井上秀雄他訳注『東アジア民族史1正史東夷伝』東洋文庫・平凡社・一九七四年）
2 『秋田魁新報』一九九一年四月二七日付
3 拙著『万葉歌のなかの縄文発掘』の第三章「縄文石に描かれた神話」（小学館・一九九九年）
4 注3の第六章「縄文の音楽」
5 アレクセイ・オクラードニコフ著、加藤九祚・加藤晋平訳『シベリアの古代文化―アジア文化の一源流―』（講談社・昭和四九年）、斎藤君子『シベリア民話への旅』（平凡社・一九九三年）
6 王貴元『女巫与巫術』（中国・河北人民出版社・一九九一年）
7 孟慧英『中国北方民族薩満教』（中国・社会科学文献出版社・二〇〇〇年）
8 王宏剛「薩満教叢考」（『東北亜歴史与文化』中国・遼沈書社・一九九一年）
9 『北方の民族と文化』（山川出版社・一九九一年）
10 ミハーイ・ホッパール著・村井翔訳『図説　シャーマニズムの世界』（青土社・一九八八年）
11 注6に同じ。
12 「梓及び梓弓」（『折口信夫全集ノート編』第三巻・中央公論社・昭和四六年）
13 例えば、富育光・孟慧英『満族薩満教研究』（中国・北京大学出版社・一九九一年）、張紫晨著、伊藤清司・堀田洋子訳『中国の巫術』（学生社・一九九五年）、季永海・趙志忠「薩満教与満族民間文学」（『阿尓泰語系民族叙事文学与薩満文化』中国・内蒙古大学出版社・一九九〇年）等がある。その他。

14 ウノ・ハルヴァ著、田中克彦訳『シャマニズムアルタイ系諸民族の世界像』（三省堂・一九八九年）
15 注14に同じ。
16 注14に同じ。
17 『あずさ弓』上・下（岩波書店・一九七九年、同時代ライブラリー・一九九五年）
18 『東北文化研究』第一巻第五号（東北帝国大学法文学部内奥羽史料調査部編集・昭和四年一月）
19 山口麻太郎『百合若説経』（一誠社・昭和九年）
20 岩田勝『神楽源流考』（復刻版・名著出版・一九八三年）
21 縄文中期の中部高地や南関東地域から出土する口辺に多孔を持つ有孔鍔付《ゆうこうつばつき》土器《どき》を、太鼓と見る説もあるが、酒造器説が有力である。注4参照。
22 『世界宗教史』2の第十章九一「『幻視』から知識へ」（ちくま学芸文庫・二〇〇〇年）
23 注12に同じ。
24 季永海・趙志忠訳注「尼山薩満」（中国『満語研究』一九八八年、第二期）
25 『万葉集の文化史的研究』（東京堂書店・昭和三年）
26 『万葉集全訳注原文付』（一九七八年・講談社）。本稿引用の万葉歌及び歌番号は、本書による。
27 『万葉集注釈』（中央公論社・昭和三二年）。以下、澤瀉の説は本書による。
28 伊藤博『万葉集釈注』（集英社・一九九六年）。以下、伊藤の説は本書による。
29 「日本語の系統」（江上波夫編『民族の世界史2日本民族と日本文化』山川出版社・一九八九年）
30 『万葉集全注』巻第四（有斐閣・昭和五八年）
31 「巫女考」の「オシラ神」章（『柳田国男全集』第九巻・筑摩書房・昭和四四年）
32 『日本巫女史』（増補版・パルトス社・二〇〇〇年）

33 楽浪書院・昭和一一年。それの私家版『東歌疏』(『折口信夫全集』一三巻)に「霊弓の音に神がよることの連想」とする。

［補］本稿は日本古代文学を、縄文時代から平安時代へ、西アジアから日本列島へ、という時空の広がりで考えている一連の拙論「万葉歌の北の思想」(Ⅰ～Ⅹ)その他、及び『万葉歌のなかの縄文発掘』(小学館)等と深い関わりがある。参考にしてくだされば幸いである。

上代語における「音」に関しての私見

鶴　久

はじめに

「音」は物の振動によって生じると言われている。乳子も生まれてからは視覚より聴覚の方が知覚が早いという。音が人間においても如何に関わりが深いかは想像に余りある。生活の場を見ても種々様々な「音」が存在する。万葉集における音にしても例外ではない。鳥の囀り、波や風や川の音、あるいは舟を漕ぐ楫の音…等、枚挙に遑がない。というより言語そのものが元来「音」である。集中の表記を一瞥しても、阿《あ》・伊《い》・宇《う》・衣《え》・於《お》・万尓《まに》・南牟《なむ》・越乞《をちこち》・濫《らむ》・久良三《くらさむ》…の如き漢字の音を用いた音仮名、漢字の訓のみを借りた八間跡《やまと》・者田為々寸《はたすすき》・苅核《からさね》・小竹櫃《しのひつ》・鶴鴨《つるかも》・十方《とも》…の如き訓仮名も音・訓は別として「音」との関係《かかわり》が深いことを物語っている。

言云者《ことにいはば》三々二《みみに》田八酢四《たやすし》小九毛《すくなくも》心 中二《こころのうちに》我念羽奈九二《あがもはなくに》　（巻十一・二五八一）

燈《ともしび》 之《の》陰《かげ》尓《に》蚊《か》蛾《が》欲《よ》布《ふ》虚蟬《うつせみ》之《の》妹《いも》蛾《が》咲《ゑ》状《まひ》思《し》面影《おもかげ》尓《に》所見《みゆ》　（巻十一・二六四二）

のような数字の戯れにせよ、連想的用字にせよ、音との関連において使用された筆録者の意図的な文字用法である。「牛鳴《む》」「喚鶏《つつ》」「喚犬追馬《まそ》」「神楽声《ささ》」等も擬声語によるものであり、「二二《し》」「重二《し》」「並二《し》」「二五《とを》」「十六《しし》」「八十一《くく》」も漢籍の「二八〈十六〉」「三五夜〈十五夜〉」と同じく掛け算の九《く》九《く》の呼び声によった数の遊戯に基づく文字用法である。「毛人髪《こちたし》」「味試《なむ》〈嘗〉」「火《なむ》〈南〉」「義之《てし》〈大王＝手師〉」「少熱《ぬる》」「左右手《まで》」「諸手《まで》」「二手《まで》」「左右《まで》」は義訓の音だけを使用したものである。「三伏《つ》一向《く》」「一伏《こ》三起《ろ》」「切木四《かり》」などは古代朝鮮の柶戯《ゆつのり》〈現在は윷놀이《ゆんのり》という〉の目の名の発音に由来するものである。

垂乳根《たらちね》之《の》母《はは》我《が》養《かふ》蚕《こ》乃《の》眉 隠《まよごもり》馬声蜂音石花蜘蟵荒鹿《あるか》異母《いも》二《に》不相而《あはずして》　（巻十二・二九九一）

…毎見《みるごとに》恋《こひ》者雖益《はまされど》色二《いろに》山上復有山者《ば》一可知美《ひとしりぬべみ》　（巻九・一七八七）

も極めて技巧的な戯書である。「欝《いぶせく》」を「馬声蜂音石花蜘蟵《いぶせくも》」と表記したのは、文献時代以前におけるハ行子音は〔P〕であり、萬葉時代は少くとも〔P〕か〔PF〕か〔F〕であったと推定され、現代語のように〔h〕ではなかったからである。されば今日のヒーの発音は当時馬のイナナキにはほど遠く感じられイーンと感得していたのである。イナナク・イバユも馬の鳴き声に由来し、「馬声」はイを表わす。「蜂音」も勿論擬声語である。「石花」は海岸の石につくセ─という花のような甲殻類の一種である。「出」を「山上復有山」と表記するが如きは「出」が山─の上に山─を重ねた字形によるもので、漢籍〈例えば玉台新詠〉にお手本があり、当時の識字層の娯楽でもあった。江戸後期の筑前の儒学者亀井南冥の娘に南冥の高弟が贈ったプロポーズの五言絶句

君王上無点〈君王上に点無くんば〉
我出頭成天〈我頭を出して天とならん〉

等にも命脈が保たれている。即ち、「主」は「王」の上に「丶」があり、「天」字の頭を出すと「夫」となる。つまり、「貴女に意中の人がいらっしゃらなければ私がなりましょう」というのである。わずか一例を挙げただけであるが集中の文字用法からしても、如何に「音」と濃いかかわりがあるか十分に理解されるであろう。したがって、当時の人々が話していたであろう言葉の「音」についていささか言及してみたいと思う。

一　萬葉時代の母音〈オ列甲類音〉

周知の如く本居宣長の発見〈石塚龍麿の実証〉、橋本進吉の再発見・実証考察による、いわゆる「上代特殊仮名遣」の存在事実が確認され、今日のアイウエオという五母音だけでなく、イ列・エ

列・オ列には中舌母音的な母音が存在し、当時八母音であったことが明らかになって通説となり、定説化している。つまり、キ・ヒ・ミ、ケ・ヘ・メ、コ・ソ・ト・ノ・モ（古事記においてのみ）・ヨ・ロの十三音には二種類の母音が存在していたということである。勿論その他のア行の衣〔e〕とヤ行の延〔ye〕の区別はアとヤ、オとヨの区別と同様、ア行とヤ行の差異であり、醍醐・村上帝の頃まではその区別が残存していたと考えられている。さらに、有坂秀世・池上禎造によって上代日本語にもウラル・アルタイ系言語に存在するという母音調和の名残が遺影を止めていたことが明らかにされた。即ち、男性母音（陽性母音）〔a〕〔u〕〔o〕は同一語根内では男性母音としか結合せず、女性母音（陰性母音）〔ö〕〈試みに中舌母音を表わす〉は女性母音同志でしか結合しないという現象である。このことは系統問題とともに種々の多くの事象との関係も明らかにされつつあり、上代文献の訓みや意味の決定・語法・語源解釈・テキストクリティーク…等にも大きな影響を与えてきたのである。ただし上代日本語における男性母音は〔a〕〔u〕〔o〕の三つであるが、対する女性母音は〔ö〕だけであり、非常にアンバランスである。今、ウラル・アルタイ系言語といわれる言語の実態を示すと、例えば

朝鮮語 ＜ 男性母音 a o ɐ / 女性母音 ə u ɯ　i

トルコ語 ＜ 男 u o l a / 女 ü ö i e

蒙古語	男	a o u	i
	女	e ö ü	
ハンガリー語	男	a o u　u ā ō ū	e ë i ï
	女	ɛ ö 〔e〕　ü ɛ̈ ö ü	
フィンランド語	男	a o u	e i
	女	Y æ ϕ	

の如くシンメトリカルな対をなしている。これに対して上代日本語の男性母音と女性母音の在り様は極めてイビツと言うべきである。されば上代日本語だけが、どうしてこんなイビツな状態であるのか疑問が生じてくるのは当然であろう。四十五・六年前に発表したのであるが〈上代特殊仮名遣の消滅過程について（文学研究55輯・九州大学文学部）〉、野・角・楽シ・偲フ・篠…はヌ・ツヌ・タヌシ・シヌフ・シヌであり、ノ《甲》・ツノ《甲》・タノ《甲》シ・シノ《甲》フ・シノ《甲》…は〔u〕・〔o〕の交替形であり、文献時代以前のことではあるが、コ《甲》ソ《甲》ト《甲》ノ《甲》モ《甲》ヨ《甲》ロ《甲》等の甲類音は派生音ではなかったか、そしてノ《甲》だけが他のオ列甲類音に比し発生が遅れ、文献時代に入ってもヌ・ノ《甲》が併存していた名残があったことに言及したのである。これにはいろいろの点が考慮されるのであるが、詳細は拙者「萬葉集訓法の研究（p 309〜p 348）」に譲りその骨子だけを要略することにする。

第一にノ《甲》の音節だけが専用字母の存在を認め難いのである。ノ《甲》音を表記したとおぼしき仮名字母は上代文献では奴・努・怒・弩など、あえて加えれば農・濃・莚・沼・渟などであるが、集中では怒・努・弩である。ただし、農・濃はヌ音の表記にしか用いられていず、莚もヌの仮名であり、訓仮名沼・渟もヌである。そして、「麻《ま》斯《し》提《て》斯《し》農《ぬ》波《は》由《ゆ》（巻五・八〇三）」や「都《つ》奴《ぬ》臣・都《つ》奴《ぬ》賀《が》（古事記）」等は例外として残るが、有坂秀世「上代音韻攷」や大野晋「奈良時代のヌとノの万葉仮名について（萬葉第十二号）」では二重形として認められている。古事記・万葉集では奴は完了・打消の助動詞ヌなどを表記する場合に用いられ、努・怒・弩は野・角・楽し・偲ふ・篠などの表記に用いられて、表記字母によって判然と区別されているからである。しかしながら、このように奴と努・怒・弩とが区別されて用いられているのは上代文献でも古事記や万葉集巻五の憶良歌の一部、巻十四の東歌の一部、巻二十の防人歌とその他一部の例外を除く万葉集に限られていることを看過してはならない。言うまでもなく、中国における何時時代の音〈上古音、中古音など〉を反映しているか考察することは極めて重要なことであるが、我国の当時の筆録者たちが如何なる国語音を表記するのに用いたかを帰納的に考察することも揺がせにできないであろう。というのは、オ列甲類音はウ列音と交替し、日本書紀においては、奴・怒・努は素・図・漏の字母と同様にオ列甲類音とウ列音の表記に複用されているからである。したがって、野・角・楽し・偲ふ…などの訓はヌ・ツヌ・タヌシ・シヌフであるのか、ノ《甲》・ツノ《甲》・タノ《甲》シ・シノ《甲》フであるのか、あるいは両者交替して二重形をなしているのか、またその二重形は如何なる原因によって生じたのか、二重形の本来の語形はヌ・ツヌ・タヌシ・シヌフであるのか、ノ《甲》・ツノ《甲》・タノ《甲》シ・シノ《甲》フであるのか、解明する手がかりを失ってしまいかねない。

そもそも文字は視覚を通しての言語伝達の一手段であるから、文字にいかに恣意性があろうとも、言語が通じるためにはやはり文字使用には一定の法則性がなければなるまい。この言語の社会的事実を無視して表記された場合には言語主躰者〈話し手〉の意志・感情・思想を伝達するという目的は達せられないであろう。なればこそ当時の人々は曖昧な表記を避けている傾向が強い。例えば、ヌ・ノ甲の場合を除くと、国語の〔u〕音と〔o〕音に複用されている漢字の原音を用いて表記されたとしてもウ列音を有する語であるか、オ列甲類音を有する語であるか明瞭であり、他方、ある語がいわゆる二重形を有する語であっても、それを表記する仮名字母は二音に複用されることはなく、ウ列音かオ列甲類音か判然としているのである。しかのみならず、ノ甲音を表わす努・怒・弩はヌ音を表記するに用いた奴と全く同音であり、ヌを表記するよりノ甲を表記するのがふさわしいにも拘わらず、ヌの表記に使用しているということは洵に異様と言わねばならない。これは大野晋「奈良時代のヌとノ甲の万葉仮名について（萬葉第十二号）」で述べられているように、おそらく日本語のヌ音を表わすに適切な音をもった文字がなかった為、ノ甲音にふさわしい漢字音をもった字画の多い努・怒・弩を頻度数の少ないノ甲に用い、字画の少ない奴を頻度数の多いヌに用いたのであろう。それにしても、もしノ甲音が漢字渡来の頃より確実に存在していたのであれば、奴・努・怒…の仮名字母は当然ノ甲音の表記に使用するはずであり、字音が一致するノ甲に用いる専用仮名字母が存在せずに、すべてヌ音の表記に宛て用いるという不自然な現象が起り得るであろうか。かかる事実は当時まだノ甲音が存在していたかどうか疑念がもたれるところである。要するに、音が存在するならば専用字母が存してしかるべく、それが無いということは上代日本語を遡る古き時代にノ甲という音節が存在したか否か、その存疑は否めないということである。時代が降って、もともと日本語の音節には存在しなかった撥音〔n〕〔m〕〔ŋ〕が中国より漢字とともに将来した時にもそれを表記する片仮名・平仮名は存在せず、例えば、土左日記における「天氣」を仮名書きするに「てんけ」「ていけ」「てけ」と表記したことは勿論、中世文書にしばしば見られる「依而如件」の「依而」の促音便を表記するのに「よつて」「よんて」「ようて」「よて」…などと仮名書きしたように、いろいろの表記の仕方をしたものである。漸次、撥音が日本語の音節として認められ定着するようになっても、撥音を表わす仮名は存在せず、あたかも本来ムの仮名であった片仮名のン、平仮名のんを撥音表記に用いるようになったのと同一事情にあると言うべきではなかろうか。即ち、ヌには奴、ノ甲には努・怒を用いて書き分けているのは、音韻の相違をそのまま仮名字母が表わしているのと違って、いわば一種の約束と見なすべきであろう。

第二に、ノ甲音を含む語彙は例外がないと言えるほどヌ音との交替形を有している。勿論、現存する上代文献は限られているから、当時の実在した言語の「九牛の一毛」とも言うべきであり、事例があるということは言えてもないということはなかなか言えるものではない。

〔u〕・〔o〕の母音交替は文献時代以前から、母音交替の代表的な一現象をなしていると考えられるが、ヌとノ甲の交替は他のオ列音とウ列音の場合と同一視出来ないと見なされるほど、例外が皆無に近い。ところで、古事記や万葉集〈東歌の一部・防人歌・巻五の憶良歌の一部・その他一部の例外を除く〉においては奴と努・怒…の仮名字母は截然と区別され、打消・完了の助動詞のヌ音を表記するには

「奴」を用い、格助詞等のノ《乙》音を表記するには「能・乃…」を用い、野・楽し・偲ふ・角・篠…等の一連の語を表記する場合には奴でもなく、勿論、能・乃でもなく、これらの仮名字母と全く区別して用いられている努・怒等の仮名字母を使用しているのである。その音価はコ・ソ・ト・モ〈古事記のみ〉・ヨ・ロにおける甲・乙二類の母音の相違を古・許、素・曽、斗・登、毛・母、用・與、漏・呂の仮名で表記し分けていることや、努・怒…の漢字音からして当然ノ《甲》と推定することが可能である。明らかに、ノに甲・乙両類の区別が存在した時期のあったこと、即ち、晴の言語であったかと見なされる野・楽し・偲ふ・角・篠…の一連の語の訓はノ《甲》・タノ《甲》シ・シノ《甲》フ・ツノ《甲》・シノ《甲》であった時期が存在した証左と見なされる。かかる事実はコ《甲》・コ《乙》、ソ《甲》・ソ《乙》、ト《甲》・ト《乙》、モ《甲》・モ《乙》、ヨ《甲》・ヨ《乙》、ロ《甲》・ロ《乙》の二類の音韻が混同したとき、甲・乙いずれの音に統一されたかには説があり、俄かに断定はできないものの、ともかくオ列音に統一されたように、野・楽し・偲ふ・角・篠…の訓がヌではなくノに統合されていることによっても明らかである。少なくともかなりの期間はヌ・タヌシ・シヌフ・ツヌ・シヌ…とノ《甲》・タノ《甲》シ・シノ《甲》フ・ツノ《甲》・シノ《甲》…とは二重形をなして併存していたと推定することは可能であろう。したがって、ヌ・タヌシ・シヌフ・ツヌ・シヌとノ《甲》・タノ《甲》シ・シノ《甲》フ・ツノ《甲》・シノ《甲》とがオ列音に統一され、天平宝字二・三年頃にはノ《乙》と混同して行った過程が明らかになったことにより、「野」字などの一連の訓も変遷過程の上において把握すべきものではないかと考えられるのである。されば、派生音である〔o〕の発生するケースは色々推定はされるが、ノ《甲》がヌとの交替により生じる場合もあることから類推して〔o〕の発生する一つのケースとして〔u〕との交替による派生が考えられるであろう。つま

り、

〔二重形の時期がかなり続く〕

野《ヌ》〔nu〕＜野《ヌ》〔nu〕
　　　　　野《ノ甲》〔no〕＞ノ《甲》〔no〕・ノ《乙》〔nö〕の混同
ノ《乙》〔nö〕―ノ《乙》〔nö〕

の如き変遷過程が推定できるのではないかと思う。

第三にウラル・アルタイ系言語に存在すると言われている一種の遁音現象が上代日本語にも、例えば、

tawawa－töwöwö, Fadara－Födörö,
tanabiku－tönöbiku, na（格助詞）－nö,
kara－körö（幹）, uko（愚）－wökö, muro（室）－mörö

の如く存在することである。かかる遁音現象は、tuma（匹配）－tömö（伴）, uta（歌）－ötö（音）, tuka（塚）－tökö（床）, muta（共）－mötö（本）, ura（遅）－örö（憑）, mura（群）－mörö（諸）…の如き母音調和とも無関係でなく、極めて留意すべきことであろう。

ツマの原意は夫婦一対を意味し、tuma－tömö と遁音現象を呈しているのではないかと考えている。したがって、「匹」「配」「偶」等の漢字を当て用いるのが原意にふさわしいと思うのである。ツ

マはお互いにツマであり、トモがお互いにトモであるのと同様である。ただし、トモの中でも「男と男」「女と女」の関係でなく、男と女で特殊な関係にある間柄、即ち、夫婦一対を意味すると考える。語源については勿論異見はあるが、ツマとトモは同語源のもので、もともと同一語から派生分派したものであろうと推考している。あたかもウタがオトの特殊称であるのと揆を一にしていると言うべきである。ウタ〈歌〉の語源をオト〈音〉と言われたのは新村出「ウタの語源」であるが、知的直観によって把握されたのであり、その証明はされていないものの、ツマ・トモ同様アクセント上からも牴觸はなく、類型的に遁音現象を呈しており、母音調和をなしていると言うべきであろう。オトは物の震動によって生じたものであり、そのオトの中でもリズムがあり、音階があるメロディーを有する特殊なオトがウタ〈歌〉なのである。

　有坂・池上法則による母音調和においても、陽性母音の結合はア列音とオ列甲類音、ウ列音とオ列甲類音の結合により形成される語よりも、ア列音とア列音・ウ列音とウ列音・ア列音とウ列音の結合による語が遥かに多く、オ列甲類音同士の結合した語はモモ《甲甲》・シノ《甲甲》・アソ《甲甲》・ココ《甲甲》〈揉む音〉等〈これらの中には更に分けられるものもある〉十指にも満たないほど少なく、オ列音の結合による語構成の大多数はココロ《乙乙乙》・トコロ《乙乙乙》・ソコ《乙乙》・ココ《乙乙》・コト《乙乙》・トド《乙乙》ム…の如き陰性母音〈乙類音〉の結合である。さればオ列乙類音の結合による語群に対応するのはオ列甲類音による結合からなる語群ではなく、ア列音同士やウ列音同士またはア列音とウ列音との結合によって構成された語群と見るべきであろう。これは言語事象における数が比較にならないという事実と相俟って、母音調和における音韻上の問題とも事情を同じくすることに基因するものと見なされる。即ち、オ列甲類音は大野晋「日本語動詞の活用形の起源について（国語と国文学・昭和28年6月）」、大野透「古代国語母音考（音声学会会報八二号）」の述べられている如く、本来的なものではなく派生的な音である蓋然性が高い。ノ《甲》音もその例外ではなく、もともとノ《甲》音は存在せず、その発生も他のオ列音に比し、比較的新しく生じた音ではないかと推察されるのである。

　ソ《乙》コ《乙》〈彼處〉、コ《乙》コ《乙》〈此處〉

　イヅク〈何處〉〔ミヤコ《甲》のコ《甲》は同化音か〕

　オクカ〈奥處〉、ヨ《乙》スガ〈寄處〉

と同じく場所を意味する語構成においても、陰性母音〔ö〕に対応する陽性母音は〔u〕や〔a〕である。格助詞にノ《乙》とナがあるのも同一事情によるもので、音節結合の法則ではあるが、〔ö〕に対応するものが〔o〕ではなく〔u〕〔a〕であることは大いに考慮しなければなるまい。前述した如く、トルコ語・モーコ語等のアルタイ系言語やハンガリー語・フィンランド語等のウラル語、そして朝鮮語においても陽性母音と陰性母音はすべて対をなしているのに、上代日本語だけは非常にイビツで

　陽性母音　a・o・u

　　　　　　i（中性母音）

　陰性母音　ö

のようにアンバランスな状態を呈しており、本来、文献時代を遡る日本語においては〔a〕〔o〕〔u〕の陽性母音に対して〔ä〕〔ö〕〔ü〕の陰性母音が対をなしていたのではないかと予想推定されるところである。し

かし、〔o〕は派生母音であるという私見に比照すると、この推定は私見と矛盾牴觸する。それ故、原初的状態ではアンバランスではなく、

陽性母音　a・u

陰性母音　ä・ü

の如きシンメトリカルな対形態をなしていたのではないかと推考したのである。後になって〔o〕が新しく発生し、陽性母音が〔a〕〔u〕〔o〕の三箇になったのに対して、〔ä〕〔ü〕は〔ö〕に変化統一され、陰性母音が〔ö〕の一つというイビツな状態を呈するようになったのではないかと推定するのである。

因みに、イ列甲類音は中性母音と見なされているのは諸家の認めるところであるが、イ列乙類〔ï〕、エ列甲類〔e〕、エ列乙類〔ë〕は派生音と見なすむきが有力である。しかしながら、いわゆる母音交替をAblaut, Auslautgesetz のいずれの解釈に依るとしても、看過できないことはイ列乙類音・エ列甲類音・エ列乙類音の一音節語が決して少なくはないということである。今日、一音節語が「国語辞典」によって多少の出入りはあっても、大凡五十語前後となっている。ところで上代語における一音節語は数え方にもよるが百五十から百七十と見なされる。当時の文字言語は音声言語に比し、現在とは比較にならないほど少ない上に、現存する文献がこれまた当時存在した文献の一握りであることを思うとき、一音節語が現代語に比して如何に多数であったか理解できるであろう。このことはイ列甲類音のみならず、イ列乙類・エ列甲類・エ列乙類の一音節語の存在が〔ï〕〔e〕〔ë〕も派生音でなく、初めから存在していたことを物語っているのではあるまいか。もしこの推定が可能性を有するならば、〔ï〕〔e〕

〔ë〕も〔a〕〔u〕・〔ä〕〔ü〕〈〔ä〕〔ü〕は〔ö〕に統一〉・〔i〕とともに基本母音として認めることもあながち索強とばかりは言えないであろう。なればこそ、

amë–ama, sakë–saka, takë–taka, uFë–uFa, më–ma, kë–ka, takë–taka（高）, wakë–waka（若）, asë–asa（浅）, Fukë–Fuka（深）, kurë–kura（晩）…

kï–ku–kö（木）, Fï–Fu–Fö（火）…

mï–mu（身）, tukï–tuku（月）…

asubu–asobu（遊）, nagusamuru–nagusamoru（慰）, nu–no（野）, tanusi–tanosi（楽）, tumu–tuno（角）…

のような、〔a〕–〔ë〕・〔ï〕–〔u〕–〔ö〕・〔u〕–〔o〕等の母音交替もあり得たのではなかろうか。

二　いわゆる完了の助動詞りの接続

いわゆる完了の助動詞りは従来四段活用の已然形・サ行変格の未然形に承接すると言われていたが、上代特殊仮名遣の発見により、このりは甲類のケヘメに承接しているため、已然形のケヘメは乙類であり、命令形のケヘメが甲類であるから、橋本進吉によって命令形承接とすべきと訂正され、今日定説となっている。平安時代のアクセントからしても命令形のアクセントをもった語形についており、四段・サ変ともに命令形についたとするのが当を得ている。

一方、活用の種類を見ると、上代では四段・上一段・上二段・下二段・サ変・カ変・ラ変・ナ変の

八活用であり、上一段活用は見ル・着ル・煮ル・似ルの如きイ列甲類音である。そして、一音節語幹に限られた数語にすぎない。乙類の上一段活用は本来上二段活用であり、上一段動詞「廻《み》る」「いさちる」「転《ひ》る・干《ひ》る・嚔《ひ》る」「荒びる」も乙類であって二段活用から転化派生したものである。最も基本型は四段活用であって、上一段次に上・下二段活用になるかと推察される。試みに図示してみると、

	未	用	止	体	已	命
上二段	ï	ï	u	uru	ure	ï
四段	a	i	u	u	ë	e
下二段	ë	ë	u	uru	ure	ë

となる。一見して明らかであるが、四段活用の未然・已然両形は〔a〕と〔ë〕の交替関係にあり、これは仮定・確定の条件法を表わす形態と言うことができる。もともと条件法は一つで、仮定・確定ともに同形〈例えば、ズ・ケ・バ、ケ・バなど〉で表現していた遺影が見られる。〔a〕〔ë〕の交替分派によって未然・已然と意味機能も分れたものと思われる。そして、四段・下二段の未然形が〔a〕〔ë〕の交替形であることにも留意すべきであろう。さらに、上二段・下二段の連用形と命令形が同形であることも見落してはなるまい。連用形が古いか命令形が原形であるかは意見の分れるところであろうが、言語の

発生を考えた場合、特に一語文（動物の言語も）を考慮すると、原初的には命令形が根本的な原形であって、それが種々の機能を果すように発達、発展して行ったものではないかと考えるのが自然であろう。その初めが連用機能であったものと見られ、アクセントにおいても連用形・命令形がともに同じくしていることとも無関係とは思われない。上一段・上二段・下二段活用の場合が連用形・命令形は全く一致しており、カ変・サ変でも決して例外とは見なされない。

	未	用	止	体	已	命
カ変	こ	き	く	くる	くれ	こ（よ）
サ変	せ	し	す	する	すれ	せ（よ）

の如く、連用形と命令形には相違があるが、命令形はコ・セが原初的なもので、ヨは上・下二段・上一段の場合と同じく本来助詞であったのである。これらの動詞の命令形にはヨはつかないのが本来の姿である。命令形についた助詞ヨが意味機能の消失につれ、漸次活用語尾化して行ったのである。ただし、連用形のキ・シとは明らかに違うが、本来の連用形はコ・セであったと見なされる。連用形接続のいわゆる過去・回想の助動詞は来《こ》シ・来《こ》シカ、為《せ》シ・為《せ》シカであって、コ・セが連用形であった名残りであると言っても差支えなく、禁止の「な〜そ」には必ず連用形が入るが、カ変・サ変に限って「なコそ」「なセそ」であることは上記のことを証して余りあろう。つまり、カ変・サ変の両動詞においても命令・連用の両形が元来同形であったと見ることは十分に可能である。文献時代には固定化していたと見られる連用形のキ・シは文献時代に入る以前から次第に連用形に位置するようになっ

て行ったものと推察され、コ・セが連用形と未然形の両形に用いられていたのが、未然形の分派に伴ない固定化するにつれ、キ・シが介入して連用形の機能を果すようになったのではあるまいか。動詞の原初的なものは命令形であったろうとは前述したところであるが、それが連用形の機能も兼ねるようになり、種々の用法も表わすようになって、未然形的・終止形的・連体形的・已然形的用法も連用形の語形で表現されていた時期の存在が想定されるのである。上一段・上二段・下二段の未然・連用・命令の三形が同形であるのと無関係ではなかろうと見なすこともできよう。因みに、キ・シ・シカは複合活用であり、キ系とシ系はもともと別語であったものが混合したもので、ズ・ヌ・ネの打消の助動詞が、あたかもヌ系のナ・ニ・ヌ・ヌ・ネの語形とズ系の語形とが混合して成立したのと同じく、キ系〈ケバ・ケリ・ズケなど〉とシ系〈セバなど〉とが混合して複合活用をなすようになったものと推察される。したがって、カ変はコ・コ・ク・クル・クレ・コという活用であり、サ変はセ・セ・ス・スル・スレ・セの下二段活用であった可能性が高く、連用形にキ・シが混入したため変格活用の様相を呈するようになったのであろう。四段活用は連用形が〔i〕であり、命令形の〔e〕とは明らかに語形が相違している。このことは周知のことであり、誰しも疑問をもたれるに違いない。しかしながら、連用形のイ列と命令形のエ列とはともに甲類であることには留意せねばなるまい。イ列甲類とエ列甲類は交替し、一例を挙げれば、形容詞「愛《は》し」の連体形ハシキ《甲》がハシケ《甲》〈ハシキ《甲》ヨシ・ハシキ《甲》ヤシ→ハシケ《甲》ヤシの如く〉ともなり、これは一種のヴァリアントと見なされる。過去・回想の助動詞キ《甲》〈ズ・キ《甲》〉・ケ《甲》リ〈ズ・ケ《甲》・リ〉、カ変動詞の来《き甲》・来《け甲》りも元来一形であったのが母音交替による語形変化を起し、それが意味上にも少しずつ差異が生じて、独立して行ったものとも見なすことができよう。とすると、四段活用においても命令形と連用形は元来同形であったのが、イ列甲類とエ列甲類に分派して連用機能と命令機能とを分担するようになったと考えられる。勿論、エ列甲類音はイ列甲類音にアリがつき〔i+a〕が〔e〕と母音変化をしたと解釈する説明が通説のようになっているが、どうして二重母音における母音脱落現象が起らなかったかとの関連についての説明や、いわゆる繋辞のケ《甲》がキ《甲》と交替しているのか〈あるいはヴァリアント〉ということの説明がつかない。かかる事実は根本的に極めて重要な問題を含んでいると痛感するのである。そもそも「アリ」という動詞は他の動詞の連用形につくことはないからである。ラ変は四段活用の変型であるから四段と同様に考えて差支えないであろう。ナ変は四段か下二段かどちらかの変型であるから、四段・下二段に準じて考察すれば理解もでき説明もつくであろう。このように考察してくると、おぼろげながらも活用の種類が八つ発生存在していることも、活用形が命令形・連用形を基本として成立し、条件法の発生やテンスの意識が発生するにつれ、未然形・已然形が分派発生してそれぞれの意味機能を分担して行ったことも推察できるであろう。しかし、説明不足と相俟って想像が勝ち過ぎ、その実証性に欠けていると思わなくもないが、これは文献時代以前のことであって、証明・実証に事欠くことは宿命と言わねばならない。ただし、上一段活用がイ列甲類一形ですべての機能を担っていた名残を止めていることを看案すればあながち荒唐無稽とばかり一笑に付すことも出来ないであろう。

見ル・着ル・似ル・煮ル等はミ《甲》・ミ《甲》・ミ《甲》ル・ミ《甲》ル・ミ《甲》レ・ミ《甲》、キ《甲》・キ《甲》・キ《甲》ル・キ《甲》ル・キ《甲》レ・キ《甲》の如く活用するが、活用語尾のル・レは後になってつくようになり固定化したものである。ルはク・ス・ツ・フ・ム・ユなどとともに日本語における造語成分の代表の一つであり、上・下二段・カ変・サ変・ナ変の場合も同様に見ることができる。見ル・着ル…の如き上一段活用動詞には終止形接続の助動詞ラム・ラシ・ベシ、それから助詞のトモは、例えば、見ラム・見ラシ・見ベシ・見トモの如くいわゆる語幹に承接している。即ち、語幹ですべての機能を果していた遺影と言うべきであろう。見ルラム・見ルラシ・見ルベシ…の如きは平安時代になって漸次用いられるようになったとおぼしく、土左日記・古今集・後撰集にも、

白妙の浪路を遠くゆきかひて我に似《に》べきは誰ならなくに　（土左日記・十二月二十六日）

朝なけに見《み》べき君とし頼まねば思ひたちぬる草枕なり　（古今・三七六）

来て見《み》べき人もあらじなわが宿の梅の初花折りつくしてむ　（後撰・二三）

の如く、上代の古形が残存しているほどである。されば上一段活用の見ルを例にとればミ一形ですべての機能を果していたのが、語幹ミに造語成分ルがつき二音節という安定感も加わり終止形見ルが出来たものと考えられる。連体形は終止形が代用していたのが独立して生じたものであろう。終止形の連体用法がそれである。「射喩鹿《いゆしし》（斉明紀）」「とり与《あたふ》物しなければ（巻二・三〇）」「帰り久《く》までに（巻二十・四三七二）」「おきてぞ来怒《ぬ》や（巻二十・四四〇一）」…など、加えて、形容詞の係結びにおいて、形

容詞及び形容詞的活用をする助動詞の「こそ」の係りに対する結びは連体形であり、それ以前には「あろこそ要志《えし》も（巻十四・三五〇九）」「野辺を清みこそ大宮所定め異等霜《けらしも》（巻六・一〇五一）」の如く終止形で結んでいたことは連体形が終止形におくれて発生したことを如実に物語っていると言うべきである。複合語の場合に着物《きもの》・干《ほ》し物《もの》・干潟《ひがた》・見物《みもの》…等、連用形の連体用法が今日なおその遺影を止めており、形容詞の語幹が連用・終止・連体の働きをなし、体言にもなり、連用修飾・連体修飾をもなし、述語ともなるなど、併せてラ変アリの終止形が連用形と同一であることも、

磐代の浜松が枝をひき結びま幸くあらばまたかへり見む　（巻二・一四一）

三島野に霞たなびきしかすがに昨日も今日も雪は降りつつ　（巻十八・四〇七九）

の如く、連用〈中止形〉形が終止用法を兼ねていることも刮目すべき事象である。先に述べたいわゆる完了の助動詞リが命令形に承接しているというのは語形の上でのことであり、命令形ケ《甲》ヘ《甲》メ《甲》は連用形と同じく、それにリが承接して状態表現をしたものと見るべきと考えている。つまり、完了の助動詞といわれているリは本来一語の動詞であって、後に漸次助動詞化したものと見ることもできるが、複合語と見た方が本来的であろう。四段活用の連用形にアリがついて母音変化をしてあたかもイ列甲類音である命令形に承接したかに見えるとする通説には賛成できない。前述した如く、動詞「アリ」が他の動詞につくことはなく、本来動詞であった「り」が動詞のエ列甲類についたと見なされるから

である。

ここで再度活用型について言及してみたいと思う。既述したように四段活用と下二段活用、四段活用と上二段活用、下二段活用と上二段活用との対応は非常に法則的な様相を呈しており、かかる現象は母音交替と無関係とは見なし難く、留意すべきと考えられるからである。例えば「恐ル」には上二段のオソリ・下二段のオソレがあり、さらに四段のオソル〈上二段と区別するため終止形で示す〉が存在する。かかる事例は響《とよ》ム・忘《わす》ル・隠《かく》ル・与《あた》フ・触《ふ》ル…等に四段と下二段の両活用型があり、黄葉《もみ》ツ・告《つ》グ・凪《な》グ…等に四段と上二段の両活用型があるのと密接な関係が潜んでいるように思われる。そして下二段のトドメ乙・ツマゴメ乙に対して上二段のトドミ乙・ツマゴミ乙と両活用型が存在していることも「恐ル」の場合と同じく、下二段と上二段の対応であって、母音交替による音の変化によると見てもよいのではないか。このことは上代日本語の活用型の基本が四段・上一・上二・下二段であったことを物語っていると言える。造語成分即ち活用語尾のル・ス・ク・フ・ム・ユに四段・上二段・下二段が見られるのも同一事情にあるというべきであろう。音《な》の語基から鳴ル・鳴ス・鳴クが発生したのも同じ理由によるものであり、見《み》の語基から見ル・見ス〈めす〉・見ユが発生したのも同様と見なされる。尊敬・受身・使役の助動詞のル・スも造語成分が独立して生じたものと見られ、ル・スともに四段・下二段の両型があり、似ル・似ス、載ル・載ス、足ル・足ス、寄ル・寄ス、隠ル・隠ス、余ル・余ス、流ル・流ス、現ハル・現ハス…等の自動詞的ルと他動詞的スがついて一語化し、自動詞的動詞と他動詞的動詞を発生させているのも無関係ではあるまい。

三　母音脱落現象について

ウラル・アルタイ系言語における二重母音忌避は同系言語の特色の一つに挙げられ、日本語もその例外でないことは周知の通りである。上代日本語に二重母音を求めるならば、固有名詞を除くとマウケ〈設〉とカイ〈櫂〉の二語であろう。奈良時代にはマウス〈申〉があるがマウスには別にマヲスがあり、マウケもマヲケから変化派生したものでマヲケが古形ではないかと推察される。カイはカキの音便という山田孝雄「萬葉集講義・第二（p27）」の推論、あるいは「檝」から生じたのではないかという推論によると原始日本語というものには二重母音は皆無ではなかったかという蓋然性が高い。よし、マヲケ↓マウケ、カキの音便化↓カイ、カヂ↓カイという推定はおくとしても、二重母音はこの二語に限られ、それ以外に見られないことは上代日本語においても如何に二重母音が忌避されているか想像に難くない。したがって、二語連接して二重母音が生じた場合、母音脱落や母音変化などの現象が生じてくるのは言語の性格上当然なことであろう。かかる現象について詳論されたのは岸田武夫「上古の国語における母音音節の脱落（国語と国文学昭17年8月）、国語音韻変化の研究所収（武蔵野書院）」である。上掲書において二重母音の場合に起る現象をあまねく蒐集され、それを整理調査して考察されて法則を見出しておられる。岸田武夫の論をうけて橋本進吉「国語の音節構造の特質について三（著作集第四冊所収）」は岸田武夫の論にはなお考慮すべきものがあるとして、結極認められたのは「語頭に母音音節をもつ語が或語に接した場合、その上接語の語尾母音が脱落するのが原則である」という点であった。この原則に当てはまらないため例外とされた部分を「但し母音音節が上の語の語尾よりも狭い音である場合に限り、母音音節が脱落することがある（著作集四）」と訂正された。このお考えは事例に則して当を得ているもので、その處置も当然なことであろう。大野晋「万葉時代の音韻（万葉集大成六巻・言語篇 p 398）」における二重母音忌避のために生じる母音脱落についての見解も橋本進吉に一致している。即ち、

荒海 araumi→arumi, 我妹 wagalmo→wagimo, 現磯 araiso→ariso, 呉の藍 kurenöawi→kurenawi, と言ふ töiFu→tiFu, 常磐 tököiFa→tökiFa, 木末 könöure→könure, 天降 amaori→amori, …

の如く母音の広狭に拘わらず、上接語の語尾母音が脱落している。しかし、この原則に反して

片思 kataömöFi→katamöFi, 船出 Funaide→Funade, 山の上 yamanöuFë→yamanöFë, 妹が家 imogaiFe→imogaFe, 脱き棄つ nukiutu→nukitu, 我妹 wagaimo→wagamo, 小石 sazareisi→sazaresi, 離磯 Fanareiso→Fanareso, 我面 agaömöte→agamöte, 飯に飢て iFiniuwete→iFiniwete, と言ふ töiFu→töFu, 近江の海 aFuminöumi→aFuminömi…

の如く、下位語の頭母音音節が脱落している例外的事例が多過ぎる。これらについては上位語の語尾母音が下位語の頭母音音節より広い場合は下位語の頭母音音節が脱落することもあると説明する。一見もっともらしい説明ではあるが、上位語の語尾母音が〔a〕という最も大きい母音であり、下位語の頭母音音節が最も小さい〔i〕であるにも拘わらず、ワガイモ〈我妹〉↓ワギモ、ワガイヘ〈我家〉↓ワギ

へ、アライソ〈現磯〉↓アリソ…の如く、〔a〕が脱落するというのは洵に異様なことで説明と実例とが矛盾しており首肯できない。しかも、例外とするにはあまりにも事例が多すぎる。つまり、実例と原則とが著しく矛盾抵觸し、数の多いことからももはや例外とは見なし難い。しかのみならず、少数例ではあるが、

と言ふ töiFu ＜ tiFu / töFu、我妹 wagaimo ＜ wagimo / wagamo

我家 wagaiFe ＜ wagiFe / wagaFe、離磯 Fanareiso ＜ Fanariso / Fanareso

の如く、連接する両母音の広狭に拘わらず、上位語の語尾母音・下位語の語頭母音音節ともに脱落するという両現象が見られる。語によっては常に連接母音における前接語の語尾母音が脱ち、語によっては常に後接語の頭母音音節しか落ちないということに照合して、非常に矛盾していると言うべきである。加えて、母音脱落の原則通り母音の広狭に拘わらず、上位語の語尾母音が脱ちる事例が圧倒的に多く、奈良時代から平安時代にかけて「形容詞の連用形ク＋アリ↓カリ」「指定の助詞ニ＋アリ↓ナリ」「打消の助動詞ズ＋アリ↓ザリ」「テ＋アリ↓タリ」「係助詞ゾ＋アリ↓ザリ」の如く奈良時代の脱落現象と同じであることと揆を一にしているのである。下位語の頭母音音節が脱落して事例は頻度数も少なく、語も固定したものであり、それは古語の遺影ではないかと見なされる。従来、脱落の例外について種々説明を試みられて来たが、例外が多過ぎることと相俟って、十分な説明はないと言

ってよく、論旨にそぐわぬ例を例外視することこそ疑問である。やはり、橋本進吉の主張される如く、上位語の語尾母音が最も広い母音〔a〕であってもきまって脱落するのであり、これは日本語の性格上語の第一音節ほど明確に発音される傾向が強いことを思うと、これこそ二重母音忌避による母音脱落の原則とすべきではないかと考える。

それではフナイデ〈船出〉↓フナデ〈布奈弖（巻十五・三六二七）〉、コギイデ〈漕出〉↓コギデ〈許藝弖（巻十五・三五九五）〉、サキイデ〈咲出〉↓サキデ〈佐枳涅（孝徳紀）〉、ハシリイデ〈走出〉↓ハシリデ〈走出（巻十三・三三三二）・和斯里底（雄略紀）〉オモヒイデ〈思出〉↓オモヒデ〈淤母比侍（記中）〉…のように必ず下位語の頭母音音節が脱落している事例は如何に見なすべきであろうか。かかる現象は音韻現象ではなく文法現象と見なすべきと考えている。つまり、文法論の範疇にあり、音韻論の範疇に入れて考察すべきではあるまい。今「出」に例をとると、

立出此云二陀《た》豆《つ》豆《つ》一　（顕宗紀）
紆《う》陪《へ》儞《に》提《で》提《て》那《な》皚《げ》矩《く》…紆《う》倍《へ》儞《に》泥《で》提《て》那《な》皚《げ》矩《く》　（継体紀）
伊《い》呂《ろ》尓《に》豆《づ》奈《な》由《ゆ》米《め》　（巻十四・三三七六）
奴《ぬ》礼《れ》波《ば》許《こ》登《と》尓《に》豆《づ》　（巻十四・三四六六）

のように、イヅとともにヅという語の存在が確実視される。同一母音の連接であるから、脱落ではな

く融合統一されたとも見なされなくはないが、格助詞ニにイヅが承接している事例は明らかに二語意識が看取され、融合とか縮約とは見なし難い。万葉集においてはヅ〈出〉が単独形で独立して用いられている例は東国語に限られてはいるが、ヅが東国方言と厳定することはできない。前掲したようにすでに日本書紀にも用例が見られ、「出《い》づ」の如く常に頭母音音節が脱落する語にはイヅ・ヅのように頭母音音節の脱落した語形が単独形として存在するからである。平安時代には「漕ぎ出づ」「思ひ出《で》づ」…等となっているが、「浜に天々遊《でて》ぶ(東遊歌)」「布奈天《ふなで》して(承徳本古謡集)」「今朝の古止《こと》天《で》は(東遊歌)」の如き上代の名残もあり、それが庶民語として現代にも命脈が保たれているのである。少なくとも奈良時代までは「漕ぎ出《で》」「思ひ出《で》」であったと推察される。したがって、フナデ・コギデ・サキデ・ハシリデ・オモヒデも母音脱落とばかりは言えず、勿論、同母音連接の融合でもあり得ない。むしろ「フナ・デ」「コギ・デ」「サキ・デ」「ハシリ・デ」「オモヒ・デ」の複合語と見られ、文法論において考察すべきことである。かかる事象については夙に「玉藻・二号(フェリス女学院大学国文学会)」において言及し、施訓の誤りと思われる例は改訓した。母音脱落についての詳細は拙著「萬葉集訓法の研究(p 349~p 395)」に述べたので割愛するが、「言《い》ふ」「思《おも》ふ」「飢《う》る」「棄《う》つ」「石《いし》」「磐《いは》」「磯《いそ》」「面《おも》」「家《いへ》」「妹《いも》」「海《うみ》」「上《うへ》」…などは「イフ－フ」「オモフ－モフ」「ウウ－ウ」「イシ－シ」「イハ－ハ」「イソ－ソ」「オモ－モ」「イヘ－ヘ」「イモ－モ」「ウミ－ミ」「ウヘ－ヘ」と両語形があり、日本語の性格上二重母音における母音脱落とは言え、常に下位語の頭母音音節が脱落したとは断定できず、頭母音音節のない語形が直接承接したと見ることもできるからである。したがって、

前掲した

トイフ（と言ふ）＜チフ、トフ　ワガイヘ（我家）＜ワギヘ、ワガヘ　ワガイモ（我妹）＜ワギモ、ワガモ

ハナレイソ（離磯）＜ハナリソ、ハナレソ

の如きⒶ上位語の語尾母音が脱落した状態とⒷ下位語の頭母音音節が脱落した状態が現われるのも自然に理解される。しかし、だからといってⒶⒷの状態を同じ次元において母音脱落の問題として考察することは甚だ早計ではあるまいか。ⒶⒷの両者は発生を全く異にしていると見るべきではないか。即ち、Ⓐ上位語の語尾母音が脱落した語形チフ・ワギヘ・ワギモ・ハナリソがいわゆる母音脱落現象の新形であり、Ⓑ下位語の頭母音音節が脱落したかに見える語形トフ・ワガヘ・ワガモ・ハナレソは助詞ト・ワガ・ハナレに直接言《ふ》・家《へ》・妹《も》・磯《そ》がついた古形の残存と見なすべきものである。要するに文法論の範疇において考察しなければならない問題である。

ここで一言しておきたいことがある。それは集中の名歌の一つに数えられ、研究者は勿論、歌人や万葉集愛好家にも周ねく知られている額田王の歌についてである。

熱田津《にきたづに》　船乗世武登《ふなのりせむと》　月待者《つきまてば》　潮毛可奈比沼《しほもかなひぬ》　今者許藝乞菜　（巻一・八）

この歌の作者については左注に山上憶良の類聚歌林を引用した記載により、題詞に相違して斉明天皇という異説があるが、ここで問題にするのは第五句の訓についてである。訓には旧訓をはじめ多くの異訓があるが、現在ではイマハコギイデナが定説化している。表記面からしても格調からしても意味上何の齟齬も起らず、「乞《いで》吾君（巻四・六六〇）」「乞《いで》如何（巻十二・二八八九）」「乞《いで》吾駒（巻十二・三一五四）」「厭乞此云㆓異提《いで》㆒（允恭紀）」からして、乞を出・天・手・古の誤字とする必要はなく、借訓仮名と見なせば格調上の八音も単独母音イを含んでおり、何の不都合も難点も生じないと思われる。しかし、「告らぬ君が名占尓弖《にで》にけり（巻十四・三三七四）」「色尓豆《にづ》なゆめ（巻十四・三三七六）」「色尓弖《にで》ずあらむ（巻十四・三三七六或本歌曰）」「もの思ひ弖《で》つも（巻十四・三四四三）」「さ寝さ寝てこそ言尓弖《で》にしか（巻十四・三四九七）」「まがなしみ寝れば言に豆《づ》（巻十四・三四六六）」「色尓弖《で》めやも（巻十四・三五〇三）」「はだすすき穂尓弖《で》し君が（巻十四・三五〇六）」「にふのまそほの色尓弖《で》て（巻十四・三五六〇）」の如く単独形ヅで現われている。前記の事例は東歌の用例ばかりであるが、何も東国語に限られたことではない。「求食《あさ》り逗《づ》なるのこ（武烈紀）」「立出此云㆓陁豆豆《たつづ》㆒（顕宗紀）」「上に提《で》てなげく…上に泥《で》てなげく（継体紀）」「また左枳涅《さきで》こぬ（孝徳紀）」「あが飼ふ駒は比枳涅《きで》せず（孝徳紀）」「今朝の古止天《ことで》は（東遊歌）」の如き事例が存在している。のみならず、「傍出」の複合語に限って、仮名書の例は東国語は勿論、中央語においても、

なには津《と》を己岐涅《こぎで》てみれば　（巻二十・四三八〇）

浮きをる船の許藝弖《こぎで》なば　(巻十四・三四〇一)
朝びらき許藝弖《こぎで》てくれば　(巻十五・三五九五)
海原を許藝弖《こぎで》てわたる　(巻十五・三六一一)
玉藻なびかし許藝弖《こぎで》なむ　(巻十五・三七〇五)
あへて許藝泥《こぎで》め　(巻十七・三九五六)
わは己藝《ぎ》涅《で》ぬと家に告げこそ　(巻二十・四四〇八)
防人の掘江己藝豆流《こぎづる》いづ手船　(第二十・四三三六)

のように、すべてコギヅであって仮名書でない例もコギイヅとすべき例は皆無と言える。したがって、前掲の額田王の「今者許藝乞菜（巻一・八）」をイマハコギイデナと訓むとすれば唯一の例外となるのである。しかも、上代においては略訓仮名の確例と見なさねばならない事例は存在せず、訓仮名の用法からしてもコギイデナとは訓み難く、コギデナと施訓すべきところである。とすると唯一の例外も姿を消すことになる。上代文献において略訓仮名の確例が見られないことは「萬葉（三十六号所収の拙文）」において言及したところであるが、「左丹頰合《さにつらふ》（巻十二・三一四）」「霧相《きらふ》（巻二・八八）」「打乍《うつつ》二波《には》（巻四・七八四）」「打歌山乃《うつたのやまの》（巻二十・一三九）」「日倉足《ひぐらし》（巻十・一九八二）」「住儛無《すまはむ》（巻二・一八七）」「朝《あさ》入《り》（巻七・一三一八）」「肉入籠此云二之之梨姑《ししりこ》一（斉明紀）」…などは母音が語頭にくる字訓仮名であるため、上位語の語尾母音と融合したり、あるいは同音節が重なって融合したため、あたかも略訓仮名みたいに見えるだけである。「許藝《こぎ》乞菜《な》」の「乞」もイデの語頭母音音節イが「許藝《こぎ》」のギに吸収されて「乞《で》」と略訓仮名と見られるだけである。イデと訓むべく表記されたのでないことは言うまでもない。ただ、「許藝《こぎ》」は一字一音の音仮名であり、この点に一抹の懸念が生じるやもしれないが、一字一音・一字一訓の仮名が先行上接する場合においても、例えば「爾太遙越賣《にほえをとめ》（巻十三・三三〇九）」「爾太要盛而《にほえさかえて》（巻十九・四二二八）」「庭多泉《にはたづみ》（巻二・一七八）」「宇都曽臣《うつそみ》（巻二・一九六、その他）」「袖并丹覆《そでさへにほふ》（巻十・二三一五）」「菟名負處女《うなひをとめ》（巻九・一八〇九）」「丹生乃河《にふのかは》（巻二・一三〇）」「飼飯海《けひのうみ》（巻三・二五六）」「古寸入津《こきれつ》（巻八・一六四四）」「津煎裳無《つれもなき》（巻十三・三三四一、その他）」「味狭藍《あぢさゐ》（巻四・七七三、その他）」「三犬女《みぬめ》（巻六・九四六、その他）」「阿奈干稲干稲志《あなひねひねし》（巻十六・三八四八）」の如く、決して例外ではあり得ない。されば借訓仮名からの懸念も霧散してしまうことは勿論、巻一・二の文字用法からしても「今者許藝乞菜《いまはこぎでな》」が当を得た施訓と言うべきであろう。

おわりに

以上、上代語の「音」の一端についての私見を述べてきたが、証明・実証すべきこともせず、もっと説明しなければならないところも省き過ぎた憾みは否み難い。したがって、大筋を述べただけに終った思いは霧消せず、粗論になってしまったことを恥じる。いずれ改めて論じることもあろうし、そのつもりでもある。しかも、その上紙数の関係上、擱筆すべき時になってどうしても言及したいと思っていることを一つ残してしまった。残念ながら割愛せざるを得ない。それはいわゆる伝聞推定の助動詞と見なされている終止形接続のナリについてである。ナリは音響・音声表現に関する語とされ、「他から傳聞したことを語るか、又自分が其の事實を推定する意である」と述べられた松尾捨治郎「国語法論攷（文学社刊）」の提唱以来定説化したかに見えたが、これに対して伝聞推定説は「表現の意味と素材の意味とを混同している」とし、「断定が本體であるが情意が加わっている」という「断定と情意との綜合表現」とする遠藤嘉基「新講和泉物語七・九（國語國文第24巻第2号・7号）」の如き意見もあり、それも少数とは言われず、必ずしも明確に定説を得ているとは言い得ないようである。いわゆる伝聞推定のナリと断定のナリとは、明らかに終止形と連体形という接続上の相違があり、その成立過程も異なっており、表記上からも明確に分別される。しかも、事例は必ずしも音響に関するものばかりではなく、「音り《な》」として把握しなければならないとは思われず、もっと広義の意を有するのではないかと考えている。これについて極最近、鎌倉暄子「いわゆる伝聞推定の助動詞『なり』について―その本質と成立に関連して―（香椎潟・第四十七号・平成十三年十二月）」において非常に刮目すべき論が発表されたので、一言付言して拙稿を閉じることにする。

古代の音楽制度と『万葉集』

荻美津夫

はじめに

音楽制度を考えるには、その音楽制度の規定からはじめねばならない。諸橋の『大漢和辞典』によると、制度とは「のり、おきて、定めた規則、礼法」とあり、「音楽によって定められた規則」であり「音楽による礼儀作法」であった。これは音楽のもつ意味の内容によって変遷した。音楽とは「楽器で音声を程よく調和し人のこころを楽しませる技術の総称」とし『礼記』の「楽記」等を引いている。『広辞苑』によると音楽とは「拍子・節・音色・和声などに基づき種々の形式に組み立てられた曲を、人声や楽器で奏するもの」とし音楽の諸要素を採り入れた説明となっている。

日本古代の音楽制度の基となったのは、中国の制度である。まず、中国における音楽の意味内容に触れながら、その音楽制度を概観してみよう。

中国において「音楽」のもつ意味は、「楽器で音声を程よく調和し人のこころを楽しませる」という情緒性を主体とした意味から、「淫猥で人の耳をよろこばす」鄭声《ていせい》をにくみ、（注1）「正しい音楽」である雅楽をもって礼とともに盛んにすることが国を治めるための根本であるといった思想性を含んだ意味へと発展し、前漢時代には雅楽を掌る機関として太楽署《だいがくしょ》が成立する。同時代には同時に民間の俗楽が発達し、西域の胡楽《こがく》が流入したことによって、音楽の種目も広がり、郊廟《こうびょう》朝会に用いられた各種の鐘鼓などの楽器を中心とした雅楽のみならず、人声による音楽も盛んになり、豊かな拍子・節・音色・和声等をもつ音楽が生み出されていったものと推察される。

漢代以後、三国時代、南北朝時代をへて、隋・唐代の音楽はこれらの俗楽や胡楽を採り入れたものとして発展していき、音楽制度も「音楽による礼儀作法」だけではなく、「音楽を奏するための規則」を意味するものとして考えられるようになるのであろう。したがって、音楽制度とは音楽を演奏するための機関や、そこに所属する楽人・舞人・歌人等を含めたものとして考えることができるであろう。

日本古代律令国家における音楽制度は、まさにこの隋・唐時代の制度を参考にしたものであった。しかし、律令制における「雅楽寮」の名称や、音楽の内容、楽人の地位などは中国とは異なる、日本の実状に応じたものであった。また、古代の音楽制度を考える時、雅楽寮以外の機関として大歌所、その前身とされ『万葉集』にみられる歌儛所、唐代玄宗朝において隆盛しわが国でも採用した内教坊の存在も考えねばならない。さらに、律令制以前には朝鮮諸国の音楽的影響が強く、制度的にもその影響を考えねばならないであろう。また、律令制の弛緩する九世紀以後には所《ところ》制の一貫ではあるが、楽所という独自の機関が成立することにもなる。古代、音楽は政治性や思想性を強く持っていた。したがって、音楽は国家制度のなかに位置付ける必要があったのである。

一　音楽制度の萌芽

楽府について　わが国に残された文献史料のなかで、音楽制度に関するもっともはやいものは、『日本書紀』神武即位前紀八月条にみられる「楽府」である。これは神武の征討において前線にたって奮戦したという伝承をもつ久米氏が勝利の酒宴の席で「来目歌《くめうた》」（久米歌。以下これを用いる）を歌い、これを説明して「今、楽府《おほうたどころ》に此《こ》の歌《うた》を奏《うた》ふときには、猶《なほ》手量《たはかり》の大《おほ》きさ小《ちひ》さ、及《およ》び音聲《うたごゑ》の巨《ふと》さ細《ほそ》さ有《あ》り」とみえる。ここでは「今、楽府に」とあるように、同書編纂時点の音楽機関である雅楽寮のことを示していると思われ、実際に奈良時代には久米舞は雅楽寮において教習されていた[注2]。

しかし、楽府は『漢書』禮樂志に「武帝にいたり郊祀の禮を定め、すなわち楽府を立つ」等とあるように、広く集められた詩歌に音楽がつけられた歌曲を掌るところとして、漢代には太楽署とともに音楽機関として作られたものであった。『日本書紀』の編者は楽府を中国における歌曲を掌る早期の役所として認識し、わが国の神武紀の音楽機関記事の中で用いたと考えられる。また、楽府は「おほうたどころ」と訓読されている。これは平安時代の訓読に基づくものと思われ、大歌等の歌謡を教習する機関として新たに誕生した大歌所によるものと考えられる。このように、久米歌の起源を説く伝承に記述されていた音楽機関は、律令制以後のものでありながら、中国の初期の音楽機関を意識して表現されていたのである。

音楽制度のはじまり　音楽制度が整備されるようになるのは、漢のような中央集権的官僚国家が成立し、国家的な規模で宗教儀礼や饗宴が行われるようになることが一つの重要な要素であろう。また、外交や軍事においても音楽のもつ役割は増大していったはずである。したがって、わが国ではいつ頃このような国家的条件が整ったかが問題になる。神武紀の「楽府」以後音楽機関と推察されるものは持統元年（六八七）正月条にみられる「楽官」である。(注3)その意味では中国に影響を受けた音楽制度はいうまでもなく律令制の成立する七世紀末から八世紀初頭に求められ、「楽官」は雅楽寮を指すと考えられる。

しかし、律令国家の基になった大和政権は、遅くとも四世紀末には西日本を中心に統一国家を成し遂げていたと考えられているのであり、小規模ながら宗教儀礼や饗宴が行われ、外交や軍事的活動も活発であったことが窺われることから、四世紀末から七世紀末にかけての音楽機関の存在も含めた音楽制度について考察する余地は残されている。当該期は朝鮮半島諸国との外交・軍事・文化交流が盛んな時期であり、音楽制度についてもこれら朝鮮諸国との関係のなかで考える必要があることはいうまでもない。

新羅の音楽の伝来　新羅《しらぎ》・百済《くだら》・高句麗《こうくり》三国のなかで最も早く、わが国に音楽が伝えられたとされているのは新羅の音楽（以下、新羅楽とする）である。『日本書紀』允恭《いんぎょう》四十二年正月に新羅王は允恭が崩御したのを聞いて、驚き悲しんで多数の船や楽人を貢上したとされる。楽人は「種種の楽器」

を備えて、難波より、あるいは泣き、あるいは舞い歌い、殯宮《もがりのみや》までやってきたという。「楽人」について「うたまひのひと」と訓じ、「楽器」について「うたまひのうつはもの」とあるように、このなかには歌人も、舞人も、楽器奏者も含まれていたことが推察される。

允恭は『宋書』倭国伝にみられる倭の五王の一人の済《せい》と推定されており、およそ五世紀半ばころと考えられる。新羅の音楽については『北史』新羅伝に「高麗百済と同じく、王は毎月の朔日に宴会を設け日月を拝し、神主は八月十五日に楽を設け官人に射を行わせた」などとある。新羅が中国の律令制を採用するのは六世紀初期と考えられることから、新羅では中国の音楽の影響を強く受けるようになるのはこのころで、これ以前は土俗的音楽が中心であったろう。新羅で音楽制度が整うのはこの六世紀初頭であったと察せられる。したがって、『日本書紀』の記事は新羅の土着的葬礼に行われた音楽やそれを奏した楽人であったと推察される。楽人が貢上されたとあるが、大和政権においていわゆる職業部が成立するのは五世紀末から六世紀頃とされているように、(注4)そのまま同政権において新羅楽を伝承していった可能性は薄いと考えられる。

百済の音楽の伝来　『日本書紀』によると欽明十三年十月、百済の聖明王が釈迦仏の金銅像・幡蓋・経論を献上し仏教を伝えた。その二年後の同十五年二月に百済が援軍を求め、すでに奉仕していた五経博士・僧侶、易博士・暦博士・醫博士・採薬師・楽人について、代わりの者を献上したという。

『北史』東夷伝百済之国条には「医薬蓍亀と相術陰陽五行法を知る。僧尼有り。寺塔多し。しかれども道士無し。鼓角、箜篌、箏、竽、篪、笛の楽、有り」とある。これは五世紀から六世紀に中国の医薬蓍亀《しき》・相術陰陽五行法・仏教文化が百済に伝わっていたことを示すもので、先の『北史』新羅伝の記事から百済においても六世紀初頭に律令制にともなう饗宴や音楽があったことは明らかである。一般的には新羅よりも早い時期に中国文化の影響を受けたと考えられており、先の欽明紀の記事は信憑性に足るべきものである。したがって、わが国では、六世紀半ば頃には百済の楽人が番上しており、政権の主催する饗宴に役割を果たしたものであろう。その意味では、中国の影響を受けた百済の音楽（以下、百済楽とする）や音楽制度の一部が機能していたといえよう。楽器としては『北史』百済伝にみられる鼓角《こかく》、箜篌《くご》、箏《そう》、竽《う》、篪《ち》、笛等が奏されていた可能性が考えられる。これらの楽器の大部分は雅楽寮の中で教習されることになる楽器であった。

高句麗の音楽の伝来　高句麗の音楽（以下、高麗楽とする）がわが国に伝えられたことを示す史料は、新羅や百済のように明白ではない。しかし、中国の史書によると朝鮮三国のなかではもっともはやくから中国の音楽の影響を受けたことが知られ、『北史』では五絃・琴《きん》・箏・篳篥《ひちりき》・横吹《よこぶえ》・簫《しょう》・鼓の楽器が存在したとみえる。これは五世紀ころの状況と考えてよいであろう。さらに『後漢書』や『三国史』によると、高句麗にははやくから鼓吹《くすい》が伝えられており、四世紀中頃の安岳《あんがく》三号墳前室の壁画には鼓吹を中心とした奏楽図が描かれており、それを示している。鼓吹は軍楽や儀仗の音楽であるが、高句麗では宮廷鼓吹楽と行進鼓吹楽に分けられ、宮廷鼓吹楽は舞踊と結合して舞楽としても行われたという。

わが国に高麗楽が伝えられたことを示す史料は、『日本書紀』推古《すいこ》二十六年八月条に隋《ずい》の煬帝《ようだい》の攻撃を撃退した高句麗王が捕虜とともに鼓吹等の「方物」を貢上してきたとするものである。高句麗の音楽状況を考慮すると信憑性の高いものであり、この時には軍楽の行進鼓吹楽が主であったと察せられるが、推古朝には高句麗との通交が盛んであったことから、宮廷鼓吹楽も伝えられたものと考えられる。

推古朝は冠位十二階、十七条憲法等、官位制の萌芽がみられることからわが国において音楽制度が整備された可能性も考えられている。舒明《じょめい》四年十月条に唐の使高表仁《こうひょうじん》を難波に出迎えた時に「鼓《つづみ》・吹《ふえ》・旗幟《はた》、みなともに整飾《よそ》へり」とあり、『隋書』倭国伝にも「儀仗を設け、鼓角を鳴らし来り迎える」とある。これらは鼓吹が整備されていたことを示すものである。推古朝から皇極朝にかけては、鼓吹記事がいくつかみられるが、(注5)天武《てんむ》朝のように音楽が集中的に現れていない。したがって、鼓吹については高句麗の影響を受けた制度が整備されていたことは考えられても、宮廷音楽についてはいまだ十分に整っていたとはいえないであろう。

唐の音楽の伝来　古代の音楽において、朝鮮諸国の音楽とともに中心となったのが、唐の音楽（以下、唐楽とする）である。唐楽が明確に伝えられていたことを示すのは、大宝二年（七〇二）正月に「五帝太平楽」が奏されたとする記事で、天平七年（七三五）には吉備真備《きびのまきび》が『楽書要録《がくしょようろく》』を伝えるなど、(注6)その後も遣唐使を通じてもたらされている。遣唐使は、周知のように遣隋使に引き続いて舒明二年（六三〇）に始められ、孝徳《こうとく》朝、斉明《さいめい》朝、天智《てんじ》朝と派遣されている。舒明朝遣唐使の帰国に及んで唐使高表仁も来朝しており、既述のようにこの時わが国では彼を鼓吹・旗幟を整えた船三十二艘で迎えたという。天智朝の派遣は政治的目的が強いとされているが、それまでの数回の遣唐使によって、唐楽は徐々に伝えられた可能性が考えられるであろう。

五〜七世紀前半の音楽状況　それではこれまで述べてきた五世紀から七世紀前半までのわが国における音楽状況について考えてみよう。『古事記』『日本書紀』『風土記』、そして埴輪や出土楽器等によると、古来の音楽は歌舞を主体とし、琴（コト）・笛・太鼓・鈴等の類いの楽器が存在していた。歌舞は、神憑《かみがか》りや常世《とこよ》信仰などの神事、葬礼・鎮魂、「新室《にひむろ》の楽《うたげ》」（家屋新築の祝宴）等において、あるいは戦闘による勝利の歌舞などとしてあらわれている。

琴（コト）は弥生時代以後に使われはじめ、文献史料や考古資料によると、材質は樟《くすのき》や杉であり、竹も考えられる。その機能は「神の命」を請うための楽器であり、また神が所有している場合も多い。ほかに歌舞の伴奏としても使用されている。

笛は縄文時代に石や土製の笛があり、弥生時代には陶器製の中国の塤《けん》風の笛が存在した。古墳時代の考古的遺物として笛はほとんど発見されていないが、『常陸国風土記』行方郡条にみられる「天《あめ》の鳥笛」というのが石や土製の笛にあたると筆者は考えている。したがって、横笛は元来存在していなかったが、『日本書紀』継体七年九月条の歌に、

隠国《こもりく》の　泊瀬《はつせ》の川《かは》ゆ　流《なが》れ来《く》る　竹《たけ》の　い組竹《くみだけ》節竹《よだけ》　本辺《もとへ》をば　琴《こと》に作《つく》り　末辺《すゑへ》をば　笛《ふえ》に作《つく》

り　吹《ふ》き鳴《な》す

（日本古典文学大系）

などとみえる。これは竹製の笛があったことを示しており、おそらくは横笛であろう。また、天理市星塚1号墳より発見された笛状木製品は粗雑な加工で三孔をもち、その吹き口がまん中にあるという点で特殊な形態をもつが、吹き口がまん中にある横笛は高句麗の壁画等にもみえ、同笛状木製品を吹いた音律もそれなりに調っており、未完成ながら横笛であった可能性は高い。これは五世紀末頃の古墳と推定されており、横笛の出現時期とほぼ一致している。

百済では、既述のように『北史』百済伝に「篪・笛」の楽器がみえ、篪は大型の横笛で「笛」も横笛と推察され、五世紀には存在したと思われる。当該時期において朝鮮半島からの渡来人の流れは四世紀末、五世紀末～六世紀初と二波があり（注7）、ともに百済あたりからの渡来であった。したがって、五世紀末～六世紀初めには百済を中心とした民間人の楽器や音楽が伝えられていたことは確実であり、その楽器のなかに横笛があったことは十分考えられよう。

このあと七世紀には、高句麗から鼓吹が伝えられ、その中にも鼓吹系の横笛が含まれていた可能性が高い。笛が吹かれたのは葬送や鎮魂などの時であったことが窺われる。

太鼓は埴輪によると、樽型でバチで打つものがあり、ただ桶を伏せたようなものもあったことも考えられるが、後者については明白でない。太鼓は神憑りの手段や鎮魂や葬送、歌舞の伴奏として使用された。

鈴は史料上は『古事記』允恭天皇、軽太子と衣通王の段に「脚結小鈴《あゆひのこすず》」としてみられるように、脚などに結び付けて邪霊を払う呪術的な装飾として使用された。

まとめ　以上のように、五～七世紀の大和政権のもとでの西日本を中心とする日本列島には、渡来人によって少しずつ音楽や楽器が伝えられはじめ、また国家間の交流によって組織的に伝来する可能性もあった。六世紀初頭には百済の楽人が交代して大和政権に対して奉仕していたことから、中国の音楽の影響を受けた百済楽が伝えられ、百済のおそらく官司制的音楽制度が大和政権において機能していたとみられよう。また、同政権では歌舞・琴・笛（石・土笛、陶埙）等を伝習する部によって奉仕される部制によっていたものと推察される。

国家的儀礼では殯や墳墓における喪礼や大王即位、祈年祭や新嘗の収穫祭などに音楽が奏されたであろうし、民間では春山入りの行事や山の神祭り、農耕儀礼にかかわる殺牛祭神の信仰等において歌舞などが行われたものと考えられる。

そして、推古朝には官司制の一部が採用されたと思われ、鼓吹についてはまったく新しいものとして伝えられたために、それを伝習する官司制的音楽機関が設けられた可能性は高いが、既述した一般的な音楽については、七世紀後半まで待たねばならないであろう。

二　雅楽寮と内教坊・歌儛所・大歌所

『万葉集』は、舒明の時代（六二九〜六四一）から奈良時代半ばの淳仁の天平宝字三年（七五九）までの作品が収められている。このうちの七世紀の第2四半世紀は前節で述べた時期に重なるが、それ以降の大部分は古代における初期の音楽制度が成立する時期に相当しており、同書の中にはその詞書に、歌儛所や琴（コト）に関する記述がみられる。また歌舞を愛好した人々についても幾人か窺うことができる。本章では関連する『万葉集』の歌やその詞書に言及しながら、七世紀後半から八世紀末までの律令国家における音楽制度について述べたい。

雅楽寮の成立　中央集権的な官僚的律令国家が成立すると、国家的儀礼も徐々に整備され、そこで奏されるにふさわしい音楽の重要性も増すことになる。そのためには、当然、音楽を教習する人々、教師役の諸師、それを習得する楽生、すなわち楽人・舞人を選定する必要がでてくる。平安時代初期の令の私選注釈書である『令集解』には、歌人や笛吹等の採用方法について「国の遠近を限らず、歌をよくする人を取る」とみえる。『日本書紀』天武四年（六七五）二月には、大倭《やまと》・河内《かわち》・摂津《つ》・山《やま》背《しろ》・播磨《はりま》・淡路《あわじ》・丹波《たんば》・但馬《たじま》・近江《おうみ》・若狭《わかさ》・伊勢《いせ》・美濃《みの》・尾張《おわり》の諸国に、「所部《くにのうち》の百姓《おほみたから》の能《よ》く歌ふ《うたうた》男女《をのこめのこ》、及び侏儒《ひきひと》・伎人《わざひと》を選《えら》びて貢上《たてまつ》れ」と命じている。これはまさにその採用方法に合致するもので、何らかの音楽機関を立ち上げるために諸国から貢上させたと考えられる。あわせて、同書同天皇十四年九月には「凡《おほよ》そ諸《もろもろ》の歌男《うたを》・歌女《うため》・笛吹《ふえふ》く者《ひと》は、即《すなわ》ち己《おの》が子孫《うみのこ》に伝《つた》へて、歌笛《うたふえ》を習《なら》はしめよ」

と命じている。これは楽戸の設定によって、予備軍を確保するなどの目的をもったものであろう。また天武天皇崩御による殯宮において「楽官（うたまひのつかさ）」が奏楽したとされている。これらのことから、律令制的音楽機関は天武朝の後半から持統朝に、飛鳥浄御原令《あすかきよみはら》において規定され設置されたことが推察できる。

雅楽寮の初出は『続日本紀』大宝元年（七〇一）七月戊戌条に「雅楽諸師」とみえる。これは雅楽寮に所属する音楽の指導者である諸師に関するもので、画工《がこう》や算師《さんし》などとともに判任官《はんにんかん》に准ずることが述べられている。また、唐の音楽である「五帝太平楽」が奏されたのも、同書同二年正月のことであるので、大宝元年に制定された大宝律令に基づく官司制度の段階で雅楽寮が成立していたことは明らかである。これは文武朝であるが、実質的には持統が主導していたのであり、大宝令は飛鳥浄御原令を継承したものであったことを考慮すれば、天武・持統朝の飛鳥浄御原令段階において実質的に雅楽寮が成立したと考えてよいであろう。

雅楽寮の構成　雅楽寮における、楽人・舞人・歌人等の構成と数は次の通りである。(注8)

歌師－四人　歌人－四〇人　歌女－一〇〇人
儛師－四人　儛生－一〇〇人
笛師－二人　笛生－六人　笛工－八人
唐楽師－一二人　唐楽生－六〇人
高麗楽師－四人　高麗楽生－二〇人

百済楽師─四人　百済楽生─二〇人
新羅楽師─四人　新羅楽生─二〇人
伎楽師─一人　伎楽生─楽戸
腰鼓師─二人　腰鼓生─楽戸

これらの構成は、天武・持統朝の雅楽寮の初期の段階に成立していたと思われるが、百済や高句麗はすでに新羅によって滅ぼされている状況にあり、新羅とは天智二年（六六三）の白村江の戦い以来敵対関係にあった。唐とも敵対し、遣唐使は政治的目的とされる天智朝の派遣以来大宝年間（大宝二年六月出発）まで行われることはなかった。その意味でも、新羅・百済・高句麗の音楽は推古朝までに、唐の音楽は舒明から斉明朝までに伝えられたものが、天武・持統朝にそれぞれの国の音楽として整理されたものであったろう。朝鮮三国の音楽は既述のように、それぞれ特徴あるものであったにもかかわらず、楽師の数が四人、楽生の数が二十人と同数にされているのはそれを物語っていよう。

これらの音楽は伝来すると主として渡来人によって伝習されていたと察せられ、天武四年（六七五）に出された詔の「能く歌ふ男女、及び侏儒・伎人」の中には、あるいは渡来人によって伝習されていた朝鮮系・中国系の音楽も含まれていたことも考えられるのではなかろうか。

その後、雅楽寮の楽師・楽生の実数は変化しながらも嘉祥元年（八四八）には百五十四人が削減されて、百人が定められている。(注9) しかし、高麗楽・百済楽・新羅楽、唐楽という分類は次第に整理されて高麗楽と唐楽とにまとめられ、十世紀初頭あたりには楽所という新たな音楽機関が成立する。これについては後述する。

内教坊の成立　内教坊とは八世紀初頭の唐において、女楽を掌《つかさど》るところとして作られた音楽機関で、わが国では『続日本紀』宝亀《ほうき》八年（七七七）五月戊寅《つちのえとら》条の飯高宿禰諸高《いいだかのすくねもろたか》の薨伝《こうでん》に、元正《げんしょう》天皇の時代に内教坊に宿直したことや伊勢国飯高郡の釆女《うねめ》に任ぜられたことが記されている。ゆえに、唐において七一四年に設置後、わが国ではこれを模して元正の時代（七一五〜七二四）に創設されたと考えられる。（注10）同書天平宝字《てんぴょうほうじ》三年（七五九）正月乙酉《きのととり》条に舞台で女楽を行った後に内教坊による踏歌《とうか》が庭で奏されたとあるように、宮廷での女楽や正月十六日に行われた踏歌節会での女踏歌を担当したのである。女楽を掌った妓女《ぎじょ》は雅楽寮の歌女《うため》などとは異なり、天皇や皇族に近侍する侍女の中から選ばれたと推察される。奈良時代には踏歌を行うことが多かったが、平安時代には舞妓による舞の伴奏も女性のみによって掌られた。

歌儛所と諸王臣子　五〜七世紀前半における音楽状況は、前章の中で述べたように、歌舞が中心で、琴（コト）や笛はその伴奏としても使用された。祝宴の場等においては、十分に音楽を楽しんだことであろう。『万葉集』の時代にあたる七世紀前半から八世紀にかけて、宮廷において群臣や賓客《ひんきゃく》を招いての饗宴の音楽は徐々に恒例化しており、（注11）そのほかの機会においても歌舞を中心に盛んになっていったと思われる。

『万葉集』巻第六にはまさに、古歌舞が流行していたことを示す詞書と歌が次のようにみられる。

内教坊妓女の舞〈中央公論新社「日本の絵巻８　年中行事絵巻」より転載〉

冬十二月十二日、歌儛所《かぶしよ》の諸《しよ》王臣子等《わうしんしら》、葛井連広成《ふぢゐのむらじひろなり》の家《いへ》に集《つど》ひて宴《えん》せし歌二首

比来《このころ》、古儛《こぶ》盛《さか》りに興《おこ》り、古歳《こさい》漸《やうやく》に晩《く》れぬ。理《ことわり》宜《よろ》しく共《とも》に古《こ》情《じやう》を尽《つ》くして同《おな》じく古歌《こか》を唱《うた》ふべし。故《ゆゑ》にこの趣《おもむき》に擬《ぎ》して、輙《すなは》ち古曲《こきよく》二《に》節《せつ》を献《たてまつ》る。風流意気《ふうりういき》の士《し》、儻《も》しこの集《つど》へるが中《なか》に有《あ》らば、争《あらそ》ひて念《おも》ひを発《おこ》し、心々《しんしん》に古体《こたい》に和《わ》すべし。

1011 我《わ》がやどの梅咲きたりと告げ遣《や》らば来《こ》と言ふに似たり散りぬともよし

1012 春さればををりにををりうぐひすの鳴く我《わ》が島《しま》そ止《や》まず通はせ

（新日本古典文学大系）

これは天平八年（七三六）十二月のこととされており、歌儛所の諸王臣子らが葛井連広成の家に集まり宴を行なったという。葛井連広成は百済系渡来人の白猪史《しらいのふひと》氏で葛井連の姓を賜り、(注12)『家伝《かでん》』下には「文雅」の者として名があげられており、『懐風藻《かいふうそう》』にも漢詩が載せられている。この『万葉集』の史料に関連する記事として注目できるのが『続日本紀《しょくにほんぎ》』天平六年二月癸巳《みずのとみ》朔条である。それは次のようにみえる。

天皇《すめらみこと》、朱雀門《すざくもん》に御《いでま》して歌垣《うたがき》を覧《みそなは》す。男女《をのこめのこ》二百卌餘人、五品已上の風流《みやび》有る者《ひと》、皆《みな》その中《なか》に交《まじ》雜《は》る。正四位下長田《ながた》王、従四位下栗栖《くるす》王・門部《かどべ》王、従五位下野中《のなか》王等を頭《かみ》とす。本末《もとすゑ》を以て唱和《しやうわ》し、難波曲《なにはぶり》・倭部曲《やまとべぶり》・浅茅原曲《あさぢはらぶり》・広瀬曲《ひろせぶり》・八裳刺曲《やつもさすぶり》の音《ね》を為《な》す。都《みやこ》の中《うち》の士女《をとこをみな》をして縦《ほしきまにま》に覧《み》せしむ。歡《よろこび》を極《きは》めて罷《や》む。歌垣《うたがき》を奉《たてまつ》れる男女《をのこめのこ》らに禄《ろく》賜《たま》ふこと差《しな》有り。

（新日本古典文学大系）

これによると、聖武天皇が大内裏《だいだいり》朱雀門《すざくもん》に御して男女二百四十余人による歌垣《うたがき》があり、五品以上の風流ある者がこれに加わったとされている。これはおそらく朱雀門外において、長田王、栗栖王、門部王、野中王らが歌頭《うたのかみ》となって宮人らによって行なわれたものであろう。このなかの長田王と門部王は『家伝』下に「風流侍従《ふりゅうのじじゅう》」としてみえる。葛井連広成の家に集まった諸王にはこれらの歌垣頭を勤めた長田王、栗栖王、門部王、野中王、また『家伝』に「風流侍従」としてみえる六人部《むとべ》王・狭《さ》井《い》王・桜井王等が含まれていたことが考えられる。

六人部王は笠縫《かさぬい》女王の父であり、（注13）狭井王は美努《みぬ》王の息で母は県犬養宿禰《あがたいぬかいのすくね》三千代で橘諸兄《たちばなのもろえ》は兄にあたる。桜井王は天武皇子長親王の孫にあたり、天平十一年には大原真人《まひと》姓を賜っている。（注14）また、臣子の中には、やはり「風流侍従」としてみえる石川朝臣君子・阿倍朝臣安麻呂《あべのあそんやすまろ》・置始工《おきそめのたくみ》らが含まれていたであろうし、同書に「文雅」とみえる広成の他の紀朝臣清人《きのあそんきよひと》・山田史御方《やまだのふひとみかた》・高丘連河内《たかおかのむらじかわち》・百済君倭麻呂《くだらのきみやまとまろ》・大倭忌寸小東人《やまとのいみきこあずまんど》らについても同様に考えられ、かれらが「歌儛所の諸王臣子」の人々ではなかったかと推察される。

古歌舞の流行　この時の歌垣では、宮廷風に編曲された古曲が奏され舞われたと察せられる。（注15）諸王臣子が関わっていた歌儛所では、まさに難波曲《なにわぶり》、倭部曲《やまとべぶり》、浅茅原曲《あさじはらぶり》、広瀬曲《ひろせぶり》、八裳刺曲《やつもさすぶり》などの歌垣で歌われたような古曲が教習されていたのではないかと思われる。すなわち、後の催馬楽《さいばら》のような各地の民謡風の歌舞が宮廷風に編曲された古歌舞ではなかったかと考えられる。

養老五年（七二一）正月二十七日に学業に優れた者が褒賞《ほうしょう》されており、この中に和琴師文忌寸《ふみのいみき》広田、唱歌師大窪史《おおくぼのふひと》五百足《いほたり》・記多真玉《きたのまたま》・螺江臣《さざえのおみ》夜気女《やけめ》・茨田連《まむたのむらじ》刀自女《とじめ》・置始連《おきそめのむらじ》志祁志女《しげしめ》が含まれている（『続日本紀』）。この時に褒賞された中では唱歌師《しょうかし》の五人は、陰陽の六人に次いで多く、これは唱歌師の活動が活発であったことを示していよう。『万葉集』巻五の雑歌、巻七の雑歌・譬喩歌《ひゆか》、巻八の秋の雑歌、巻十六の「由縁ある雑歌」の中には、和琴《わごん》を歌った歌があり、また詞書で和琴に言及しており注目される。巻五では大伴旅人《おおとものたびと》が藤原房前《ふじわらのふささき》に宛てた書簡のなかで「手馴《たな》れの琴」と表現しており、巻七では「倭琴《やまとごと》を詠《よ》みし」歌、「和琴《やまとごと》に寄《よ》せし」歌が掲載されているように、和琴はきわめて身近な楽器であったことが知られる。また、巻八の「仏前《ぶつぜん》に唱《うたひし》」歌や巻十六の「河村王の、宴居《うたげ》に琴を弾きてまづ誦する」歌「小鯛《こたひ》王の、宴居に琴を取りてまづ詠ずる」歌では、和琴を伴奏に『万葉集』の歌が詠われている。

さらに、歌の作者や詞書等にみえる人々に注目できる。葛井連広成は巻六の中で天平二年に大宰府の大伴旅人の家の宴において、求められて歌を吟《ぎん》じている。巻八の「仏前《ぶつぜん》に唱《うた》ひし」歌では市原王《いちはらのおおきみ》と忍坂王《おしさかおおきみ》が琴を弾《ひ》き、田口朝臣家守《たぐちのあそんやかもり》・河辺朝臣東人《かわべのあそんあずまひと》・置始連長谷《おきそめのむらじはつせ》ら十数人が唱和し、巻十六では河村王《かわむらのおおきみ》と小鯛王《こたいのおおきみ》の宴居にそれぞれがともに琴を弾き詠ったという。市原王は安貴王の息で、安貴王の父春日王から三代続いての万葉歌人の家柄であった。忍坂王は後に大原姓を賜る。また小鯛王は、同じところに「更《また》の名を置始多久美《おきそめのたくみ》といへる、この人なり」とあり、『家伝』の「風流侍従」にみえた置始工と同一人物と考えられる。かれらもまた、歌儛所の諸王臣子であったと推察される。

歌儛所の性格については、雅楽寮そのものとする説、後に成立する大歌所の前身とする説、諸王臣子に古歌舞を教養的に教習させるための音楽機関とする説があり(注16)、明確ではない。ここでは、既述したように、「風流侍従」や「文雅」を身に付けた者がおり、古歌舞や「難波曲」等の曲節が流行していたこと、『万葉集』の歌も詠われることがあったことなどから、諸王臣子にとって古歌舞を教養として教習することは重要であり、それを教習するための機関として設けられたものであったと考えたい。

『万葉集』の時代は、雅楽寮では国家荘厳化や服属儀礼的役割を持つ唐楽・高麗楽等、久米舞・諸《もろ》県《かた》舞等が教習され、徐々に整備されつつあった国家的儀礼にその役割を果たしていた。また、諸王臣子の教養的音楽としては、古歌舞や和琴が身近な音楽として、その役割を担っていたのである。

大歌所の成立　大歌所については、『日本文徳天皇実録』嘉祥三年（八五〇）十一月己卯《つちのとう》条にみえる治部大輔興世朝臣書主《じぶのおおすけおきよのあそんかきぬし》の卒伝に、よく和琴を弾くので大歌所別当に任ぜられたとあるのが初見である。大歌は天平勝宝四年の東大寺大仏開眼供養会に「大歌女」とはじめてみえる。天応元年（七八一）十一月の大嘗祭《だいじょうさい》には「五位已上を宴《うたげ》して、雅楽寮の楽と大歌《おおうた》とを庭に奏《つかへまつ》らしむ」とみられ（『続日本紀』）、このときには明らかに雅楽寮の音楽とは別なものとして奏されており、この段階ではすでに大歌所として成立していたといえるであろう。（注17）歌儛所との関係では、一般的には歌儛所を前身として成立したとされている。しかし、興世朝臣書主は大歌所別当となり、常に節会に供奉《ぐぶ》したとあるように、大歌所の目的は儀式での奏楽にあること、令では雅楽寮の歌師の掌る歌には立歌が含まれていたが、『内裏式』『儀式』の元日節会では大歌または立歌の他に雅楽寮の奏歌とみられることなどから、大歌所は内容的には奈良時代の末期に、雅楽寮で教習されていた日本古来の歌舞の一部を独立させて成立したと考えられる。

三　楽所の成立

衛府の奏楽　大歌所別当としてみえる興世朝臣書主は、先の卒伝によると、弘仁七年（八一六）二月に左衛門大尉《さえもんのだいじょう》で検非違使《けびいし》を兼ね、しばらくして右近衛将監《うこのえのしょうげん》に転じ、この時に大歌所別当となっている。林屋辰三郎氏が近衛と大歌所との関係を推定しているように、[注18]平安初期にはすくなくとも諸衛府は音楽とのかかわりを強くもつようになる。その初期のものとして考えられるのは『日本後紀』弘仁五年十月甲子《きのえね》条に「右の諸衛府奉献し、宴飲奏楽す」とあるもので、他の例からみてもおそくともこの弘仁年間には衛府官人が奏楽を掌るようになったことはほぼ間違いないであろう。

この嵯峨天皇の時期は、周知の通り蔵人所等の令外の官の設置などの令制の再編が行なわれた時であり、天皇自ら楽器を奏する等音楽への知識、理解が十分にみられた。したがって、元来鼓吹の軍楽を通して音楽とのかかわりをもち、儀仗において近侍していた衛府官人に音楽を担当させるようになっていったのであろう。しかも、雅楽寮とは異なり、内裏での宴飲においての奏楽を担当したのであり、天長四年（八二七）二月の宴飲に六衛府が和琴を奏し、雅楽寮が音声を奏したとあり、同五年十二月の宴飲には左右近衛が東国の歌を奏したとあるように、[注19]初期の頃は和琴や古歌舞を掌っていたと考えられる。したがって、大歌所別当も和琴をよくする近衛官人の興世朝臣書主が任ぜられたのであろう。

また、『続日本後紀《しょくにほんこうき》』承和二年（八三五）十月壬辰《みずのえたつ》条に五月六日に行なわれた馳御馬《はせみうま》競技《きょうぎ》の勝負楽が、この時右三衛府・右馬寮《うまりょう》によって行なわれた。ここでは雑楽を奏したとあり、同書同年十二月辛未朔《かのとひつじのついたち》の宴飲には左右近衛府が互いに音楽を奏したとあることから、雅楽のなかの舞楽や散楽《さんがく》等を含んだ音楽であったことが推察される。

楽所の創設　その背景には、奈良時代までに伝えられた外来の楽舞や国内各地域の歌舞の一部はもっぱら雅楽寮で教習されていたが、桓武朝以降の儀式の整備や節会の創設にともない、これらの機会に演奏する音楽の整備が徐々に進められていったことがあった。それによってまた、嵯峨・仁明天皇をはじめ親王やその後裔の王族、また天皇家と密接な関係を築きあげていく藤原氏の子弟は雅楽の楽器や舞楽を自ら習い、公私の様々な年中行事の中で、頻繁に演奏するようになる。これらの動きは雅楽が日本化したことを意味しているが、天皇や公卿の教養的芸能として受容されることによって、宮廷で行なわれるようになる臨時的な御遊《ぎょゆう》や管弦興《かんげんのきょう》、あるいは後には舞楽の演奏に対処するために、それに加わることのできる堪能の侍臣を祗候《しこう》させ楽舞の教習を行なう音楽機関として創設されたものが楽所《がくそ》（がくしょ）であったと考えられる。

楽所とは奈良時代には法会《ほうえ》等のために、臨時的に楽人をとどめておく仮の施設であり、平安初期にも大嘗祭に臨時に楽人をとどめ置く所等であった。常設された音楽機関としての楽所は『西宮記《さいきゅうき》』巻八の宴遊条・裏書条、巻七の臨時御願条等に引く延喜年間の記事、『醍醐天皇御記』延長四年二月の花宴の記事によると楽所の楽所人が雅楽寮とともに音楽に奉仕していることが知られることなどから、遅くとも醍醐朝には常設楽所が創設されていたと推察される。

舞楽抜頭〈中央公論新社「日本の絵巻8　年中行事絵巻」より転載〉

楽所の職員　楽所職員は摂関期と院政期では若干異なっていた。摂関期までは必ずしも明白でないが、別当・預《あずかり》・地下寄人《じげのよりうど》からなり、院政期には別当・預・殿上寄人《でんじょうよりうど》・地下寄人・舞人・楽人等から構成されていた。院政期の場合、楽所別当は二人おり、上級別当は蔵人頭が下級別当は六位蔵人が勤めた。

　また、いずれの場合も音楽の実質上の責任者は楽所預であり、実際に奏楽を担当したのは管弦に堪能な殿上寄人や地下寄人、舞人・楽人であった。このうち地下寄人の多くは音楽に堪能な侍臣から選ばれ、石清水臨時祭《いわしみずりんじさい》等に陪従《べいじゅう》を勤めた者たちであった。舞人・楽人の中心は雅楽寮や衛府の官人に任ぜられていた専業の地下の楽家舞人・楽人であった。(注20)

　摂関期までの初期の楽所人は楽所に祗候し、御遊や管弦興に奉仕することが主たる役割であったと思われるが、院政期には崇徳《すとく》天皇などが舞楽を好み、頻繁に舞楽御覧を行ない、その舞楽への奉仕も楽所人によって担われるようにもなっていった。

おわりに

古代の音楽制度の変遷をまとめてみよう。六世紀前半にはその一部は百済の制度に依存したものとなっていたが、古来の音楽は部の職能集団によって、各地域において伝習させていたものであろう。推古朝以降の七世紀初期になって新羅楽の再流入、高麗楽・唐楽の伝来があった。推古朝に伝来した伎楽《ぎがく》について、伝来者の百済人味摩之《みまし》を桜井に居住させて少年を集めて伎楽舞を習わせた(注21)とあるのを参考にすると、朝鮮三国の音楽や中国の音楽も同様に教習に堪えることのできる人々に伝習させたと考えられる。その中には渡来系の人々が多くいたことであろう。したがって、何らかの音楽機関によって教習されたものではなかったろう。しかし、このころ伝来した鼓吹においては唐使を迎えるにあたって整っていたことから、何らかの教習する機関があった可能性は考えられる。

組織的な音楽機関が整うのは、天武・持統朝であり、中国の律令制における音楽制度を基本にして、日本の実状にあわせた雅楽寮であった。また、八世紀前半には玄宗の時に作られた内教坊が模して設けられ、後半には雅楽寮でも教習されていた古来の歌謡を独立させて大歌所を立ち上げた。これは奈良末から平安初期にかけて儀式・節会が整備されていくのにともなうものであった。これによって音楽が天皇、王卿貴族には身近なものとして、かれらによって奏せられるようになり、侍臣として近侍することの多い衛府や蔵人所が奏楽に関わるようになり、殿上における音楽に奉仕する音楽機関として九世紀末から十世紀初頭に楽所が創設されたのである。

注1 『論語』陽貨。実際は「鄭声の雅楽を乱すことをにくむ」とある。
2 『令集解』所引尾張浄足説。
3 『日本書紀』持統天皇称制元年春正月丙寅朔条。
4 鎌田元一「七世紀の日本列島」(『岩波講座日本通史』第3巻)。
5 推古天皇二十六年八月癸酉朔・舒明天皇四年十月辛亥朔甲寅条。
6 いずれも『続日本紀』。
7 平野邦雄『帰化人と古代国家』。
8 『令義解』職員令。
9 『類聚三代格』巻四、加減諸司官員并廃置事。
10 拙著『日本古代音楽史論』第二部第二章内教坊。
11 右同書、第一部第一章第三節律令制下の音楽。
12 『続日本紀』天平三年正月丙子条によると、このときすでに葛井連に改姓している。
13 『万葉集』巻第八に笠縫女王の歌(一六一一)がみえ、その注に「六人部王の女なり」とある。
14 天平十一年四月には高安王が大原真人姓を賜っているが、同十六年二月には「大原真人桜井」とみえることから、高安王とともに賜ったことが推察される(『続日本紀』)。
15 『新日本古典文学大系　続日本紀』二の補注11－50。

16 林屋辰三郎『中世藝能史の研究』、拙著『日本古代音楽史論』など。
17・18 林屋辰三郎、前掲書。
19 それぞれ『日本紀略』天長四年二月己未、同五年十二月壬子条。
20 ここまでの楽所に関しては、拙著『平安朝音楽制度史』による。
21 『日本書紀』推古天皇二十年条。

（使用した『万葉集』は、一～十巻「新日本古典文学大系」、十一～二十巻「日本古典文学大系」による。）

古代日本の王言について
――オホミコト・ミコト・ミコトノリ――

川﨑　晃

律令国家は政治を行う上で原則的に文書主義をとったが、王言（天皇の言）の宣布に音声言語が重要な役割を果たしていたことが宣命体の詔（宣命）や儀式の研究から明らかにされ、文書主義の時代における音声の世界のもつ歴史的意味が問われることになった。(注1) 簡要に記された文書木簡においても、音声言語が補完的役割を果たしていたことが推測される。筆者も別に召文木簡の点呼、告知札の口示・牓《ぼう》示《じ》札《さつ》の宣示及び識字者を媒介とする口頭伝達など、木簡と音声言語とが相補的関係にあることを指摘したことがある。(注2)

ところで、周知のように、公式令によると天皇の意志は所定の手続きを経て「詔書」、「勅旨」といった文書形式をとり国家の意思として下命される。従って、律令国家における文書様式上の王言は「詔」と「勅」の語によって示されるといえる。

本稿では天皇（大王）の言の倭語であるオホミコト、ミコト、ミコトノリの多様な漢字表記を『万葉集』、『古事記』、『日本書紀』、木簡に探り、その歴史的関係について卑見を述べてみたい。

一　王言―天皇の言

『万葉集』の王言

『万葉集』をみると、歌中に天皇の言を「詔」、「勅」字を用いて表記した歌がある。

志斐嫗奉和歌一首（志斐嫗《しひのおみな》が和《こた》へ奉《まつ》る歌一首）

不聴《いな》雖《と》謂《いへど》　話《かた》礼《れ》〻《かた》〻《れ》常《と》　詔《のら》許《せこ》曾《そ》　志《し》斐《ひ》伊《い》波奏《はまうせ》　強話《しひかたり》登《と》言《いふ》（巻三・二三七）

二三七番歌は二三六番歌に続く天皇と志斐嫗の問答歌である。歌中では「詔」をノラセと訓んでいるが、二三七番歌の「詔」字は『万葉集』歌句中の唯一例である。ノルという語を表すのに集中では「告」が最も多く、ついで「謂」を用いている。「宣」字も一例「舟公宣奴嶋尓」（巻三・二四九）があるが、難解歌で、かつ誤字説もあり、揺らぎがある。このうち巻一巻頭歌では、雄略天皇の言に「告」字が用いられている。

二三七番歌の用字における面白さは「語れ、語れ」という天皇の言を「詔」、志斐嫗の言を「奏」と、律令用語を用いて対比的に表現している点にあるであろう。公式令には、勅命である「詔」に対して、臣下が上奏する場合は「奏」という書式を用いることが定められている。

このように「詔」は天皇の言を表す表記であるが、『古事記』では小碓命《をうすのみこと》（倭建命）の言（景行段）や目弱王《まよわ》の言（安康段）を「詔」としている例がある。そうした意味では、律令用語を踏まえた三七番歌の「詔」は、天皇の言であることを際立たせるものである。

次に「勅」の例をみてみよう。山上憶良の「好去好来歌」には「奏」と「勅旨」の語が用いられている。この歌で使用されている「勅旨」の語は「詔」字と同様に歌句中の唯一例である。

……天下《あめのした》　奏多麻比志《まうしたまひし》　家子等《いへのこと》　撰多麻比天《えらひたまひて》　勅旨《おほみこと》〈反云大命〉　戴《いただき》　持弖《もちて》
唐能《もろこしの》　遠境尓《とほきさかひに》　都加播佐礼《つかはされ》……（巻五・八九四）

「天下奏多麻比志」は天下の政情を天皇に奏上する義、すなわち執政を意味する。「天下《あめのした》申《まうし》　賜者《たまへば》」（巻二・一九九）、「阿米能志多《あめのした》　麻宇志多麻波祢《まうしたまはね》」（巻五・八七九）などの類例がある。一九九番歌は高市皇子が太政大臣、八七九番歌は大伴旅人が大納言の地位にあり、それぞれ国政に関与したことをさしている。右に掲げた八九四番歌は丹治比真人嶋が左大臣の地位にあることをさし、その「家子」として広成が遣唐大使に選ばれたというのである。なお、類例として宣命にも「天下奏《まうし》　賜《たまはく》」（『続日本紀』天平勝宝元年四月一日条、第十三詔）（注3）などとみえる。

「勅旨、反して大命と云ふ」の「反」は音を示す反切の意ではなく訓注を意味し、漢語の勅旨は倭語で「大命《おほみこと》」といった意である。つまり、憶良は「勅旨」とは書いたが、口頭でよむ（音声表現）場合には宣命風にオホミコトとよんでほしいという注を付したのである。同歌にはもう一カ所

「船舳尓〈反云布奈能閇尓《ふなのへに》〉」という訓注がある。このようにオホミコトは「勅旨」に相応する天皇の言を意味する語であるが、同じ漢語表記である「大命」は、訓注に用いられるほど訓として定着していたことを語っている。この「大命」の語も集中の唯一例である。

左注に「天平五年三月一日、良宅対面、献三日（良《ら》の宅《いへ》にして対面し、献《たてまつ》るは三日）」、すなわち天平五年（七三三）三月一日に広成が憶良の家を訪ね、三日に憶良がこの歌を献上したとある。憶良の「反」は、遣唐使派遣に際しての儀礼の場でこの歌が口頭で披露される（よまれる、聞かれる）ことを意識しての注であろう。

公式の語と日常語

漢語と日常語（倭語）との関係で想起されるのは、神亀元年（七二四）三月辛巳（二十六日）の詔に「文則皇太夫人、語則大御祖（文《もん》には皇太夫人《こうたいぶにん》とし、語《こと》には大御祖《おほみおや》とし）」（『続日本紀』）とあることである。先帝文武の夫人であり聖武天皇の母である藤原宮子の呼称をめぐる紛議が生じたが、その結果、宮子を「文」、すなわち文章では「皇太夫人」と表記するが、それを「語」、すなわち口頭ではオホミオヤと読めというのである。「皇太夫人」という律令用語に馴染めず、相応する日常語（倭語）として選ばれた語がオホミオヤ（母上様の意）であったが、両者の乖離は否めない。

右に律令用語と日常語との乖離の例をみたが、こうした例は質を異にするが日常生活の中にもあった。

謹告知往還上中下尊等御中迷□少子事

右件少子以今月十日自勢多□

錦□〔織カ〕□麻呂〈年十一／字名者錦本云音也〉　皇后宮舎人字名村太之□〔家カ〕□□（長岡京跡出土木簡）

長岡京七条一坊七町の七条条間小路側溝から出土した、八世紀末（長岡京期）の迷い子探しの告知札である。[注4] 冒頭に「謹しんで往還の上中下の尊等《みことら》［御中］に告知す」とあるが、「御中」は現在でも使用する書簡用語であり、往還の「上中下尊等（官人の皆さまの意か）」に呼びかけたものである。この木簡によると十一歳の錦□〔織カ〕□麻呂が迷い子となったが、この戸籍上の名では捜索に不充分であったらしい。わざわざ「錦本といふ音なり」と日常呼び交わしている字名の音を表記している。「錦本」は錦織本麻呂の略称から生まれた字名であろうか。捜索依頼者自身も「村太」という字名を書いている。日常生活にあっては行政上の戸籍の名は遠い存在であったのであろう。

オホミコト

コトが音声言語を意味することは『続日本紀』の藤原宮子の呼称記事からもうかがえるが、より端的に示すのは次の歌である。

東乃《ひむがしの》　多芸能御門尓《たぎのみかどに》　雖伺侍《さもらへど》　昨日毛今日毛《きのふもけふも》　召言毛無《めすこともなし》（巻二・一八四）

草壁皇子が亡くなった時に、皇子に仕えた舎人が主人の命を待つ歌である。舎人にとっては待てど「召す言」のない沈黙の世界の広がりの向こうに、在りし日の主人の「言」（音声）があるのである。

天皇の言であるオホミコトは、このコトの上に、最大級の尊敬の意を表すオホ・ミが冠せられた語とされる。

そこで、次に記紀諸本の異同にこだわらず、オホミコトと訓まれる漢字表記の例を挙げてみたい。(注5)『古事記』では「命」、「大命」、「勅命」、「詔命」、「天皇之命」、『日本書紀』では「命」、「勅」、「大命」の他、「皇命」(景行十二年九月条、十月条、神功皇后摂政前紀九年三月条)、「皇言」(神功皇后摂政六十二年所引一云)、「(神の)教」(神功皇后摂政前紀、元年二月条)、「天勅」(欽明五年三月条)などの語がオホミコトと訓まれている。このうち「教」については後に述べるが、「皇命」、「皇言」は漢語の「皇命」、「皇言」をオホミコトに充てたものと思われる。また、「大命」は中国の経書や史書などにしばしばみられる語で、宇宙の最高神である天帝の命(天命)と同義に用いられ、またそこから天子(君主)の命として用いられた。オホミコトに「大命」を充てた時期は遡るであろうこと既にふれた。

オホミコトをノル主体は『古事記』では、天つ神と天皇、『日本書紀』では神(皇祖神)、天皇、神功皇后である。周知のように『日本書紀』では神功皇后の即位は認めぬものの、天皇と同格とされており、わざわざ巻を独立させている。従って、オホミコトは神(皇祖神)と天皇の言といってよかろう。

さて、「大命」の語は、例えば文武天皇即位の宣命の冒頭に「現御神止大八嶋国所知天皇大命良麻止詔大命乎(現御神《あきつみかみ》と大八嶋国《おほやしまぐに》知《し》らしめす天皇が大命《おほみこと》らまと《の》詔りたまふ大命を)」(『続日本紀』文武元年八月十七日条、第一詔)、橘奈良麻呂の変後の宣命に「明神大八洲所知倭根子天皇大命良麻止宣大命乎(明神《あきつみかみ》と大八洲《おほやしま》知《し》らしめす倭根子天皇が大命《おほみこと》らまと宣《の》りたまふ大命を)」(『続日本紀』天平宝字元年七月十二日条、第十九詔)とみえる。第一詔は大宝令以前の浄御原令の時期のものであるが、これと類似する公式令1詔書式の冒頭文「明神御大八洲天皇詔旨云々(明神と大八洲御《し》らす天皇が詔旨《おほみこと》らまと)」と比べると、「大命」は「詔旨」に相当する。同様に詔書式と宣命を比較すると、孝謙天皇譲位の宣命に「現神止御宇倭根子天皇可御命良麻止宣御命乎(現神と御宇倭根子天皇が御命らまと宣りたまふ御命を)」(第十四詔)、また孝謙、もしくは聖武太上天皇の宣命に「天皇我御命尓坐(天皇が御命に坐《いま》せ)」(第十五詔)とあり、「御命」が「詔旨」に照応し、「御命」もまたオホミコトの表記の一つであることが確認される。同様に「命」(十二詔)、「大御命」(三十二詔)などもオホミコトを表記したものであろう。

ミコト

この「御命」で想起されるのが、同様に天皇の言、命令を意味するミコトである。『万葉集』には次のような例がある。

天皇乃《おほきみの》 御命畏美《みことかしこみ》 (巻一・七九)
大王之《おほきみの》 御命恐《みことかしこみ》 (巻三・三六八)
王 命恐《おほきみのみことかしこみ》 (巻六・一〇一九)
大王之《おほきみの》 命恐《みことかしこみ》 (巻八・一四五三)
大王之《おほきみの》 命恐《みことかしこみ》 (巻三・二九七)
天皇之《おほきみの》 御命恐《みことかしこみ》 (巻六・九四八)
王 命恐《おほきみのみことかしこみ》見 (巻六・一〇二〇・一〇二一)
大王之《おほきみの》 御命恐美《みことかしこみ》 (巻九・一七八五)

大王之《おほきみの》　御命恐弥《みことかしこみ》（巻九・一七八七）

或本云、　王命恐《おほきみのみことかしこみ》（巻十三・三二九一）　　王命恐《おほきみのみことかしこみ》（巻十三・三二四〇）

王召跡《おほきみめすと》　何為牟尓《なにせむに》……命受牟跡《みことうけむと》……命受例婆《みことうくれば》……（巻十六・三八八六）　王之《おほきみの》　御命恐《みことかしこみ》（巻十三・三三三三）

天皇之《おほきみの》　命恐《みことかしこみ》（巻十九・四二二四）

右の「御命」、「命」は「於保伎美乃《おほきみの》　美許等可之古美《みことかしこみ》」（巻十七・四〇〇八）、「大王乃《おほきみの》美己等可之古美《みことかしこみ》」（巻二十・四三九八）、「大皇乃《おほきみの》　御言能左吉乃《みことのさきの》（一云乎《を》）」（巻十八・四〇九四）などの例からすると、オホミコトではなくミコトと訓むが、「天皇」、「大王」、「王」、「大皇」などミコトを発する主体が明示されている。主体の表記は異なるが、いずれもオホキミである。

『古事記』ではミコトを「命」、「詔命」、『日本書紀』では「命」の他、「（神の）語」（崇神七年二月十五日条）、「（神の）教」（神功皇后摂政前紀）、「制旨《みことのむね》」（継体紀六年十二月条）などと表記している。注意されるのは『日本書紀』では「皇后の命」（神功皇后摂政）、「太子の命」（武烈即位前紀）、「大兄王の命」（舒明即位前紀）といった例がある点である。前述したように天皇と同格の神功皇后を別にすれば、天皇以外に太子・大兄など皇位継承候補者のミコトにも「命」が用いられる場合がある。ミコトは神や天皇、及び天皇に準ずる貴人の言ということになろうか。神や天皇の専用語としてのオホミコトの語が生まれる所以であろう。

さまざまなオホミコト

ところで、長屋王家木簡では、令制で「王」とあるべき長屋王が、王家内では「親王」と表記されるなど王家内独自の語を用いていたことは夙に知られるところとなった。右述のことからすると、「勅旨」、「大命」、「御命」などと表記されるオホミコトは天皇の言ということになるが、東野治之氏は、長屋王家内ではこれらの語は天皇の言ではなく、家の主人の命として使用されていることを指摘されている。(注6)

次に若干例を掲げるが、『平城宮発掘調査出土木簡概報』を以下『概報』と略す。

・以大命符　□備内親王　縫幡様進上（『概報』21・五頁）
・以大命宣〈黄文万呂／国足〉（『概報』21・五頁）
・御命宣　筥六張急々取遣仕丁（『概報』23・五頁）
・勅旨　石川夫人糯阿礼粟阿礼（『概報』21・一四頁）

このうち「御命」は前にみたようにミコトともオホミコトとも訓めるが、「大命」や「勅旨」の語を参酌すれば、オホミコトが妥当であろう。また、藤原宮出土木簡に「寵命」なる語が見える。

・卿等前恐々謹解、寵命　□
・卿尓受給請欲止申（『藤原宮木簡（一）』八号）

藤原宮跡の北面中門の北側外濠から出土、併出の紀年木簡は辛卯年（六九一・持統五）から大宝三年（七〇三）であるというが、以前の調査で和銅二年（七〇九）までのものが出土しているので、およそ八世紀初頭前後の木簡といえる。東野治之氏はこれを「卿等の前に恐《かしこ》み恐み謹みて解す。寵命……卿に受給わらんと請欲《ほり》すと申す」と訓まれている。(注7)「某の前に申す」の書式をもつ上申文書である。[注8]「某の前」は充所の尊称で、「某のミモト（御所・御許）に」の意か。この場合は卿等（上司への尊称）への上申文書である。付属語の「尓」、「止」が明記され、しかも本文と同じ大きさ、いわゆる宣命大書体で書かれている。

「寵命《ちょうめい》」の語は「使人等不レ蒙二寵命一（使人等寵命《みめぐみ》を蒙《かうぶ》らず）」（斉明紀七年五月二十三日条所引伊吉連博得書）、「天皇嘉レ焉、特加二寵命一（天皇、焉《これ》を嘉《よみ》したまひて、特《こと》に寵命を加へて）」（『続日本紀』延暦九年七月辛巳（十七日）条）などとあるように、本来皇帝の恵み深い恩命を意味する。

しかし、七世紀末から八世紀初頭の時期のものとされる滋賀県森ノ内遺跡出土10号木簡に[注9]「寵命坐□（而カ）」、埼玉県行田市小敷田《こしきだ》遺跡出土木簡に[注10]「是寵命坐而（これ寵命に坐《ま》して）」とあり、いずれも主人の命の意に用いられていると推測される。長屋王家木簡の「大命」、「御命」、「勅旨」の例からすれば、「寵命」をまたオホミコトと訓む東野説は支持されるべきものであろう。

日常的な木簡の世界においては、長屋王家木簡に限らず、主人への尊崇を表す語として律令用語に拘束されない、あるいは律令用語を逆手に取った自由な表記が行われているといえる。

中国の王言

さて、『大唐六典《だいとうりくてん》』巻一、左右司郎中員外郎条によれば、唐代の上意下達の文書、即ち下行文書形式には六通りある。

凡上之所以逮下、其制有六。曰制・勅・冊・令・教・符（凡そ上の下に逮《およ》ぶ所以《ゆえん》は、其の制に六有り。制・勅・冊・令・教・符と曰う。）その注に天子曰制、曰勅、曰冊。皇太子曰令。親王公主曰教。尚書省下於州、州下於縣、縣下於郷、皆曰符。（天子は制と曰い、勅と曰い、冊と曰う。皇太子は令と曰う。親王・公主は教と曰う。尚書省が州に下し、州が縣に下し、縣が郷に下すは、皆符と曰う。）

これによれば、唐代の天子の言は「制（詔）」・「勅」・「冊」の三種、皇太子は「令」、親王・公主は「教」、州・県・郷など上下関係にある役所間では「符」を用いることになっていた。

このうち「制」については、則天武后の時代の載初元年（六八九）に、武后の諱である「照」と音通、同義の「詔」を避けて「制」としたものであり、それ以前は「詔」であった。[注11] 従って、日本令では「冊」を除く「詔（制）」と「勅」を使用していたことになる。

右によれば、王言（天子の言）は大略三種ということになるが、『大唐六典』巻九、中書省中書令之職掌条などに「王言之制有七（王言の制に七有り）」とあるように、使用目的に応じてさらに冊書、制書、慰労制書、発日勅書、勅旨、論事勅書、勅牒の七通りに細分される。しかし、唐代の王言を待つまでもなく、聖王や戦国時代の諸王は「命」を用い、秦の始皇帝は「命」を「制」と改め、漢初には策書、制書、詔書、戒勅の四通りを定めたという（『文心雕龍《ぶんしんちょうりゅう》』巻四「詔策」）。

右述のことからすると、天皇（大王）の言は、倭語であるミコト、オホミコトに、中国の王言である「命」、「大命」、「詔」、「勅」などの漢語を充てたと推測される。経書や史書に見る「命」・「大命」はともかく、「詔」・「勅」を使用したことは、日本が中華を標榜し、天皇（大王）が皇帝たらんとした結果であるが、中国皇帝からすれば許されざることであったと推測される。

最後に同様に天皇の言を表すミコトノリの語にも触れておこう。ミコトノリは天皇の仰せごとの意で、文書形式の詔勅をも指す語である。

『古事記』では「詔命」、「勅命」、また『日本書紀』では「詔」、「勅」の他、「教」（神代上など）、「令」（神功皇后摂政前紀）、「詔勅」・「宣勅」（継体紀六年十二月条）、「宣」などの語をミコトノリと訓んでいる。「宣」は中国では唐代の末に確認される私的な王言の一つであるという[注12]。これを八世紀に遡及して存在したと措定して、ミコトノリの語を「宣」に充てたとみるよりも、本居宣長が「命《ミコト》を受け伝えて、告り聞かするをいふ」[注13]と述べているように、ミコトを宣る（読み上げる）ことから、「宣」をミコトノリと訓むようになったと考えるのが穏当であろう。

以上、天皇（大王）の言であるオホミコト、ミコト、ミコトノリと漢字表記・漢語との関係について概観したが、残されたのは特異な「教」の表記である。そこで「教」の語については章を改めて述べよう。

二　東アジアの中の教

高句麗王の「教」

さて、先述したように『日本書紀』では「（神の）教」（神功皇后摂政前紀、元年二月条）の「教」を、オホミコト、あるいはミコト、「随教」（神代上）、「勅教」（神代下）、「神祇之教」（神功皇后摂政前紀）の「教」をミコト、「奉教」、「随教」（神代上）、「奉教」・「応教」（欽明十六年紀）、「教」（推古三十六年紀）の「教」をミコトノリと訓んでいる。このうち推古三十六年紀の「教」は「召二山背大兄一教之曰」とあるが、同文が舒明即位前紀には「詔二山背大兄一曰」とあり、「教」が「詔」に相応することは明らかである。

「教」は『古事記』諸本ではオシヘ、サトシなどと訓まれ、ミコト、オホミコト、ミコトノリと訓む例は見当たらない。しかし、この訓みは孤立した訓みではなく石山寺本『金剛波若経集験記《しっけんき》』平安初期点にも「王の教（ミコト）をもて放た令む」の例がある。[注14] それでは「教」を古訓でミコト、オホミコト、ミコトノリと訓んだのはなぜであろうか。

ここで想起されるのは「教」が、朝鮮諸国の「王言」として使用されている点である。坂元義種氏は高句麗・新羅のみならず、百済でも使用されていた可能性を指摘されている。[注15]

四一四年に立碑された高句麗広開土王碑文には、王の軍事行動を記すのに、自ら軍隊を率いる「躬率」型と軍隊を派遣する「教遣」型の文章がある。本稿で注目したいのは後者の「教遣」型の「教」字についてである。第二面第五行には「八年戊戌教遣偏師（教して偏師を遣はし）」、第二面八行には「十年庚子教遣歩騎五萬（教して歩騎五万を遣はし）」、第三面第四行「十七年丁未教遣歩騎五萬」などが見える。この「教」については使役の用法とする解釈もあるが、注意されるのはいずれも主語が広開土王であることであり、既に指摘されるように、王の命令である「教」とするのが妥当であろう。[注16] 同様に同碑には王言を指すとみられる「教言」、「教」（第四面第五行）、「言教」、「教令」（第四面第六行）などの語がある。

高句麗ではこの「教」なる語は、広開土王代、もしくは長寿王代の事績を記した中原高句麗碑(注17)や長寿王代の牟頭婁墓誌などにも見え、およそ五世紀代の用例といえる。

既にみたように『大唐六典』によれば、「教」は親王・公主の下行書式であるが、「教」の淵源は、漢の蔡邕《さいよう》の『独断』に「諸侯言曰教（諸侯の言を教と曰う）」（『文選』巻三十六所引李善注）と見え、また南朝梁の劉勰《りゅうきょう》の『文心雕龍』には「教者效也、言出而民效也、契敷五教、故王侯称教（教とは效《こう》なり。言出でて民效《なら》うなり。契《せつ》［帝舜の臣下］五教を敷く。故に王侯は教と称す。）」（巻四「詔策」）とあるように、王侯の訓令が「教」であった。『文選』には南朝宋の傅亮《ふりょう》が劉裕《りゅうゆう》のために書いた「教」二編が収載されている（巻三十六）。

中村裕一氏によると、中国の「教」という文書形式は漢代からあり、諸侯や郡太守が管内に発する命令であり、六世紀、南朝の梁・陳代から冒頭文言が「教」となるという。また、隋代に至り親王・公主の文書となったと推定されている。(注18)唐代の親王・公主の下行文書形式である「教」は、王侯の「教」に由来するのである。

広開土王代には後燕慕容《ぼよう》氏との間に激しい戦闘が繰り返され、また冊封関係が取り結ばれた。(注19)広開土王は後燕との緊張関係の中で、中国王朝を中心とする国際秩序に従い、王言として王侯の使用する「教」を用いたと推測される。

翻って『日本書紀』を見ると、注目されるのが応神二十八年紀秋九月条に見える高麗王の上表文である。

廿八年秋九月、高麗王遣使朝貢。因以上表。其表曰、高麗王教日本國也。時太子菟道稚郎子読其表、怒之責高麗之使、以表状無禮、則破其表。

（二十八年の秋九月に、高麗《こま》の王《きみ》、使を遣《まだ》して朝貢《みつきたてまつ》る。因《よ》りて表上《ふみたてまつ》れり。其の表に曰はく、「高麗の王、日本国《やまとのくに》に教《おし》ふ」といふ。時に太子菟道稚郎子《うじのわきいらつこ》、其の表を読みて、怒りて、高麗の使を責むるに、表の状《かたち》の礼《いや》無きことを以てして、則ち其の表を破《やりす》つ。）

「高麗（高句麗）王教日本國也」を岩波日本古典文学大系『日本書紀』や小学館新編日本古典文学全集『日本書紀』では、「高麗の王、日本国に教《をし》ふ」と訓んでいるが、右に見た王言である「教」と解すべきであろう。上表文であるにもかかわらず、「表」の形式をとらず「教」と書かれていたというのである。ここは「高麗王、日本国に教《きょう》す」、「教」を敢えて訓めば「教《みことのり》す」となろう。太子菟道稚郎子をして無礼と怒らしめ国書を破り捨てさせたのは、国書に下行形式の「教」とあったためなのである。(注20)

応神紀には「百済紀」によって記された記事があるが、応神二十八年を干支二運（一二〇年）下げると四一七年（長寿王四年）となる。高句麗王の「教」は、五世紀前半の語としてふさわしい。右の記事は王仁を師とした菟道稚郎子の英明さを通して、始祖の王仁を讃えた書首の伝承と思われるが、その背景に高句麗との対立という史実の核があったものと推測される。

新羅王の「教」

『日本書紀』が「教」を王言表記の一つとしたのは、中国の王侯の使用する文書形式に淵源をもち、朝鮮諸王の王言とされた「教」に由来することが判明したが、次に新羅の「教」についてみてみよう。

近年、六世紀初頭前後とされる迎日冷水碑を最古とする(注21)新羅の石碑の発見が相ついでいるが、碑銘には「教」、「教事」、「教令」などの語が頻出している。(注22)例えば六世紀半ばと推定される「丹陽・新羅赤城碑」に「□□年□月中王教事」とある。「教事」を「教」から派生した語と考えてよければ、「□□年□月中、王、教事す」と読める。「教」、「教事」は高句麗の影響を受けて新羅においても王言を表す語として用いられたとみられる。

新羅の「教」は右述のように六世紀初頭前後の迎日冷水碑に始用されるが、史書においても『三国史記』新羅本紀・文武王八年（六六八）秋七月十六日条に「王行次二漢城州一。教二諸摠管一、往會二大軍一」（王行きて漢城州に次《いた》る。諸摠管《そうかん》に教して、往きて大軍を会せしむ）」、同九年二月二十一日条に「大王會二群臣一下レ教（大王、群臣を会して教を下す）」とあり、また『続日本紀』にも、新羅国使の金体信の言に「承二国王之教一（国王［景徳王］の教を承りて）（天平宝字七年［七六三］二月癸未（十日）条）とあり、また金三玄の言に「奉二本国王教一（本国の王［恵恭王］の教を奉《う》けて）」（宝亀五年［七七四］三月癸卯（四日）条）がある。

新羅の金石文においては九世紀以後もなお「教」が用いられたが、聖徳王神鐘銘（七七一年）では「奉教」と「奉聖詔」、「奉詔」とが混用されており、宝林寺南石塔誌（八七〇年）に「勅在白」、同宝林寺北石塔誌（八七〇年）に「奉勅」（側面）がみえ、宝林寺普照禅師彰聖塔碑（八八四年、憲康王一〇年）にも「奉教」、「詔」が混用されている。(注23) 安史の乱以後の唐朝の衰退の波動が影響していると思われる。

南山新城碑にみえる「教」

さて、新羅の石碑で注意されるのは一九三四年（昭和九）年に慶州で発見され、それ以後、同様の

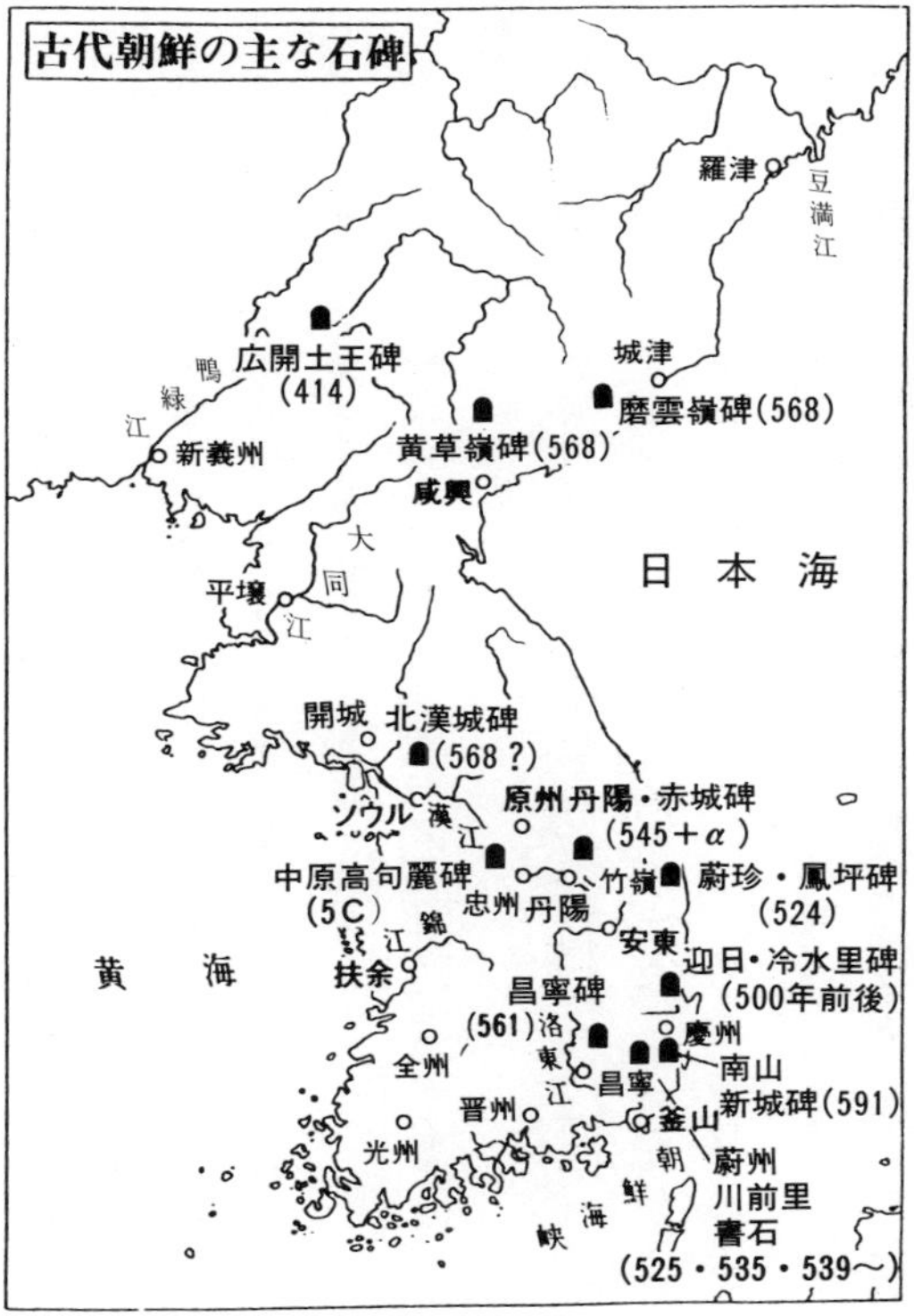

冒頭文をもつ碑石が相継いで発見されている南山新城碑である。南山新城は王都を守護する山城のひとつであるが、南山新城碑は築城の際の記念碑といっても過言ではない。最初に発見された碑は毎行二十字、八行余に及ぶ。その冒頭には

辛亥年二月廿六日南山新
城作節如法以作後三年崩
破者罪教事為聞教令誓事
之

とある。[注24]『三国史記』新羅本紀、真平王十三年（五九一）に「七月、南山城を築く」とあるのと合致し、碑文冒頭の「辛亥年」は五九一年に比定しうる。

この碑文には「教事」、「教令」の語がみえるが、河野六郎氏は

辛亥ノ年二月廿六日、南山ノ新城ヲ作リシ時、法ノ如ク作ル。後三年　崩破スル者ハ罪セシメラルルコトト聞カセラレ、誓ハシムルコトナリ。

と読んでいる。河野氏によれば、この文は新羅語の構文に従って、漢字をその意味により並べた文であるという。[注25]

日本でも倭語の語順に従って、漢字によって倭語を書くことは法隆寺献納宝物金銅観音菩薩造像記（辛亥年＝六五一）、山ノ上碑（辛巳歳＝六八一）など七世紀になって確認され、変体漢文、和化漢文、あるいは和風漢文などと呼ばれているが、こうした固有語の語順に従って、漢字で固有語を表現するという営みはすでに新羅で認められるのである。

さて、「教事」、「教」が王言を示す語であるとすると、右の文は別な読み方も可能かと思われる。李成市氏は「南山の新城を作りし節《とき》法の如く作り、後三年、崩破する者は罪せらるるを教事す。教令を聞き、誓いを為す事」と読まれている。[注26] また、田中俊明氏はその文意を「南山新城を作るとき、法のとおりに作る。もし三年以内に崩破した場合は、［工事担当者が］罪されることを誓う」[注27]とされている。さらに藤井茂利氏は「南山新城を作る場合、法に基づいて作るが三年以内に（もし手抜きがあったりして）崩破すれば処罰されると聞かされていると誓わせる」といった意味に理解されている。[注28]

しかし、「処罰されると聞かされていると誓わせる」という意味は分かりにくい。

田中、藤井両氏の理解に従えば、冒頭の「如法以作」の「法」は、既定の工事規定、あるいは築城法に従ってといった意味となろうか。「後三年」以下は文意からすれば、田中氏が別に指摘されているように、「竣成後三年内に崩破の時は罪状を科する旨を教示して、誓言せしめた」(注29)と解せよう。しかし、冒頭を「法のとおり作る」、あるいは「法に基づいて作る」と解すると、どうしても「後三年」以下とのつながりがぎごちなくなってしまう。むしろ「法の如く作るために……誓事せしめた」と読み解いた方が文意としては分かりやすい。

改めてこの冒頭文をみてみると、この文には主語が明示されていないところに大きな特徴がある。本来あるべき教事する主体である「王」の語が記されておらず、「教事」の語が王を体現しているのである。そこで「法」を「後三年崩破者罪」を指すと考えてみてはいかがであろうか。「聞」とあるのは、この「法」、即ち王の「教事」の内容、「後三年崩破者罪」が役夫たちに口頭で宣布されたことを語っているのではなかろうか。

「辛亥の年二月廿六日、南山の新城を作りし節《とき》、（王は）如法《ほう》を作りて、後三年崩破する者は罪せらるるを教事す。教を聞かせ誓事せしむ」と解してみたい。「後三年」以下は「罪せらるるを教事して聞かせられ、誓事せしめよと教《の》る」とでも読みたい文である。すなわち、真平王が築城に際して、法令を作って宣布し、築城工事区担当の役夫に堅固な工事をすることを誓わせたと解せるのではないかと思われる。筆者は古代朝鮮語には門外漢であり、文意からのみの解釈であるが、このような読み解きはまったく成り立ちがたいものであろうか。

「後三年」という通念

なお、南山新城碑にみえる「後三年」は「(今より以)後三年(間)」の意であろう。壬申誓記石にも「壬申年六月十六日、二人并誓記天前誓今自三年以後……倫得誓三年(二人并びに誓ひ記す、天の前に誓ふ、今自り三年以後……倫《とも》に得んことを誓ふ、三年)」とある。(注30)一方、記紀にも、人民の竈から煙の立たないのをみた仁徳天皇が課役の免除を命じた「聖帝」説話にみる、課役の免除機関「自今至三年(今より三年に至るまで)」をはじめ、大国主神の元に遣わされた天菩比神《あめのほひのかみ》が三年間帰らなかった話、火遠理命《ほをりのみこと》が海神宮に滞在した期間「三年」などがみえる。

この三年という表現については、岩波思想体系『古事記』の補注も指摘しているように、三年を一区切りをなす中国の通念に由来すると推測されるが、そうした影響が朝鮮、さらに倭に及んだとみることもできよう。日本令の賦役令14人在狭郷条、15没落外蕃条、16外蕃還条の課役免除規定、戸令10戸逃走条の除帳・収公の規定、さらには公式令83文案条の一般文案の保存期間の規定などでは三年間が一つの基準とされている。従って、聖帝説話の三年は、唐令を媒介とする日本令による潤色とも考えられるが、津田左右吉が指摘するように、「聖帝」、「三年」などに注目すれば儒教思想による造作とするのが穏当であろう。(注31)その背景には、広く東アジア社会に儒教思想に淵源をもつ三年を一区切りとする伝統的観念が及んでいたとみられるのである。(注32)

漢文の受容と固有語化

ところで、藤原宮跡出土の木簡に次のようなものがある。

・□御命受止食國々内憂白
・□(久カ)止詔大□□(御命カ)乎諸聞食止詔　(181)×16×3　（奈良県教育委員会『藤原宮』112号、10頁）
（……御命を受けよと、食国の国内《くぬち》を憂ひ白《まう》さく……くと詔《の》りたまふ大御命を、諸《もろもろ》聞き食《たま》へと詔る。）

この木簡は前に挙げた「寵命」木簡と同様に北面中門の北側外濠から出土したものであり、八世紀初頭前後のものである。付属語の「止」や「乎」を本文の文字と同じ大きさで書く、いわゆる宣命大書き体の宣命木簡である。「大御命」は前に挙げたように宣命第三十二詔に、一例みえる。

この木簡については岸俊男氏の考證があり、用字上からすると第一詔文武天皇即位の宣命（『続日本紀』文武元年［六九七］八月庚辰(十七日)条）に最も近いこと、また、天平宝字二年八月一日詔について、『続日本紀』記載の宣命と「正倉院文書」に残存する草案（『大日本古文書』④・二八五）との比較か

ら、『続日本紀』記載の宣命の用字はほぼ原詔を伝えたものであることなどを指摘されている。(注33)

この木簡で注意されるのは、木簡の「止詔大□□〔御命カ〕乎諸聞食止詔」という慣用句を『続日本紀』の宣命と比べると、大宝令以前の第一詔のみが「止詔天皇大命乎諸聞食止詔」のように「詔～詔」という構文をもち、第二詔（『続日本紀』慶雲四年［七〇七］四月壬午（十五日）条）以後はうける「詔」が下達文言である「宣」に代わり、「詔（勅）～宣」の形をとるという点である。また、「正倉院文書」の天平勝宝九歳三月二十五日付「孝謙天皇宣命案」（『大日本古文書』④・二二五）では「止宣大命乎諸聞食宣」と「宣～宣」の形をとっている。

この宣命木簡は、表裏に書かれており、岸氏も指摘されるように、冊書の形態をとらず正式のものとは思われない。従ってこの木簡から付属語の大小表記の問題にまで踏み込むことは躊躇されるが、少なくとも用字の点では、『続日本紀』の宣命第一詔は、浄御原令期の宣命の実態を示すもので、古態を示すとみることができよう。

粂川定一氏は、『尚書』多方の「周公曰、王若曰、猷、告爾四国多方（周公曰く、王若《カク》曰く、猷《アヽ》、爾《ナンヂ》四国・多方に告ぐ）」といった間接的な王言は、宣命の「天皇が詔旨らまと宣り給ふ勅を、聞食さへと宣る」に合致すると指摘されている。(注34)宣命の「詔～（聞）～詔（宣）」という構文に注意すると、新羅の五世紀初頭前後とされる迎日冷水里碑に繰り返しみえる「教～教耳」(注35)や、六世紀末の南山新城碑の「教事～（聞）～教令」などと類似している。

日本に最も影響が強かった百済の具体例が不明であるが、漢字・漢文を受容し、和風漢文や宣命体など漢字・万葉仮名交じり文を形成する上で、渡来人を媒介とする古代朝鮮の漢字・漢文の固有語化の影響が多分に及んでいるとみることができよう。

三　おわりに―大宝以前の王言

以上、王言の倭語であるミコト、オホミコト、ミコトノリの多様な漢字表記を『万葉集』、『古事記』、『日本書紀』、木簡などにみてきたが、最後にそれ以前の表記を七世紀代の金石文・木簡に求めておこう。(注36)

ア「……故将造寺薬師像作仕奉詔。……大命受賜……(故《か》れ寺を造り薬師像を作りて仕へ奉ら将《む》、と詔《の》る。……大命を受け賜り……)」(法隆寺金堂薬師如来像光背銘)

イ「天皇詔巷哥名伊奈米大臣、修行茲法(天皇、巷哥《そが》名は伊奈米大臣に詔りて茲《こ》の法を修行す)」(『元興寺縁起』所引元興寺丈六釈迦像光背銘)

ウ「勅諸　采女等造　繡帷二張(諸の采女等に勅して、繡帷二張を造らしむ)」(天寿国繡帳銘)

エ「勅賜官位大仁、品為第三(勅して官位大仁を賜ひ、品第三と為す)」(船王後墓誌)

右が金石例であるが、銘文の成立年代には諸説があり、結論のみいえば、(ア)は七世紀末成立説が有力である。(イ)は推古朝説と文武朝説、(ウ)は推古朝成立説と持統朝成立説、(エ)は六六八(戊辰・天智七)年説と八世紀初頭とする説とが対立している。(注37)このように金石例では七世紀末を遡る確実な例はない。

次に木簡をみると、藤原宮跡出土の大宝前後の木簡に「勅旨」（『飛鳥藤原宮跡発掘調査木簡概報六・六頁）の語がみえる。また「詔軽阿比古果安（軽阿比古果安に詔る）」（『藤原宮（一）』四五〇号）、や宣命体の「□　詔大命乎伊奈止申者（詔る大命を否と申さば）」（『飛鳥藤原宮跡発掘調査木簡概報六・五頁）など「詔」、「大命」の例があるが、[注38]注目されるのは次の例である。

オ、「二月二十九日詔小刀二口　針二口斤木□□」（『飛鳥・藤原宮発掘調査出土木簡概報』十一）

飛鳥池遺跡南地区出土の木簡で、併出木簡から大宝以前、天武朝に遡る可能性のある木簡である。この木簡にみる「詔」は上司による小刀・針の製作命令と思われるが、他の木簡例から、製品の注文主（供給先）を記したものとみられている。[注39]このように解した場合には、注文主を記したと思われる「大伯皇子（皇女）宮物」や、素材提供先を記したと思われる「石川宮鉄」と書いた木簡があることなどから、天皇宮の資材を表す可能性もあろう。

五世紀以後高句麗で、六世紀初頭前後からは新羅で王言として「教」が使用され、さらには百済でも用いられた可能性がある。このような東アジアの動向にあって、中華を標榜した古代日本（倭）で、王言をどのように表記していたのかはすこぶる興味ある問題である。

金石文や木簡例からすると、七世紀末、天武朝には「大命」、「詔」、「勅旨」といった用字・用語が使用されていた可能性が高い。とりわけ日常の文字を使用する木簡にこのような用字・用語が使用されていることは、浄御原令に公文書形式の「詔」、「勅」が規定されていたことの現れとみることもできよう。

注1　早川庄八「前期難波宮と古代官僚制」（『日本古代官僚制の研究』岩波書店、一九八六）、東野治之「大宝令成立前後の公文書制度」（『長屋王家木簡の研究』塙書房、一九九六）、大平聡「音声言語と文書行政」（『歴史評論』六〇九号、二〇〇一年一月号）など。
2　拙稿「奈良時代の時刻制度」（『時の万葉集』笠間書院、二〇〇一）など。
3　以下、宣命の番号は本居宣長『続紀歴朝詔詞解』（本居宣長全集第7巻、筑摩書房、一九七一）による。
4　清水みき「告知札―その機能と変遷―」（『考古学ジャーナル』三三九号、一九九一年十一月）、「京都・長岡京跡(3)」（『木簡研究』第一三号、一九九一）、清水みき「長岡京の造営と役所」（『木簡が語る古代史　上　都の変遷と暮らし』吉川弘文館、一九九六）。
5　小野田光男『諸本集成古事記（上・中・下）』（勉誠社、一九八一）、高木市之助・富山民蔵『古事記總索引　本文篇』（平凡社、一九七四）、國學院大學日本文化研究所『校本日本書紀』（神代巻、全四巻、一九七三〜一九九五）、国史大系『日本書紀』（吉川弘文館）などを使用した。
6　東野治之「長屋王家木簡の文体と用語」（『長屋王家木簡の研究』塙書房、一九九六）
7　東野治之　前掲注6
8　「某の前に申す」の書式については、東野治之「木簡に現れた『某の前に申す』という形式の文書について」（『日本古代木簡の研究』塙書房、一九八三）を参照されたい。
9　辻広志「西河原森ノ内遺跡」、山尾幸久「森ノ内遺跡出土の木簡をめぐって」（いずれも『木簡研究』第一二号所収、一九九〇）
10　『木簡研究』第七号（一九八五）、『日本古代木簡選』（岩波書店、一九九〇）、『上代木簡資料集成』一一〇頁、東野治之『木簡が語る日本の古代』（岩波書店、一九九七）などを参照。

11 中村裕一『唐代公文書研究』(汲古書院、一九九六)。
12 中村裕一「『会昌一品制集』にみえる『奉勅撰』と『奉宣撰』」(『唐代公文書研究』汲古書院、一九九六)
13 本居宣長『続紀歴朝詔詞解』「まづとりすべていふ事ども」
14 『日本国語大辞典』(小学館)みことの項に指摘がある。
15 坂元義種氏は古代朝鮮の「教」について概括され、その中で欽明二年紀四月条の任那旱支の言にみえる「教旨」、及び同十六年紀八月条にみえる「且奉教也」、「応教」から、百済においても王の命令が「教」であった可能性を示唆されている(坂元義種「河内王朝―倭五王と関連して―」(『古代王朝をめぐる謎』エコール・ド・ロイヤル古代日本を考える20、学生社、一九九五)。
16 「教」を教令とする見解は、早く青江秀『東夫余永楽太王碑銘之解』(一八八四)横井忠直『高勾麗古碑考』(一八八四)にみえる。佐伯有清『研究史広開土王碑』(吉川弘文館、一九七四)参照。
17 武田幸男「序説　五～六世紀東アジア史の一視点」(『東アジア世界における日本古代史講座四　朝鮮三国と倭国』(学生社、一九八〇)、木下礼仁「中原高句麗碑―その建立年次を中心として―」(『村上四男博士和歌山大学退官記念　朝鮮史論文集』(一九八〇)、のち『日本書紀と古代朝鮮』所収(塙書房、一九九三)、木村誠「中原高句麗碑立碑年次の再検討」(武田幸男編『朝鮮社会の史的展開と東アジア』山川出版社、一九九七)。中原高句麗碑の成立時期について、武田氏は四八一年(長寿王六九年)、木下氏は四二一年(長寿王九年)をあまり隔たらない時期とされ、いずれも長寿王代とされたが、木村氏は五世紀初頭、広開土王代とされている。また、牟頭婁墓誌については武田幸男「牟頭婁一族と高句麗王権」(『高句麗史と東アジア』岩波書店、一九八九)を参照。
18 仁井田陞「教附牒」(『唐宋法律文書の研究』(東京大学出版会、一九三七、復刻一九八三)、中村裕

一「令書と教」(『唐代官文書研究』中文出版社、一九九一)

19 垂死、子宝立、以句驪王安為平州牧、封遼東・帯方二国王(垂〔慕容垂〕死して子宝〔慕容宝〕立つ。〔高〕句驪王安〔広開土王〕を以て平州牧と為し、遼東・帯方二国王に封ず。)」(『梁書』高句驪伝)

20 前掲注15に挙げたように早く教令と解する指摘があるが、前掲注14の坂元氏の指摘にもあるように、新たに発見された史料の検討と共に見直されてよい記事であろう。

21 浜田耕策「新羅『太王』号の成立とその特質」(『年報 朝鮮學』創刊号、一九九〇年十二月)、深津行徳「新羅石碑にみる王権と六部」(あたらしい古代史の会編『東国石文の古代史』吉川弘文館、一九九九)。碑の成立時期について、浜田氏は五世紀末説、武田幸男氏は五〇三年説、深津氏は四四三年説をとっておられる。

22 新川登亀男「古代東国の『石文』系譜論序説—東アジアの視点から—」(あたらしい古代史の会編『東国石文の古代史』吉川弘文館、一九九九)など。

23 『朝鮮金石総覧』上(国書刊行会、一九一九)、李蘭暎編『韓国金石文追補』(中央大學校出版部、一九六八)による。

24 末松保和「近時発見の新羅金石文」(『新羅史の諸問題』青丘史草第三、東洋文庫、一九五四)、前掲注『韓国金石文追補』、田中俊明「新羅の金石文」(『韓国文化』一九八三年九月号、十一月号、一九八四年一月号、三月号、五月号)などを参照。

25 河野六郎「古事記に於ける漢字使用」(『古事記大成 3言語文字篇』平凡社、一九五七)。のち河野六郎著作集3(平凡社、一九八〇)。

26 李成市「蔚珍鳳坪新羅碑の基礎的研究」(『史学雑誌』九八-六、一九八九年六月)、のち『古代東ア

ジアの民族と国家』所収（岩波書店、一九九八）一四九頁
27　田中俊明「王京と山城」（森浩一監修『韓国の古代遺跡』新羅篇〔慶州〕、中央公論社、一九八八）二七二頁。
28　藤井茂利「『古事記』の『在』の漢字の用法—朝鮮漢文との比較において」（『古事記の言葉』古事記研究大系10、高科書店、一九九五）
29　田中俊明「新羅の金石文　南山新城碑・第一碑」（『韓国文化』一九八三年九月号）によれば、藤田亮策の説「朝鮮金石瑣談（一）」という。未見。
30　末松保和「壬申誓記石」（『新羅史の諸問題』東洋文庫、一九五四）によると七三二年、もしくは七九二年とされているが、他に五五二年説、六一二年説などがある。
31　津田左右吉『日本古典の研究』下、三八〜四〇頁（津田左右吉著作集第二巻、岩波書店、一九六三）
32　日本の令制以前の習俗では『隋書』倭国伝に貴人の殯期間を三年とする例が知られる。なお、大坂金太郎の言によれば、両班の古老によると、約束事における「三年」は、いつまでも、という意味で、期限を限定しない慣習的用法があるという（藤本幸夫「古代朝鮮の言語と文字文化」『ことばと文字』日本の古代14、中央公論社、一九八八）。
33　岸俊男「宣命簡」（『柴田實先生古稀記念日本文化史論叢』一九七六、のち『日本古代文物の研究』塙書房、一九八八）
34　粂川定一「続日本紀宣命」（『上代日本文学講座第四巻　作品研究篇』春陽堂、一九三三）
35　迎日冷水里碑の冒頭は次のように釈文されている。
斯羅喙斯夫智王乃智王此二王教用珍而麻村節居利為證爾令其得財教耳（斯羅の喙斯夫智王・乃智王、此の二王、教して珍而麻村の節居利を用いて、爾が證と為し、其の財を得しめよ、と教す）、といった

文意かと思われる。

36　「詔」「勅」の用例については、横田健一「『古事記』と『日本書紀』における『詔』と『勅』」(『関西大学東西学術研究所紀要』第八輯、一九七五、のち『日本書紀成立論序説』塙書房、一九八四)

37　奈良国立文化財研究所『飛鳥・白鳳の在銘金銅仏』(一九七六)、同『日本古代の墓誌』(一九七七)、東野治之「聖徳太子関係銘文史料」(『聖徳太子事典』柏書房、一九九七)などを参照した。

38　藤原宮出土の「詔」木簡については、東野治之前掲注8参照。

39　橋本義則「奈良・飛鳥池遺跡」(『木簡研究』第一四号、一九九二)、『飛鳥の工房』(飛鳥資料館図録第二六冊、一九九二)、寺崎保広「奈良・飛鳥池遺跡」(『木簡研究』第二一号、一九九九)などを参照。

＊『万葉集』は「新編日本古典文学全集」(小学館)によった。

(付記) 脱稿後、吉川真司「飛鳥池木簡の再検討」(『木簡研究』第二三号、二〇〇一)に接した。吉川氏は飛鳥池出土木簡の「詔」を、勅旨田などの勅旨と同様、天皇家、もしくは王家の「御料」の意と解されている。

編集後記

今年度の研究テーマは「音」である。環境音の変化から時代の変化や世相を、最初に読み解こうとしたのは、恐らく柳田國男の『明治大正史　世相編』（一九三一）ではないかと思う。柳田が「音」を取り上げたのは、近代に入り日常生活の中に人工の音、とりわけ無機質な金属音……機械や蒸気機関車などの音が急激に増加し、「音環境」に激変をもたらしたためであろう。

古代にあっても「音」の語のもつ意味領域ははなはだ広い。人の声、鳥のさえずりや羽音、鹿など動物の鳴き声や足音、樹々をわたる風、小川のせせらぎや寄せる波など自然の生みだす音、そして舟を漕ぐ楫の音や琴、笛などの楽器の響き。こうした「声」、「音」の他、さらには人の気配、恋の邪魔をする噂などに広がる。

本書では『万葉集』の「音」に関わる表現、表記、語法、音韻の問題、さらには音楽制度などを通して万葉びとの音の感性に迫ってみた。今日とは著しく異なる万葉びとの「音環境」に思いをめぐらせてみるのもよいだろう。

今回も国文学・国語学・歴史学などの分野で、研究の第一線に立つ先生方のご協力を得て、「万葉びとの音の世界」にアプローチすることができた。ご多忙にもかかわらずご執筆をいただいた先生方に深く感謝申し上げたい。また、このたびも編集の労をおとりいただいた笠間書院大久保康雄氏に厚く御礼を申し上げる。

さて、論集は来年で六冊目となる。来年度のテーマはこれまでとやゝ趣を異にし、『越の万葉集』を刊行する予定である。越中万葉を中心に、古代北陸の地によまれた数多の歌とその背景となる歴史を読み解いてみたい。

平成十四年二月

「高岡市万葉歴史館論集」編集委員会

執筆者紹介（五十音順）

青木生子《あおきたかこ》　一九二〇年東京都生、東北帝国大学卒、日本女子大学名誉教授。文学博士。『日本抒情詩論』、『日本古代文芸における恋愛』、『万葉の美と心』『万葉挽歌論』、以上は『著作集全十二巻』（おうふう）に集録。

稲岡耕二《いなおかこうじ》　一九二九年東京都生、東京大学大学院（旧制）満期退学、東京大学名誉教授。文学博士。『和歌文学大系　万葉集㈠』（明治書院）、『万葉集の作品と方法』（岩波書店）、『万葉表記論』（塙書房）ほか。

大久間喜一郎《おおくまきいちろう》　一九一七年東京市生、國學院大學文学部卒、明治大学教授を経て、高岡市万葉歴史館館長。文学博士。『古代文学の源流』（おうふう）、『古代文学の構想』（武蔵野書院）、『古代文学の伝統』（笠間書院）、『古事記の比較説話学』（雄山閣出版）、『古代歌謡と伝承文学』（塙書房）ほか。

荻《おぎ》　**美津夫**《みつお》　一九四九年北海道生、北海道大学大学院博士課程単位取得満期退学、新潟大学人文学部教授。博士（文学）。『日本古代音楽史論』（吉川弘文館）ほか。

川﨑《かわさき》　**晃**《あきら》　一九四七年東京都生、学習院大学大学院修了、高岡市万葉歴史館学芸課長。『遺跡の語る古代史』（共著・東京堂）「倭王権と五世紀の東アジア」（『古代国家の政治と外交』所収・吉川弘文館）ほか。

近藤信義《こんどうのぶよし》　一九三八年東京都生、国学院大学大学院博士課程修了、立正大学文学部教授。博士（文学）。『枕詞論―古層と伝承』（おうふう）、『音喩論―古代和歌の表現と技法』（おうふう）、「桓武天皇遊猟歌の一問題」（立正大学国語国文第39号）ほか。

新谷秀夫《しんたにひでお》　一九六三年大阪府生、関西学院大学大学院修了、高岡市万葉歴史館主任研究員。『万葉集一〇一の謎』（共著・新人物往来社）、「藤原仲実と『萬葉集』」（「美夫君志」60号）、「『次点』の実体」（「高岡市万葉歴史館紀要」10号）ほか。

関《せき》　**隆司**《たかし》　一九六三年東京都生、駒澤大学大学院修了、高岡市万葉歴史館研究員。『西本願寺本万葉集（普及版）巻第八』（おうふう）、「大伴家持が『たび』とうたわないこと」（「論輯」22）ほか。

田中夏陽子《たなかかよこ》　一九六九年東京都生、昭和女子大学大学院修了、高岡市万葉歴史館研究員。「有間皇子一四二番歌の解釈に関する一考察」（「日本文学紀要」8号）ほか。

鶴《つる》　久《ひさし》　一九二六年福岡県生、九州大学文学部卒業、久留米大学文学部特任教授。文学博士。『萬葉集』（共著・おうふう）、『萬葉集訓法の研究』（おうふう）、「萬葉集における借訓仮名の清濁表記」（『萬葉』36号）ほか。

内藤《ないとう》　明《あきら》　一九五四年東京都生、早稲田大学大学院修了、早稲田大学社会科学部教授。『うたの生成・歌のゆくえ』（成文堂）、「二景対照様式の生成と展開」（『万葉集研究』第25集）ほか。

山口《やまぐち》　博《ひろし》　一九三二年東京都生、東京都立大学大学院（博）修了、聖徳大学教授。文学博士。『王朝歌壇の研究』五冊（桜楓社）、『万葉歌のなかの縄文発掘』（小学館）、『万葉集の誕生と大陸文化』（角川選書）ほか。

高岡市万葉歴史館論集 5
音《おと》の万葉集《まんようしゅう》

平成 14 年 3 月 30 日　初版第 1 刷発行

編　者　高岡市万葉歴史館©
発行者　池田つや子
発行所　有限会社　**笠間書院**
〒101-0064　東京都千代田区猿楽町 2-2-5
電話 03-3295-1331(代)　振替 00110-1-56002
印　刷　壮光舎
製　本　渡辺製本所
ISBN 4-305-00235-3

高岡市万葉歴史館論集

①水辺の万葉集（平成10年3月刊）
②伝承の万葉集（平成11年3月刊）
③天象の万葉集（平成12年3月刊）
④時の万葉集（平成13年3月刊）
⑤音の万葉集（平成14年3月刊）
⑥越の万葉集（平成15年3月刊予定）

（税別）
2800円
2800円
2800円
2800円
2800円

笠間書院